Caroline Corcoran est journaliste et éditrice. Elle a travaillé pour les plus grands titres de la presse du Royaume-Uni. Après avoir passé près de quinze ans à Londres, elle a regagné la péninsule de Wirral, dont elle est originaire, à la naissance de son bébé. Elle souffre du mal des transports, mais vous la croiserez peut-être à bord d'un train pour Londres, plongée dans l'écriture d'un nouveau roman.

Caroline Corcoran

Un mur entre nous

Traduit de l'anglais (Grande-Bretagne) par Barbara Versini

Hauteville

Hauteville est un label des éditions Bragelonne

Titre original : *Through the Wall*
Initialement publié en Grande-Bretagne en 2019 par Avon,
une marque de HarperCollins Publishers.

ISBN : 978-2-38122-187-8

Bragelonne – Hauteville
60-62, rue d'Hauteville – 75010 Paris

E-mail : info@editions-hauteville.fr
Site Internet : www.editions-hauteville.fr

À S., S., et B., mon équipe.

Prologue

Aujourd'hui

Assise par terre, j'écoute le filet d'eau de la douche : ploc, ploc, ploc. Ici, ça ne coule jamais longtemps, au cas où je serais tentée de me noyer.

Un fracas se fait entendre à l'autre bout du couloir, suivi de sanglots dont le son augmente progressivement, atteignant son apogée devant la porte de ma chambre. Puis les sanglots faiblissent, telle une sirène qui se perd au loin.

De rage, je donne un coup de poing à cet affreux tapis de bain qui hésite entre le gris et le vert. J'en arrache une fibre. Je forme l'initiale du nom qui m'obsède : A. A.

Deux minutes de silence, c'est un véritable luxe dans un hôpital psychiatrique.

Et il se trouve que j'ai absolument besoin de silence pour entendre ce qui se dit de l'autre côté de ce mur. Je me concentre, l'oreille collée à la cloison en plâtre, les yeux fermés. Il paraît qu'on entend mieux les yeux fermés.

Mais le stratagème ne fonctionne pas.

J'ouvre les yeux, furieuse. D'ici, j'ai une vue d'ensemble sur cette chambre que j'occupe depuis bientôt un mois et dont le décor m'est devenu familier. Le grillage des fenêtres. Mes chaussons à côté du lit, toujours à portée de mes orteils, car je n'ai pas droit aux chaussures. Un peu plus loin, la table de chevet, sans la moindre crème de nuit, sans une pince à épiler, ni rien de ce que l'on y trouve d'ordinaire.

Je tente de nouveau de me concentrer sur ce qu'ils se racontent, celle qui me rend visite et son petit copain. Comme je peux les entendre depuis ma chambre, je ne vais pas rater cette occasion de les espionner.

— Ils sont encore venus à deux, annonce l'infirmière en ouvrant la porte à la volée.

En me découvrant assise par terre, elle hausse les sourcils. Je me relève lentement pour rejoindre mon lit. Si elle trouve mon comportement bizarre, elle se garde bien de le dire. J'imagine qu'elle a l'habitude des comportements bizarres. Et l'habitude de ne pas les commenter.

— Je règle les formalités administratives, et ensuite on la fera entrer, poursuit-elle. Il a dit qu'il restait dans la salle d'attente. Je ne comprends pas pourquoi il se donne la peine de venir.

Mais il se donne cette peine. Chaque fois, c'est eux deux, la paire, comme des siamois.

Je presse de nouveau mon oreille contre le mur, tellement fort cette fois que la peau me brûle. Mais la douleur ne m'a jamais arrêtée.

1

Harriet

Décembre

J'entends les voisins qui font l'amour, c'est choquant, ils pourraient être plus discrets.

Et ensuite, je me dis :

Arrête un peu de faire ta sainte-nitouche, toi aussi tu es en train de faire l'amour.

Avec un homme qui s'appelle Eli, du moins il me semble. Je me demande s'ils nous entendent de l'autre côté ; et s'ils pensent la même chose que moi.

Par-dessus la peau nue et mate de l'épaule d'Eli, je jette un coup d'œil vers la télévision. J'ignore qui l'a allumée, mais le son est coupé, et je ne vois que les images d'un reportage sur l'élevage des dindons diffusé par le journal du matin. C'est assez incongru, cette juxtaposition sexe-volailles.

Quand Eli en a terminé, je détourne les yeux de l'écran, vaguement gênée, avant de rabattre ma robe sur mes cuisses.

— Je dois filer au boulot, annonce-t-il en évitant mon regard.

Je n'ai ni la force ni l'envie d'acquiescer d'un signe de tête. Je me contente de répondre :

— La porte n'est pas fermée à clé.

À mon grand soulagement, il s'éclipse sans ajouter un mot. Je ramasse mon verre au pied du canapé et bois une gorgée d'amaretto-Cola. Il est à peine 7 heures du matin, mais je ne me suis pas encore couchée, donc ce n'est pas comme si je picolais au saut du lit. De toute façon, j'ai soif et je n'ai rien d'autre à portée de main. La porte claque.

Je laisse retomber ma tête sur le canapé et balaie la pièce du regard. Verres à moitié vides, bouteilles de pinot gris, mégots de cigarettes écrasés dans les ramequins du dessert au chocolat, chips au vinaigre renversées sur un coussin : le décor est digne d'une soirée étudiante. Jamais je n'aurais cru en être encore là à trente-deux ans.

J'éteins la télévision et reporte mon attention sur mes voisins. Ils doivent faire ça sur leur canapé, parce que l'accoudoir vient cogner par intermittence contre le mur. Pardon, soyons précis : il vient cogner contre *mon* mur.

2

Lexie

Décembre

— Tom, on doit le faire, dis-je.

C'est mon petit côté autoritaire qui s'exprime.

Il est assis sur le canapé, en tee-shirt et pantalon, en train d'avaler une pleine cuillerée de porridge d'une main et de surfer sur je ne sais quel réseau social de l'autre. J'enlève mon haut de pyjama sans attendre sa réponse : le bâtonnet du test dit qu'il faut le faire, alors nous devons lui obéir sans discuter. Tom sait qu'il n'y coupera pas, même s'il a les yeux fatigués, que ça va le mettre en retard au travail et qu'il préférerait finir tranquillement son porridge.

Mais il s'en va ce soir pour trois jours, donc c'est maintenant ou jamais. Et « jamais », ce n'est pas une option, quand on a trente-trois ans et qu'on essaie d'avoir un bébé depuis deux ans.

Il enlève son pantalon d'une main, sans quitter des yeux son téléphone. Quand on veut tomber enceinte, on apprend à devenir multitâche à un point que vous ne pouvez même pas imaginer.

J'écarte le bol de porridge, en prenant soin de le poser là où on ne risque pas de le renverser. Ce n'est pas : « J'ai envie de toi, tout de suite », mais plutôt : « Je te veux tout de suite parce que le bâtonnet l'a dit, mais on a quand même le temps de mettre le porridge à l'abri, pour éviter de retrouver des flocons d'avoine tout poisseux sur notre beau canapé. »

— Ne t'inquiète pas, dis-je dans un souffle. On va faire vite, tu ne seras pas en retard.

Tom avale une dernière cuillerée de porridge et attend l'ultime seconde pour arrêter de scroller. Une demi-heure après son départ, je suis encore allongée sur le canapé, sans culotte, les jambes relevées contre le mur, avec l'espoir que la force de gravité favorisera le processus... même si j'ai eu cent fois la preuve que ça ne servait à rien.

J'ai été enceinte, une fois, mais ça ne s'est pas reproduit depuis.

En ce moment, je n'envisage plus la grossesse en termes de « enceinte » ou « pas enceinte », mais plutôt comme un état comportant plusieurs échelons. En ce qui me concerne, je me trouve pour l'instant sur la graduation « absolument pas enceinte ».

Je remets ma culotte avec d'infinies précautions. Faire attention à l'embryon potentiel. Ne pas perturber la trajectoire des spermatozoïdes.

Je me lève. À côté, ma voisine Harriet va et vient dans son appartement. Ses talons claquent sur le plancher de bois, ses clés tintent, sa porte d'entrée s'ouvre.

Elle a probablement entendu nos ébats, et je devrais me sentir gênée, mais je suis tellement obnubilée par le but suprême à atteindre – le bébé – que je n'arrive pas à mobiliser suffisamment d'amour-propre pour m'en inquiéter.

De plus, il me semble bien qu'elle était en compagnie d'un homme, elle aussi, et qu'ils faisaient l'amour. Sauf que pour eux, c'était probablement le genre sexe matinal torride, un élan auxquels ils n'ont pas pu résister, quitte à se mettre en retard, tout le contraire du rapprochement obligatoire que nous cochions sur notre liste de choses à faire, de ce côté de la cloison.

3

Harriet

Décembre

— C'est fou le nombre de chaînes de restauration qu'il y a dans ce quartier, me dit Iris, en prononçant « chaînes de restauration » sur le ton que d'autres emploieraient pour « camps d'entraînements terroristes pour enfants ».

Elle accompagne cette pertinente observation d'un sourire suffisant.

— Tu as remarqué ? insiste-t-elle.

J'ai remarqué.

Je bois une grande gorgée de vin, en ravalant ma colère, mais le rouge me monte aux joues. Iris trouve mon quartier affligeant. Elle me trouve affligeante. Tout le monde ici me trouve affligeante. Ce soir, je n'ai pas arrêté de me resservir du vin, et la pièce commence à tourner. Je regarde fixement Iris, j'essaie de faire la mise au point sur son visage.

Elle aussi, elle ferait bien de faire une petite mise au point sur moi. Parce qu'elle ne sait pas du tout qui je suis. Pas plus que mes autres invités. Ils ignorent de quoi je suis capable, tous autant qu'ils sont. Ils ignorent quel est mon véritable nom de famille. Ils ignorent qui est la personne qui se tient devant eux. Ils ignorent ce que je cache tout au fond de moi et ce que j'ai fait, il y a presque trois ans, quand ils ne me connaissaient pas encore.

En tout cas, si Iris savait, elle éviterait de me provoquer avec ses commentaires désobligeants sur Islington. Moi, *j'adore* Islington. C'est un quartier très fréquenté, un des plus animés de Londres, et une asociale dans mon genre ne peut que s'y sentir bien. Pas besoin d'échanger des banalités avec le boucher. Pas besoin non plus d'avoir un restaurant attitré, car des restaurants, il y en a plein, et de plus ils peuvent être remplacés du jour au lendemain par un bar éphémère. À Islington, on peut déambuler seule dans les rues sans que ça paraisse bizarre. On peut garder un secret, parce que les gens se mêlent de leurs affaires.

Quelques verres plus tard, j'ai déjà oublié Iris et pontifie avec une assurance sans fondement sur la politique britannique dans les années 1980, tout en me trémoussant par intermittence sur ma chaise au son d'une musique populaire des années 2000. Je suis complètement ivre – cela m'arrive assez souvent – et je ris beaucoup. Mais c'est un rire vide de sens, parce que je ris avec des quasi-inconnus.

À côté de moi sur le canapé, un dénommé Jim, un homo qui aurait soi-disant « un talent fou », ne cesse de répéter d'une voix forte qu'il est introverti. En face de moi il y a Maya, qui sirote le même verre de pinot noir depuis deux heures, bien que j'aie tenté plusieurs fois de la resservir, pour qu'elle se lâche, pour qu'elle s'anime, qu'elle exprime enfin une opinion. Par terre, pieds nus, les genoux contre la poitrine, il y a Buddy et Iris, que je soupçonne d'avoir été plutôt baptisés sous les noms de Pete et Sarah. Ils vivent dans Hackney et ne sortent pas de chez eux sans laisser dépasser de leur sac un roman de Proust. Le beau carré brun d'Iris est surmonté d'un chapeau de Noël qui penche tristement.

Je regarde autour de moi et j'essaie de ressentir une émotion, mais rien ne vient. Pire que rien : ça me déclenche une douleur sourde dans le bas-ventre. Et cette douleur prouve que je suis malheureuse, mal à l'aise, et que ce rassemblement de gens chez moi est tout sauf de l'amitié.

Joyeux putain de Noël.

Je ne les connais que depuis un mois, et c'est la première fois qu'ils s'entassent dans mon petit appartement. Je suis auteure-compositrice, on travaille ensemble sur une comédie musicale, et je les ai invités à prendre un verre parce que c'est bientôt Noël. Je me suis mise en frais : j'ai même prévu une boîte de crackers de Noël !

Je fais ça chaque fois que j'intègre une nouvelle équipe. En général, je dois m'y reprendre à quatre fois, parce que les autres trouvent toujours de vagues prétextes pour annuler. Mais j'ai de la constance, et ils finissent tous par capituler.

Je suis encore à la recherche d'une bonne raison de ne pas me complaire dans l'anonymat de cette ville ; quelque chose, ou quelqu'un, qui m'aiderait à m'y sentir chez moi. J'ai quitté Chicago, ma ville natale, il y a quatre ans et je suis toujours aussi isolée à Londres. Je fais pourtant tout ce que je peux pour tisser des liens. Parfois, je me dis que quand on traîne derrière soi un passé comme le mien, on ne peut jamais vraiment être proche des autres. C'est trop risqué. Trop compromettant.

Je tire un cracker avec Buddy – une façon comme une autre de créer du lien – et je perds.

— Et donc, Harriet, tu vois quelqu'un en ce moment ? demande Jim l'introverti d'une voix tonitruante, presque agressive, qui interrompt brutalement le fil de mes pensées.

Je secoue la tête, me ressers du vin.

— Non, Jim, réponds-je, d'une voix qui tient tête à la sienne, tandis que le vin coule à flots dans mon verre.

Je ne pense même pas à remplir celui de mes voisins.

— Je suis célibataire.

Oh, ça oui, je suis on ne peut plus célibataire… Célibataire et malheureuse de l'être. Je ne m'aime pas. Je n'apprécie pas ma propre compagnie. Seule, je me sens décalée, inadaptée, incapable de prendre la bonne décision. Il me faudrait un alter ego pour atténuer mon être à cinquante pour cent. J'ai besoin qu'on me dilue, comme un sirop.

Les gens ne vont pas tarder à partir, je panique.

— Karaoké ! m'écrié-je, inspirée par le vin.

Iris et Buddy trouvent l'idée suffisamment drôle – comme celle des chapeaux de Noël – pour se joindre à moi. Mais Maya est déjà en train d'enfiler sa veste en jean et file vers la sortie, en me disant au revoir au passage avec un regard apitoyé qui déclenche en moi un éclair de lucidité. Jim, lui, se laisse persuader quand je lui dégotte une bouteille poussiéreuse de tequila pour un dernier shot.

Je sais bien que mes collègues ne seront jamais le remède à ma solitude, mais je caresse le secret espoir qu'ils m'apporteront un jour ce remède sous les traits d'un de leurs amis.

Sans compter que mes soirées, toujours bien approvisionnées en alcool, n'attirent pas que mes collègues.

Il y a des invités surprise, ce soir comme tous les autres soirs. Ma porte reste entrouverte pour laisser sortir les fumeurs, et mon appartement est situé à côté de l'ascenseur. Or, il se trouve que certains de mes voisins sortent le soir – fait surprenant vu que ce sont des asociaux dans la journée – et qu'ils empruntent donc cet ascenseur tard dans la nuit pour rentrer chez eux. Attirés par le bruit, ils viennent voir ce qui se passe. Pour peu que la musique leur plaise, ils attrapent une bière ou un verre de vin. Et c'est parti.

Peut-être que c'est de là que viendra mon salut : d'un voisin tenté par un verre, mais qui restera pour moi. Je suis loin d'être parfaite, mais j'ai des qualités. Assez en tout cas pour espérer que quelqu'un m'invitera à son tour et me voudra auprès de lui.

Il y a des centaines d'appartements dans cette résidence, occupés en grande majorité par des célibataires entre vingt-cinq et trente-cinq ans, sans enfants, qui peuvent se soûler en semaine sans que cet écart prête à conséquence... à part la gueule de bois qu'il faudra camoufler au bureau en se gavant de sucre. S'ils peuvent se payer un loyer ici, c'est qu'ils gagnent bien leur vie, qu'ils ont des postes à responsabilité, qu'ils travaillent beaucoup. Le soir, ils ont absolument besoin de décompresser.

Allez-y. Éclatez-vous, buvez et sniffez avant votre réunion de demain matin.

Le bâtiment lui-même, avec son atmosphère contemporaine, encourage ce style de vie. Le hall d'entrée spacieux et dépouillé est un refuge neutre, couleur magnolia du sol au plafond, avec un simple bureau pour le concierge et une unique plante qui ne se fane jamais, mais qui ne grandit pas non plus. Est-elle fausse ? J'ai beau la regarder, impossible à dire. Je me demande si les gens se posent la même question à mon sujet.

Il flotte invariablement dans le hall un parfum indéterminé, mais très particulier. La température est constante, quelle que soit la saison.

Parfois, ça me fait penser à un aéroport. Les gens arrivent, récupèrent un colis, embarquent dans l'ascenseur et s'envolent vers leur étage. Ensuite, il y a tellement d'étages qu'on ne les revoit jamais. D'autres fois, ça me rappelle un endroit beaucoup plus morose : l'hôpital psychiatrique où j'ai été soignée. Coïncidence ? Je ne sais pas. Mais après tout, c'est peut-être ce que j'attends d'une maison : une ambiance parfaitement aseptisée.

Pour en revenir à mes voisins, ils n'hésitent plus à franchir le seuil de ma porte. De retour d'un pot entre collègues ou d'un dîner, déjà éméchés, ils jettent un coup d'œil curieux à la fête. Quelqu'un – moi, en général – leur colle un verre de vin à la main ; et c'est ainsi qu'à 1 heure du matin, un jeune cadre dynamique de la finance, âgé d'à peine vingt ans, se retrouve en train d'embrasser Chantal du cinquième étage, en lui promettant de l'emmener vivre dans une communauté hippie à Bali. Comme moi, Chantal est une des rares exceptions à la règle du cadre dynamique de la finance qui sévit dans cet immeuble, mais je reviendrai plus tard sur le cas Chantal. Le jour, mes voisins sont distants et peu communicatifs ; la nuit, ce sont de bruyants fêtards qui profitent à fond de leur liberté. On ne pratique pas le juste milieu au cœur de Londres.

Est-ce que je me suis ridiculisée hier ?

C'est le message que m'enverra Chantal demain, à coup sûr.

Elle le tapera depuis le canapé où elle reste allongée toute la journée en pensant à sa future reconversion en tant que masseuse. Chantal a perdu il y a un an son poste dans le marketing et elle ne s'en est pas remise. Je crois qu'elle est en pleine dépression et qu'elle n'est pas près d'en sortir, car l'argent que lui versent ses riches parents l'incite à rester couchée, à ruminer sa tristesse. Elle n'a aucune raison de se secouer. Mais à 1 heure du matin, Chantal resplendit, illuminée par les lampes et le prosecco. À 1 heure du matin, Chantal et moi, on est amies, ou presque. Le lendemain après-midi, quand on se croisera au supermarché dans l'allée des plats préparés, c'est à peine si l'on échangera quelques mots.

— Il faut que je me dépêche de…, murmurera-t-elle en montrant d'un geste vague le rayon du pain, la sortie, ou n'importe quoi d'autre.

— Oui, moi aussi, il faut que j'y aille, renchérirai-je avec empressement, avant de m'en retourner chez moi, me morfondre sur mon canapé.

Rencontrer quelqu'un, c'est un jeu de hasard, me dirait sûrement ma mère si la communication entre nous n'était pas coupée depuis mon séjour à l'hôpital. Je m'en remets donc au hasard en laissant entrer des inconnus. Et je lui donne un coup de pouce en les incitant à venir.

En début de soirée, j'accueille dignement les collègues que j'ai invités en leur proposant du vin, et tout le monde discute tranquillement. Ensuite, mes collègues sont peu à peu remplacés par des inconnus, et ça devient le chaos. Le lendemain, je passe une bonne partie de la journée à nettoyer le salon. Mais ça en vaut la peine. D'ailleurs, ce désordre ne me dérange pas, il me donne un but.

Il est 2 heures du matin, et il ne reste plus que des voisins. Mes deux derniers collègues sont dans le couloir, en train d'attendre l'ascenseur. Ils ont beaucoup bu, et leur élocution laisse à désirer, mais je les entends discuter.

— Elle est gentille, mais je la trouve un peu… excessive, non ? déclare Iris.

Elle parle trop fort, parce qu'elle est soûle, grâce à l'alcool qu'elle a bu gratuitement et sans modération chez moi. Et c'est mon comportement qu'elle critique.

Buddy approuve, il est d'accord. Lui aussi me juge un peu excessive. Comme tout le monde. C'est exact, j'en fais des tonnes. Et je suis à côté de la plaque. Je ne suis pas le format qu'on recherche dans l'idéal. Si l'on devait me mettre dans une recette de cuisine, il faudrait me doser avec parcimonie, ou alors compenser l'excès d'Harriet avec une bonne quantité de sel. Mais il se trouve que je suis un être humain, et l'on doit me prendre tout entière, avec mes excès.

Je m'assieds derrière la porte pour écouter ce qu'ils ont encore à dire de moi, mais l'ascenseur arrive en s'annonçant bruyamment. Une heure plus tard, quand les derniers retardataires s'en sont allés, l'appartement est redevenu silencieux, et j'entends mes voisins qui éteignent leur télé, puis le léger frottement d'une paire de pantoufles sur le plancher.

Dans ma tête, je dis bonsoir à Lexie, ma voisine. Elle n'est jamais venue à mes soirées, mais je connais son prénom parce que j'ai entendu son compagnon le prononcer. Puis je vais m'allonger sur le canapé et me mets à pleurer. Mon mascara coule sur le coussin, et mes larmes ne s'arrêtent que lorsque je finis par m'endormir.

4

Lexie

Décembre

Je suis devant mon clavier, occupée à taper un texte que je ne cesse de corriger, quand Harriet se met à chanter avec une voix de présentatrice d'émission pour enfants, beaucoup trop forte pour être naturelle. Je ne crois pas me souvenir que le bruit des autres m'agaçait à ce point quand je travaillais dans un bureau. En règle générale, j'apprécie le brouhaha ambiant ; par exemple, la radio et la télé ne me dérangent pas pendant une discussion. Mais on dirait que toutes mes règles sont en train de changer. Cette voix est insupportable. Je lance un coussin contre le mur.

Je déplie mes jambes recroquevillées sous moi et quitte le canapé pour aller dans la cuisine. J'ai résisté toute la matinée à l'appel des galettes d'avoine du placard, mais avec Harriet qui me tape sur les nerfs, je craque.

Je jette un regard désolé sur mon bas de pyjama trop grand. C'est celui de Tom. Le mien me serre au niveau de la taille.

Après avoir mangé quelques galettes d'avoine, je retourne m'allonger sur le canapé, un peu calmée. Il n'est pas normal que je sois à ce point sensible à ce qui se passe chez Harriet. Cela ne me paraît pas très sain non plus. Mais quand on habite une grande résidence ultramoderne du centre de Londres, avec un service de conciergerie qui réceptionne les colis et aide les livreurs Deliveroo à s'orienter dans le dédale des couloirs, c'est humain de se sentir un peu seul et de s'intéresser à ses voisins.

J'en sais plus sur la vie quotidienne d'Harriet que sur celle de mes amies. Au fond, nous sommes presque des intimes, car elle est de loin la personne avec laquelle je passe le plus de temps. Je sais qu'on boit beaucoup d'alcool à ses fêtes et qu'elle ne cesse de remplir les verres de ses invités, qui essaient de résister et de rentrer chez eux, sans y parvenir parce qu'ils s'amusent trop.

Je sais aussi qu'elle adore le karaoké. Elle lance l'idée en fin de soirée, et ses amis commencent par rire et par gémir qu'ils travaillent le lendemain. Puis on entend l'intro d'une chanson, alors ils restent, et ce sont des cris de joie. Il y a de plus en plus de monde. C'est de plus en plus animé. Et surtout il y a constamment un bruit fou.

Et maintenant, le piano. J'ai un coussin sur chaque oreille, mais on ne peut pas lutter contre un tel niveau de nuisance sonore ; c'est une intrusion de tous les instants dans le silence de notre maison.

Harriet compose pour des comédies musicales, et des milliers de personnes fredonnent ses mélodies dans le bus en revenant des théâtres de West End. J'ai déjà lu des interviews d'elle sur des sites spécialisés et j'avoue avoir été impressionnée par son intelligence. Elle doit être riche et célèbre, puisqu'elle habite cette résidence. Ici, Tom et moi sommes des exceptions, avec nos salaires moyens ; et si l'on peut se permettre cet appartement, c'est grâce aux parents de Tom qui en sont propriétaires et nous le louent à un prix très avantageux.

J'ai encore tapé le nom d'Harriet dans Google et regarde la photo de son site professionnel. Elle est grande et belle,

elle a vraiment de l'allure et semble sûre d'elle. J'aime bien sa bouche. J'envie ses cheveux blonds, lisses et soyeux. Au lycée, elle était sans aucun doute la fille la plus populaire du bahut ; et elle n'aurait sûrement pas voulu de moi comme amie, avec ma frange toute frisée et mes cuisses en pâte à modeler.

C'est dans son appartement, qui lui sert aussi de studio, qu'Harriet compose ses chansons. Je l'imagine, un pied nu sur la pédale de son piano, ses doigts aux ongles peints tapotant les touches, et s'arrêtant de temps à autre pour griffonner des notes sur une partition. Harriet est une artiste. Souvent, elle est tellement absorbée par son travail qu'elle en oublie ses rendez-vous, et je l'entends sortir de chez elle en catastrophe, sans doute pour rejoindre des amis à un brunch. Je parierais qu'elle achète des fleurs sur Columbia Road pour les mettre sur son piano et apporter une touche de couleur supplémentaire à son intérieur. Elle a du goût et ne décore *jamais* son appartement avec des objets quelconques provenant d'une grande chaîne. Les hommes lui trouvent probablement toutes les qualités : intelligente, de l'humour à revendre, un corps sublime.

Non, bien sûr, je n'ai jamais eu l'occasion de faire sa connaissance.

Il m'est arrivé de trouver son courrier dans notre boîte aux lettres et de le glisser dans la sienne. Parfois, comme en ce moment, je tape son nom dans la barre de recherche Google. Je ne l'ai vue qu'une seule fois, quand elle sortait de l'ascenseur, un jour où j'avais pris l'escalier pour faire un peu d'exercice. Et pourtant, d'une certaine manière, j'ai l'impression de la connaître.

Depuis mon bureau, c'est-à-dire depuis mon canapé adossé contre le mur, je suis aux premières loges pour observer la vie de ma voisine Harriet et bien placée pour dire que cette existence est riche en péripéties.

Pas comme la mienne. Ça va faire trois heures que je suis affalée sur mon canapé, j'ai un point douloureux dans le dos et des miettes de flocons d'avoine sur le menton. Et je n'ai écrit que sept phrases sur les deux mille mots que je dois rendre.

Des flocons d'avoine, j'en ai aussi sur les genoux. C'est clair qu'Harriet et moi, on n'a rien en commun.

Un peu plus tard, je reçois un SMS de Tom.

Me voilà dans le métro. Partante pour un curry ?

Tout en répondant, je remarque une tache sur mon – son – pyjama et pense à me changer, mais ensuite je me mets à éplucher le menu thaï.

Un curry, ce n'est pas une bonne idée. Ça veut dire que je vais avoir du mal à rentrer dans mon jean taille 40. Et aussi qu'on ne fera pas l'amour ce soir, alors qu'on devrait en profiter chaque fois qu'on peut.

Notre brève partie de jambes en l'air sur le canapé n'a pas porté ses fruits, et depuis, il s'est écoulé presque un mois.

Mes bâtonnets ne disent pas que nous sommes dans la période d'ovulation, mais le Grand Docteur Google, non content de me culpabiliser à propos de tout et de rien, m'a appris que la règle du « plus on le fait, mieux c'est » est la nouvelle tendance en matière de politique sanitaire. C'est plutôt inquiétant qu'il existe des « tendances » dans ce domaine, si l'on y réfléchit, aussi j'évite de trop y penser et me concentre plutôt sur ce que je vais manger. Les rouleaux de printemps au canard viennent s'ajouter à la liste de ce qui pourrait m'empêcher de tomber enceinte. Et cette liste est déjà longue.

En vérité, Tom et moi, on a du mal à comprendre pourquoi je ne suis toujours pas enceinte. On ne sait pas pourquoi je l'ai été, pourquoi j'ai fait une fausse couche et depuis plus rien. Ça fait maintenant deux ans qu'on essaie et ça n'avance pas.

Plus le temps passe, et plus je me sens coupable. C'est idiot, parce que je fais tout ce que je peux. Il m'est même arrivé d'accompagner Tom en déplacement à l'autre bout du pays, pour être avec lui au moment de l'ovulation. Ou de commander une nuisette affriolante sur le site Figleaves et de rester enfermée dans un hôtel Travelodge à Hull pendant toute une semaine.

Ce sentiment de culpabilité est assez récent, mais il a tendance à augmenter, en même temps qu'augmentent mon angoisse, ma consommation de calories et mon besoin de sommeil, au détriment de mes autres activités : voir des amis, m'épiler les sourcils, porter autre chose que des vêtements à ceinture élastique. Rire, tout simplement.

De l'autre côté du mur, comme pour interrompre mon monologue intérieur, Harriet se manifeste. Elle referme rageusement son piano, puis j'entends une sonnerie de téléphone.

—Oui ? dit-elle d'un ton brusque, comme le font les gens occupés.

Moi, je n'ai rien de spécial à faire, pas même en ce moment, pendant la semaine de Noël, la plus chargée de l'année.

L'appel, c'était sûrement un livreur, parce que dix secondes plus tard Harriet ouvre à quelqu'un par l'interphone. On frappe à sa porte, et je l'entends s'extasier. On lui apporte un bouquet. Sans doute un cadeau de Noël qui arrive avec un peu d'avance. Mais de la part de qui ? Son petit copain, une amie, sa mère ?

Je m'écarte du mur et me blottis sur le canapé. Maintenant que je travaille en indépendante, je suis presque tout le temps à la maison, et finalement mes contacts humains, en dehors de Tom bien sûr, se réduisent à Harriet.

J'ai parfois l'impression qu'elle a pris une place inquiétante dans mon quotidien.

Souvent je l'imagine, juchée sur des talons hauts, une main crispée sur son téléphone, sautant dans un taxi pour se rendre à un dîner, à une expo en nocturne, dans un endroit où elle boira des cocktails sophistiqués. Et ça me rappelle mon ancien moi, le moi d'avant l'angoisse de l'infertilité qui a envahi ma vie.

Je vais dans ma chambre, en traînant des pieds dans mes vieilles pantoufles, et fouille dans l'armoire jusqu'à trouver la boîte que je cherche. Évidemment, c'est une vieille boîte à chaussures, et évidemment, elle est pleine à craquer de photos – qui attendent encore l'album dans lequel il faudrait les classer –, de cartes de remerciement, de badges d'enterrements de vie de jeune fille, d'invitations à des anniversaires, de cartes d'adieu pleines d'humour et de vieux talons de places de concert.

Quelque part en chemin, j'ai cessé d'être cette fille qui inspirait aux gens tellement de sentiments qu'ils avaient du mal à faire tenir tout ce qu'ils avaient à me dire sur une carte postale. La fille qui leur inspirait aussi des tas de points d'exclamation, de lettres majuscules et de remarques entre parenthèses.

Dans le magazine féminin où je travaillais, j'avais la réputation de toujours proposer les meilleurs sujets d'interview. « Lexie va nous trouver quelque chose. » J'acquiesçais, sûre de moi, très à l'aise. J'avais des blagues de journaliste à raconter, des idées d'endroits sympas pour déjeuner.

À présent, je me sens comme rabougrie.

Aujourd'hui, alors que les chants de Noël résonnent sous ma fenêtre et que la plupart des gens en sont déjà à leur cinquième rôti de dinde du mois, je me morfonds toute seule chez moi à l'heure du déjeuner.

Je ne sais pas comment ma vie a pu se contracter à ce point. Comment j'ai réussi à me tasser dans une boîte à peine assez grande pour moi, parce que autrefois, moi aussi, j'étais une Harriet. Et aujourd'hui, j'en suis réduite à regarder ma voisine avec envie.

5

Harriet

Décembre

Je suis en route pour un repas de Noël entre collègues – le genre où j'ai dû choisir à l'avance, en octobre, ma soupe, ma dinde et mon tiramisu –, quand je m'aperçois à mi-chemin que j'ai oublié mon téléphone. Il ne me reste plus qu'à retourner le chercher à l'appartement.

Je trébuche en descendant du bus et jure entre mes dents.

C'est à cause de ces chaussures dont les talons sont trop hauts pour moi qui suis grande et plutôt gauche. Puisque je repasse à la maison, j'en profiterai pour enfiler des baskets. Je sais que celles-ci ne m'iront jamais aussi bien qu'à certaines – Iris, par exemple –, qui dévoilent avec décontraction une cheville gracieuse et insensible au froid. Comment font toutes ces femmes pour ne pas avoir froid aux chevilles ?

Sur moi, l'association jean-baskets ferait gamine de treize ans mal dans sa peau, en voyage scolaire. Ou trentenaire qui n'a pas encore trouvé son style. Je jette un coup d'œil à ma tenue : avoir trouvé mon style, j'en suis très loin.

Arrivée devant mon immeuble, je passe mon badge sur l'écran et pousse la porte, mais il y a déjà un homme qui s'apprête à monter dans l'ascenseur. Zut, je vais devoir attendre le suivant. Il existe chez nous un code tacite interdisant le partage d'un ascenseur.

Celui qui est arrivé avant moi a une crinière sauvage de boucles brunes. Il repousse impatiemment des mèches qui lui retombent devant les yeux, d'une main, puis de l'autre.

Je dois respirer un grand coup, comme si je m'apprêtais à sauter d'un avion. Une alarme vient de se déclencher dans ma tête et envahit tout.

Ce n'est pas seulement à cause des cheveux de cet homme. Ce sont ses yeux noirs, sa manière de rentrer les épaules pour mieux caler son sac à dos quand il pose à terre le sachet de son plat à emporter. C'est son soupir appuyé, et tout ce qu'il contient. Ce sont ses longues jambes, son jean serré. Et surtout son nez, un peu trop busqué pour correspondre aux canons de la beauté, mais pas pour moi.

Cet inconnu me rappelle Luke, mon ex-fiancé, celui qui a vécu ici avec moi, dans ce même immeuble. Et je ne parle pas d'une vague ressemblance. Cet homme est son sosie. Ils sont identiques. Interchangeables.

Pour une fois, je monte à pied par l'escalier. Sur mon palier, ça sent les épices. Je me réfugie dans mon appartement en claquant la porte derrière moi, mais l'odeur des épices m'a suivie, et c'est un peu comme si l'homme de l'ascenseur était entré avec moi.

Je sais bien – du moins mon intellect le sait – que ce n'était pas Luke, que ça ne pouvait pas être lui. Que mon ex-fiancé n'est pas là, à Londres, dans l'ascenseur de mon immeuble avec un plat thaï à emporter. Après ce qui s'est passé, son ancienne résidence est le dernier endroit où il mettrait les pieds. Mais ce message n'a pas atteint une certaine partie de mon cerveau, celle qui fait tambouriner mon cœur si violemment qu'il doit résonner jusque dans l'appartement voisin, à travers le mur contre lequel je me suis adossée pour reprendre mon souffle.

De l'autre côté, j'entends la voix douce et paisible de Lexie, si différente de la mienne. Il me semble parfois qu'elle a un léger accent du nord, mais je peux me tromper. Je n'arrive pas toujours à identifier correctement les accents anglais.

— Tom ? appelle-t-elle. Tu peux m'apporter un…

La fin de la phrase se perd. Le mur entre nous est juste assez épais pour me tenir à l'écart des détails de leur vie.

Mais elle a bien dit « Tom ». Pas Luke, Tom. Tom, mon voisin. Il faudra que je m'en souvienne, quand mon cœur s'emballera. Quand mon esprit s'emballera. Et aussi la nuit, à 4 heures du matin. Surtout à 4 heures du matin. Je me sers un verre de vin, le vide d'un trait, attrape mon téléphone sur le piano et balaie d'un geste rageur le bouquet de fleurs dont je n'ai que faire, que vient de me faire livrer un ancien collègue dont je n'ai que faire. Puis je sors, sans avoir changé de chaussures, en m'efforçant de lutter contre la sensation que ma voisine m'a volé mon Luke. Que ma voisine m'a volé ma putain de vie.

6

Lexie

Décembre

— Islington me manque, soupire Anais. J'en ai marre de Clapton.

J'allume la bouilloire, tandis qu'elle enlève ses bottines Chelsea beiges dans le couloir derrière moi.

Ça fait une semaine que je sais qu'elle doit passer me voir – elle a un dîner de Noël dans le quartier –, mais ça ne m'a pas empêchée de paniquer au dernier moment. Je n'arrivais plus à tracer mon trait d'eye-liner, je ne savais pas quoi mettre (depuis que je travaille à la maison, je n'ai plus l'habitude de m'habiller comme les gens normaux), et il fallait faire disparaître la pile de courrier dans des tiroirs. Tom est en déplacement depuis plusieurs jours. Je suis perdue.

— Souviens-toi pourquoi tu as voulu t'exiler à Clapton, réponds-je en lui indiquant une boîte de thé à la menthe et une tisane scandaleusement chère de chez Planet Organic.

Elle me désigne la deuxième du menton, bien sûr, puisque nous sommes des Londoniennes de la classe moyenne.

— Maintenant, tu es propriétaire et tu ne dilapides plus ton argent dans un loyer.

Je soupire.

— Nous, on n'est pas près de bouger. Le père de Tom n'augmentera jamais le loyer, et on ne trouvera pas mieux au même prix. Ça ne motive pas à faire un prêt.

Ce discours n'est pas réservé à Anais ; je débite le même à tout le monde, tout le temps. C'est ma façon de montrer que je suis consciente de la chance que j'ai d'habiter une résidence avec piscine en sous-sol, au cœur de Londres, grâce aux parents de Tom.

C'est assez drôle quand on pense que mes parents à moi font partie de ces gens qui tiennent à inculquer à leurs enfants « la valeur de l'argent ». Ils m'ont toujours vivement encouragée à être indépendante et ne m'ont sans doute jamais prêté plus de 20 livres.

Et aujourd'hui, pour un loyer inférieur à celui que mes amis paient pour les taudis de la zone 6, je vis dans un immeuble où la peinture des parties communes ne s'écaille pas ; elle est même fraîchement repeinte tous les ans d'une couleur magnolia très tendance. Les employés du service d'entretien font disparaître les mouches mortes et les talons de tickets avec autant de diligence que si nous étions dans un hôtel cinq étoiles. Les fenêtres sont régulièrement ouvertes pour aérer les lieux. On a l'impression de se retrouver dans l'atmosphère aseptisée d'un hôpital.

Quant au quartier, je m'y sens bien. L'anonymat d'Islington m'apaise. Il m'arrive de sortir sans but précis pour profiter de l'ambiance de la rue principale, et ça m'amuse de croiser des hipsters, la trentaine et des poussières, qui se promènent en scooter avec des enfants portant des pulls à 50 livres. Le week-end, je vais souvent faire un tour sur la péniche-librairie du canal, où je fouille dans des piles de vieux classiques d'occasion. Je respire les odeurs du brunch que les gens prennent dehors, sur le trottoir, même quand il ne fait que sept degrés, comme si l'on était à Madrid en plein mois de juillet. On ne verrait ça nulle part ailleurs dans ce pays, mais ici, on vit dans une bulle. C'est un monde à part.

Ici, les PDG jouent au tennis dans le parc d'Highbury Fields comme des gamins de quinze ans. Cet été, j'ai vu une équipe de trentenaires jouer à la thèque avec des amis en enchaînant vaillamment les tours de terrain. Dans les pubs, on ne trouve pas l'ambiance typiquement anglaise, mais plutôt des jeunes gens surexcités découvrant qu'ils peuvent se soûler un lundi et se goinfrer de chips au dîner sans que ça choque personne. Et eux aussi savent mettre de l'ambiance.

Quand l'après-midi est ensoleillé, on sirote des gin-tonics dans des brasseries en plein air bondées qui débordent sur les trottoirs. Pour Noël, j'ai tout acheté dans un rayon de dix minutes à pied autour de chez moi. D'ailleurs, de jour comme de nuit, tout ce dont nous pourrions avoir besoin est accessible à pied. Nous sommes des enfants gâtés, et j'adore. C'est une sensation nouvelle pour moi.

Mais, à force de répéter en boucle mon argument sur les prêts bancaires, j'ai fini par y croire. À présent, je rêve de devenir propriétaire, quitte à me mettre sur le dos un crédit colossal que je n'aurai jamais fini de rembourser. En tout cas, même si je n'ai pas à me plaindre, j'ai tendance à regarder ce qu'ont les autres et à le vouloir aussi. Ça, c'est tout moi. Mais peut-être qu'au fond tout le monde fonctionne ainsi.

Sans compter qu'il y a aussi certains inconvénients à vivre dans ce quartier de Londres.

Nous nous sentons tous en transit, parce que nous savons que nous n'y resterons pas.

Certains y parviennent : quand je contemple les maisons familiales autour de Highbury Fields, je me demande comment on peut avoir les moyens de se payer ça, pour de bon, et résider dans ce quartier au-delà de quarante ans, pour y fonder une famille et y vieillir. Mais les poubelles sont pleines de cartons à pizza, de bouteilles de vin, de couches et de rouleaux de papier hygiénique. Une preuve que c'est possible.

Pourtant, la plupart des habitants d'Islington savent qu'ils ne feront jamais partie des 0,000001 pour cent qui occupent ces demeures. À trente-neuf ans dans ce quartier, on vous regarde comme quelqu'un qui s'est incrusté un peu trop longtemps à une fête. On veut bien vous accorder un dernier pique-nique sur l'herbe du beau parc, mais ensuite il vous faudra rejoindre la banlieue.

C'est ce qu'a fait Anais, elle construit sa vie. Là où elle rentre tous les soirs, il y a des marchés avec des produits frais où les vendeurs apostrophent les clients, des pubs traditionnels où l'on vous dévisage avec des yeux ronds si vous commandez un brunch, des gens qui ont toujours habité là. Il y a aussi ceux qui viennent d'arriver, comme elle, mais ils ne sont pas là pour bousculer les traditions. Tandis qu'ici elles se perdent un peu plus chaque fois qu'une boutique de primeurs est remplacée par un bar à cocktails, ou qu'une pancarte « à louer » apparaît sur la devanture d'un vieux pub. Nous sommes tous responsables : je passe mes dimanches à flâner au marché aux puces pour profiter de l'ambiance, mais c'est au supermarché que je fais mes achats. Je fais partie du problème. Je suis même au cœur de ce problème.

— Les crédits immobiliers sont trop chers, et je ne comprends pas pourquoi tout le monde ne pense qu'à emprunter, déclare Anais en fouillant dans son sac pour en sortir une boîte de brownies. Et à faire des bébés, ajoute-t-elle.

Je tressaille. Elle pose les gâteaux sur la table de la cuisine.

— Caramel salé, dis-je en lisant l'étiquette pour tenter d'oublier sa remarque désinvolte sur les bébés. Merci.

Quand j'ai connu Anais à l'université, elle était déjà farouchement opposée à la procréation et elle n'a pas changé d'avis depuis, pas même quand elle a rencontré Rafael. Il est espagnol ; elle vient de la Barbade. Quelqu'un qui serait pétri de clichés ringards leur dirait sûrement qu'ils feraient de beaux bébés.

Ce n'est pas mon cas, et je me garde bien de dire quoi que ce soit. Mon problème de fertilité a, semble-t-il, développé mon intelligence émotionnelle. Je me suis juré de ne plus jamais être de ceux qui assènent tranquillement leur point de vue sur l'intérêt d'avoir ou pas des enfants, sans se douter qu'ils peuvent toucher une corde sensible chez leur interlocuteur. On ne sait pas ce que vivent les gens.

Anais et moi, on s'est rencontrées en troisième cycle de journalisme. La plupart des étudiants qui étaient avec nous se sont pratiquement perdus de vue, mais nous sommes restées proches toutes les deux. Elle rédige des tribunes politiques pour un quotidien national, et je suis rédactrice publicitaire pour des marques qui me paient pour pondre un nombre précis de mots sur leurs produits. En ce moment, je rédige le mode d'emploi d'une machine à laver. Ce n'est pas ainsi que j'imaginais l'avenir quand j'ai franchi pour la première fois les portes de l'université, il y a dix ans, un exemplaire d'*Empire* en main, avec l'ambition de devenir critique de cinéma.

Je ne suis pas devenue critique de cinéma. J'ai d'abord travaillé dans un magazine, mais j'ai quitté mon emploi, car la politique interne de la boîte me rendait dingue, et je rentrais complètement stressée quatre jours sur cinq, au bout du rouleau. À l'époque, les conflits de boulot étaient ma principale préoccupation. Ils appartiennent à présent à une lointaine galaxie, et j'ai du mal à comprendre comment j'ai pu leur accorder autant d'importance.

Mais si je suis partie, c'est aussi et surtout parce qu'on essayait de faire un bébé depuis deux ans, sans y parvenir, et qu'il me semblait qu'un changement radical réglerait le problème. Je voulais lâcher prise, trouver un équilibre entre ma vie personnelle et ma vie professionnelle. Je voulais pouvoir prendre un cours de Pilates au milieu de l'après-midi si l'envie m'en prenait. Mais j'ai découvert que j'en avais rarement envie. Et, à force de rester seule toute la journée sans conflits de boulot pour m'occuper l'esprit et sans une réunion à préparer pour 10 heures, j'ai commencé à déprimer. Au point qu'un trajet de deux minutes à pied pour aller à la poste me faisait parfois l'effet d'une montagne à gravir. Je pensais tout le temps à ce bébé qui ne venait pas. Et à l'autre bébé, aussi, celui qui n'était pas arrivé à terme, et ça me faisait de plus en plus souffrir, alors que ç'aurait dû être le contraire. Je ne dis pas que ça a été une erreur de quitter mon travail. Ce qui est sûr, en tout cas, c'est que ça n'a pas été la solution miracle que j'espérais.

— Le rush de Noël chez nous, c'était grotesque, poursuit Anais.

Elle me prend des mains la tasse que je lui tends et s'encadre, magnifique, sur le seuil de la cuisine.

— Tu ne peux pas savoir comme je t'envie d'être ton propre patron.

Là, je baisse les yeux vers ma tenue officielle pour « voir des gens », enfilée deux minutes avant son arrivée et destinée à être enlevée dès qu'elle sera partie. Puis je jette un regard en coin vers son téléphone qui ne cesse de clignoter pour annoncer des messages urgents. Et je me dis :

Bien sûr, Anais, bien sûr.

— Tu travailles tranquillement chez toi. Tu es totalement libre…

Puis elle me donne un exemple de l'usage que je peux faire de cette liberté.

— Tu peux faire cuire des pommes de terre tout en bossant, si ça te chante.

C'est ça. C'est exactement ce dont je rêvais quand j'ai débarqué à l'université avec mon exemplaire d'*Empire* sous le bras.

— Tu peux aller courir quand ça t'arrange.

Très juste. D'ailleurs, ça m'arrive régulièrement.

Elle marche jusqu'au salon, sans chaussures, en collants.

— Seigneur, qu'est-ce que c'est que ce boucan ? demande-t-elle en buvant sa tisane au fenouil à petites gorgées.

Je retourne dans la cuisine.

— Oh, c'est Harriet ! dis-je en pressant mon sachet de tisane contre la paroi de ma tasse.

Je dispose les brownies sur une assiette, puis la rejoins dans le salon. Debout, l'oreille collée au mur, elle écoute la nouvelle composition d'Harriet, une chanson qui parle de poulets et d'une ferme.

— Arrête de l'espionner, dis-je tout bas, comme si Harriet pouvait nous entendre avec le vacarme ambiant.

Même la rythmique a un côté volaille. Nous nous tordons littéralement de rire.

Dès que nous sommes calmées, Anais vient s'asseoir à mes côtés sur le canapé et cale ses pieds sous ses fesses, en imitant les gestes et les mimiques d'une chanteuse d'opéra.

Elle se penche et prend un biscuit dans l'assiette posée sur la table basse.

— Elle fait ça tout le temps ? demande-t-elle.

Est-ce qu'elle fait ça tout le temps ? Maintenant que j'y pense : oui. Et le plus étrange, c'est que j'ai fini par m'y habituer et par trouver tout naturel d'avoir une voisine qui chante à tue-tête l'amour, les rêves, les sentiments... et les poulets. Je l'entends marteler les touches de son piano ou pousser des cris de rage quand ça ne sonne pas comme elle voudrait. Et je subis avec résignation, comme si j'étais sa compagne de cellule.

— Oui, pratiquement tout le temps. Tu vois, ça fait aussi partie des inconvénients de la vie à Islington. Pour peu qu'un compositeur en vogue emménage à côté de chez toi, tu es obligé d'écouter ses refrains sur les poulets en boucle.

Nous rions de bon cœur, puis le silence s'installe entre nous.

— À part ça, comment tu vas ? demandé-je.

Pendant que je mange mon brownie, elle me parle de la nouvelle application que Rafael vient de créer, du restaurant coréen qu'ils ont essayé ce week-end et du voyage à Mexico qu'ils viennent juste de réserver. Enfin, quand j'ai épuisé tout mon stock de questions pour retarder l'échéance, elle finit par me poser celle que je redoutais le plus :

— Et toi ? Quoi de neuf ?

Je fais semblant d'avoir la bouche pleine, pour m'accorder un délai.

C'est chargé, comme question, quand on a atteint la trentaine. Ça signifie : « Est-ce que tu vas te marier, avoir un bébé, acheter une maison ? Est-ce que tu as décroché un nouveau boulot génial qui change la donne, un job super bien payé qui va te permettre d'acheter dans Notting Hill ? » Et si l'on ne répond « oui » à rien, si rien de tel ne s'est produit, c'est zéro à l'examen « Quoi de neuf ? ». Parfois, j'ai l'impression que si je désire tant un bébé, c'est aussi pour être reçue à cet examen.

— Pas grand-chose, dis-je.

Mais j'invente quand même un projet de boulot sans intérêt et une sortie au théâtre avec les parents de Tom.

Parce que c'est tout simplement inconcevable de ne rien avoir à raconter. Il faut être occupée, surchargée, frénétique, « faire ». Constamment. Le « rien » n'est pas permis.

J'essuie les miettes de gâteau collées à mon menton et les dépose sur une assiette.

Après le départ d'Anais, je remets mon pyjama – enfin, celui de Tom – en me demandant pourquoi je ne lui ai rien dit à propos de ma Quête du Bébé.

Parce que après tout, c'est *ça*, ma « grande nouvelle ». C'est ça que j'ai à raconter. Elle est mon amie, et je suis du genre à m'épancher facilement. Ça me perturbe vraiment, ce non-dit entre nous. Elle n'est même pas au courant pour ma fausse couche. Anais, ma meilleure amie, ignore que j'ai porté un bébé. Elle ne sait rien de la chose la plus terrible qui me soit jamais arrivée. Ça me semble fou à présent de ne pas lui en avoir parlé, mais à l'époque je pensais le lui annoncer plus tard, comme une parenthèse à une autre nouvelle, beaucoup plus heureuse celle-là.

Cette incapacité à lui confier ce qui se passe dans ma tête nous éloigne l'une de l'autre. Je le sais, et elle aussi. Je sens que le fossé entre nous se creuse chaque fois un peu plus, mais je ne me résous pas à le combler. Pourquoi ?

Je suis parvenue à cette conclusion : une fois que c'est lâché, on ne peut plus le reprendre. Ça devient votre signe distinctif, c'est à ça que tout le monde pense en vous demandant « Quoi de neuf ? ». Ça devient un nuage noir qui plane en permanence au-dessus de votre tête.

Avant de partir, Anais m'a serrée dans ses bras en me demandant à l'oreille si j'allais bien, mais j'ai évité son regard et je l'ai raccompagnée jusqu'à la porte, en débitant des platitudes sur les soucis de boulot et les semaines trop chargées.

Je termine les brownies debout devant l'évier de la cuisine. J'ai la nette impression qu'Anais va mettre un certain temps à se manifester à nouveau ; plus que d'habitude, en tout cas.

7

Harriet

Décembre

Soudain, un éclat de rire provenant de l'appartement mitoyen me fait sursauter. Ce n'est pas Lexie qui rit ainsi, mais une femme dont la voix porte beaucoup plus que la sienne. J'entends Lexie lui répondre. Elle parle plus fort que d'habitude pour se mettre au diapason et elle rit de bon cœur, elle aussi.

J'ai l'impression que Tom est absent depuis quelques jours, et que Lexie en profite pour passer du bon temps entre filles. Elle veut tout, et ça m'agace. Un beau mec qui lui apporte des plats cuisinés et qui l'aime, et en plus des amies, de vraies amies qui viennent la voir pour prendre le thé et plaisanter avec elle. Ça existe, ça ?

— C'est Harriet ! crie-t-elle, juste au moment où je cesse de jouer du piano.

Je sursaute sur mon tabouret, tant ça me paraît incongru d'entendre mon prénom de l'autre côté du mur. En un sens, c'est normal : j'existe pour mes voisins comme ils existent pour moi. Je ne devrais pas m'en étonner, mais ça me perturbe tellement que j'en ai les mains qui tremblent. Plus question de jouer du piano, à présent.

Elles rient, ensemble cette fois, et beaucoup plus fort.

Donc, de l'autre côté de cette cloison, je suis une personne. On est au courant de mon existence. On parle de moi. Et on rit. Est-ce qu'elles se moqueraient de moi, par hasard ?

Fais attention, Lexie… S'il y a bien un truc que je ne supporte pas, c'est qu'on se moque de moi.

Mon cœur bat la chamade.

Ça fait maintenant trois jours que j'ai vu Tom/Luke monter dans l'ascenseur avec son plat à emporter, mais l'image est encore bien nette dans mon esprit. Je revois ses cheveux. Ses épaules. Son nez. Ça me donne des frissons.

Je ne dors presque plus et j'aurais déjà dû rendre la partition de ma comédie musicale pour enfants. Le metteur en scène est sur les nerfs, mais mon habituelle rage de convaincre m'a quittée. Je me fiche de tout. Je ne pense qu'à Lexie. Et, chaque fois, j'ai une bouffée de rage.

Je suis tellement sur une autre planète que je n'ai même pas mis les fleurs dans un vase. Je les ai quand même ramassées, et elles gisent maintenant sur la table dans leur emballage, tout avachies, implorant un peu d'eau comme un chiot négligé. Je n'ai pas l'âme d'une mère nourricière, voilà tout.

Tout ce que j'arrive à faire, c'est surfer sur Google. Ça commence innocemment, mais je finis toujours par taper le nom de Luke dans la barre de recherche. Pourtant, je sais bien qu'il a réussi à effacer toute trace de son existence sur Internet, de peur que la femme avec qui il était censé passer le reste de sa vie ne découvre qu'il a obtenu une promotion, ou qu'il a assisté la veille à un concert.

Mais je persiste.

Luke Miller, Chicago. Luke Miller, journaliste. Rien.

De rage, je me renverse trop brusquement en arrière, et ma tête heurte le dossier du canapé. Mais enfin, de quoi a-t-il peur ? Est-ce qu'il s'imagine qu'en voyant une photo de steak saignant sur les réseaux sociaux je vais réserver un vol pour New York et faire le guet devant le restaurant, dans l'espoir de le coincer quand il y reviendra ? Ou pire encore. Un truc du genre comme la dernière fois.

Je referme mon ordinateur portable d'un coup sec et reste assise à ruminer.

À l'heure qu'il est, j'aurais dû être mariée avec Luke. On aurait peut-être une maison dans le Hertfordshire, avec un bébé qui dormirait à l'étage. Ou bien Luke aurait préparé mon sac à dos et m'annoncerait qu'on part visiter l'Europe. Il m'avait convaincue de venir au Royaume-Uni, il n'aurait pas eu de mal à me persuader de tout lâcher pendant un an pour manger du comté en France et admirer des œuvres d'art à Barcelone. Je l'aurais suivi n'importe où. C'était ainsi que ça fonctionnait entre nous.

Je prends soudain conscience d'une douleur et baisse les yeux vers ma main. Je me suis griffée, si fort que le sang perle ; je remarque du même coup que la peau autour de mes ongles est rouge vif : j'ai dû m'arracher les cuticules. Je ne m'en étais pas rendu compte. Souvent, je me fais mal sans m'en apercevoir.

Peut-être aussi que Luke ne jurerait encore que par Londres. Ça n'aurait fait que quatre ans, et il adorait vivre ici. On gagnait beaucoup d'argent, moi en composant pour des comédies musicales et des émissions de télévision, lui dans la vente d'espaces publicitaires aux médias. On avait un cercle d'amis très étendu… enfin, *il* avait. Tous les jeudis soir, il prenait l'apéro avec ses collègues dans un bar d'hôtel chic près de la Strand. Parfois, quand j'insistais, il me permettait de le rejoindre.

Je suis au bord des larmes.

Nos week-ends, heureusement, étaient en général plus intimes. On faisait une longue marche dans Primrose Hill pour soigner notre gueule de bois. Le froid nous piquait les oreilles, Luke finissait par se plaindre que ça lui donnait mal aux dents, on se réfugiait dans un pub pour boire un thé devant une bonne flambée.

Une fois réchauffés, on enlevait nos bonnets et on feuilletait les suppléments du journal du dimanche. Je m'arrangeais pour perdre au Scrabble, histoire d'éviter une dispute. Je caressais l'épagneul par-dessus le comptoir et fantasmais sur un avenir plein de chiens, ce à quoi Luke répondait en fronçant les sourcils qu'un animal de compagnie était une contrainte. Évidemment, je finissais par lui donner raison.

— Tu n'avais pas l'intention de prendre un animal de compagnie ? m'avait une fois demandé ma mère au téléphone.

— Luke est contre, avais-je naïvement expliqué, au lieu de donner une réponse n'impliquant pas Luke.

— Mais toi, Harriet, qu'est-ce que tu en penses ? avait-elle insisté, gentiment mais fermement. Parfois, j'ai l'impression que tu es tellement soucieuse de plaire à Luke que tu en oublies de te demander ce que tu veux, toi.

Je lui avais raccroché au nez. Et j'avais commencé à espacer mes appels.

Peut-être que si j'avais été moins nulle, je serais encore avec Luke. Si je n'avais pas commandé de chips quand j'étais censée faire un régime, si j'avais choisi des jeans plus seyants, si j'avais changé de coupe de cheveux… Luke disait que la mienne était démodée. « Sérieux, Harriet, tu as la même depuis 2003… » Merci du compliment, Luke.

À présent, je pleure toutes les larmes de mon corps, impossible de m'arrêter. Un an après nos fiançailles, au mois de février, Luke m'avait quittée.

J'attrape une paire de ciseaux à ongles et me mets à tailler les pointes de mes cheveux. Ils sont moches, d'un blond trop terne. Quand je prends conscience de ce que je suis en train de faire, je sursaute et me remets au travail. Ou du moins j'essaie.

Cette fois, je retape le nom de Lexie dans la barre de recherche et sélectionne l'onglet « Images ». Ce n'est pas comme pour Luke. Une recherche sur Lexie, ça donne tout un tas d'informations. Sans être comme ces blogueuses qui mettent leur vie en scène, Lexie a posté une bonne centaine de photos, accessibles au « public »... public dont je fais partie, du moins pour l'instant.

Et donc je regarde :

Lexie allongée sur une plage, la tête sur un coude, sa tignasse bouclée retombant sur ses épaules bronzées. Lexie devant un ordinateur portable, absorbée par son texte, un café fumant à portée de main, une bougie Joe Malone trônant sur son bureau parfaitement rangé. Je lève les yeux au ciel.

Un selfie de Lexie et Tom à côté d'un arbre de Noël, chez eux. Celle-là, je m'y attarde plus longtemps et j'essaie de déterminer où ils se trouvent dans leur appartement, identique au mien, en me basant sur un petit bout d'arrière-plan que j'aperçois derrière eux.

En fin de compte, je passe à autre chose et m'arrête cette fois sur un portrait en pied : Lexie en chaussures à talons hauts et jupe crayon, avec un maquillage très professionnel, affrontant résolument l'objectif sans un sourire, une main sur sa belle hanche galbée.

Elle est vraiment sublime sur cette photo ; rien à voir avec la fille pleine de taches de rousseur de la plage, ni avec la Lexie posant devant l'arbre de Noël. Sur les réseaux sociaux, Lexie change de style comme une poupée Barbie. Celle-ci, c'est la version Lexie de sortie.

Et quand elle est de sortie, Lexie, elle déborde d'assurance, elle est bien coiffée, elle est accompagnée par Tom. Il y a les photos où elle rit, la tête renversée. Celles où elle boit des cocktails rose fluo sur des toits en terrasse. Des clichés de vacances où elle exhibe ses belles jambes bronzées. D'autres où elle serre dans ses bras son neveu qui se penche pour l'embrasser. Là, elle tient une tasse à deux mains, comme s'il s'agissait d'un petit chiot, devant un poêle à bois. Le point commun entre toutes ces photos ? Lexie a toujours l'air aimée, amoureuse, heureuse. Pas du tout crispée. Ni nerveuse. Ni en train de se demander si ça ne va pas se gâter. Une chanceuse, cette garce de Lexie.

Je referme violemment le couvercle de mon piano et vais me recoucher, en oubliant une fois de plus de boire un peu d'eau. Je rêve de Lexie, entourée de ses amies. Elles ont un drôle de petit sourire suffisant. Et puis elles éclatent de rire.

8

Lexie

Décembre

J'ai entrepris de passer en revue sur les réseaux sociaux mes amies et connaissances susceptibles d'être enceintes. Et bien sûr, parce que ça fait partie de la vie normale d'une trentenaire, la moitié d'entre elles ont posté des badges « bébé à bord » et des selfies de leur gros ventre.

Je consulte ensuite dans Google des statistiques sur la probabilité de tomber enceinte après deux ans d'essais infructueux à mon âge et, comme elles sont déprimantes, je me rabats sur la lecture de ce que je ne devrais pas manger, faire, boire, penser ; apparemment, je mange, fais, bois et pense un certain nombre de choses interdites.

J'avale huit chocolats que je venais de suspendre à l'arbre de Noël et je culpabilise, puis Tom glisse sa clé dans la porte, et je sais déjà ce qui va arriver. Au lieu de me plonger dans mon Maya Angelou comme prévu, je viens de passer une heure dans un tunnel Facebook d'annonces de grossesse et de photos de bébés.

Je suis donc d'une humeur exécrable. Je ne veux pas de câlin. Je veux crier et que quelqu'un me donne une bonne raison de le faire.

— Ah, le dîner n'est pas prêt, dit-il en regardant autour de lui, comme s'il s'attendait à voir surgir du pot de cuillères en bois un steak et une tourte à la bière.

La voilà, ma bonne raison.

— Qu'est-ce que tu sous-entends ? rétorqué-je d'un ton mordant. Que tu as faim parce que tu as travaillé toute la journée et que moi, je n'ai rien eu de mieux à faire que d'étaler de la pâte dans un plat à tarte ?

Il m'arrête d'un geste de la main.

— Mais pas du tout… Tu m'as envoyé un SMS tout à l'heure pour me dire que tu allais faire cuire des pâtes.

Merde, c'est vrai, j'ai en effet parlé de pâtes dans un SMS.

— Et alors ? Il ne peut pas y avoir d'imprévu dans ma vie ? Il ne peut rien se passer ? Il se trouve que j'ai eu un boulot de dernière minute, et depuis je suis restée enchaînée à mon ordinateur, Tom. Donc non, je n'ai pas eu le temps de faire cuire des pâtes…

Il n'y a pas eu de boulot de dernière minute. Si je suis restée enchaînée à mon ordinateur, c'était parce que je voulais savoir ce qui se disait de l'émission *The Real Housewives of Atlanta*[1] sur les réseaux sociaux. Et aussi pour me torturer avec des photos de gros ventres.

Mais ça me manque, les journées surchargées comme celle que je viens d'inventer. Ce sentiment de compter, d'être utile et considérée. En vérité, le stress de boulot est plus noble et beaucoup plus glamour que celui des leggings, des bâtonnets d'ovulation et des chocolats de Noël bon marché.

— J'ai une carrière, j'ai une vie.

Tom fourrage dans ses boucles en bataille, puis fait passer son pull par-dessus sa tête.

— Je vais prendre une douche, déclare-t-il en détachant la ceinture de son jean et en sortant de la pièce, l'air résigné.

1. Célèbre émission de téléréalité américaine.

Puis il revient sur ses pas pour m'embrasser sur le front, et ça me rappelle qu'il fait de plus en plus souvent des concessions, signe que nous ne sommes désormais plus sur un pied d'égalité. Je suis la malade. Il est mon soignant. Il en impose dans les réunions ; je reste cloîtrée à la maison à me gaver de biscuits et à chercher « réserve ovarienne » dans Google.

Je me mords la langue pour ne pas pleurer jusqu'à ce que la douche se mette à couler. Et ensuite je vais sangloter tout mon soûl sur le canapé. J'ai le cœur brisé parce que Tom continue à m'aimer, alors que je n'ai plus que du mépris pour moi-même.

De l'autre côté, Harriet allume Classic FM, et je sens le rouge de la honte me brûler les joues. Elle a forcément tout entendu : mes cris, la pitié de Tom et même les sanglots dont il ne saura jamais rien derrière sa porte fermée, sous cette douche qui s'éternise.

Ça m'est égal qu'elle nous entende faire l'amour, mais ça me dérange profondément qu'elle m'entende pleurer. C'est beaucoup plus compromettant.

À travers mes larmes, je tape de nouveau le nom d'Harriet dans Google. Je trouve sur Twitter des photos d'elle, sculpturale et pleine d'assurance, qui pose avec des collègues à la première d'une comédie musicale. Elle porte un toast avec une coupe de champagne. Ça me rappelle mon ancienne vie, quand je postais moi aussi des photos glamour. À présent, quand Tom arrive, il me trouve dans un pyjama taché, pas même débarbouillée, léthargique. Plus je regarde Harriet, plus je mesure à quel point je suis maintenant éloignée de ce genre de choses. Je n'en suis plus capable. Je n'ai plus le profil pour fréquenter ces endroits.

Depuis l'écran, Harriet me rend mon regard. Une des bizarreries de la vie à Londres, c'est qu'on peut habiter à quelques centimètres de quelqu'un sans jamais le croiser. Et tout le monde trouve ça parfaitement normal.

Une fois, je pleurais dans le bus parce que j'avais passé une très mauvaise journée au boulot, quand une Africaine avec des cheveux pourpres et un regard maternel m'avait tendu un mouchoir.

Ça m'avait prise au dépourvu. Ma propre mère n'a jamais été maternelle. C'est une femme qui a les pieds sur terre et qui ne s'attendrit pas facilement. Si j'avais pleuré pour un problème de boulot, elle m'aurait simplement dit : « C'est ça, le monde du travail, Lexie, il va falloir te faire une raison. » Je ne pense pas qu'il lui serait venu à l'idée que je pouvais avoir besoin d'être dorlotée.

Aussi, le geste de cette Africaine m'avait terrifiée au lieu de me calmer. Dans cette grande ville, on est censés être séparés des autres par un mur, et j'avais eu l'impression que ce mur venait de s'effondrer. Eh bien, c'est exactement ce que je ressens en ce moment quand j'entends Harriet fredonner du Beethoven, parce que je pense qu'elle entend de son côté les échos de ma triste vie et se pose des questions à mon sujet. Pourquoi ne sort-elle jamais ? Pourquoi ne reçoivent-ils jamais d'invités ? Comment fait-il pour la supporter ?

C'est comme si elle entrait par effraction dans notre intimité.

9

Harriet

Décembre

Il vient de rentrer chez lui, j'allume la radio. Je préfère écouter des chants de Noël lénifiants plutôt que d'entendre cet homme qui ressemble à Luke dire à ma voisine qu'il l'aime. Pas ce soir. Depuis que je l'ai aperçu dans l'ascenseur, je ne dors pratiquement plus et n'arrête pas de penser au vrai Luke, mon ex, celui qui m'a convaincue de quitter mon pays natal pour m'abandonner ensuite en terre étrangère. Le Luke qui vivait avec moi dans cet appartement est parti, mais un autre Luke occupe l'appartement voisin avec une femme qui m'a volé ma vie et semble plus épanouie que je ne l'ai jamais été.

L'autre Luke est heureux en couple et ne songe pas à partir. Je l'entends rire, c'est clair qu'il est comblé. Contrairement à mon Luke, ce Luke-là a décidé qu'une Lexie lui suffisait. J'en griffe le mur de rage, comme si je voulais me creuser un passage vers l'autre côté, là où ils nagent dans le bonheur.

De l'autre côté de cette cloison vivent Tom et Lexie – alias anciennement Luke et moi –, un couple, deux personnes. Et de mon côté il y a le nouveau moi, Harriet toute seule, les restes du reliquat d'un couple, pas même la moitié, à peine peut-être un quart. Je suis excessive, c'est vrai, mais en même temps je suis incomplète.

Mon humeur se dégrade encore quand arrive dans ma boîte de réception un mail de mon frère David qui me demande si « tout va bien ». Comme d'habitude, je le soupçonne de m'écrire à la demande de mes parents pour s'assurer que je suis en vie. Et aussi, surtout, pour s'assurer que ceux qui m'entourent le sont aussi. « Sadie et moi, on a acheté une maison », dit le message. Comme si on s'était parlé la semaine dernière. Comme si je savais qui est Sadie.

Je me sens soudain épuisée, probablement à cause du manque de sommeil. L'écran se brouille devant mes yeux, j'ai la nausée.

— Comment ça se fait que je ne sais même pas qui est Sadie ? dis-je tout haut, et le son de ma propre voix me surprend.

Je revois David, au moment de mon départ pour Londres. Il était assis sur mon lit et me regardait faire mes valises.

— Tu vas me manquer, avait-il marmonné, le regard rivé au sol.

J'avais porté un regard attendri sur cet adolescent déguisé en adulte d'un mètre quatre-vingt-trois qui travaillait déjà et louait une maison. J'avais caressé sa tête blonde de surfeur et avais déposé un baiser sur son crâne. Je n'en revenais toujours pas qu'il ne soit plus un enfant.

Luke était assis par terre, penché sur son téléphone. Il avait levé les yeux, agacé que je mette tant de temps à préparer mes bagages et encore plus de mes gestes affectueux envers mon frère.

— Tu viendras nous voir, avais-je dit à David en refoulant mes larmes. On ira écouter des concerts dans Camden et on se fera un week-end à Paris.

David avait interrogé Luke du regard, comme pour quêter son assentiment.

— On te présentera une petite Anglaise sexy, avait répondu celui-ci avec un sourire vague, toujours sans quitter son téléphone des yeux. S'il faut aller jusque-là pour te convaincre de venir…

J'avais fermé une valise.

Luke avait fini les siennes depuis une semaine. Toutes ses affaires étaient déjà repassées, pliées, rangées. Il ne semblait pas ému à l'idée de tout quitter et prenait au contraire ce départ avec beaucoup de détachement. Sauf quand il parlait du nouveau poste qu'il avait décroché sur place et de tous les avantages qui en découleraient pour lui.

— À Londres, j'aurais vraiment des perspectives d'évolution, m'avait-il dit. Et je vais gagner bien plus d'argent.

Je tenais beaucoup plus à ma carrière que lui à la sienne et j'avais un meilleur salaire que lui, mais son travail passait avant le mien. J'avais été embarquée dans ce déménagement sans avoir le temps de prospecter, et Luke ne m'avait pas demandé une seule fois ce que je pensais de mes opportunités professionnelles à Londres.

Je n'avais pas non plus abordé la question, c'était préférable.

Quoi qu'il en soit, j'avais une certaine appréhension à l'idée de quitter ma famille, nos habitudes et notre vie.

Mais Luke voulait partir et Luke passait avant. Il était plus séduisant que moi, plus intelligent, plus tout. Je l'aurais suivi n'importe où sans qu'il me le demande et j'avais presque du mal à croire qu'il me demande de l'accompagner. Il voulait s'installer au Royaume-Uni, donc je partais m'installer au Royaume-Uni.

À présent, David ne viendra plus me voir à Londres, et c'est sans doute mieux ainsi. Les amis – enfin, les collègues qui me tiennent lieu d'amis –, c'est plus simple que la famille. Plus neutre. Plus anonyme. Plus opaque. Plus abstrait. Le mail se poursuit ainsi :

> Alors, Londres ? J'espère que ça se passe bien au boulot.

Je l'efface pour être sûre de ne pas être tentée d'y répondre tout à l'heure, à 2 heures du matin, quand mes amis de location m'auront quittée, me laissant seule, larmoyante et imbibée d'alcool.

Mais ensuite, je m'inflige une torture en regardant de vieilles photos de David et moi. Enfants, allongés sur le canapé, nos têtes l'une contre l'autre, dans nos pyjamas neufs, un matin de Thanksgiving. Adolescents gauches, mêmes boutons et mêmes grimaces, lors d'un week-end en famille à New York. Posant en train de boire des bières en cachette dans la cuisine de nos parents.

Étrangement, ces photos ne me donnent pas envie de pleurer. Au contraire, David et moi avons l'air tellement heureux que j'arbore malgré moi un sourire jusqu'aux oreilles.

Seigneur, ce que tu peux me manquer, David…

Des bruits venus de chez Tom et Lexie m'arrachent à mes pensées. Comme si ma nouvelle famille avait le pouvoir de détrôner l'ancienne. Je fais tout ce que je peux pour prendre à mon tour le dessus. En restant longuement sous la douche. En me mettant au piano. Mais ils parviennent comme toujours à s'imposer. Et plus tard dans la soirée, quand leur porte d'entrée claque, je vais me poster à la fenêtre et je les vois sortir, enlacés. Ils s'engouffrent dans le restaurant d'en face pour manger des nouilles. À deux. Encore.

J'ouvre une bouteille de vin et je m'installe devant mon ordinateur portable pour surfer sur Google. Lexie, Luke, mon frère, tout le monde y passe. Finalement, je m'attarde sur Tom, dont je connais le nom de famille grâce à notre facteur qui ne distribue pas toujours le courrier comme il le devrait. J'ai enfin compris que je dois tirer un trait sur Luke, mais je suis accro à l'amour, et ça fait trop longtemps que je suis en manque. Tom sera un substitut parfait.

Je fais d'abord une recherche par image pour Tom, puis j'ouvre mon dossier de photos de Luke. J'avais raison, il y a bien plus qu'une simple ressemblance entre Tom et Luke. Mêmes cheveux, coiffés comme pour la photo « Avant » d'une pub pour cire capillaire ; mêmes épaules tombantes ; mêmes jambes dégingandées qui n'en finissent pas. Et ce nez. Surtout ce nez.

Je zoome sur les yeux de Tom pour en faire des captures d'écran : le gauche d'abord, puis le droit. Je les examine, je les regarde vraiment. Ce sont les yeux d'un homme que je pourrais aimer. Et si je pouvais aimer quelqu'un d'autre que Luke, refaire ma vie, comme on dit, peut-être que tout me semblerait moins sombre. Je me sentirais de nouveau « diluée », comme autrefois. Et peut-être que je pourrais oublier, enfin, ce qui s'est passé.

Je me penche sur mon ordinateur pour voir d'encore plus près les beaux yeux de Tom. Puis j'entreprends de passer en revue toutes ses photos, une par une, pour zoomer sur les détails. Capture d'écran. Enregistrement. Je me crée un dossier « Tom ».

La bouteille de pinot noir est presque vide, et j'ai le cerveau en ébullition. Lexie. Toujours Lexie. Pourquoi c'est elle qui a droit à cette vie et pas moi, alors que je me suis donné tant de mal ? Que j'ai accepté tant de choses ? Pourquoi c'est elle qui rit de moi, et moi qui suis toute seule de l'autre côté de la cloison ? Je sens monter une rage sourde et vais m'ouvrir une deuxième bouteille de pinot. Puis je me mets à taper, lentement. Lexie ne sait pas de quoi je suis capable. Elle n'a pas la moindre idée de ce que j'ai fait. Elle ne voit pas qui vit là, tout près d'elle, juste de l'autre côté du mur.

10

Lexie

Janvier

Tom travaille à la maison toute la semaine, ce qui m'oblige à modifier mes habitudes : je ne veux pas qu'il sache que je me brosse rarement les dents avant l'heure du dîner et que je traîne en pyjama une bonne partie de la journée.

Je fais donc de gros efforts. Je mets du fond de teint, j'essaie de ne pas parler tout le temps de bébé, je déjeune à heures fixes avec lui. Un soir, j'accepte même de quitter le canapé pour sortir manger des nouilles, puis assister à un concert dans un pub du quartier où nous buvons des gin-tonics, et tout me semble soudain rajeuni, léger, lumineux.

Mais cet état de grâce ne dure pas longtemps, et à la fin de la semaine il n'en reste plus rien.

— C'est très déplaisant que tu jettes tes vêtements par terre en attendant que je les ramasse, dis-je d'un ton acerbe, quand Tom passe devant moi.

— Je n'ai pas jeté mes vêtements par terre, proteste-t-il. Qu'est-ce qui te prend ?

Je vais dans la chambre et j'en reviens en brandissant un tee-shirt.

— Il est tombé, commente sèchement Tom, qui commence à perdre patience. Mais même si je l'avais laissé traîner par terre, ça ne justifierait pas une telle agressivité.

Et il sort, pour aller au parc sans doute, ou bien au pub. N'importe où du moment que ça lui permet de me fuir.

J'essaie de me rassurer : c'est la première fois que nous passons autant de temps ensemble dans ce petit appartement. Nous ne sommes pas encore habitués aux petites manies de l'autre.

Puis mes règles arrivent, et ça change tout. Nous sommes de nouveau proches, il est mon compagnon, c'est une défaite que nous vivons ensemble chaque mois.

— Je pense qu'on devrait consulter notre médecin, dis-je timidement quand je nous vois abattus de tristesse.

Son point de vue, habituellement, c'est que nous devrions laisser faire la nature – puisque j'ai déjà été enceinte, ça se reproduira sûrement –, mais cette fois il accepte. En émettant une réserve :

— On ne pourrait pas attendre quelques mois ? J'ai tellement de trucs en cours au boulot…

Et c'est ça qui me met hors de moi. En ce moment, un rien peut agir sur moi comme un détonateur et me faire exploser, je suis devenue totalement imprévisible. J'éclate en sanglots et je me mets à hurler que ce n'est pas possible qu'il fasse passer son travail avant notre bébé.

Il reste d'abord interdit, puis me prend par les épaules.

— Je n'ai jamais dit que je le faisais passer avant, j'ai juste dit que…

Il se tait et se recroqueville sur le canapé.

Je sais qu'il est au bord des larmes. Vraiment au bord des larmes.

Il respire lentement. Son visage se froisse comme une feuille de papier. Je lui mets la pression, et ce n'est pas du tout ce que je voulais. Pour lui aussi, c'est dur… Je l'avais tout simplement… oublié. Sous le coup de ma déception, j'avais oublié Tom, la personne qui compte le plus dans ma vie.

— Tout ça est trop lourd, gémit-il en essuyant ses larmes d'un geste furieux. C'est trop lourd à porter. J'ai l'impression d'être pour de bon devenu un adulte. Et c'est la première fois que ça m'arrive.

Il me dit qu'il me trouve déprimée et attend avec angoisse ma réaction, mais j'acquiesce. Oui. Je suis déprimée. Ça me soulage presque de l'avouer.

À présent, je veux de l'aide. Je suis d'accord. Je vais demander des adresses de thérapeutes et d'acupuncteurs, accepter du soutien sous n'importe quelle forme, partout où je pourrai en trouver.

— On va consulter un médecin, déclare Tom. Tu as raison. Il faut qu'on avance. Ce n'est pas bon pour nous d'être dans le flou.

Plus tard, je reste longuement éveillée dans le lit, à le regarder dormir en pensant à ce que je lui ai fait, à ce que mon désir d'enfant lui a fait. Je lui caresse le visage, je lui embrasse le crâne. Je lui murmure que je suis désolée. Je m'agrippe à lui, à cet homme que j'aime.

11

Harriet

Janvier

Je me réveille avec un sentiment si familier qu'il a déjà une place toute prête dans un coin de ma tête.

J'ai des raisons de m'inquiéter. Et c'est ma faute.

C'est mal, c'est malsain, mais je l'ai fait quand même.

La nuit dernière, j'ai créé un compte de messagerie bidon et j'ai écrit à Tom en me faisant passer pour une étudiante prénommée Rachel qui veut devenir réalisatrice de documentaires. Je lui ai envoyé un message très professionnel, sans la moindre ambiguïté ; tel que je connais Tom, il n'aurait pas apprécié que je cherche à le draguer. Tom est quelqu'un d'intègre. C'est d'ailleurs pour cela qu'il fera un compagnon idéal.

Pas de photo de profil avec une moue aguicheuse, aucun sous-entendu. Rachel est une étudiante sérieuse qui admire le travail de Tom.

Je m'empresse de relire ce mail. Une chance, ça ne se voit pas que j'étais soûle et je l'ai envoyé à 22 h 30, ce qui est très raisonnable. Ça va passer. Avec moi, ça passe toujours.

Je gaspille une partie de ma journée à rafraîchir la page de ma boîte de réception et tard dans la nuit – presque le matin – je finis par sombrer dans le canapé, les yeux complètement explosés. Pour être honnête, c'est ainsi que je termine la plupart de mes nuits, que je sois seule ou qu'il y ait près de moi un type à poil dont je n'entendrai plus jamais parler une fois qu'il aura franchi le seuil de ma porte.

Le lendemain, je reçois une réponse.

> Merci de vous intéresser à mon travail. C'est un plaisir d'être en relation avec quelqu'un de passionné par son projet professionnel.

Il me conseille quelques sites Web, me propose un contact pour un stage.

Je m'installe le plus près possible du mur avec mon ordinateur, à l'affût des bruits de leur vie. Je ne sais pas s'ils sont là ou pas, mais en tout cas, c'est le silence. Tom a pu me répondre d'un bus, ou d'un café. J'essaie de visualiser la scène, mais ça ne me renseigne pas beaucoup. Tom pourrait être n'importe où, en train de faire n'importe quoi, je n'ai aucun moyen de le savoir, parce qu'il n'est pas mon mec.

Et soudain, je me sens grotesque. J'envisage même de supprimer ce mail et de rester simplement la voisine de Tom. Je l'apercevrais de temps à autre quand il monterait dans l'ascenseur. J'aurais un petit béguin secret pour lui. Rien de plus. Rien de ce dont on me croit capable. Pas de violence.

De toute façon, même si je décide de répondre, je ne peux pas le faire tout de suite et, en attendant, je dois m'occuper l'esprit. Un collègue m'avait invitée à prendre un verre, et je décide à la dernière minute d'y aller. Rachel le ferait. Elle se lancerait dans l'aventure, avec sa jeunesse, sa joie, son enthousiasme.

Je me sens brusquement pleine d'énergie. Rachel est mon carburant.

Harriet n'est pas tellement différente de Rachel ; mais on l'a trahie, et ça l'a dégoûtée de tout.

Je sors de ma chambre pour aller prendre mon sac dans le salon, quand je l'entends, Lexie, piquer une crise contre Tom, haut et fort. Je colle l'oreille au mur. C'est très instructif. Je n'ai même jamais rien entendu d'aussi édifiant. Tom ne répond pas, mais elle continue à hurler, et bien que je ne saisisse que quelques mots au passage, c'est largement suffisant.

Fécondité… médecins… priorités… travail… âge… hommes… femmes… malheureuse… bébé.

J'en ai les paumes moites d'excitation et reste un long moment adossée contre la cloison après que le silence est revenu. Ici, je suis plutôt habituée à des bruits étouffés, aux ronflements des moteurs de bus, aux sons à peine audibles que produit de l'autre côté la vie de Tom et Lexie. Il arrive parfois qu'une bouffée de colère et de rage me parvienne depuis la rue aux heures alcoolisées du petit matin, mais dans cette résidence nous menons des existences mesurées et discrètes. Entendre à travers le mur quelqu'un qui pique une crise de nerfs me donne l'impression d'être de retour à l'hôpital.

Mais surtout, il y a le contenu. Tom et Lexie ne sont pas les premiers à avoir des problèmes de fertilité, mais leur couple me semblait jusqu'à présent sans faille. Je sais maintenant qu'ils en ont une. Et c'est une brèche assez grande pour que je puisse me glisser entre eux.

12

Lexie

Janvier

« Lexie ! continue la messagerie du téléphone. Ça me ferait plaisir de te voir. Si ta vie de pigiste n'est pas trop chargée, n'hésite pas à me contacter. »

J'esquisse un petit sourire amer. C'est une amie d'école, Rich, que je n'ai pas vue depuis six mois. Ce n'est pas par manque de temps, car je travaille peu et traîne une bonne partie de mes journées. Quant à mes soirées, je les passe en pyjama, à regarder Netflix, ou à scroller sur les pages des réseaux sociaux d'Harriet. Mais avec mes proches, je prétends toujours être occupée. Je trouve le temps de lire un volumineux roman de Donna Tartt en quatre jours, mais pas celui de voir les personnes qui comptent pour moi.

Quand j'ai quitté mon emploi à l'extérieur, fréquenter des gens est devenu une source d'angoisse, à peu près comme un entretien d'embauche, si bien que je me suis mise à éviter de sortir, sous prétexte de me ménager. J'avais choisi de travailler chez moi pour être moins stressée, mais l'ironie de la situation, c'est que mon stress ne cessait d'augmenter. Je stressais à propos de tout et de rien : mes compétences professionnelles, mes amies, le fait que je mangeais trop de blé, ou pas, et que c'était ça, ou autre chose, qui m'empêchait de tomber enceinte.

Mais je pensais que ce n'était pas grave, parce que j'avais Tom.

Tom et moi, nous nous sommes rencontrés à Londres, quand j'étais encore étudiante. Je travaillais dans une boîte de nuit où je vendais des mini-cocktails aux fruits à 1 livre le shot. Il était sous antibiotiques, donc il ne buvait pas d'alcool ; je devais écouler mes boissons, donc je ne pouvais pas m'attarder à sa table.

— Si je te file 20 livres, tu te débarrasses de ces shots ? m'avait-il proposé, sans la moindre provocation, toujours l'esprit pratique.

Ça m'avait fait rire, et j'étais allée jeter trois de ces mixtures soi-disant à la pomme, avant de retourner m'asseoir avec lui.

J'étais moulée dans du lycra et affichais la fausse assurance d'une jeune femme de vingt et un ans qui vient tout juste de se débarrasser de ses rondeurs d'adolescente. Ce soir-là, j'étais aussi légèrement éméchée. Je portais une toute petite robe bleu pâle à bretelles, le genre qui ferait ricaner aujourd'hui parce que j'ai remarqué que les filles mettent des cols roulés et des bottes jusqu'aux genoux pour sortir le soir. C'était le début des années 2000, on se réchauffait avec de la vodka bon marché, pas avec des chaussettes en cachemire. Quand on voulait rester sobre, on se payait des liqueurs de fruits Archers Schnapps additionnées de limonade.

— Je te trouvais trop bien pour moi, me répète souvent Tom.

Il avait tort de s'en faire, parce que j'avais toujours rêvé d'un homme comme lui : délicat, gentil et respectueux envers les femmes. Je n'avais jamais été attirée par les mauvais garçons.

Je recherchais la douceur et la stabilité. J'avais des racines, mais elles étaient loin. Quand j'avais eu seize ans, mes parents avaient déménagé au Canada – mon père était pilote de ligne –, et leur départ m'avait brutalement sortie d'une enfance qui n'avait d'ailleurs d'enfance que le nom. Ce n'est pas une histoire tragique ; il ne m'est rien arrivé de terrible, je ne me suis pas retrouvée orpheline ni abandonnée à sept ans. Mais une vie d'adulte prématurée, ça laisse des traces. Je n'étais pas prête, pas tout à fait. J'avais encore un corps gauche et dodu d'adolescente qui me donnait des complexes. J'aurais eu besoin de repas faits maison et d'un canapé fleurant bon le parfum de ma mère pour m'accueillir.

Mes parents étaient partis avec le sentiment du devoir accompli : pour eux, l'éducation de leurs enfants était achevée. Aujourd'hui, on se parle via FaceTime et on s'envoie des messages, mais j'ai souvent envie de leur demander pourquoi ils ne m'ont pas accordé deux années de plus. Le temps de m'accompagner jusqu'à la ligne d'arrivée, au lieu de me laisser terminer la course tant bien que mal, en état de sidération, sous le choc de leur désertion.

J'avais passé deux ans en internat, puis j'étais venue à Londres pour mes études supérieures. À l'université, j'étais la seule à ne pas avoir une « maison » pour les petites vacances ou le week-end. Bien sûr, je pouvais prendre un avion pour le Canada, mais pas pour un séjour de deux jours, histoire de me gaver de macaronis au fromage. Pas pour laver mon linge sale. Pas pour me pelotonner sous la couverture de mon petit lit et retrouver un bout de mon enfance. Pas pour demander piteusement à mon père de jeter un coup d'œil à ma facture d'électricité parce que je n'y comprenais rien.

J'avais quand même mon frère, Kit, qui vivait dans le nord du pays et j'aurais pu aller le voir, comme il me l'avait proposé. Mais il vivait en colocation avec trois étudiants, et je n'avais pas envie de me retrouver avec quatre mecs et une baignoire pleine de leurs poils pubiens. J'aimais beaucoup Kit, mais pas au point d'affronter sa salle de bains.

Quoi qu'il en soit, ce que j'attendais d'un partenaire, c'était tout sauf le chaos, l'abandon, un comportement instable. J'attendais de la gentillesse, du sérieux, quelqu'un pour m'apporter des tartines au lit et pour m'appeler un taxi pour rentrer. Tom et moi, nous avons toujours eu ce genre d'attentions l'un envers l'autre.

— Je m'appelle Tom, avait-il déclaré, tandis que je posais mon plateau chargé de verres sur la table devant nous.

Il m'avait tendu la main, et je l'avais gentiment taquiné sur son formalisme et ses manières guindées. Je m'étais moquée de son accent du Surrey et j'avais beaucoup ri quand il m'avait avoué tenir depuis son enfance un journal dans lequel il écrivait presque tous les jours. J'avais bu une pinte, je pensais que ça faisait fille libérée, j'avais lu ça dans un article.

Puis, comme il n'avait pas l'air de vouloir mettre fin à notre conversation, j'avais commencé à me détendre et commandé ce que j'avais vraiment envie de boire. Nous avions parlé pendant quatre heures, jusqu'à ce que l'établissement ferme, et ensuite il m'avait raccompagnée devant ma porte, en portant mes chaussures.

Trois jours plus tard, je le présentais à mes amies à l'occasion d'un anniversaire. Sous l'effet du vin, je m'étais lancée dans une grande discussion sur les groupes indies des années 1990, pour lesquels je venais de me découvrir une véritable passion, quand j'avais remarqué qu'il parlait avec une de mes colocs… J'avais souri, ivre de bonheur et d'alcool. Il s'était tout de suite intégré à notre bande.

Après ça, mes souvenirs sont flous parce qu'à cet âge les choses importantes se passent après 21 heures. Je nous revois danser, je revois quinze personnes hurlant les paroles d'une chanson, je revois des baisers, des baisers et encore des baisers dans Soho à minuit.

Quelques mois plus tard, j'étais assise autour de l'immense table à manger de sa famille, le sourire jusqu'aux oreilles, et sa mère me resservait des lasagnes en m'appelant « ma chérie ».

En face de moi, Tom sauçait son assiette avec du pain à l'ail. Son père était allé chercher une autre bouteille de chianti dans la cave, en savates. Ça sentait bon le fromage fondu et les bougies parfumées. Dans la cuisine, ils avaient laissé Radio 2 allumée.

— Tu as de la chance d'avoir une famille, avais-je commenté plus tard, alors que nous nous tassions malaisément dans son petit lit d'enfant.

— Toi aussi, tu as une famille, avait-il répondu en calant son corps contre le mien.

Ça ne nous dérangeait pas d'être à l'étroit. Dormir séparés nous aurait fait l'effet d'une torture.

— Mouais, avais-je seulement acquiescé.

Je ne lui avais pas encore dit grand-chose au sujet de ma famille. Mais, même dans les meilleurs jours, ma famille n'avait jamais ressemblé à la sienne. La mère de Tom m'avait serrée très fort quand j'étais arrivée, tandis que la mienne ne supportait pas les effusions sentimentales et me donnait plutôt l'impression de se recroqueviller quand je la prenais dans mes bras. Chez nous, les repas n'étaient pas des moments de convivialité, ils étaient uniquement fonctionnels. Chacun vaquait à ses occupations et venait se préparer un sandwich à la cuisine quand ça l'arrangeait.

Tom, que le vin rouge avait un peu éméché, s'était assoupi près de moi. J'étais restée un moment éveillée, à le regarder, en me demandant si ce serait lui, le père de mes enfants, et si notre famille ressemblerait à la sienne. En tout cas, ce serait une famille avec des câlins, des lasagnes et des savates en peau de mouton.

Douze ans plus tard, Tom est toujours là ; et il est toujours aussi merveilleux avec moi. Mais Tom n'est qu'un être humain, et aucun être humain ne peut porter seul la vie d'un autre. Je lui en ai trop demandé, je lui ai imposé un fardeau beaucoup trop lourd.

13

Harriet

Janvier

Je suis dans un train qui quitte la gare de Liverpool Street à 7 h 38, parce que Tom est monté dans ce train. Un frisson me parcourt. Il fait froid. C'est une vraie journée d'hiver, sombre et glacée. On dirait qu'il est 3 heures du matin.

J'ai attendu que Tom sorte de chez lui et, pendant qu'il prenait l'ascenseur, j'ai descendu l'escalier quatre à quatre. Une fois dehors, je l'ai suivi jusqu'à la gare. Il y a une demi-heure, je lui ai emboîté le pas sur un quai bondé, en resserrant mon écharpe autour de mon cou. Quand j'ai lu la destination du train sur l'écran d'affichage, j'ai ressenti comme un vertige.

C'est quand même fou qu'il se rende précisément *là* le jour où j'ai décidé de le suivre : nous allons à Hunstanton, la jolie petite station balnéaire du Norfolk où Luke et moi nous sommes fiancés.

Je suis montée dans le même wagon que lui et me suis assise quatre rangées plus loin, le visage soigneusement dissimulé derrière mon écharpe ; au pire, en admettant qu'il me reconnaisse, aucune loi n'interdit de prendre le même train que son voisin, que je sache. Les coïncidences, ça existe, ça se produit n'importe où, à longueur de temps.

Elles sont même le point de départ des meilleures intrigues dans les romans et les films. La preuve : aujourd'hui, c'est à Hunstanton que je vais, et pas ailleurs.

J'observe Tom à la dérobée. Il se tient le dos voûté, comme s'il était abattu. Il pousse un profond soupir. Il regarde défiler le paysage d'un air songeur. Un livre épais repose sur ses genoux, bien que l'éclairage du wagon ne soit pas suffisant pour lire. On apprend beaucoup de choses en regardant une personne seule et désœuvrée. À l'hôpital, j'ai eu tout le loisir de m'y entraîner. Ça m'aidait à tuer le temps : je cherchais à identifier les patients potentiellement dangereux, les violents. Ceux qui me ressemblaient le plus. Ceux qui étaient capables d'actes terribles, comme moi.

Le wagon est plein, et je regarde les autres passagers en me demandant comment ils me jugeraient s'ils étaient au courant de mon passé. Est-ce qu'ils pourraient deviner ce que j'ai fait, s'ils m'observaient assez longtemps ? Qu'apprendraient-ils de moi, si je les intéressais suffisamment pour qu'ils tentent de décrypter mon comportement ?

— Je m'intéresse à toi, Tom, murmuré-je pour moi-même. Beaucoup.

Il s'étire et bâille. Il ne sait pas encore à quel point il m'intéresse.

Son équipe l'attend à proximité de la gare d'Hunstanton, et ils partent ensemble vers leur lieu de tournage. C'est trop risqué de suivre tout un groupe, aussi je décide d'en rester là. De toute façon, j'ai eu ce que je voulais. Mon but était de profiter un peu de la présence de Tom et de collecter des informations sur lui pour élaborer un plan. Mission accomplie.

Je pourrais repartir tout de suite pour Londres, mais mes pas m'entraînent ailleurs, sur le chemin de mes souvenirs, vers la plage.

Quelle paix ! me dis-je, en découvrant la mer au loin.

Une large bande de sable, tellement caractéristique de notre littoral anglais, sépare le promeneur de l'eau. Celui qui veut se baigner doit d'abord le mériter par une longue et pénible marche.

Tout le long du rivage, c'est un alignement de cabanes de plage aux couleurs de ballons de baudruche ; une image qui est devenue le symbole de cette ville depuis que les internautes en quête de « beauté » la publient régulièrement sur leurs blogs. Il me semble qu'il n'y en avait pas autant il y a deux ans, quand je suis venue avec Luke. Le nombre accentue leur côté pittoresque.

Je marche à présent le long du rivage et, partout où mon regard se pose, le tableau est parfait. Un chien au poil hirsute brave les flots glacés, exploit qui ne serait à la portée d'aucun être humain. En dépit du froid, des familles sont venues pique-niquer. Les parents se réchauffent les mains avec leur gobelet de café chaud. Ce soir, ils publieront des photos pour montrer comme c'était bien de manger des sandwichs au jambon au bord de la mer ; en vérité, le moment le plus apprécié de la journée sera celui où ils monteront enfin dans leur voiture et fileront sur l'autoroute, pour retrouver leur chauffage central et leur couette.

Le froid commence à m'atteindre, j'ai enroulé mon écharpe autour de mon visage, ne laissant dépasser que mes yeux et mes narines. Mais je reste là, hypnotisée par le spectacle de ces familles. Le jour où je suis venue avec Luke, il y avait aussi des familles.

Et je suis renvoyée deux ans en arrière…

Luke avait posé un genou dans le sable, en vacillant légèrement. Il avait juré dans sa barbe parce qu'un promeneur était passé près de nous en lui lançant, goguenard : « À ta place, mon pote, je me dépêcherais, parce que ça gèle… »

— Harriet, veux-tu m'épouser ?

Cette phrase familière m'avait paru presque drôle, mais je n'avais pas ri. On ne rit pas dans un instant pareil. Luke continuait à pester contre le type qui avait gâché notre moment.

J'avais pris sa main dans la mienne, en plissant les yeux contre le soleil. Un petit garçon pleurnichait en réclamant une glace, et je savais que Luke aurait mal aux dents rien qu'à entendre le mot « glace ». Les mouettes criaient, les vagues s'échouaient sur le sable, l'air sentait l'iode.

— Oui, avais-je répondu, avec la sensation de remporter une victoire.

J'avais pris des risques en quittant pour Luke mon pays, mes amis et ma famille. En me proposant le mariage, il validait mon choix. J'avais enfin la preuve qu'il m'aimait, que le beau parleur que j'avais vu en lui au début était le *véritable* Luke. Ces derniers temps, il était sous pression et avait tendance à décharger son stress sur moi, mais au fond il n'avait pas changé, il était toujours le même, et je pouvais compter sur lui. C'était une certitude, une sensation physique aussi présente que le vent qui nous fouettait.

Vingt minutes après, il était sur son téléphone, en train de consulter les résultats sportifs et de racheter des billets de concert à un ami. Moi, j'avais laissé mon portable dans ma poche. J'étais toujours sous le choc de cette demande en mariage. Je me revois, debout, offerte à la morsure du vent, respirant l'odeur vinaigrée des baraques à frites, absorbant tout autour de moi.

— Et si on invitait David à Londres ? avais-je suggéré, prise d'un élan de confiance. Pour le lui annoncer de vive voix ?

Mon frère me manquait terriblement. Quand je pensais à lui, je ressentais son absence au plus profond de moi. Il n'était encore jamais venu nous rendre visite. C'était l'occasion idéale.

Luke avait levé le nez de son téléphone.

— Tu plaisantes ?

Je regrettais déjà mes paroles. Ce moment parfait, gâché par ma bêtise. La température de mon corps avait brusquement grimpé, comme si je venais de quitter la cabine pressurisée d'un avion pour sortir dans la touffeur d'un été méditerranéen.

— Tu n'as pas remarqué comment il se comporte avec moi depuis qu'on est ensemble ? Je n'ai aucune envie de l'avoir à la maison. Il essaierait de te monter contre moi. Tu vois de quoi je parle...

J'aurais voulu pouvoir revenir en arrière, reprendre cette phrase de trop. Pourtant, je ne voyais pas de quoi parlait Luke. Mes parents l'avaient accueilli assez froidement, mais pas David, qui était tombé instantanément sous son charme, comme tant d'autres. David l'avait idolâtré.

— Tu me quitterais avant qu'il n'arrive chez nous.

Je m'étais empressée de lui donner raison, tout pour éviter le conflit, pour que ça s'arrête. À partir de là, j'avais espacé mes contacts avec David. Luke avait réussi à me faire douter. Mon frère cherchait peut-être vraiment à me séparer de l'homme que j'aimais, sans que je m'en rende compte. Je me sentais perdue et n'osais plus me fier à mon jugement.

Dans le train qui nous ramenait à Londres, j'avais plusieurs fois tenté d'engager la conversation avec Luke et je n'avais cessé de lui caresser le bras, mais il m'avait ignorée.

Quelques jours plus tard, j'avais annoncé mes fiançailles à mes parents, par mail, pour éviter d'être déprimée par leurs commentaires. Mais la messagerie vocale de mon téléphone s'était chargée de me faire savoir ce qu'ils en pensaient.

« Harriet, on voudrait en discuter avec toi, pour être sûrs que tu as bien réfléchi », disait la voix de ma mère, après les félicitations d'usage et un temps de silence.

J'avais effacé le message sans y répondre. Ensuite, la distance avec mes parents s'était encore accentuée.

Je n'avais pas rapporté ces paroles à Luke. Il m'aurait sûrement reproché d'avoir donné à mes parents une fausse image de lui et d'être, en quelque sorte, à l'origine de leur hostilité à son égard. Depuis notre désaccord à propos de David, il se montrait glacial envers moi, je ne voulais pas en rajouter. Puis, un beau jour, il était arrivé en déclarant qu'il m'emmenait à Copenhague. La roue avait tourné : j'étais pardonnée.

— On va fêter nos fiançailles ! avait-il lancé, complètement euphorique.

Je n'avais pas été consultée sur les dates, et partir risquait de me poser des problèmes d'organisation de travail, mais j'étais tellement soulagée qu'il ne m'en veuille plus que je m'étais contentée d'approuver, le sourire aux lèvres.

Au Danemark, à peine avions-nous posé nos bagages qu'il avait voulu sortir. Le personnel de la réception avait tenté de nous en dissuader : dehors, il faisait moins treize degrés, alors qu'à l'intérieur nous pouvions profiter du confortable salon ou du sauna.

— Il fait très froid, avait insisté un vieil employé en secouant sa tête chauve. Vraiment très froid. Même pour Copenhague.

— On survivra, l'avait interrompu Luke.

J'avais fait la grimace, mais aucun commentaire. La dernière fois que je lui avais fait remarquer sa grossièreté envers des inconnus, nous avions eu une dispute mémorable. « Je me révolte quand les gens ne font pas correctement leur boulot, Harriet, ce n'est pas de la grossièreté, c'est refuser de se laisser marcher sur les pieds », avait-il rétorqué.

Devant la Petite Sirène, une statue de bronze couverte d'un manteau de neige, nous avions marqué un arrêt de vingt secondes, le temps de cocher la case, puis nous étions repartis.

— Il fait drôlement froid, nous avait lancé un touriste. Même pour Copenhague.

Il tenait sa compagne par la main. J'avais voulu prendre celle de Luke, mais il m'avait refusé ce plaisir en prétextant que c'était désagréable de se donner la main à travers des gants.

Nous avions rebroussé chemin sur les trottoirs encombrés de neige, jusqu'à un café qui servait du chocolat chaud. Du vrai chocolat en bâton à faire fondre dans son lait, auprès duquel le chocolat en poudre que nous buvions à la maison serait passé pour une abomination.

J'avais enlevé mon écharpe, commandé ma boisson.

— Il fait drôlement froid, quand même, avais-je dit d'un ton faussement sérieux, une fois assise. Même pour Copenhague.

Mais Luke n'avait pas ri. Mon ventre s'était noué.

— Je peux te poser une question ? avait-il demandé en tripotant les sachets de sucre.

On nous avait apporté nos boissons.

Je m'étais plongée dans la contemplation de la coulée marron qui obscurcissait peu à peu mon lait à mesure que le chocolat fondait. En prenant ma cuillère pour remuer, j'avais remarqué que mes mains tremblaient. Qu'est-ce que j'avais bien pu dire, ou faire, pour mécontenter Luke ? J'avais désespérément fouillé dans ma mémoire. Notre séjour se passait bien, et j'avais tout gâché. Quelle idiote. Je m'étais préparée au pire.

— Tu veux des enfants, Harriet ?

J'avais d'abord ressenti un grand soulagement : il n'était pas en colère. Ensuite, seulement, je m'étais penchée sur la question. J'étais jeune, amoureuse de Luke et passionnée par mon travail. Est-ce que les bébés pouvaient dormir quand on jouait du piano à minuit ? Si j'avais un enfant, aurais-je encore l'énergie de composer le soir, moment où j'avais le plus d'inspiration ? La musique était ce qui m'avait rendu Londres supportable. Je commençais à refuser des propositions, à me forger une solide réputation, à être approchée pour des comédies musicales populaires.

Luke s'était d'ailleurs plaint récemment de ce que je pensais trop à mon métier, et je sentais bien qu'il avait besoin de plus d'attention, raison pour laquelle j'avais accepté le voyage au Danemark, même si cela m'avait coûté de suspendre mes projets. Ce travail était une partie de moi et me rendait heureuse. Je n'étais pas certaine de pouvoir y mettre des limites.

Par ailleurs, j'étais consciente d'avoir des tendances dépressives. Je ne me sentais pas très solide et n'étais pas sûre d'être suffisamment stable pour devenir mère.

Mais à cet instant, agrippée au bras de Luke d'une main et à ce délicieux chocolat chaud de l'autre, ancrée à la vie par l'amour et le sucre, je m'étais soudain sentie plus forte que jamais.

Sans compter qu'un enfant renforcerait notre couple. J'avais tout le temps peur que Luke m'abandonne pour une compagne de son niveau. Quand nous sortions, je repérais partout des rivales, des femmes qui lui auraient mieux convenu. Lui aussi les remarquait, je le voyais bien.

Au fond, j'avais de la chance que quelqu'un comme lui veuille des enfants avec quelqu'un comme moi. Alors à quoi bon tergiverser ? Comme Luke me le disait souvent, je réfléchissais trop. J'allais lui donner tous les foutus gamins qu'il voulait, les faire pousser tout de suite dans mon ventre.

— Oui, avais-je répondu d'un ton hésitant.

Mais Luke n'avait pas remarqué ma réticence.

Il s'était soudain animé et m'avait pris les mains pour me décrire notre future grande famille, quatre ou cinq enfants, et les voyages que nous ferions tous ensemble.

— Je les imagine déjà !

Il souriait et il avait ce regard intense que les gens trouvaient tellement envoûtant. Le regard des débuts de notre relation, celui qui m'avait permis de me sentir enfin aimée et importante.

— En train de nager dans la mer, et de dévaler les pentes à la queue leu leu.

L'idée d'avoir un enfant avait pris peu à peu racine dans mon esprit, jusqu'à m'apparaître comme ce qui pouvait nous arriver de mieux. Un enfant allait nous guérir. Nous serions bien trop occupés pour nous faire du mal.

En octobre de cette année-là, d'un commun accord avec Luke, j'avais arrêté la pilule pour avoir un bébé.

À mon grand étonnement, j'avais hâte d'en parler à ma mère. Sans doute avais-je l'impression que ça nous rapprocherait. Je souffrais de la froideur qui s'était installée entre nous, même si je refusais de me l'avouer. La perspective d'être grand-mère allait lui faire plus d'effet que les fiançailles et modifier radicalement sa vision de notre couple, ressouder nos liens.

— Luke et moi, on a décidé de faire un enfant, lui avais-je annoncé dès que je l'avais eue de nouveau au téléphone.

— Eh bien, c'est une bonne surprise ! avait-elle répondu, d'un ton qui manquait singulièrement d'enthousiasme et m'avait fait aussitôt regretter cette confidence.

Il y avait eu une longue pause, au cours de laquelle j'avais eu l'impression de l'entendre peser le pour et le contre. Elle avait peur de me faire fuir en me disant le fond de sa pensée, mais il lui semblait criminel de se taire. Finalement, elle avait lâché :

— Je croyais que tu ne voulais pas d'enfant. Tu as changé d'avis ?

J'avais marqué un temps de silence, en fulminant intérieurement. Je voyais très bien où elle voulait en venir.

— Tu insinues que c'est Luke qui m'a mis la pression, c'est ça ? avais-je sifflé. Pourquoi tu t'en prends systématiquement à lui ?

Elle était demeurée muette un bref instant.

— Parce que je trouve qu'il n'est pas gentil avec toi et qu'il ne te convient pas, avait-elle dit doucement.

Je lui avais raccroché au nez, une fois de plus. Après ça, j'avais commencé à ignorer la plupart de ses appels.

Luke et moi, nous avions essayé d'avoir un bébé dans l'appartement où j'habite maintenant seule. Seule à côté de ce couple heureux qui me nargue avec son bonheur. Et qu'est-ce que j'apprends ? Eux aussi, ils veulent faire un enfant. Ils vivent mon ancienne existence. Celle que j'ai perdue.

Avant d'être vide, mon appartement était plein. Avant qu'il ne soit sans vie, nous y avons vécu, fait des projets, envisagé d'y donner naissance à un petit être. Quand nous mettions un rôti de bœuf au four, l'odeur qui envahissait le couloir semblait dire : « On est là, on a des amis, on est riches, comblés, avides de vivre. » Nous avions choisi ensemble la couleur des peintures, les tableaux à accrocher aux murs. Nous avions mis des plantes sur les rebords de fenêtres, mais elles sont mortes, fanées depuis longtemps.

Notre couple n'était pas parfait, mais je m'en accommodais. Nos imperfections étaient largement compensées par l'image que nous projetions à l'extérieur et par le fait que je me sentais valorisée quand je me présentais en couple. N'est-ce pas la seule chose qui compte de nos jours ? Peu importent les failles derrière vos portes closes, du moment que votre page Facebook affiche la joie.

Luke et moi, on avait prévu de transformer l'une des pièces de notre appartement en chambre d'enfant, comme le feront bientôt Lexie et Tom. Pour Luke, il était évident que j'arrêterais de travailler, et moi j'avais décidé de faire tout ce qu'il voulait, donc nous n'abordions pas le sujet de mon avenir professionnel, même si la perspective de ne plus composer me donnait la nausée et la sensation de partir à la dérive.

Parfois, j'avais le cœur serré en pensant que nos enfants seraient privés de grands-parents. Mais c'était ainsi. Luke avait pris depuis longtemps ses distances avec sa famille. De mon côté, je ne pouvais plus le nier, je m'étais éloignée de la mienne, et Luke ne m'avait pas incitée à m'en rapprocher ; déjà, à la période où je les appelais encore régulièrement, il quittait la pièce quand leurs visages apparaissaient sur FaceTime.

Nous étions deux, nous nous préparions à être trois, quatre, cinq… J'imaginais notre séjour en famille au ski. Je n'avais besoin de rien d'autre. Luke était le pivot de ma vie. Lui seul comptait.

Depuis la demande en mariage de Luke, j'avais pris de l'assurance, en général et dans notre couple. Je ne doutais plus de mériter un homme comme lui et je croulais sous les propositions de travail : je commençais à donner mon avis sur tout, à remettre en question certaines règles. Mon changement de comportement était criant. Luke n'avait pas tardé à le commenter : il me trouvait « prétentieuse », « pénible ».

En décembre, alors que nous revenions tout juste d'un séjour en Allemagne pour visiter les marchés de Noël, il avait décidé de rejoindre des amis dans un bar à tapas de l'ouest de Londres, sans même repasser par la maison. J'avais protesté. J'étais fatiguée, j'avais froid, je traînais un sac énorme et j'avais envie de rester seule avec lui. Nous deux, ça me suffisait. C'était plus simple, plus facile, il y avait moins de risque de dispute.

— Pourquoi faut-il tout le temps qu'on voie des gens ? avais-je maugréé dans le Stansted Express, car j'étais suffisamment épuisée pour exprimer tout haut ma pensée.

— Parce que les amis, ça compte, Harriet, avait-il répondu d'un ton distrait, tout en tapant un long message qu'il cachait à ma vue. Tu devrais te décider à en avoir un jour, pour t'en convaincre.

Il avait passé le reste du trajet sur son téléphone. Et moi à l'observer en rongeant mon frein.

Ce n'est rien, on est juste fatigués, avais-je songé. *Pas de panique.*

J'avais passé la soirée à rêver au métro qu'on prendrait pour rentrer. Quand tout le monde avait entonné « Joyeux anniversaire », je m'étais contentée de sourire poliment. J'avais écouté patiemment une certaine Francine s'épancher sur ses problèmes sentimentaux. Luke avait commandé un dessert, et ça m'avait énervée, parce que, franchement, on allait rester encore combien de temps ?

— Tu as l'air stressée, Harriet, tout va bien ? m'avait demandé son amie Aki, un regard moqueur dissimulé derrière sa frange noire.

Plus tard, Luke allait me soutenir que cette question exprimait seulement de la sollicitude, mais je ne serais pas dupe. Aki était célibataire, et je la rangeais dans la catégorie de celles qui auraient pu être une « vraie compagne » pour Luke.

Elle avait de plus échangé avec une de ses copines un regard entendu dont j'avais parfaitement saisi le sens : elles me jugeaient bizarre, elles trouvaient que je ne m'intégrais pas au groupe et que je cassais l'ambiance, même si l'ambiance n'était pas si mauvaise que ça, puisqu'on était en train de lever notre verre de cava pour porter un énième toast à ce trentième anniversaire, en grignotant des olives. Ce regard m'avait déstabilisée et il avait surtout réveillé ma parano.

Au cours de la soirée, la situation s'était encore dégradée : j'étais de plus en plus soûle, tout était de plus en plus flou. En plus de ça, Luke avait commencé à parler à voix basse avec Aki, en se penchant sur elle et en écartant de temps à autre d'un geste tendre une mèche de cheveux de son visage. Il n'avait même pas attendu que j'aille aux toilettes ni rien, j'étais toujours assise à côté de lui. Ça faisait partie de sa panoplie de rebuffades, il n'essayait même plus de cacher son jeu. Il n'en avait guère besoin, parce qu'il savait que je ne réagirais pas.

Finalement, nous étions partis.

Et cette fois j'avais réagi.

— Est-ce que tu draguais Aki ? m'étais-je risquée à demander, parce que j'étais assez ivre pour ça.

— Tu sais quoi ? avait-il rétorqué en me fixant d'un regard soupçonneux. Tu n'arrêtes pas de m'accuser de vouloir te tromper, je vais finir par croire que c'est toi qui me trompes.

Je n'avais plus jamais osé lui faire de remontrances.

Mais Lexie, elle, ne se gêne pas pour critiquer, pour discuter, pour revendiquer, pour argumenter. Et, malgré cela, Tom reste avec elle. Elle obtient tout ce que je n'ai pas eu, sous mon nez, de l'autre côté du mur de mon salon. Tom et elle, ils préparent le repas ensemble : des repas comme ceux que je partageais avec Luke avant que nos dîners ne deviennent une épreuve. Ils se pelotonnent sur leur canapé pour regarder des films, comme nous autrefois. Ils font des projets d'avenir, comme nous.

J'entends sans cesse les échos de cette vie qui aurait dû être la mienne, et il faudrait que j'accepte de passer à côté, que je me borne à écouter leurs éclats de rire ? Et tout à coup, c'est comme une évidence : je ne peux pas les laisser vivre heureux. Je refuse d'accepter que Lexie me vole mon bonheur.

La première fois, ça s'est mal terminé. Quand on me vole ma vie, je suis capable de tout pour la récupérer.

14

Lexie

Janvier

Je mets du rouge à lèvres, mais ensuite je m'inquiète parce que ce n'est peut-être plus la mode. N'était-ce pas le retour du gloss, dernièrement ? Mes références en la matière datent du moment où le temps s'est arrêté pour moi. C'est aussi pour cette raison que j'ai vraiment besoin de m'arracher à ma routine.

Alors je vais à une soirée, une vraie.

Il faut que je sorte de ma boîte. Pour celle que j'ai dans ma tête, je n'ai pas de solution, mais ce n'est pas bien difficile de pousser la porte de l'appartement. Il suffit de le décider… et d'enlever son bas de pyjama.

Ce soir, c'est le pot de départ de Shona, une ancienne collègue, et je m'apprête à prendre un bus pour la rejoindre dans un bar à cocktails de Dalston.

Tom émet un petit sifflement admiratif quand je passe devant lui, les fesses moulées dans une jupe crayon.

— Tu essaies de me faire oublier que je suis grosse, dis-je gênée.

— Faux, rétorque-t-il, en secouant résolument la tête et en reportant son regard sur la télévision. Tu es sexy.

J'ai stressé toute la journée à l'idée de sortir et j'ai raté un trait d'eye-liner tellement ma main tremblait.

Si je vais à ce pot de départ, c'est surtout pour me prouver qu'il m'arrive de sortir le soir ; j'ai parfois honte de vivre dans le centre de Londres et d'en profiter aussi peu. Par ailleurs, je dois faire l'effort de me montrer pour me créer un réseau.

Comment j'ai pu échouer dans un milieu professionnel où les contacts sont à ce point indispensables, alors que j'ai plutôt tendance à fuir mes semblables, on se le demande. Mais ai-je toujours été ainsi ? Le pire, c'est que je ne sais même plus. Je suis tellement perdue que je ne peux pas dire quand ça a commencé, si c'est grave, si c'est lié à mes problèmes de fertilité, si ça a toujours été présent en moi. Je n'ai pas le courage de trancher.

Je suis sur le point de partir quand j'entends des pleurs de bébé dans l'appartement mitoyen. Il n'y a pas de bébé à côté. Ou bien si ? Harriet aurait-elle pu tomber enceinte et accoucher, sans que je me rende compte de ce qui se passait de l'autre côté du mur ? Vais-je devoir endurer tous les jours un bébé qui grandit et devient un enfant, l'entendre rire, réclamer son lait, balbutier ses premiers mots ?

— Tu as entendu ? demandé-je à Tom.

— Entendu quoi ? répond-il.

On n'entend plus rien, en effet, et je laisse tomber. J'espère – et je le redoute tout à la fois – que je me fais des idées et que j'entends des pleurs alors qu'il n'y en a pas. Soudain, la chose me paraît possible. De nouveau, je me sens perdue.

Après avoir traversé la rue, je m'arrête en tendant le cou pour observer la façade de notre immeuble. Mais là-haut, au quinzième étage, notre appartement semble anonyme, hors de portée, très loin de moi. Un peu plus bas, je distingue une lampe allumée, à travers une fenêtre légèrement entrouverte. Au rez-de-chaussée, un type assis sur son rebord de fenêtre fume une cigarette tout en vociférant dans son iPhone. L'appartement mitoyen du sien laisse filtrer de la musique des années 1990 et des éclats de rire. Au-dessus, un homme et une femme se tiennent devant leur fenêtre, à la lueur d'une bougie ; ils s'embrassent sur la joue, on dirait une fresque.

C'est quand même fou, tous ces gens dont l'existence se déroule si près de la mienne et dont je ne sais rien.

Ils sont partout, au-dessus de moi, en dessous, les uns à côté des autres. Ils s'embrassent, ils se disputent, ils dorment, ils dansent. J'ignore tout d'eux. J'ignore s'ils sont malades, malheureux, ou déprimés. S'ils ont passé une bonne ou une mauvaise journée. S'il y a du nouveau dans leur vie. S'ils viennent de rompre avec leur premier amour, s'ils viennent de tomber amoureux, ou si l'unique événement marquant de leur journée a été l'achat d'un paquet de haricots surgelés au supermarché du coin. Je reste là un instant, en me demandant de quoi peut bien avoir l'air ma vie à moi, vue de ce trottoir. Qui je suis pour les gens qui passent. Quel genre de questions ils se posent à mon sujet.

En attendant, ils ressemblent sûrement plus à mon ancien moi qu'au nouveau. Ça m'étonnerait beaucoup qu'ils aient les paumes moites et les mains qui tremblent au point d'avoir du mal à ranger un téléphone dans un sac, quand ils sortent pour aller à une soirée.

Quelques minutes plus tard, mon bus arrive. Je suis emportée par le flot des usagers qui s'engouffrent à l'intérieur et s'empressent de chercher une place assise.

Autrefois, je prenais tous les jours les transports en commun, mais à présent je tressaille quand quelqu'un s'approche de moi. Je baisse les yeux vers mes mains. Elles tremblent toujours.

Je me suis assise à côté d'une maman qui regarde par la fenêtre, tandis que son enfant parle tout seul dans sa poussette.

Je lui tire la langue.

— Elle est drôlement jolie, ta girafe, lui dis-je.

Il me répond en faisant des bulles avec un drôle de bruit.

Je lui tire encore la langue.

Le bus démarre. De l'autre côté de la rue, Harriet est en train de sortir de notre immeuble, et je me penche pour mieux la voir, mais trop tard, le bus accélère.

Plusieurs jours se sont écoulés depuis que j'ai piqué une crise à propos de consulter un médecin et que Tom a pleuré. Mais maintenant, ça va mieux, je me sens revivre. Il fait étonnamment beau pour un mois de janvier. En cet instant, le soleil me réchauffe à travers la vitre, et un peu de joie se fraie un chemin jusqu'à moi.

Je descends du bus le sourire aux lèvres et parcours d'un pas leste les quelques mètres qui me séparent encore du bar.

— Lexie ! beugle un de mes collègues en me reconnaissant.

De toute évidence, il en est au moins à sa quatrième bière.

Je commande du vin rouge et ensuite j'enchaîne les verres, mais je refuse de me sentir coupable. Au diable le régime pour la fertilité. Tom et moi, nous avons un plan d'action, à présent. J'ai bien droit à un baroud d'honneur.

— N'hésite pas à me faire signe, me dit mon ancien directeur.

— Je n'y manquerai pas, promets-je, sincèrement.

Je me sens décidément de mieux en mieux… Et quand je vois tous ces hommes qui ont défait leur cravate et ce serveur qui déambule en demandant à la cantonade qui a commandé des chips, je me dis qu'après tout personne n'est parfait. Je suis normale. Tout ira bien.

— Tu avais vraiment disparu de la circulation, Lexie. Tu nous as drôlement manqué, déclare Shona en passant un bras autour de mes épaules pour me serrer contre elle.

Et parce qu'on est seules à notre table et que les autres sont debout, je me lâche.

— Je suis vraiment désolée, dis-je en lui tapotant affectueusement le dos. Je n'arrive pas à avoir un bébé. J'ai traversé une sale période.

Je retiens mon souffle. L'ai-je vraiment dit ? Oui. Je l'ai dit.

— Merde alors, Lexie, soupire-t-elle. Dommage que tu ne m'en aies pas parlé plus tôt. Moi aussi. C'est pour ça que j'arrête de bosser, pour être moins stressée…

Elle marque une pause.

— Et c'est aussi pour ça que…

— Tu bois du Coca light, complété-je en riant. Bon sang, se sentir coupable chaque fois qu'on boit une goutte d'alcool, c'est le pire, non ?

— Ça vient juste après manger trop de sucre ou trop de gluten, et « ne pas avoir suffisamment de rapports sexuels », répond-elle en levant les yeux au ciel.

Ça fait longtemps que je n'ai pas ri de bon cœur, et je prends soudain conscience que ce n'est pas si difficile que ça de ne pas se sentir seule. Il suffit d'échanger des confidences avec une amie. Maintenant que c'est fait, je perçois même les aspects comiques de notre situation. Mais d'où sortaient ces pseudo-règles qui m'imposaient de garder tout ça à l'intérieur ? Pourquoi m'étais-je persuadée que personne ne voulait du fardeau de mes problèmes, et que c'était même inconvenant de les étaler ?

Un psychologue chercherait probablement la réponse du côté de mon enfance. Je revois ma mère s'affairant d'une pièce à l'autre, mon père absent deux semaines d'affilée pour son travail, et je me dis : décidément, il n'y avait aucune ouverture. Pas le moindre créneau pour demander de l'aide et aborder les problèmes. Était-ce délibéré ? Mes parents – ces enfants de l'après-guerre élevés à la dure – voulaient-ils simplement nous empêcher de nous apitoyer sur nous-mêmes ?

— J'espère que ça va bientôt s'arranger pour toi, murmuré-je, toujours blottie contre elle. Je n'aime pas donner dans ce genre de platitudes, mais je suis sûre que tu ferais une maman géniale.

Elle me serre dans ses bras.

— Il faut qu'on se revoie bientôt, lui dis-je. Je ferai une folie : je t'achèterai un jus de fleur de sureau.

Je sens ses épaules trembler et je ne sais pas si elle rit ou si elle pleure, mais je la serre un peu plus dans mes bras, au cas où.

Je ne suis pas la seule à vivre ça, à être dévastée par ça. Il y en a d'autres. J'étais tellement obnubilée par ma propre histoire que je ne les avais pas vues. Mais à présent, je veux les voir. Les aider, créer des liens avec elles, les réconforter. J'étreins Shona de toutes mes forces.

15

Harriet

Janvier

Je suis dans un bar, occupée à surveiller Lexie. Comme quand j'ai suivi Tom, je veux simplement savoir comment elle fonctionne, ce qu'elle fait quand elle est seule. L'ennui, c'est que Lexie n'est jamais seule ; elle s'arrange pour ne pas l'être.

En ce moment, elle rit et elle boit du vin. Moi aussi, je bois du vin, et à un rythme plus soutenu, mais je ne ris pas.

Aucun risque qu'elle me voie : il fait trop sombre dans la salle, et elle est bien trop occupée. Par ses amis, bien sûr.

Je peux donc rester où je suis, à distance raisonnable, et la regarder se tripoter le visage et les cheveux, tirer sur les pans de sa jupe. Tu es stressée, Lexie ? Tu penses aux pleurs de ce bébé de YouTube que tu as entendus avant de sortir de chez toi ? Elle boit encore, et je la juge sévèrement. D'après les recherches approfondies que j'ai pu faire en ligne sur les problèmes de fertilité, je sais que l'alcool les alimente.

Lexie, ce n'est pas bien… Est-ce que Tom sait que tu ruines vos chances d'avoir un enfant à chaque gorgée de ce grand verre de rouge ? On dirait que tu ne le mérites pas, ce bébé, après tout. On dirait même que tu ne mérites pas ta putain de vie de rêve.

— Vous voulez de la compagnie ? me propose un homme, mignon, mais vraiment trop petit pour moi.

Je le dévisage de la tête aux pieds. Verdict : non, rien qu'à ses vêtements je peux dire que les gens ne le trouveraient pas correct, donc ce n'est pas pour moi. Je me contente de l'ignorer et regarde fixement ailleurs. Il ouvre la bouche pour protester, puis décide finalement de battre simplement en retraite : encore plus petit, encore moins sûr de lui. Je me sens vaguement coupable, mais tant pis, je dois rester concentrée.

À présent, Lexie a une conversation sérieuse et intime avec une femme. La tête pensivement inclinée de côté, je tente de décrypter l'expression de leur visage. De quoi peuvent-elles bien parler ? La femme boit du Coca light. À un certain moment, elles s'embrassent, comme si l'une des deux venait d'annoncer à l'autre qu'elle n'en a plus pour longtemps.

Quand Lexie va aux toilettes, j'y vais aussi – ça se fait, entre copines ! – et me glisse dans le box voisin du sien. Je l'entends sortir, se laver les mains et fredonner tout bas. Je parie qu'elle est en train de se remettre du rouge à lèvres.

— Comment ça se passe, ton boulot en free-lance ? lui demande une voix de femme.

— Il y a des hauts et des bas, répond Lexie sans tricher. Mais, dans l'ensemble, je ne regrette pas ma décision.

C'est un point commun entre nous, le travail à la maison, Lexie. On aurait pu être amies. Si je n'étais pas sur le point de démolir ta vie.

Elle poursuit.

— C'est bien de choisir ses horaires, mais on se sent souvent seule. Plus que dans un bureau.

— Tu as la nostalgie des soirées chips du jeudi chez les uns et les autres ? s'enquiert son amie en vaporisant un parfum musqué qui s'infiltre jusque dans mon box.

Lexie éclate de rire.

— Eh oui, fini les chips des soirées du jeudi, se lamente-t-elle. Bon sang, ce qu'elles peuvent me manquer !

Je retourne à mon poste d'observation, à une extrémité du comptoir, et j'attrape ma bouteille pour me resservir du vin. Sans cesser de surveiller Lexie.

Elle s'en va à 23 h 30, et je sors derrière elle. Au coin de la rue, elle s'arrête pour échanger ses escarpins à talons contre une paire de ballerines. Je suis tout près d'elle, si près que je l'entends soupirer de soulagement quand elle peut enfin délivrer ses orteils.

Nous prenons le même bus pour rentrer, et je m'installe à quelques rangées derrière elle, le visage à moitié dissimulé dans une énorme écharpe. Précaution inutile, car elle ne risque pas de me remarquer : elle a les yeux rivés sur son téléphone.

Je parie qu'elle est sur un réseau social.

Je me connecte. Bingo, elle est en train de poster des photos de la soirée. Quelqu'un a déjà commenté un selfie pour lui dire qu'elle est belle. C'est vrai qu'elle était radieuse, ce soir. Je lève les yeux. Elle l'est toujours. On va rectifier le tir. J'ouvre le compte que j'ai créé sous un faux nom et je lui écris qu'elle a l'air vieille et qu'elle est affreuse. Je vois ses épaules s'affaisser : elle est en train de me lire.

Du verre, Lexie. Du verre très fin. Facile à briser. Comme c'est commode.

Notre soirée s'achève quand elle disparaît dans l'ascenseur. Je m'attarde un instant sur le trottoir, avant de pénétrer à mon tour dans le hall de l'immeuble.

En arrivant dans mon appartement, j'entends Tom qui joue sur son ordinateur et s'adresse à Lexie – une Lexie complètement ivre – d'une voix douce et inquiète. Il n'est pas en colère, ni énervé.

— Vraiment, Tom ? dis-je à haute voix. Vous essayez d'avoir un bébé, et ça ne te dérange pas plus que ça qu'elle rentre bourrée ?

Luke ne supportait pas de me voir soûle et m'accablait le lendemain de reproches qui aggravaient ma gueule de bois. Par contre, il prétendait que l'alcool le rendait drôle et spirituel. C'était d'ailleurs aussi l'avis de ses amis.

Je lance mon sac à main contre le mur.

Une fois calmée, je m'installe sur mon canapé pour écrire ma réponse à Tom.

Merci beaucoup pour vos conseils.

Et là, je sèche. C'est délicat. Je ne dois rien mettre de tendancieux pour ne pas faire fuir le gentil Tom, tout en me montrant suffisamment entreprenante pour que notre correspondance ne s'arrête pas là. J'ai absolument besoin d'en savoir plus sur lui et je ne peux pas encore me permettre de l'approcher directement. Pour ça, je dois préparer le terrain. C'est en bonne voie. J'ai commencé en faisant entendre les pleurs de bébé, mais je dois encore trouver deux ou trois astuces pour déstabiliser leur couple, pour que ce qu'il reste de leur bonheur ne soit bientôt plus qu'un lointain souvenir. La suite des événements s'écrira toute seule. Lexie déménagera ; Tom pourra vivre avec moi.

Ça ne devrait pas être trop difficile. Depuis que j'ai entendu Lexie piquer sa crise et Tom lui répondre d'un ton résigné, je me demande si leur entente est aussi parfaite que je le pensais. Parfois, je me demande aussi si je n'ai pas rêvé, tellement ça me semble incroyable qu'ils puissent se disputer…

À l'hôpital, ma thérapeute aurait sans doute dit que j'idéalise leur couple, comme j'idéalisais autrefois le mien.

Mais je ne le saurai jamais : j'ai décidé de ne plus la voir, en dépit de son insistance à me répéter que nous avions encore « beaucoup de travail ». Elle m'a même suggéré que j'avais été victime de maltraitance. C'est, entre autres, ce qui m'a fait fuir. Ça me déplaisait qu'elle dise du mal de Luke.

J'entends qu'on pose un objet sur une table. Une bière ? L'ordinateur portable ? Tom est-il en train de consulter ses mails pour voir s'il a reçu des nouvelles de Rachel ? J'ajoute à mon message que je vais commander le livre qu'il me conseille et que je serais ravie qu'il me donne un contact pour un stage. Puis je lâche quelques lieux communs à propos de la passion.

Je ne suis pas très fière de moi, mais j'envoie quand même mon message, lequel reste sans réponse, car Tom regarde maintenant un match sans intérêt, score 0-0. Je le sais parce que j'ai moi aussi allumé la télévision, sans le son, pour suivre le même programme que lui : une façon comme une autre de pénétrer son univers.

Il trouve le temps de poster une blague de footeux et une photo de cet écran de télé qui n'est qu'à quelques mètres de moi, mais pas celui de répondre au mail de Rachel – c'est-à-dire moi –, et j'enrage à l'idée qu'elle figure très loin dans sa liste de priorités.

Puis, je l'entends discuter tranquillement avec Lexie. Apparemment, la dispute de l'autre jour est oubliée. Ils sont vraiment insupportables, à être tout le temps heureux ainsi. Cette fois, c'est la télécommande que je balance contre le mur.

Je vais me coucher, en claquant bien fort la porte de ma chambre. Dans mon lit, je pense à Tom. Et, comme chaque fois que je pense à Tom, je finis par être transportée dans mon passé avec Luke.

Quand j'ai rencontré Luke, j'étais au plus bas. Je sortais de ma rupture avec Ray, un garçon avec qui j'étais sortie un certain temps, et j'avais du mal à m'en remettre. C'était pourtant moi qui avais rompu avec lui, six mois plus tôt… Parce que je savais que les gens ne le trouvaient pas terrible. Parce que je voulais montrer que j'étais capable de trouver mieux.

Mais il me manquait, ce garçon qui portait des jeans trop courts et avait le don de me faire rire.

Ray m'avait déjà remplacée par une fille suffisamment sûre d'elle pour ne pas se préoccuper de l'opinion des autres et qui n'avait pas honte de lui. Depuis, je m'éparpillais. Je changeais souvent de fréquentations. J'avais eu ma période bohème : pantalons larges et passion déclarée pour le dramaturge Joe Orton. Puis j'avais opté pour plus simple : fêtarde. Une véritable trouvaille qui ne demandait pas de se spécialiser dans un passe-temps et ne nécessitait aucun accessoire. À moins de considérer comme passe-temps le fait de s'envoyer de l'alcool dans le gosier presque tous les soirs jusqu'à 2 heures du matin et d'aller ensuite vomir dans le premier lavabo qui se présente ; et, dans ce cas, la bouteille de vodka compterait comme accessoire.

Je couchais avec n'importe qui, à peu près tout le monde. En fait, je n'arrivais pas à oublier Ray et je me dégoûtais. Déjà, à cette époque, j'essayais de me « diluer ».

Puis, un beau soir, je m'étais retrouvée à boire du sherry chez une amie, une fille assez prétentieuse qui rentrait tout juste d'une année sabbatique en Europe et en était revenue avec une obsession pour tout ce qui avait trait à l'Espagne.

— Je ne peux pas croire que quelqu'un ici apprécie vraiment le sherry, avait déclaré à la cantonade l'un des invités. En tout cas, moi, je trouve que ça a un goût de champignon.

En ce qui me concerne, j'aurais été prête à m'extasier sur cette boisson, ou au moins à manifester une approbation polie. Notre hôte était pour moi une nouvelle amie, une collègue de boulot, j'essayais donc de faire bonne impression. Je ne voulais en tout cas pas la froisser. Est-ce que ça revient au même ?

Cet homme m'avait terriblement impressionnée avec son commentaire sans compromis sur le sherry, qui avait d'ailleurs fait rire tout le monde. Et, en plus, il était beau. Incroyablement beau. Quand j'avais posé les yeux sur lui pour la première fois, ça m'avait fait comme un coup au cœur.

Plus il buvait, plus il prenait de l'assurance. Il parlait fort et n'hésitait pas à donner son avis – sur la corrida, sur le rioja –, même, et peut-être surtout, quand il n'était pas d'accord avec quelqu'un. Il saisissait alors son interlocuteur par les épaules et le poussait du coude en riant.

Puis, soudain, il s'était adressé à moi.

— Tu as déjà goûté aux vins anglais ? avait-il demandé à brûle-pourpoint, en regardant dans ma direction. Dans le Sussex, ils en font de très bons.

J'avais murmuré un timide « non », tout en jetant un coup d'œil furtif à ses boucles indisciplinées.

Il avait posé sa main sur ma taille et m'avait entraînée vers le canapé, installé près de la porte donnant sur le jardin. Je l'avais suivi en tremblant, toute surprise qu'il m'ait remarquée. *Sortir* avec quelqu'un comme ce Luke, qui s'y connaissait si bien en vins et avait des opinions tranchées, ça me semblait hors d'atteinte. C'était un homme comme lui que je cherchais, mais il n'y avait aucune chance pour qu'il s'intéresse vraiment à moi.

Pourtant, quand notre amie avait éteint la musique pour faire une lecture d'Hemingway, avec la voix d'une institutrice lisant du Roald Dahl à sa classe, Luke m'avait murmuré à l'oreille : « Si on sortait boire un verre ailleurs ? » et il m'avait prise par la main.

Il y avait du monde, aussi nous avions pu nous éclipser discrètement. Dans la rue, Luke m'avait fait pleurer de rire. L'alcool aidant, j'étais un peu moins coincée. Nous étions entrés dans un pub anglais.

—J'aimerais bien que les bars américains soient aussi sympas, avait déclaré Luke, d'une voix tonitruante.

En ce qui me concernait, je n'avais encore jamais mis les pieds dans un lieu de ce genre et jetais des regards effarés du côté de la table de billard.

Il avait commandé à boire, et c'est seulement une fois assise que je m'étais rendu compte à quel point il était soûl. Sa conversation était de plus en plus décousue et, soudain, il s'était levé pour danser, même si nous n'étions visiblement pas dans un endroit adapté pour ça.

De plus, je n'aimais pas trop danser, car je me sentais gauche.

—Allez ! s'était-il écrié en me faisant virevolter sur un rythme sans aucun rapport avec la musique. Tu es trop belle pour ne pas danser ! Danse, danse, danse…

C'était une incantation. J'avais dû céder. Une demi-heure plus tard, il m'embrassait presque de force, et ma bouche était envahie par le goût de levure et de houblon de la sienne. J'étais suffisamment lucide pour me rendre compte que l'ambiance ne se prêtait pas non plus à ce genre de baiser, mais j'avais réussi à en faire abstraction. Son grand nez heurtait le mien. J'avais mes mains sur sa nuque, à la base de ses boucles échevelées.

—On va chez moi ? avait-il proposé d'une voix pâteuse.

J'avais plutôt envie de rentrer dormir, et il était à peine assez cohérent pour être fréquentable. Mais je l'avais suivi parce qu'il était beau, parce qu'il me voulait, parce qu'il avait plongé ses yeux dans les miens. Nous avions eu un bref rapport sexuel que j'avais cru sans lendemain.

Mais, deux jours plus tard, il m'avait envoyé un message.

J'ai trouvé un endroit où on sert du vin anglais. Ça te dirait de le goûter avec moi ?

C'était glamour, subtil et inattendu. Et surtout, c'était exactement ce que j'attendais d'une rencontre à mon âge.

J'avais donc accepté.

L'endroit en question était extrêmement chic. Je découvrais que Luke n'était pas seulement un type pour boire des bières et coucher, mais aussi un homme raffiné, un adulte capable de déguster un vin blanc provenant des vignes de la campagne britannique.

Quelques minutes plus tard, j'avais reçu un message de notre amie commune.

Je t'ai vue partir avec Luke l'autre soir. C'est un charmeur, mais je voulais quand même te dire… Méfie-toi de lui, d'accord ?

J'avais levé les yeux au ciel : original, une fille jalouse de moi ! Puis j'avais oublié. Durant les semaines suivantes, je n'avais pas eu le temps d'y réfléchir, car Luke m'avait emportée dans un tourbillon. Mon esprit avait été accaparé par nos sorties au restaurant et au théâtre. Par les yeux de Luke quand il me disait que j'étais belle. Par les livres qu'il me prêtait et les films qu'il me conseillait. Par sa taille, ses boucles, ses grands bras qui m'étreignaient… dans sa voiture ou dans une chambre d'hôtel assortie d'une somptueuse salle de bains.

Et, au bout de six mois, le Luke que j'avais pris pour un coup d'un soir était en couple avec moi, pour de bon, pour longtemps.

Il n'avait fallu que six mois pour que nous emménagions ensemble, avec quatre de ses collègues. J'aurais voulu un appartement rien qu'à nous, mais « chaque chose en son temps », avait-il répondu. C'était une affirmation, il n'était pas question de discuter, et je l'avais déjà compris. J'avais fait ce qu'il voulait dès la première nuit : le pli était pris.

Je n'avais donc pas osé lui dire que j'aurais préféré rester chez Frances, ma colocataire et meilleure amie. Elle lui avait proposé de venir vivre avec nous deux, en augmentant à peine mon loyer, mais il avait refusé.

Frances était une fille bien dans sa peau, et je me sentais bien dans ma peau, moi aussi, quand j'étais avec elle. J'étais drôle quand elle me trouvait drôle, intelligente quand elle me trouvait intelligente. Toutes les deux, on s'amusait bien. Nous organisions des soirées mémorables, notamment une fête de Noël dont il me restait une photo où nous étions joue contre joue, souriantes, Frances avec une trace de lait de poule sur le menton.

Le lendemain de cette soirée de Noël, Frances était venue s'allonger sur mon lit pour regarder sur ma télé de vieux épisodes de *Friends*. On avait beaucoup ri en repensant à la *battle* de danse de la veille qui s'était transformée en *battle* de musique, car toutes les trente secondes quelqu'un venait brancher son téléphone sur l'ampli pour changer de morceau.

— On pourrait faire ça tous les ans ? avais-je demandé, ma tête près de la sienne sur l'oreiller. On s'est tellement amusées.

Un tambour battait dans mon crâne.

— D'accord, tant qu'on est là…, avait-elle répondu.

— Arrête, tu es macabre !

— Je ne voulais pas dire « tant qu'on sera en vie », bébête ! s'était exclamée Frances.

Nous avions eu toutes les deux ce fou rire que produit le mélange si particulier de nuit blanche, de soirée alcoolisée, de joie et de jeunesse.

— En fait, ce que je voulais dire, c'est que l'une de nous pourrait tomber follement amoureuse et émigrer en banlieue pour procréer.

L'idée m'avait semblé tellement loufoque que j'avais éclaté de rire de plus belle. Mais elle ne l'était pas tant que ça. Des fêtes de Noël ensemble, nous n'en avions eu qu'une seule après celle-là, parce qu'en effet j'étais tombée follement amoureuse et j'avais déménagé. Mais pas en banlieue ; seulement à quelques pas de l'endroit où j'avais vécu avec Frances, dans un appartement lugubre en colocation, où je devais faire la vaisselle de six personnes.

Je ne comprenais toujours pas pourquoi Luke avait refusé l'offre de Frances, et l'idée m'avait traversée qu'il ne voulait pas qu'elle tienne la chandelle.

Frances n'avait pas côtoyé Luke longtemps, aussi elle ne connaissait que l'homme plein de charisme et de charme. Elle ignorait qu'au bout de quelques semaines, après les dégustations de vin, les dîners et les compliments, il était insensiblement passé aux critiques et aux commentaires insidieux, comme des graines de malheur semées çà et là. J'avais appris à mentir, à camoufler, à dissimuler. Je m'accrochais aux premières semaines de notre couple et m'en servais pour réécrire notre histoire, en déformant le temps et la réalité. J'occultais tout ce qui était dérangeant et je parvenais à donner le change. Aux autres, à Frances, à moi-même.

Pour en revenir à Luke et à son refus de cohabiter avec Frances, je pense aujourd'hui qu'il avait écarté l'idée tout simplement parce qu'elle venait de moi. Le temps passant, j'allais bientôt me rendre compte qu'il n'acceptait pas la moindre initiative de ma part.

Mais, à l'époque, je n'en étais pas là. Je me disais qu'il était dur avec moi parce que je le décevais souvent et que je devais faire de mon mieux pour m'améliorer. Et ensuite, sûrement, il y aurait de nouveau des dîners avec du vin anglais où il me caresserait tendrement la joue. Les rares fois où il riait, j'entrevoyais un peu de ce qui m'avait séduite les premiers jours, et cela renforçait ma détermination.

— C'est bizarre, m'avait-il avoué un jour. En allant à cette fête où je t'ai rencontrée, j'espérais justement trouver une petite amie.

Ce commentaire avait flotté un instant entre nous, et je m'étais dit :

Alors c'est ça ? Tu m'as choisie comme un paquet de biscuits ?

Mais, en vérité, ça confirmait ce que je savais déjà. Personne ne pouvait vraiment m'aimer. Pour moi, les rencontres, ce serait toujours uniquement une question de bon timing. Un peu comme quand l'homme qui vous plaît habite justement à côté de chez vous et a en plus des problèmes de couple.

16

Lexie

Janvier

Mon intermède optimiste ne dure pas très longtemps. Je relance le rédacteur qui semblait tellement désireux hier de travailler avec moi, mais il ne répond pas. J'ai la gueule de bois, les entrailles en compote, et je crains que l'alcool ne m'ait un peu trop délié la langue avec Shona.

La situation empire encore dans l'après-midi quand je trouve ma boîte aux lettres pleine à craquer de pubs pour des cliniques spécialisées en techniques de procréation médicalement assistée. C'est quoi, ça ?

Je me connecte machinalement à l'un de mes comptes *online*, et mon ventre se noue. Il est inondé de messages insultants – comme celui d'hier soir – envoyés par des trolls.

> Sale conne, t'es moche, dit l'une.
>
> Pourquoi tu postes des selfies avec une gueule pareille ? demande une autre.

Je change d'onglet. Autre réseau, même agressivité.

Ça m'atteint terriblement. Ces messages émanent de parfaites inconnues qui ne donnent pas leur nom et ne montrent pas leur visage, comment puis-je leur accorder autant d'importance ? Mais c'est peut-être le fait qu'ils soient anonymes, justement, qui aggrave la chose. Pourquoi ces gens s'en prennent-ils à moi ? Qu'est-ce que j'ai fait de mal ?

Le bébé se remet à pleurer à côté, et je me sens de nouveau privée d'air, tout à coup. Ça, plus les messages, j'ai l'impression d'être assaillie de toutes parts. Ou alors je perds la tête. Des deux, je ne sais pas ce qui serait le plus grave.

Le soir venu, mon angoisse empire, et je suis au bord de la crise de panique, quand je reçois un SMS d'Anais.

Tu recommences à faire la morte. Appelle-moi. Bisous !

Mais je ne peux pas lui répondre. Je dois attendre d'aller un peu mieux.

Rien n'a changé dans sa vie, et c'est ce qui complique la communication entre nous. J'ai pris une autre route, et il m'est impossible de m'arrêter en chemin, de descendre du train en marche pour me joindre à la fête. Boire du vin me culpabilise, voir des gens me rend envieuse, et surtout j'ai conscience d'être passée à autre chose. De désirer autre chose.

Malheureusement, ce que je désire est hors d'atteinte. Le club que je rêve d'intégrer ne veut pas de moi. Mes amies d'enfance qui sont devenues mères organisent chaque année un voyage dans un centre de vacances familial. Je ne suis jamais invitée.

« Ça ne te dirait rien, se justifient-elles invariablement. Tout tourne autour des enfants. »

Elles ont raison, ça ne me dit rien si tout tourne autour des enfants, mais pas pour la raison qu'elles croient.

Elles sont très loin de se douter de ce que je vis. Elles en sont restées à l'ancienne Lexie, celle qui buvait des cocktails, dansait dans l'espace réservé aux VIP, mangeait du ceviche sur les *rooftops* des restaurants branchés. Elles m'imaginent, riant de bon cœur, la tête rejetée en arrière, ou retouchant mon rouge à lèvres. Cette Lexie-là n'aurait pas été tentée par du camping, c'est vrai. Mais elle n'est plus qu'un vieux souvenir.

À présent, je ne me sentirais pas à ma place, si je décidais d'aller perdre mon temps sur un toit en terrasse. Cette période de ma vie est loin derrière moi, et la nouvelle Lexie, celle qui n'a plus confiance en elle, se mettrait à bafouiller.

Perdue dans les limbes de la zone floue des trentenaires, je ne suis plus à l'aise nulle part. À part ici, sur ce canapé. Je prends un biscuit.

Ensuite, mon téléphone sonne, et c'est Tom.

Il hurle « Salut », il semble ivre, et je sais que je ne devrais pas m'en agacer, mais c'est plus fort que moi. Parce que j'ai vainement tenté de le joindre plusieurs fois pour lui parler des messages anonymes que j'ai reçus. Parce que j'ai passé la majeure partie de la journée à pleurer de honte. C'est vrai qu'il ne peut pas le deviner, mais ça ne fait rien, je lui en veux quand même.

— J'ai une bonne nouvelle ! annonce-t-il.

Il est en train de marcher dans la rue, j'entends des gens crier autour de lui.

— On doit partir en Suède le mois prochain pour le documentaire que je tourne en ce moment. Et le plus beau, c'est que tu pourras venir me rejoindre à un moment donné, vol payé.

Pour être franche, je lui en veux surtout parce qu'il fait toujours partie de l'ancienne équipe, lui. Il n'est pas complètement stressé à l'idée de sortir dans un pub et, une fois sur place, il ne passe pas la moitié de la soirée à parler de problèmes de fertilité. Ce soir, il a pris un verre avec des collègues de travail, rien de nouveau, rien d'inhabituel.

Il fut un temps où j'aurais été ravie à la perspective d'un voyage en Suède. Je me serais empressée de rendre publique la nouvelle sur les réseaux sociaux, de réserver des restaurants, de m'acheter des bottes sans hésiter à y mettre le prix, de préparer notre itinéraire sur place. Aujourd'hui, ça me met tellement en colère que je n'arrive pas à parler.

Je repense soudain aux messages. Si quelqu'un me prend pour cible, c'est que ce quelqu'un m'en veut. Que j'ai fait quelque chose qui lui déplaît. Ou bien que je possède quelque chose qu'il convoite.

— Alors ? presse Tom.

Et si c'était lui, ce quelque chose ? C'est bien le schéma classique, non ? Rivalité amoureuse… Vengeance…

— Mmm ?

— Qu'est-ce que tu as ?

Il semble angoissé, maintenant. Je suis devenue pour lui une source d'angoisse.

Et, dans un sens, il n'a pas tort de s'angoisser, parce qu'il va bien falloir que j'ouvre les hostilités. Je vais encore être celle qui pourrit l'ambiance en ramenant tout aux problèmes de fertilité. J'en ai tellement marre de ce rôle que j'ai à peine la force de parler.

— Je croyais qu'on devait consulter des médecins, dis-je d'un ton neutre. Je ne veux pas partir en vacances. Ce que je veux, c'est consulter des médecins.

Il marque un temps de réflexion.

— Mais c'est seulement pour un mois, se défend-il enfin. On pourrait consulter des médecins avant ou bien…

— Sans compter que ça va nous empêcher d'essayer au moment de la période d'ovulation. Je ne peux pas rester tout le temps sur place, si j'ai bien compris. Ça ne va pas être simple de m'arranger pour être pile avec toi dans les bons jours.

Nous demeurons silencieux un court instant, et j'essaie de me représenter à quoi ressemblerait notre existence si on oubliait les bébés. Si on profitait tout simplement de la vie. Tout deviendrait tellement plus facile si on passait à autre chose. Mais je le sens au plus profond de moi-même : ça m'est impossible.

— Ça ne t'a même pas traversé l'esprit, ajouté-je d'une voix calme, mais affreusement triste. Et c'est tout ce que je vois.

C'est trop de pression, d'être celle qui planifie, qui calcule, qui tempère, qui saigne. Je n'en peux plus. Nous n'avons même pas commencé notre parcours du combattant, et je suis déjà exténuée.

— Tu sais quoi ? Ça te ferait peut-être du bien de penser à autre chose, déclare Tom.

Je renverse ma tête sur le coussin et ferme les yeux.

À l'autre bout du fil, Tom émet un son qui réclame une trêve. L'équivalent de lever la main pour faire cesser les tirs.

— Rien que pour un mois. On oublie pendant un mois et ensuite on revient chargés à bloc pour affronter l'hôpital.

J'entends quelqu'un crier son prénom, et ça me tire immédiatement de ma torpeur.

— Rassure-moi, tu n'es quand même pas en train de me dire tout ça devant des gens ?

— Bien sûr que non. Je suis devant le pub, c'est juste quelqu'un qui est sorti pour m'appeler. Personne n'entend ma conversation, je te le jure. Je vais devoir y aller, on en reparlera plus tard, d'accord ? Je suis désolé. Je t'aime ! La Suède, Lexie ! Réfléchis !

Après avoir raccroché, je demeure un long moment songeuse, à ruminer cette discussion. J'aimerais avoir encore la capacité de raisonner posément et de me montrer patiente. J'aimerais pouvoir envisager ce mois comme une simple parenthèse, pas comme une période sombre au cours de laquelle on ne pourra pas faire de bébé, ce qui réduit dans l'absolu nos chances d'en avoir : un mois foutu, un mois qui nous fait reculer dans la liste d'attente de l'hôpital, un vrai gâchis. Ce petit mois, c'est comme une montagne. Ce voyage apparemment anodin a un impact dramatique sur ma vie.

Dans un monde parallèle, Tom a raison.

« La Suède, Lexie ! »

Mais mon cerveau ne reçoit pas le message. Tout ce qu'il entend, c'est « tic-tac, tic-tac » : il compte les mois qui me séparent de mes trente-quatre ans. Et il reste bloqué sur le fait que Tom, lorsqu'on lui a parlé de voyage en Suède, n'a pas songé une seule seconde aux médecins, alors que le mot s'est instantanément imprimé en lettres capitales dans mon esprit. Je croyais qu'on faisait équipe dans cette bataille. Mais le travail en amont, tout le cheminement intérieur, c'est à moi qu'il incombe, je ne me fais plus d'illusions.

« La Suède, Lexie ! »

Je repense aux prospectus dans notre boîte aux lettres. Cliniques spécialisées dans les techniques de procréation médicalement assistée, taux de réussite des FIV… L'univers – ou du moins son service marketing – aurait-il découvert mon secret, pour venir me relancer ainsi jusque chez moi ? Ou bien est-ce moi qui accorde de l'importance à une simple coïncidence ? Le hasard, ça existe.

Puis je reviens à mon obsession du jour. À quoi je pense, en faisant le lien entre ces messages haineux et Tom ? Tromperie, mensonge, jalousie ? Non. C'est inconcevable. Pas mon Tom. Mon Tom si honnête et fidèle.

Je me rends soudain compte que je ne lui ai pas parlé des messages, alors que j'ai désespérément tenté de le joindre toute la journée à ce sujet. C'est dire à quel point les problèmes de fertilité finissent par prendre le dessus : il suffit de les évoquer pour que la préoccupation principale de votre journée soit réduite à néant en l'espace d'une seconde.

Plus tard, j'ignore les SMS que Tom m'envoie et reste prostrée en position fœtale sur le canapé, en me désolant d'être dans un tel état. À côté, Harriet chante une sorte de reprise d'une chanson des Take That.

— On en a marre de t'entendre, Harriet. Boucle-la.

17

Harriet

Janvier

Je suis en train d'échanger des banalités avec Chantal dans l'allée des plats préparés du supermarché, quand la sonnerie de mon téléphone me signale l'arrivée d'un courrier électronique. Je sais que c'est bizarre, mais je me sens blêmir.

— Ça va ? me demande Chantal, à qui ce changement n'a pas échappé.

— Oui, réponds-je distraitement. Je dois simplement… régler un truc.

Je file vers la sortie, en me débarrassant au hasard du contenu de mon panier, et en bousculant au passage, sans même m'excuser, des clients qui s'indignent de mon manque de civilité.

Mais c'est seulement une fois dehors que je m'autorise à respirer de nouveau. Je m'arrête et prends appui contre un arrêt de bus, sous un écran dont les images défilent pour annoncer les temps d'attente : deux minutes, une minute, arrivée imminente. J'essaie de me souvenir des techniques de l'application « pleine conscience » que j'utilise de temps à autre depuis quelque mois, mais sans parvenir à maîtriser vraiment ma respiration. Il y a du givre sur les voitures en stationnement, mais je ne ressens pas le froid. Je remets mon téléphone dans mon sac.

Je revois Chantal, qui doit toujours être là-bas devant les mini-épis de maïs. Elle est probablement soulagée d'être débarrassée de moi. Personne n'a envie de perdre son temps à discuter avec moi, à moins d'être sous l'influence de l'alcool.

En entrant dans notre immeuble, je jette un coup d'œil à la boîte aux lettres de Tom et Lexie. Elle n'a pas l'air trop pleine. L'un d'eux doit avoir récupéré les prospectus que j'y avais déposés. Une petite piqûre de rappel, Lexie. Et un vague avant-goût de ce qui t'attend : quelqu'un sait que ta vie n'est pas aussi parfaite qu'il y paraît et ce quelqu'un s'apprête à sortir du bois.

Je prends l'ascenseur, j'ouvre ma porte d'une main tremblante et je vais directement m'allonger sur mon canapé, jambes pendantes, en gardant mes baskets, avec mes chaussettes blanches qui dépassent.

Le message que j'ai reçu quand j'étais au supermarché a été envoyé à 9 heures, heure des États-Unis.

Est-ce que ça signifie que mes parents y ont réfléchi toute la nuit ? Qu'ils en ont parlé avant de se coucher ? Une chose est sûre : c'est la réponse à mon silence après le mail de David.

Jusque-là, je ne communiquais pas avec mes parents, mais j'avais suffisamment de contacts avec mon frère pour les rassurer sur le fait que j'étais en vie.

Le texte début ainsi :

Harriet,

Mon ventre se noue comme si j'étais une ado qui s'attend à se faire remonter les bretelles par le proviseur du lycée. J'ai peut-être tort de lire ce mail. Ma mère est une femme de soixante ans plutôt vieille école et toujours très polie.

Depuis quand ne commence-t-elle plus ses messages par un « Chère Harriet » ?

David dit que tu ne lui as pas répondu la semaine dernière, et cela nous inquiète beaucoup. Est-ce que tu vas bien ?

Elle y va sur la pointe des pieds. Si j'avais un pneumothorax, elle m'apporterait un paquet d'Oreo et une couverture, mais pour un problème de santé mentale… Je n'ai pas droit aux biscuits, et une couverture ne servirait à rien.

Tout ce qu'elle veut savoir, c'est si mon cerveau a été bien dépoussiéré, aspiré et poli par mon séjour à l'hôpital psychiatrique… Bref, s'il en est ressorti comme neuf. Elle veut être certaine qu'elle n'aura plus honte de moi ; que je ne me promène pas en liberté en laissant derrière moi de vilaines taches. Elle veut être sûre que ce que j'ai fait une fois, je ne vais pas le refaire.

Ça, maman, tout le monde voudrait pouvoir en être sûr. Moi la première.

Donne-nous des nouvelles. On pense souvent à toi.
Bisous, papa et maman.

Je suis tentée d'envoyer un message à Chantal, de lui raconter tout ce qui s'est passé, et je l'imagine accourant, avec son cabas qu'elle lâcherait dans l'entrée, dans sa hâte de me serrer dans ses bras. Et ensuite j'ai honte. L'idée est grotesque ! Chantal et moi, on se connaît à peine. On sympathise uniquement quand on est seules et déprimées. Si je lui racontais toute la vérité à mon sujet… Si je lui avouais mon vrai nom de famille pour qu'elle puisse le taper dans Google, assise sur son canapé… Elle prendrait ses jambes à son cou, et la petite étincelle d'amitié qui nous lie parfois s'éteindrait à jamais.

Donc, je pleure dans mon coin, comme d'habitude. Parce que c'est au moins le vingtième message de mes parents que je vais ignorer, alors qu'autrefois nous étions si proches.

Je passais les voir, on commandait des plats chinois à emporter, on jouait à des jeux de société. En été, on s'installait dehors et on restait à bavarder jusqu'au petit matin, à boire du rosé californien, un peu éméchés. Mais Luke, après avoir manifesté le désir enthousiaste de les rencontrer, s'était mis à les éviter, en même temps que son comportement à mon égard changeait.

— Je n'aime rien chez eux. Même pas ce qu'ils nous servent à manger, commentait-il d'un ton maussade quand j'insistais. Alors quel intérêt ?

Dans ces moments-là, je m'efforçais de penser à l'homme qui m'emmenait au théâtre ; à celui qui apportait à ma mère son fromage préféré. Je me disais que Luke était dans un mauvais jour et que ça pouvait arriver à tout le monde.

Mais, en ce qui concernait mes parents, il n'avait plus que des mauvais jours.

— On ne voit presque plus Luke, plaisantait mon père d'un air gêné. Il ne nous aime pas ou quoi ?

Et moi, j'inventais des excuses, et c'était horrible, de faire le tampon. Je me sentais fragilisée.

David, par contre, on continuait à le voir. Luke ne pouvait pas l'éviter parce qu'il débarquait chez nous à l'improviste, souvent tard après une soirée arrosée, quand il avait besoin de s'épancher. On s'asseyait, je l'écoutais, je n'avais aucun mal à rire ou à lui manifester de la compassion, selon les cas, avec la sensation d'être à l'abri des déboires sentimentaux. Moi, j'avais un amoureux. Bien sûr, j'aurais aimé qu'il soit plus proche de mes parents, mais bon, personne n'est parfait, n'est-ce pas ?

Je croyais tout avoir. Jusqu'à ce qu'on me reprenne tout. Qu'est-ce qui se passe quand on reprend tout à une femme ? Elle devient amère ? Ou pire encore ?

Je repense à ma dernière entrevue avec Luke, quand elle a pris sa main en tremblant, parce qu'elle avait peur de moi après ce que j'avais fait, et je revois qu'il lui presse la main, imperceptiblement. Et mes larmes se mettent à couler. Mais, cette fois, ce sont des larmes de rage.

18

Harriet

Janvier

J'ai appris par les réseaux sociaux que Lexie séjournait chez son frère. Pendant ce temps, Tom picole comme s'il avait la capacité de récupération d'un étudiant dilettante et le budget alcool d'un oligarque russe. Je le sais parce que je l'observe en ce moment même, assise dans un pub avec un livre. Dans le domaine de la surveillance rapprochée, je suis devenue experte. Au boulot, par contre, je suis de moins en moins pro. Ma boîte de réception est saturée d'avertissements, de remontrances et de doléances. Je suis en retard sur les échéances, je laisse tomber les gens, je néglige mon travail, ruinant ainsi une réputation acquise de haute lutte.

Mais comment pourrais-je me concentrer sur une partition tout en espionnant Tom ? Sans parler du temps que je passe à lire des blogs sur les problèmes de fertilité, et en particulier sur leur impact auprès des hommes. Ça ne doit pas être facile pour Tom de savoir qu'il manque à Lexie quelque chose d'essentiel pour être heureuse et qu'il ne pourra peut-être jamais le lui donner.

Les amis de Tom commandent à manger, mais lui n'est pas là pour dîner. Il n'est pas là non plus pour cajoler une pinte, même s'il a plus de trente ans et qu'on est en milieu de semaine. Tom n'est pas raisonnable.

C'est à lui de payer la tournée, il se lève pour aller chercher des bières au bar.

— Avec un double Jack Daniels, ajoute-t-il à la fin.

Et il vide en douce son verre de whisky au comptoir, tout seul, cul sec, avant de rejoindre sa table avec les boissons pour tout le monde.

Entre deux tournées, il fait signe au serveur pour réclamer des vodka-Coca. Dès que son verre est presque vide, il jette des regards nerveux à ses amis qui boivent trop lentement à son goût.

J'ai suivi Tom ce matin sur son lieu de tournage dans South Bank et j'ai patienté toute la journée, à distance, mon téléphone ou mon livre à la main. Il y a au moins un truc positif à retirer d'un séjour en hôpital psychiatrique : on apprend à attendre, à rester assis durant des heures et des heures sans rien faire.

Et ensuite, quand il a remballé son matériel et que toute l'équipe s'est retrouvée dans le pub du coin, j'ai suivi le mouvement.

De temps en temps, je surprends une lueur interloquée dans les yeux de ses compagnons quand il propose un shot. Ils répondent qu'ils ont une réunion le lendemain à 8 h 30, ou un enfant en bas âge qui les réveille à 5 h 30 en hurlant pour avoir ses Cheerios.

Ils se demandent ce qui se passe. S'il a reçu une mauvaise nouvelle ou s'il s'est disputé avec Lexie. S'il y a quelqu'un de gravement malade dans sa famille. Ils pensent à tous les motifs qui peuvent pousser quelqu'un à boire pour oublier.

Je le sais parce que j'ai déjà bu ces verres-là et vu ces mêmes visages interloqués. Ses collègues ne connaissent pas les détails, mais ils comprennent que Tom n'est pas dans son état normal et qu'il a besoin d'eux, donc ils vont rester avec lui jusqu'à minuit pour lui faire plaisir, même si on est jeudi et qu'ils auraient préféré rentrer dans leur banlieue du Surrey à 22 heures.

— Je vais lui tenir compagnie encore une heure ou deux, entends-je l'un d'eux dire à un autre près du comptoir. Vas-y, si tu dois rentrer. Je ne veux pas le laisser tout seul dans cet état.

— C'est à cause de Lexie, tu crois ? demande l'autre, un grand chauve.

— Aucune idée, répond le premier. Tout ce que je sais, c'est qu'il traverse une période compliquée.

Ça, c'est vraiment gentil... Je pense avec nostalgie à mes amis à moi, qui sont si loin. Moi, la dernière fois que j'ai traversé une période compliquée, je n'avais personne pour me manifester de la compassion.

— Tu pourrais essayer de sourire, ma chérie, tente un homme qui attend sa pinte au comptoir.

— Je n'ai aucune raison de le faire, rétorqué-je.

Mais j'accepte quand même qu'il m'offre un verre. Je contemple son visage, il n'est pas mal, je pourrais peut-être coucher avec lui. Puis je me souviens que je dois rester concentrée sur ma mission.

Tom rentre chez lui d'un pas lent, malgré le froid de janvier. Il n'est pas pressé d'arriver.

Moi non plus, Tom, moi non plus, je ne suis pas pressée. Quel dommage qu'on ne puisse pas boire un dernier verre ensemble.

Mais, quand même, ça me donne une idée...

Le lendemain soir, comme je l'avais prévu, Lexie n'est toujours pas rentrée et Tom finit sa journée dans un pub, comme la veille. Il boit, et ça inquiète ses amis, du moins je présume, parce que cette fois je ne suis pas là pour observer la scène. Je suis chez moi, en train de mettre mon piège en place.

Dans l'état où était Tom hier soir, il aurait enchaîné sur n'importe quelle soirée, mais il n'y avait pas de soirée, et il n'a eu d'autre choix que de rentrer. Aujourd'hui, je lui en ai préparé une. Quand il sortira de l'ascenseur, la fête sera facile à trouver ; il ne pourra pas la manquer.

Ma porte est entrouverte, et Tom la pousse au moment précis où l'horloge de ma cuisine marque minuit et une minute. Je souris. Je ris tout haut, même.

Tu es tellement prévisible, Tom… Tu suis mon plan à la lettre.

— Qu'est-ce que j'ai dit de drôle ? me demande avec un sourire gêné le type avec qui je discute depuis maintenant une heure sur le seuil de la cuisine.

Visiblement, il n'en était pas à un passage comique de son monologue. D'ailleurs, je ne crois pas qu'il y en ait eu un seul, en dépit de ce qu'il s'imagine.

— Quoi ? dis-je d'un ton distrait. Pardon… Tu peux répéter ce que tu viens de dire à propos de ce qui te dérange dans le féminisme ?

Tandis qu'il recommence sa harangue, je m'intéresse de nouveau à Tom. Il porte un vieux tee-shirt qui a dû être bleu marine en début de vie, associé à un jean et des baskets noires, et il aurait bien besoin d'une coupe de cheveux ; encore plus que d'habitude. Il a le front couvert de sueur. Quand il se tourne pour enlever son manteau, je remarque qu'il transpire aussi un peu dans le bas du dos.

Il y a entre Tom et moi une foule de gens tellement soûls qu'à côté d'eux j'ai l'air suffisamment lucide pour présider une réunion. Tom, aussi, semble complètement parti et déboussolé. Je le soupçonne de n'avoir même pas percuté qu'il se trouve dans l'appartement de sa voisine de palier, ni que sous cette immense nappe se cache le cœur de ma vie – mon piano –, l'objet qui lui permettrait de savoir où il a atterri. Mais pour l'instant on voit juste un dépotoir de verres vides et de chips éparses.

Tom ferme les yeux et demeure un instant planté là. Quand il ouvre les paupières, il paraît surpris. Puis soudain, c'est comme s'il se réveillait.

Il semble revenir à lui et jette des regards en tous sens. Ses yeux se posent sur Chantal, qui danse seule au centre de la pièce avec ses cheveux roux qui virevoltent autour de son visage. Sur Steph, qui s'est effondré en serrant contre lui une bouteille de rouge, comme s'il tenait un ours en peluche, puis sur un homme dont le nom m'échappe qui est en train de sniffer un rail de coke sur la nappe. Il faudra que je pense à passer du Dettol sur mon piano avant de me mettre à composer demain. Celui-là, ça fait quatre fois qu'il vient à mes soirées, et chaque fois c'est pareil : il ne parle à personne et passe son temps à se défoncer, mais on dirait qu'à sa manière il a quand même besoin de compagnie. Besoin d'être simplement là, en retrait, et de se laisser réconforter par le brouhaha ambiant. Je le comprends. Quand je le rencontre le matin à l'arrêt de bus, il me murmure un timide : « Bonjour, merci pour hier soir, bon, je dois y aller », comme les autres.

Tout en faisant mine d'être absorbée par ma conversation avec l'antiféministe, je ne quitte pas Tom des yeux.

Ne l'approche pas tout de suite, Harriet. Contente-toi de l'observer.

Mais soudain l'homme avec qui je parle – Aaron ? Andy ? – se jette sur moi. Sa bouche a le goût de houblon et de levure de mon premier baiser avec Luke, et de tant d'autres de nos baisers, mais je le repousse violemment.

— Qu'est-ce qui te prend ?

Une femme dans la pièce nous lance un regard distrait par-dessus son épaule.

— Eh bien, je t'embrasse, on dirait ! répond-il en riant. C'est la procédure classique. On parle un peu, on se plaît, on s'embrasse.

Je lui décoche un regard noir, furieuse de cette diversion.

— Je ne me souviens même pas de ton nom, sifflé-je. Ta conversation était d'un ennui mortel. Qu'est-ce que j'ai bien pu dire pour que tu en déduises que tu me plaisais ? Ne t'avise plus de m'approcher.

Il s'éloigne avec un rire incrédule, surpris de ce soudain accès de colère, et je reporte aussitôt mon attention sur Tom, folle de rage à l'idée d'avoir gaspillé quelques précieuses minutes d'observation à cause d'un type aussi insignifiant qu'Aaron, Andy, ou quel que soit son putain de prénom. Il n'y a rien que je déteste plus que de perdre du temps.

Mais Tom. Revenons-en à Tom. Tandis que je le regarde à la dérobée en faisant mine de consulter mon téléphone, ce que j'observe, c'est un homme aux yeux tristes, qui ne touche pas à la drogue, mais qui boit tout ce qui passe à sa portée. Encore plus que les parasites qui fréquentent habituellement mes soirées. Le fond d'une bouteille de whisky que quelqu'un a abandonnée. Les bières qu'on lui met dans la main. Des vodka-Coca qu'il se sert lui-même dans ma cuisine, comme s'il habitait là. Je me laisse aller momentanément à fantasmer que c'est le cas.

Tu pourrais mettre le café en route, Tom, puisque tu es dans la cuisine. Et si on se faisait un risotto ?

Je devrais m'offusquer de le voir piller mes provisions sans même avoir conscience de mon existence, mais ce n'est pas d'actualité. Il est là. C'est l'occasion que j'attendais.

Quelqu'un lui tend une autre bière. Il y a près de trente personnes dans mon petit appartement, mais Tom passe vingt minutes avec Ian, un jeune dessinateur de smileys qui vit tout en bas au premier étage, à parler de la démarche didactique et du style théâtral de Bertolt Brecht. Je me tiens à proximité, l'oreille aux aguets, à l'affût d'un renseignement utile. Mais leur bavardage pédant de poivrots n'en finit pas.

— Comment tu as atterri à cette fête ? lui demande Tom. Tu vis au premier, non ?

Ian a l'air surpris.

— Les soirées de cet étage sont légendaires, répond-il.

— Merde alors, j'ai l'impression d'être un grand-père ! bafouille Tom d'une voix pâteuse. Le tien, peut-être. On vit à cet étage et on n'était même pas au courant.

— Et vous n'entendez rien ?

— On entend de la musique et des conversations, on se doute qu'il y a une soirée, mais on ne savait pas du tout que des voisins y allaient. On pensait que personne ne se connaissait dans cet immeuble.

On, on… Toujours ce « on ».

— Pour être honnête, ajoute-t-il avec un sourire…

Un sourire triste ? Oui, c'est bien de la tristesse que je lis sur son visage.

— On préfère passer la soirée devant un film avec un bol de chips. On a dépassé la trentaine, on est devenus pantouflards.

— Moi, quand je rentre et que j'entends le bruit d'une soirée à l'étage, je n'ai pas envie de m'enfermer chez moi, poursuit Ian.

Il murmure, d'un ton cabotin.

— Et puis… Je peux boire à l'œil.

Ça, c'est un bon argument, Ian.

Ils prennent une autre bière et repartent sur Brecht.

Seule dans cet appartement, je me sens comme une âme en peine. Je sais que la formule s'emploie plutôt pour une veuve habitant seule une grande maison de cinq pièces, mais elle s'applique aussi à mon cas, et certaines nuits c'est insupportable. Même à l'hôpital, je me sentais moins seule ; certes, je n'avais en guise de compagnie que les bruits désincarnés d'une patiente enfermée à l'autre extrémité du couloir, mais c'était quand même mieux que rien.

Ici, c'est moi qui dois remplir le silence et, comme je n'ai ni famille ni amis, j'accueille tous ceux qui veulent bien venir et je leur offre du vin. De temps en temps, j'accueille aussi un homme dans mon lit et je lui offre du sexe.

Je pourrais envisager, bien sûr, d'offrir du sexe à Tom ce soir. Mais je ne préfère pas. Je dois miser sur le long terme.

Je rejoins Chantal, sans quitter Tom des yeux.

Elle me prend par le bras pour me faire tourner sur moi-même, sa manière de m'inviter à danser. D'habitude, je suis suffisamment soûle pour répondre à l'invitation. On danse, on rit et on boit toute la soirée. Je me penche vers elle.

— Tu vois le gars, là-bas ? lui murmuré-je.

Elle regarde Tom et essaie de se concentrer.

— Ce sera mon prochain mec.

— Excellent ! susurre-t-elle, en me postillonnant du prosecco sur la joue. Tu mérites d'avoir un mec. Tu mérites tous les mecs de la terre.

Elle m'attire tout contre elle et se déhanche un moment avec moi, puis brusquement elle déclare, les larmes aux yeux, qu'elle se sent mal et va ramasser ses chaussures.

— Je vais vraiment vomir, dit-elle avec un haut-le-cœur. Mais je suis trop contente pour ton nouveau petit ami.

Elle m'embrasse sur la bouche, avant de filer en direction de la porte.

Deux heures plus tard, comme Tom s'endort sur le canapé, je vais m'asseoir à ses côtés et lui caresse la joue d'un geste précautionneux, comme je le ferais pour un nouveau-né. J'approche mon visage du sien pour sentir son souffle, je lisse l'extrémité de ses boucles entre mes doigts, je me penche pour respirer son odeur : un mélange de bière, de sueur et de gel pour les cheveux.

Puis je sors mon téléphone et cale ma tête sur son épaule pour prendre un selfie. Il ne réagit pas, toujours ivre mort. Je ne suis pour lui qu'un corps de plus dans un océan de corps, et il est 3 heures du matin. Mes yeux se posent sur ses clés qui gisent près de lui sur le canapé. Elles ont dû tomber de sa poche. En un éclair, je prends la décision de les faire disparaître dans la mienne.

Peu de temps après, il émerge brusquement. On dirait qu'il va être malade, lui aussi... Il se lève et fend la foule des invités pour franchir en titubant les quelques mètres qui le séparent de ma porte d'entrée.

Après son départ, je pose la main sur l'empreinte que sa tête a laissée sur mon canapé, à l'endroit précis où j'appuie la mienne quand je tape son nom dans Google, en coupant le son de la télé pour mieux entendre ses problèmes de couple.

Quelques instants plus tard, il revient et cherche en vain ses clés, avant de repartir. Je tapote ma poche.

Ne t'en fais pas pour tes clés, Tom. Elles sont en sécurité.

Puis je vais me coucher, bien qu'il y ait encore des gens chez moi, ce qui veut dire que ma porte restera déverrouillée toute la nuit et que mes affaires seront à la merci de n'importe qui. Aucune importance. Cette soirée – même si je l'ai passée avec des quasi-inconnus qui ont pillé mon alcool avec tout juste un « merci » – a été l'une des plus belles de ma vie. Grâce au séduisant Tom et à ses cheveux bouclés. Je glisse peu à peu dans le sommeil, le sourire aux lèvres, le poing refermé sur le trousseau de Tom, en concoctant mon plan. J'ai déjà grignoté un peu de leur vie en passant par leur boîte aux lettres et leurs réseaux sociaux. Avec la clé de leur appartement, je ne vais faire d'eux qu'une bouchée. Je vais m'offrir un véritable festin.

19

Lexie

Janvier

J'appelle Tom sur FaceTime depuis le Yorkshire, mon neveu Noah sur les genoux, car il veut absolument parler à tonton Tom pendant que son père nous fait cuire des pâtes.

Tom apparaît à l'écran. Comme toujours, il a l'air ravi de voir notre Noah adoré, mais je le trouve pâle.

— Comment se fait-il que tu ne sois pas au boulot ? demandé-je. J'ai dit à Noah qu'on allait essayer de t'appeler, mais je pensais qu'on aurait à peine le temps de te dire bonjour en passant. Tu as mauvaise mine, dis donc.

— J'ai une intoxication alimentaire, répond-il précipitamment.

— Tu es sorti hier soir, non ? « Intoxication alimentaire », c'est un code ?

Je désigne mon neveu du menton.

— Tu peux parler sans filtre, il sait ce qu'est une gueule de bois. N'oublie pas qu'on est dans le Yorkshire, ici.

— Je ne plaisante pas, proteste-t-il.

Je n'insiste pas.

— J'ai mangé un hamburger. Une nourriture trop grasse, ça peut rendre malade.

Je hausse un sourcil dubitatif, mais ensuite Noah montre à Tom le yoga pour enfants qu'il a appris à la crèche, et je ne pense plus qu'à ses postures cocasses qui me font mourir de rire.

En levant les yeux, je me rends compte que Tom ne rit pas. Il regarde ailleurs, visiblement distrait, absent, alors que d'habitude Noah accapare son attention autant que la mienne.

— Lex, quand tu rentreras demain, tu pourras t'arrêter pour faire un double de la clé de l'appartement ? J'ai perdu les miennes hier soir. J'ai dû demander au concierge de m'ouvrir.

— Merde ! m'exclamé-je, en oubliant que Noah entend. Tu crois qu'il faut changer les serrures ?

— Non, j'ai mon portefeuille, donc si quelqu'un trouve les clés, il n'aura pas l'adresse. Ce n'est pas grave. Une connerie de mec bourré.

Je ris.

— Ah ! Donc tu étais soûl ? Je croyais que tu étais malade à cause du hamburger.

Il ne sourit même pas.

Le lendemain, quand je rentre à Londres, nous ne reparlons pas de sa soirée. Il ne perd rien pour attendre.

Mais un malaise plane entre nous. À l'époque où nous avons commencé à envisager de fonder une famille, nous étions beaucoup plus proches. Notre couple d'alors était bien différent de celui d'aujourd'hui. Je pense à toutes ces fois où nous rompions le silence en même temps pour dire un truc sans intérêt, et où chacun de nous s'arrêtait pour laisser l'autre s'exprimer. Je songe aux quelques centimètres en plus entre nous dans le lit. Au fait qu'on ne se fasse plus de câlins. À la manière dont Tom incline son journal intime pour me cacher ce qu'il écrit – j'ai cessé de le taquiner là-dessus, et c'est même devenu un moment précieux et paisible de notre routine –, pendant que je lis comme d'habitude près de lui.

L'autre jour, quand il m'a serrée dans ses bras, ça m'a rappelé mes parents. Il était en retrait. Pas complètement investi. Il est rare à présent que nous buvions du vin rien que tous les deux, en parlant de notre adolescence, de politique, ou de tout autre sujet qui vient aisément avec une bouteille. J'essaie de me souvenir de la dernière fois qu'on s'est embrassés, simplement embrassés, sans que ça ait un rapport avec le fait d'avoir un bébé, mais je n'y arrive pas. Et ce soir, seule dans notre lit, puisque Tom est encore en déplacement, je me sens très loin de lui. Et soudain très triste.

20

Harriet

Janvier

C'est assez étrange comme sensation, d'entrer dans un appartement qui est exactement la réplique du vôtre. Tout semble légèrement décalé, pas vraiment à sa place. L'appartement de Lexie et Tom me paraît deux fois plus petit que le mien, tant il est plein à craquer de tous ces objets qui font une vie. Le mien ressemble à ces photos d'appartements loués sur AirBnB, où les pièces sont bien rangées, débarrassées du superflu, pour donner une impression d'espace.

J'ai dû attendre le bon moment. Je savais par les réseaux sociaux que Tom était en déplacement. Aussi, quand j'ai entendu claquer la porte d'à côté, j'ai guetté Lexie à la fenêtre. Elle a traversé la rue en courant, elle a fait signe à un bus et elle est montée dedans. La voie était libre.

Merci, Lexie!

Je commence par faire tranquillement le tour des lieux, comme si je visitais une galerie d'art ou profitais de mon dimanche après-midi pour arpenter les salles d'un musée. Je médite, je cherche l'inspiration.

Je devrais me sentir fébrile, mais j'ai fait pire. Bien pire.

Je traverse le salon, un espace minuscule où ils ont réussi à caser un canapé d'angle. La trousse de maquillage de Lexie traîne dans un coin, à côté d'un mouchoir en papier maculé de rouge à lèvres. Je pose le bout de l'index sur la tache, et ça laisse une trace sur ma peau. Je tiens un instant entre mes paumes son mug Pantone, déjà froid, avec un reste de thé dans le fond. Je lis une carte d'anniversaire, avec un long message chaleureux de Lexie et encore un peu de place pour que Tom rajoute un petit mot. Je frôle des doigts le radiateur encore tiède.

Dans la cuisine, un tableau accroché au mur affiche la liste des courses :

- brocolis
- nouilles
- glace au marshmallow

Il y a des miettes de biscuits dans un coin, une bouteille de rouge vidée aux deux tiers. Les traces du quotidien. Ça ne sent pas très bon, ils auraient pu descendre la poubelle.

J'emprunte le couloir en caressant le mur au passage : une deuxième couche de peinture ne serait pas du luxe.

Mais je n'ai pas encore vu le plus intéressant.

D'abord, abandonné sur le lit défait de Tom et Lexie, un iPad. Pas de code pour y accéder, sans doute parce qu'il ne quitte jamais l'enceinte de ces murs. Beaucoup trop de messages pour que je fasse le tri, un vrai déferlement de pub, mais je tombe, sans même avoir à les chercher, sur les notes personnelles de Lexie. J'en trouve une intitulée « Idées pour le boulot ».

Question à se poser : peut-on VRAIMENT gagner sa vie en écrivant ? Penser à une reconversion ?????

Lexie n'est pas satisfaite de son travail. Elle en voudrait plus.

Je continue.

Je ne m'attarde pas sur les photos – j'en ai vu suffisamment sur Internet –, mais par contre, je m'arrête sur un vieux journal intime, dissimulé au fond d'un tiroir, sans doute un peu trop longuement, car j'ignore quand Lexie va rentrer, et je n'en ai pas encore terminé.

On pourrait croire que le journal est celui de Lexie, n'est-ce pas, puisque c'est son métier, d'écrire ? Mais pas du tout, c'est celui de Tom. Il l'a caché sous *ses* chaussettes. À propos de chaussettes, j'en vois une trouée.

Il y a du laisser-aller, vous deux… On dirait que ça ne va pas fort entre vous. Entre les trous et les failles… Tiens, tiens, tiens…

Je feuillette rapidement le journal jusqu'à la date qui m'intéresse.

Oh, Tom, un journal…

Je suis peut-être sexiste, mais il me semble que c'est un drôle de passe-temps pour un homme de trente ans. Cela dit, ça m'arrange drôlement… Je hausse un sourcil et me mets à lire.

> *Je me suis retrouvé dans un appartement qui devait être celui de la voisine (Harriet), mais j'étais déjà tellement soûl que c'est flou. Je ne me souviens pas d'avoir vu Harriet. Alors peut-être que non.*

J'en rougis de fierté. Il a écrit mon nom dans le journal intime qu'il planque dans son tiroir. Je suis là, sous ses chaussettes.

Je feuillette à présent les pages précédentes.

> *Ces problèmes de fertilité commencent à m'atteindre sérieusement. Je ne veux pas devenir le mâle de base qui fait la fermeture des pubs pour noyer sa tristesse dans*

la bière, au lieu d'affronter les problèmes. On dirait pourtant que j'en suis là.

Je pourrais passer la journée entière à savourer ce truc. C'est touchant… C'est jubilatoire… C'est *révélateur*…

Mais il est temps de filer. Je sors de mon sac l'objet que j'ai emporté pour le déposer ici et le place dans le même tiroir que le journal, avant de sortir en verrouillant la porte derrière moi.

21

Lexie

Janvier

J'ai décidé qu'il y aurait deux versions de ma journée : la vraie et une version fictive.

Dans la vraie, je suis restée assise dans le canapé à pester contre les gens qui postent sur Facebook des mises à jour pour qu'on suive les progrès de leurs enfants dans l'apprentissage de la propreté.

Dans la version fictive, je suis sortie assister à une réunion et j'ai en plus trouvé le temps de préparer un risotto pour Tom qui revient aujourd'hui de Leeds où il était parti en tournage.

Dans la version numéro deux, je suis une femme épanouie. Et je vais tenter de faire oublier à Tom que je me suis montrée glaciale et passive-agressive pendant trois jours, chaque fois qu'il tentait d'évoquer ce maudit séjour en Suède.

Je mets de la musique des années 1990 et danse dans la cuisine en doublant (mal) la voix de Sophie Ellis-Bextor. Je remplis deux verres de malbec, les dispose près des champignons bio et recule pour admirer mon œuvre. C'est le décor du couple que nous ne sommes plus, mais c'est tellement convaincant que j'y crois presque. Peut-être que c'est ainsi qu'il faudrait s'y prendre pour être à nouveau heureux : imiter l'ancien « nous » et attendre qu'il revienne.

— Oh, oh ! s'exclame Tom lorsqu'il pousse la porte, en découvrant ma robe et mon maquillage. Sexy !

Il ôte ses baskets sur la bande-son de notre vie, à savoir Harriet au piano.

— C'est reparti ! commente-t-il en levant les yeux au ciel, tout en enfilant ses pantoufles et en souriant d'aise.

Il est chez lui, il se sent bien, je fais partie de ce bien-être. Il nous reste au moins ça. Je lui tends un verre de vin.

— Elle a pianoté toute la sainte journée, lui dis-je en riant. Du moins, tout le temps où j'étais à la maison.

Parce que, pour lui, je joue la version fictive, celle où je n'ai pas passé une partie du jour à maugréer contre les chansons joyeuses d'Harriet, c'est-à-dire à détester une femme que je ne connais même pas.

Voilà l'état de mon cerveau en ce moment. Colère, culpabilité, dégoût de moi-même.

Je sais pourtant que jalouser le bonheur des autres est un sentiment destructeur. Les innombrables citations sur Instagram, et de récents hashtags ne cessent de prêcher que nous, les femmes, nous devons être solidaires, et nous réjouir mutuellement de nos succès. Il n'empêche que, moi, j'en suis là…

Au cours du dîner, Tom aborde prudemment le sujet du voyage en Suède. Nous réservons mon vol pour le rejoindre et nous programmons nos rendez-vous médicaux au moment du retour.

— Je suis tellement contente d'aller en Suède ! dis-je en souriant.

J'essaie de m'en convaincre, mais je n'y arrive pas. Je n'ai toujours aucune envie d'aller là-bas ; ce contretemps m'exaspère. Tom me jette un drôle de regard, et je me demande si je n'en fais pas trop. Ces derniers temps, on n'est pas au diapason. Pas en phase. On a du mal à se comprendre.

À 21 heures, nous sommes en train de regarder un film quand il me semble à nouveau entendre des pleurs de bébé.

— Tu entends le bébé, cette fois ? Ça recommence.

Il ne détourne pas son regard du film.

— Ça doit être une copine d'Harriet qui est venue avec un bébé, répond-il distraitement.

— À cette heure-ci ?

Il se contente de hausser les épaules.

Si je lui disais combien de fois j'entends ce bébé dans la journée, il penserait que c'est une obsession, que je perds la boule.

Aussi, dès qu'il quitte la pièce pour aller préparer un thé, je me lève d'un bond. Je colle mon oreille au mur, mais les pleurs ont cessé. Ou alors ils n'ont jamais existé.

Comme j'ai les pieds gelés, je vais dans notre chambre pour piquer des chaussettes à Tom, les siennes étant plus chaudes que les miennes, mais quand j'ouvre son tiroir quelque chose accroche mon regard. Pas son journal, je sais qu'il le range ici et jamais je ne l'ouvrirais. Une couleur rouge vif. Une marque familière.

— Tom, pourquoi tu as des préservatifs dans ton tiroir ? dis-je en le rejoignant dans la cuisine.

Je n'ai pas pu me retenir.

— Quoi ? demande-t-il en versant de l'eau bouillante dans les mugs.

— Des préservatifs. Une boîte neuve de préservatifs. Pourquoi tu en as acheté ? À quoi ils pourraient te servir en ce moment ?

Il me répond qu'il n'a rien acheté du tout et se détourne pour continuer à servir le thé, comme s'il n'accordait aucune importance à la question. Mais elle a de l'importance. Parce que je commence à douter de lui, parce qu'en ce moment il se soûle et qu'il essaie de me le cacher, et aussi parce qu'il y a des trucs, franchement, qui m'ont paru bizarres ces derniers temps. Quand je suis rentrée hier soir à la maison, l'appartement m'a semblé différent. Comme si quelqu'un s'y était introduit. Peut-être que je suis en train de devenir folle, mais peut-être pas. Les derniers mois ont été durs pour Tom aussi. On ne sait pas à quels écarts ça peut pousser quelqu'un.

Mais puisqu'il m'assure qu'il n'a pas acheté de préservatifs, qu'est-ce que je peux dire d'autre ?

Je ne suis pas convaincue, mais je m'assieds près de lui et lui prends la main, histoire de me raccrocher à quelque chose.

22

Harriet

Janvier

Ça y est, j'ai un mail de Tom dans la boîte de réception de « Rachel ». Ça me fait un tel coup au cœur que je sens monter en moi la nostalgie de mes premiers rendez-vous et de mes premières histoires d'amour. Je prends le temps de savourer ce moment avant de le lire.

Voici l'adresse mail de mon ami. Faites-moi savoir comment vous vous en sortez.

Génial ! Une réponse s'impose. Sauf que je ne peux pas contacter son ami et postuler pour un stage, puisque je ne suis pas Rachel, pas plus que je ne suis vidéaste. Et merde !

Mais c'est un détail dont je me soucierai plus tard. Pour l'instant, je profite de cet instant de grâce. Sans compter que ça m'aidera peut-être à penser à autre chose qu'au message de mes parents.

Ils m'en veulent encore à cause de ce que j'ai fait. J'ai compris que c'était mal – comment pourrais-je encore en douter après leur réaction, assortie de trois mois dans une unité psychiatrique ? –, mais quand même, ils pourraient me pardonner. Et essayer de se mettre un peu à ma place.

J'avais tout fait pour que notre couple dure et Luke a changé d'avis du jour au lendemain. Pas étonnant que je l'aie mal pris. Si quelqu'un se donnait la peine de m'écouter, ne serait-ce qu'une fois, j'aimerais bien expliquer à quel point sa trahison m'a ébranlée.

Cela faisait quelques mois qu'on essayait d'avoir un bébé ; moins d'un an qu'on était fiancés.

J'avais fait la grasse matinée. En ouvrant les yeux, j'avais découvert Luke assis sur le lit. Il me regardait fixement, une expression indéchiffrable sur le visage.

— J'ai pensé à un truc, avait-il déclaré d'un ton plein d'emphase, comme s'il auditionnait pour un film d'art et d'essai, pas comme s'il s'apprêtait à gâcher ma vie.

J'avais senti qu'il préparait un coup de théâtre. Il adorait ça.

Il avait marqué un long silence.

— Je crois que ça ne va pas le faire, après réflexion.

Sur la table de nuit, il y avait tout un tas de brochures de salles de mariage.

— S'engager pour la vie, ce n'est pas rien, avait-il soupiré, toujours sur le ton du comédien qui récite son texte. Et en ce moment, je doute de tout.

J'avais pensé à ce que m'avait répondu ma mère la fois où j'avais loué l'intelligence de Luke et souligné le fait que c'était enrichissant de vivre avec un homme comme lui.

— Mais tu es aussi intelligente que lui, Harriet, tu le sais ? avait-elle rétorqué, le regard fixé sur son torchon.

J'avais détourné les yeux de la mousse, puis essuyé mes mains.

— Pourquoi tu me dis ça ? avais-je demandé sèchement.

— Je voulais être certaine que tu en avais conscience, avait-elle conclu avant de s'éloigner.

Sur le moment, j'avais trouvé qu'elle manquait d'objectivité. Mais ce jour-là, en écoutant Luke débiter des platitudes, je m'étais dit pour la première fois que c'était peut-être elle qui avait raison. Que Luke n'était pas si intelligent que ça et que je le plaçais à tort sur un piédestal. Puis cette pensée était passée au second plan quand j'avais vraiment fini par assimiler ce qui m'arrivait.

Il était en train de me quitter.

Il m'avait piteusement serrée contre lui, comme pour s'excuser, et j'avais songé aux dix derniers SMS sur mon téléphone qui avaient tous un rapport avec l'organisation du mariage : rendez-vous avec des photographes et échanges avec Luke datant de la veille, à propos du choix du gâteau.

Que dirais-tu d'un gâteau en forme d'anneau, un donut géant ? Un clin d'œil à nos racines américaines ?

Je ne plaisantais qu'à moitié.

Un plateau de biscuits traditionnels anglais. Un clin d'œil à notre avenir britannique.

La première chose qui m'était venue à l'esprit – un simple constat, sans le moindre état d'âme –, c'était que je l'aimerais toujours, que j'avais besoin de lui, que je devais trouver un moyen de le garder. Je savais que je devais me battre, le raisonner, lui démontrer qu'il avait tort, et j'avais essayé, mais une femme qui supplie, c'est plus repoussant que séduisant, et mes arguments n'avaient pas porté.

Et pourtant, plus tard, il avait changé d'avis. Avec le recul, je me dis que c'était une autre manière de jouer avec moi, puisque normalement il ne changeait jamais d'avis sur rien.

Il était parti, et j'étais restée là, recroquevillée sur le sol, avec la conscience aiguë de l'extrême solitude de ma nouvelle vie. Depuis l'endroit où je me trouvais, j'avais dans mon champ de vision une photo de nous deux, à Land's End, en Cornouailles, emmitouflés dans des écharpes en laine. Je m'étais couvert le visage de mes mains pour ne plus la voir, pour fuir le monde extérieur.

Au bout d'un moment, j'avais entendu la clé dans la porte, et Luke était venu me rejoindre par terre.

— Je ne sais pas ce qui m'a pris, avait-il déclaré en souriant. Oublie.

Oublier ? Vingt minutes plus tôt, j'avais cru mourir. Sans lui, je n'avais plus de raison de vivre, à part le travail. La distance avec les membres de ma famille s'était accrue chaque fois que l'un d'eux critiquait Luke ou le remettait en question. À présent, nos liens ne tenaient plus qu'à un fil. Je n'avais plus d'amis ; même avec Frances, je n'avais plus que de vagues contacts. Luke m'avait peu à peu coupée de mon entourage, et je m'étais laissé faire parce que je n'avais besoin de personne d'autre que lui.

— D'accord, avais-je murmuré. Merci.

Je m'étais sentie soulagée, physiquement soulagée, jusque dans mes entrailles. Il avait changé d'avis, lui qui ne revenait jamais sur ses décisions. Avec le recul, je me rends compte que ce revirement était prévu d'avance et que toute cette scène n'avait eu pour but que de me torturer, une fois de plus.

— C'est bon, avait-il dit magnanime.

Mais il ne s'était pas excusé. Il ne s'excusait jamais.

— Je t'ai parlé de l'expo que j'ai envie de voir à la National Gallery, avait-il enchaîné, comme si de rien n'était.

J'espérais avoir mal entendu.

— Bon sang, ce que je peux aimer cette ville ! s'était-il exclamé avec un soupir d'amoureux transi.

Voilà. Il était passé à autre chose. C'était un exemple extrême, mais j'étais habituée à ses sautes d'humeur, habituée à passer d'une émotion à l'autre, du désespoir le plus profond à un bonheur presque sans tache. Habituée à jouer le rôle qu'il m'attribuait dans l'instant.

Mais quand on a quitté quelqu'un une fois, on recommence, en général pour de bon, et c'est exactement ce qui s'était produit deux semaines plus tard, alors que nous regardions un film au lit.

— Je vais partir, Harriet, avait-il annoncé.

Dans sa précédente version de notre rupture, il avait endossé le rôle d'un acteur débutant qui en rajoute. Dans celle-ci, il tenait plus du robot. Pas la moindre pitié, ni l'ombre d'un doute.

— Ça fait un moment que ça ne colle plus entre nous.

J'étais restée assise, en état de choc, tandis qu'il rangeait ses vêtements dans un sac et se préparait un toast à emporter, en étalant soigneusement sa pâte à tartiner Marmite pendant ce qui m'avait semblé des heures.

Certains mettent plusieurs semaines à se remettre d'une rupture. D'autres ont besoin d'un grand voyage en Asie pour oublier. Moi, je n'avais rien en vue et je savais que pour moi c'était fini. Que tout s'arrêtait. Comment aurais-je pu prendre un nouveau départ ? Qui voudrait de moi ? Ma vie était foutue, et Luke me demandait le numéro de téléphone de la salle de réception pour annuler le mariage, comme s'il s'agissait d'une pizza qu'il aurait attendue trop longtemps : « Vous deviez nous livrer une *pepperoni* à 19 heures, et il est déjà 20 h 30. On a dû manger des haricots avec du pain grillé. C'est inadmissible. »

J'étais restée couchée toute la journée, en regardant n'importe quoi à la télévision. Au début, je n'arrivais même pas à pleurer, et puis c'était sorti et, là, impossible de m'arrêter, j'avais sangloté jusqu'à finir par m'endormir. Et, cette fois, Luke n'était pas revenu ; il n'avait pas changé d'avis.

Un grondement sourd provenant de l'appartement voisin me tire brutalement de ce voyage familier dans l'impasse de mes souvenirs. Tom et Lexie regardent un film. Je donne un coup de pied dans le mur et je me fais mal. J'en ai marre de ces deux-là et de leur éternel « nous ».

Il est plus que temps de passer à l'action.

J'ouvre mon ordinateur et tapote rageusement les touches. Cette fois, je ne vais pas être Rachel, ni Harriet. Je vais être… Leo. Pourquoi pas ?

Bonjour Lexie…

Les bruits que j'entends de l'autre côté décuplent ma haine. Tu ne sais pas de quoi je suis capable, Lexie. Tu n'as pas la moindre idée de ce que j'ai fait.

Je travaille pour une agence de presse et j'ai peut-être des missions de rédaction à vous confier. C'est bien payé et ce serait en vue d'une collaboration régulière. Faites-moi savoir si vous êtes intéressée.

Le message part d'une adresse Gmail, mais je ne pense pas qu'elle remarquera ce détail. D'après ce que j'ai vu sur son iPad, elle a besoin de travailler. Elle est aux abois.

Ensuite, comme ça ne sert à rien de veiller pour attendre, je me couche tôt et m'endors en rêvant d'un hybride Tom-Luke allongé sur le sable d'une plage du Norfolk, les pieds dans l'eau glacée. Et il rit, il rit de moi, comme Lexie tout à l'heure.

23

Lexie

Janvier

Il faut passer un entretien dans un hôtel chic pour s'apercevoir qu'on ne rentre plus dans ses vêtements et que leur coupe est démodée depuis dix ans.

Alors j'ai fait une folie. Accompagnée d'Anais, j'ai acheté la combinaison que je porte aujourd'hui pour aller à l'hôtel en question. En arrivant, je laisse manteau et écharpe au vestiaire, puis j'informe le maître d'hôtel que j'attends quelqu'un. Il m'accompagne à ma table, mais une fois assise je repère un homme seul, la trentaine, qui a l'air d'attendre quelqu'un, donc je me dirige vers lui. L'ancien moi me conseille de prendre les devants.

Lexie, cet homme te veut comme collaboratrice. N'oublie pas que tu es compétente.

— Leo ? dis-je avec un sourire.

— Non, lâche-t-il, abrupt, avant de baisser de nouveau les yeux sur son iPad.

Je vais me rasseoir, les joues brûlantes, et fais mine d'être absorbée par mon téléphone. À présent, j'ai hâte de montrer à cet homme que Leo existe et que j'ai vraiment rendez-vous avec lui.

Vingt minutes s'écoulent. On me sert mon café. J'attends dix minutes de plus. Là, je commence à me dire qu'il n'y aura peut-être pas de Leo, du moins pas aujourd'hui et pas dans cet hôtel. J'ai bu mon café. Chaque fois que quelqu'un circule près de ma table ou que je lève les yeux de mon téléphone, je rougis comme une tomate. Voilà donc la réalité : l'ancien moi n'est pas de retour. Aujourd'hui, c'est l'autre qui se manifeste, le pauvre moi pathétique. C'est avec lui que je dois composer.

J'écris un mail :

> Bonjour Leo, désolée de vous déranger, mais je me demande si je ne me suis pas trompée d'endroit ou d'heure… Je suis à l'hôtel, et il est 9 heures. Si vous êtes simplement en retard, ne vous en faites pas, ce n'est pas grave ! Lexie.

Mais une fois que je l'ai envoyé, j'ai de nouveau honte de moi. Ce Leo me pose un lapin, et je lui présente mes excuses ? Il est en retard, il ne prend pas la peine de prévenir, et je lui demande de « ne pas s'en faire » ? Et qu'est-ce que c'est que ce point d'exclamation qui semble dire que je prends ça à la légère, que ce n'est pas important ? J'en transpire d'angoisse, même s'il ne fait que cinq degrés dehors.

Je réclame l'addition et hèle un taxi, en calculant que Leo m'a coûté en tout 150 livres. Bien plus grave, il a égratigné mon amour-propre. Je vais devoir maintenant annoncer à Tom que l'entretien d'embauche n'a même pas eu lieu.

Je suis complètement effondrée, et c'est sans doute une réaction exagérée, mais j'avais mis beaucoup d'espoir dans cet entretien. J'avais cru avoir enfin trouvé une petite place au soleil, et en fait elle n'existait pas. Pour moi, ce rendez-vous, c'était la preuve qu'on avait encore besoin de moi, que j'avais encore un rôle à jouer.

Comment s'est passé ton rendez-vous ? me demande Anais par SMS.

Avec elle aussi, j'en avais fait des tonnes. Quand je pense que j'ai acheté une combinaison hors de prix pour assister à ce rendez-vous et que Leo y accordait si peu d'importance qu'il ne s'est même pas donné la peine de venir. Je me sens ridicule.

Je préfère ne pas répondre à Anais.

24

Harriet

Janvier

Je l'observe depuis l'autre bout de la salle. Je suis venue avec une demi-heure d'avance, pour avoir le temps de me poser. J'ai commencé par commander un bol de yaourt aux céréales et aux fruits secs, puis je me suis offert une petite gâterie : une pâtisserie fourrée aux raisins, un véritable régal. J'ai déjà bu la moitié d'un jus de betterave au gingembre. Je lis un journal d'opinion pour la première fois depuis longtemps. Pour tout dire, je passe une matinée très agréable.

Lexie arrive dans une superbe combinaison bleu marine qui me rend jalouse.

Dis donc, Lexie, tu t'es mise en frais, avec ta belle combinaison. Quel dommage, que personne ne t'ait donné rendez-vous, en fait…

Soudain, elle se lève et se dirige vers un homme. Il secoue la tête, et elle retourne s'asseoir à sa table.

Pas mal non plus les chaussures, Lexie. Mais dis-moi, on vient de te poser un énorme lapin… la honte !

Je pourlèche des miettes sur ma lèvre supérieure, en la regardant tapoter sur le clavier de son téléphone. Et elle attend, elle attend… Je me commande un café.

Elle attend encore. J'en suis à lire le supplément du journal. Quand elle part enfin, visiblement au bord des larmes – *Oh, pauvre petite chérie, inutile d'en faire tout un drame !* –, je m'offre un cocktail à base de champagne pour fêter ma victoire.

25

Lexie

Février

Assise dans un bar d'aéroport, je sirote un Schweppes light avec une rondelle de citron. Tom et moi partons pour la Suède, et on fête au gin-tonic le début de nos vacances, sauf que je veux un bébé, et que l'alcool et le gras sont les ennemis des embryons. Donc je me suis rabattue sur une version sans alcool et hypocalorique. Un cocktail irréprochable, voilà ce que je bois, mais du coup je n'ai plus l'impression de célébrer quoi que ce soit.

— Aux vacances ! s'exclame joyeusement Tom.

Mais j'ai déjà décroché. Je pense à mon retour et à mes rendez-vous à l'hôpital, et dans ce contexte, cette boisson et ce vol, la Suède, tout ça m'apparaît comme une série d'obstacles, des corvées dont je dois me débarrasser, avant de pouvoir aller enfin où je veux.

On est déjà en février, et c'est *notre* année. C'est maintenant. J'ai trop stagné, je veux foncer, prendre mon envol, comme cet avion easyJet qui vient de quitter la piste.

— Lexie ?

Je continue à suivre des yeux le grand appareil orange qui décolle avec un énorme retard, mais semble bien décidé à atteindre sa destination. C'est tout moi.

— Mmm, Tom ?

Heureusement que Tom est là pour me sortir de mes divagations.

En ce moment, j'ai tendance à délirer. Par exemple, j'ai des peurs irrationnelles. Peur des frappes aériennes, peur des nuages de cendres, peur de tout ce qui pourrait m'empêcher de consulter à l'hôpital. Je fais des cauchemars dans lesquels je dois lutter pour arriver quelque part, et même si c'est une jungle ou un supermarché, je sais que ça symbolise le service d'assistance à la procréation. J'ai besoin de cette consultation pour avoir au moins le sentiment d'avancer. Nous en avons besoin tous les deux. De son propre chef, Tom a passé un test de fertilité avant notre départ : « Je me suis dit que ça serait un truc facile à cocher sur notre liste », m'a-t-il expliqué d'un air gêné. D'après les résultats, aucun problème, la qualité de son sperme n'est pas en cause.

L'avion disparaît dans le ciel. Je me tourne vers Tom.

Il semble sur le point de parler, puis se ravise.

— Quoi ? dis-je.

Je suis en alerte maximale ; persuadée en permanence qu'il va m'arriver quelque chose de terrible. Ça fait comme un poids sur ma poitrine depuis quelque temps, une angoisse qui me monte à la gorge à la moindre contrariété.

Il prend un air fuyant.

— Quoi ? insisté-je.

Je suis atterrée, certaine à présent qu'il va m'annoncer qu'il ne m'aime plus, ici même, dans le Wetherspoons de l'aéroport international Gatwick, devant un groupe qui fête l'enterrement de vie de garçon d'un certain Gavin, en chantant à tue-tête.

— Rien. J'allais te proposer des chips, avoue-t-il d'un ton penaud.

On dirait qu'il a compris que j'avais absolument besoin d'être rassurée.

—Mais…

—Mais tu t'es rappelé que j'étais censée manger sain. Je pars pour des vacances dont je me serais passée et je n'ai même pas droit aux chips, marmonné-je, en tripotant avec dépit ce verre de tonic (hypocalorique) qui ne contient pas la moindre goutte de gin.

Il lève les yeux au ciel, mais demeure silencieux.

Au bout de quelques minutes, il craque.

—Je vais aller m'acheter un livre, déclare-t-il. Quand je reviendrai, est-ce qu'on pourrait repartir de zéro pour profiter au mieux de ce séjour ? Ce sont peut-être nos dernières vacances sans enfants.

Cette perspective me fait sourire, en dépit de mon état d'esprit négatif et défaitiste.

—Dans ce cas, est-ce que…

Je lui jette un regard interrogateur, mais il hoche déjà la tête.

—Oui, dit-il. Et je reviens avec un gin…

Nous en commandons un deuxième dans l'avion, celui-là, c'est la tradition qui l'exige. À présent que nous avons officiellement imposé la règle du plaisir maximum et du respect minimal des contraintes liées au régime fécondité, nous allons la suivre à la lettre.

Nous portons un toast.

—À nos vacances et à notre dernier vol sans enfants qui piaillent, commence Tom.

—À nos vacances, les dernières où on pourra picoler comme des trous, sans se conduire en parents responsables, réponds-je, d'un ton faussement sérieux.

Je serre très fort la main de Tom dans la mienne. Je n'ai pas bu beaucoup de gin-tonic, mais on est en plein milieu de la journée : je sens déjà couler dans mes veines la joie et l'insouciance de l'alcool.

— À ces vacances, les dernières où on va pouvoir dire toutes les bêtises qui nous passent par la tête, ajoute Tom et, cette fois, nous trinquons avec nos gobelets en plastique et nous buvons.

Je dépose mon gobelet et j'appuie ma tête contre l'épaule de Tom. Je suis fatiguée, mais un roman de sept cents pages me détendra mieux que quelques heures de sommeil, aussi je sors le Margaret Atwood calé entre ma hanche et l'accoudoir de mon siège.

— J'espère aussi que la prochaine fois tu n'auras pas le temps de lire un pavé pareil en avion, dit-il.

— Tu peux toujours rêver, murmuré-je, en souriant d'un air endormi et en ouvrant à l'endroit où j'ai placé mon marque-page.

Quelques heures plus tard, nous sommes dans un hôtel quatre étoiles, en train de nous préparer à tester la vie nocturne suédoise.

Tom est dans la chambre avec son ordinateur, occupé à boucler quelque chose pour son travail, pendant que je me prélasse dans un grand bain, des bulles jusqu'au menton. Mon téléphone posé par terre diffuse de la musique. Je fredonne, le sourire aux lèvres.

Je me sens jeune et insouciante. Je vais mettre ma belle combinaison pantalon toute neuve. Je veux un cocktail cher. Je veux m'amuser. Je veux passer une bonne soirée avec des gens qui ne savent rien de moi.

Mon téléphone sonne, et je me penche par-dessus la baignoire pour le ramasser, en m'essuyant d'abord les mains sur une chaussette qui traîne.

Ce n'est qu'un message, mais je me pose la question habituelle : « Est-ce que je vais encore avoir un coup au cœur ? », comme chaque fois à présent que j'ai un contact avec l'extérieur. Même une annonce de fiançailles peut me faire souffrir et enclencher un « Pour l'instant, tu ne penses qu'à ta bague de fiançailles, mais bientôt tu passeras au bébé, et moi je ne serai toujours pas enceinte ».

C'est Anais. Elle, au moins, ne peut pas me faire de mal. Sauf que, oui. Elle m'en fait. Énormément.

J'ai essayé de t'appeler, mais je n'ai pas réussi à te joindre… euh… Je suis enceinte. Je sais… c'est bizarre, non ? Je n'arrive toujours pas à y croire (c'est très récent et c'est un accident – oups !), mais je suis heureuse. Bisous.

Je lâche mon téléphone sur le tapis de bain en espérant qu'il se brisera. Je plonge la tête sous l'eau, reste une seconde de trop et j'émerge hors d'haleine.

Mon cœur bat la chamade. J'espère que Tom ne va pas entrer dans la salle de bains maintenant, parce que j'ai besoin de rassembler mes idées avant de l'affronter. Ce genre de nouvelles, ça me secoue toujours, mais venant d'Anais, c'est pire que tout.

Anais, qui fait semblant de vomir quand les gens parlent d'enfants, s'est retrouvée enceinte sans l'avoir cherché, tout simplement en faisant l'amour avec son fiancé. Et pendant ce temps, moi, je passe mon temps à uriner sur des tests d'ovulation, à chercher sur Google des régimes pour booster ma fertilité et à abandonner des romans uniquement parce qu'ils parlent de grossesse.

Je lui en veux, même si je sais que c'est ridicule. À cause de ce petit mot – « oups ! » – que je n'arrive pas à m'ôter de l'esprit. Elle est toute pleine de son bonheur. Et moi, je ne suis qu'amertume.

Mes oreilles bourdonnent sous l'eau.

Je prends soudain conscience que je n'aime pas ce que je suis devenue. Je me croyais gentille. Bienveillante.

Autrefois, ça me faisait plaisir quand quelqu'un m'annonçait une bonne nouvelle.

Mais maintenant… Je suis pleine d'aigreur, et ce constat me fait horreur. Ma meilleure amie est enceinte, et tout ce que je ressens, c'est de l'envie. Impossible de trouver en moi la moindre étincelle de joie pour elle. Rien. Je ne pense qu'à mon propre malheur. Je ne suis que colère et tristesse.

À ma place, j'en connais parmi mes amies qui se lanceraient aussitôt dans un réseau de soutien pour couples stériles. D'autres qui deviendraient gourous du bien-être ou professeures de yoga. D'autres encore qui, profitant d'une vie sans enfants, s'investiraient à fond dans un projet d'école pour les villages défavorisés du Soudan, ou dans l'écriture d'un scénario.

Celles-là pourraient boire du champagne aux fêtes prénatales sans avoir l'impression de passer dans une machine à broyer le cœur.

Qu'est-ce qui ne tourne pas rond chez moi ?

Pourquoi ne suis-je pas capable d'encaisser ?

Je découvre que je suis mauvaise perdante, et ce n'est pas facile à accepter.

Mais, au moins, je parviens à garder ça pour moi. Je sors de mon bain, j'enfile l'immense peignoir de l'hôtel qui m'arrive aux chevilles, et je me sèche les cheveux. Tom me fait remarquer qu'il me trouve bien silencieuse, mais c'est tout. Il est toujours devant son ordinateur et n'a pas encore posé les yeux sur moi. Ses commentaires s'adressent à son écran.

Une heure plus tard, nous sommes assis l'un en face de l'autre, dans le restaurant le plus sympa qu'on ait jamais testé, pour savourer le meilleur menu dégustation qu'on ait jamais goûté, et tout ça passera sur les notes de frais.

J'ai devant moi un consommé de canard que tout le monde autour de la table trouve succulent, mais je me sens trop nauséeuse pour y toucher.

Autre problème pour moi : nous mangeons avec les collègues de Tom, et je n'en connais pas un seul. Il y a Sue, la productrice déléguée, sa patronne, cinquante ans ; le cameraman – pardon, désolée, le directeur de la photographie – Dan, qui est venu avec sa femme, Marissa. En général, quand nous rencontrons des couples récemment mariés qui ont la trentaine, je suis en alerte. Mais, ce soir, j'ai l'esprit occupé par Anais.

Et puis, soudain, alors que Tom s'apprête à servir du vin à Marissa, une phrase se détache du brouhaha des conversations.

— Pas pour moi, dit-elle. Je suis enceinte.

Elle accompagne cette révélation d'une légère caresse sur le ventre, presque imperceptible, et à partir de cet instant, je ne suis plus là. Je ne peux plus communiquer, je ne peux plus plaisanter. Je suis de nouveau sous l'eau.

Mon verre de vin est mon unique soutien, et je m'en veux pour ça aussi. Je voudrais être interdite d'alcool. Bannie de la société des buveurs. Avoir moi aussi un but élevé qui m'interdirait le pinot noir. Poser comme Marissa des questions sur le menu, pour être sûre de ne pas consommer du fromage non pasteurisé. Je pense à la courte période où j'ai dû me priver de brie, et ça me noue encore plus les tripes.

Tom et moi, nous n'avons parlé qu'à mon frère et à sa femme de ma fausse couche. C'est courant en début de grossesse, voilà ce que je m'étais dit. Ça arrive à beaucoup de femmes. Un autre bébé viendrait, et je finirais par oublier. Personne ne m'a prévenue que ça n'était pas forcément aussi simple, qu'on ne balayait pas une fausse couche d'un simple battement de cils, même en tout début de grossesse, et que c'était éprouvant, physiquement et moralement. Personne ne m'a dit qu'ensuite venait le deuil, un véritable deuil.

Je vide mon verre pendant que tout le monde termine son consommé, et me ressers du vin.

— Et vous deux ? demande distraitement Marissa en prenant une cuillerée de soupe. Vous avez des enfants ?

Je sais que je ne peux pas gagner la guerre contre les larmes qui me montent aux yeux. Elles sont trop puissantes ; et moi, trop faible. J'aurais dû parler à quelqu'un de cette fausse couche. À présent, j'ai l'impression que ça ne servirait plus à rien, c'est trop tard, et je reste avec tous mes non-dits, tout ce que je n'ai pas évacué. Et dans des moments comme celui-ci, l'émotion me submerge.

Je secoue la tête – c'est tout ce que j'arrive à faire – et j'enfourne un bout de pain de seigle pour signifier par ce geste que je ne peux pas en dire plus pour l'instant, même si je voudrais bien.

Le pain me donne lui aussi des haut-le-cœur, mais c'est toujours mieux que le pâté qui vient d'arriver sur la table. Ou que le homard qu'on va nous apporter tout à l'heure.

Je maudis Tom qui discute tranquillement boulot avec Sue, tout en se servant du pâté, sans s'apercevoir que j'essaie d'établir un contact visuel avec lui.

— Tu peux chercher « pâté » sur Google ? demande Marissa à son mari en se versant de l'eau gazeuse. Je suis à peu près certaine que je n'y ai pas droit.

Toujours inconscient de ce qui se passe, Tom me laisse gérer seule mon problème. Le vin est mon unique béquille, alors je bois, je bois, je bois encore, pour oublier la question de Marissa.

Un peu plus tard, alors que ce long repas touche à sa fin et que j'ai toujours devant moi une assiette à laquelle j'ai à peine touché, quelqu'un propose un digestif.

— Sauf pour toi, Marissa, dis-je tout haut d'une voix pâteuse. Tu ne peux pas en boire, puisque, comme tu l'as fait remarquer un certain nombre de fois, tu es enceinte, c'est ça ?

Elle ne répond pas et contemple son café (décaféiné, bien sûr), avec un sourire crispé.

Soudain, Tom surgit à côté de moi et me parle à l'oreille.

— Tiens, tu te rends compte que j'existe, tout à coup, dis-je. Ça ne t'a pris que douze heures.

— Tu es complètement ivre, tu dis n'importe quoi et tu n'es pas correcte avec Marissa, murmure-t-il. On devrait y aller.

Il tire ma chaise en arrière.

— Mais il faut « profiter au maximum » de notre liberté sans enfants, Tom !

Du coin de l'œil, je remarque que Marissa détourne le regard, gênée.

— On doit s'amuser, c'est ce que tout le monde nous dit !

Je fixe de nouveau Marissa du regard.

— Regarde cette pauvre Marissa ! Elle en est réduite à boire du déca. On doit en profiter. Commandons des expressos !

Je lui hurle ce dernier mot dans l'oreille et le sens qui capitule. Sue, de l'autre côté de la table, sort son téléphone et fait mine de scroller sur l'écran.

Et, tout à coup, ma colère explose.

— Ça te dérange que je parle de ça devant tes collègues, Tom ? sifflé-je. Aucun problème. Dis-moi quand tu es disponible, pour que je puisse programmer le moment où j'aurai le droit d'être triste parce que ma meilleure amie qui ne voulait même pas d'enfant va en avoir un et que le monde entier attend un bébé. On en sera encore là dans six ans, quand je serai trop vieille pour ovuler, mais qu'est-ce que ça peut faire ? Du moment que tout va bien dans ton foutu boulot…

Toute la tablée nous regarde. Tom essaie de donner de l'argent à Sue, mais elle lui fait signe qu'elle n'en veut pas.

— On réglera ça demain, dit-elle doucement. Ramène-la à l'hôtel. Franchement, ça vaut mieux.

J'éclate en sanglots, Tom me prend contre lui et m'entraîne.

— Je suis vraiment désolée. Désolée.

Je ne cesse de répéter ça, parce que je sais vaguement que demain je serai morte de honte, mais en fait je ne suis pas désolée. Je me sens trop affectée pour éprouver autre chose que ma souffrance.

Nous sortons. Dehors, il fait un froid glacial, mais ça non plus, je ne le sens pas. Tom tente de m'enfiler mon manteau, je le repousse.

— Je n'ai pas besoin de manteau, murmuré-je en tournant sur moi-même. Regarde ma belle combinaison. Leo ne l'a pas vue. Qu'est-ce qui est arrivé à Leo ? Je me le demande.

— Anais est enceinte ? demande-t-il tranquillement.

Je m'assieds sur le bord du trottoir et me mets à pleurer comme si la grossesse d'Anais était la pire des nouvelles. Et elle l'est, à bien des égards.

— Je pense souvent au bébé qu'on a perdu, Tom.

J'éclate en sanglots, et tout sort d'un seul coup. Tout ce que j'aurais dû confier à un psy, à une amie, ou à ma mère, et à Tom, bien sûr, mais il y a longtemps, beaucoup plus tôt. Ça s'exprime par des pleurs sur un trottoir, en Suède. Par les larmes qui gouttent sur ma combinaison neuve. Par un sentiment de lassitude tellement profond qu'il me semble que je ne pourrai jamais le surmonter.

— C'est bon, chuchote-t-il d'un ton consolateur. C'est bon, c'est bon, c'est bon.

Ses bras me tiennent lieu de manteau, et il me serre contre lui jusqu'à ce que mes sanglots s'apaisent.

— Je ne veux pas devenir cette femme-là, Tom, murmuré-je tout contre lui. Une femme pleine de colère, sur la défensive, amère. Je veux redevenir moi-même. Comment faire pour redevenir moi-même ?

Il me fait monter dans un taxi où je m'installe, silencieuse, exténuée, songeuse.

Il me met au lit, et je lui avoue que je me sens complètement à côté de la plaque parce que je ne suis pas encore maman, alors que « tout le monde autour de moi est maman, avec un blog de maman, et des amies mamans ».

Jusque-là, il a tout fait pour me réconforter, mais cette fois, il craque.

— Non, tu n'es pas à côté de la plaque. Mais tu sais quoi ? Moi non plus, je ne suis pas encore papa, mais j'essaie quand même de profiter de ma vie avec toi. J'apprécierais que tu en fasses autant. Et j'aurais apprécié aussi que tu évites de faire un scandale devant mes collègues. Demain, je travaille avec eux, et maintenant ils savent tout de mes putains de problèmes.

Et c'est le dernier souvenir que j'ai de cette terrible soirée.

Je me réveille tout habillée et pleine de dégoût envers moi-même. Ensuite, je me souviens pourquoi, et je culpabilise. Ce que j'ai fait est horrible. Pour Tom, par rapport à ses collègues. Pour moi. Parce que je suis détestable.

Une fois de plus, j'aimerais avoir suffisamment de force de caractère pour agir en accord avec mes principes. Pour mettre en pratique ce que je prétends croire : que la maternité n'est qu'une partie de ma vie de femme. Une vie de femme, c'est une combinaison d'éléments, c'est complexe. Ça n'implique pas nécessairement d'être mère, et on peut tout à fait être une femme épanouie sans avoir téléchargé cinquante-cinq épisodes de Peppa Pig sur son agenda Sky.

Mais, au lieu de ça, je me soûle et ensuite je me lamente parce que je n'appartiens pas au clan des mères.

Tom est déjà parti au travail, et il ne me reste plus que l'affreuse perspective d'une journée entière à rester seule, avec ma gueule de bois et ma paranoïa.

26

Harriet

Février

La nuit est déjà bien avancée, mais je suis encore assise dans mon lit à consulter les pages des différents réseaux sociaux de Tom, quand un signal sonore m'annonce l'arrivée d'un mail. Je m'empresse de regarder ce que c'est, en me demandant qui peut bien m'écrire à 1 heure du matin. Réponse : Tom. Aujourd'hui, Tom m'envoie un courriel à 1 heure du matin.

> Comment tu as accroché avec Sam ? J'espère que ça s'est bien passé. Bises.

C'est tout.

Mais c'est déjà beaucoup. Car ce n'est pas rien d'envoyer un mail à une jeune femme qu'on connaît à peine, alors qu'on est en Suède… d'après les réseaux sociaux.

Je pense que Lexie l'a accompagné là-bas, car je les ai entendus quitter l'appartement il y a quelques jours, et depuis, c'est le silence complet de l'autre côté du mur.

Donc, il est à l'étranger avec sa copine, en plein tournage, et ça ne l'empêche pas de répondre à ses mails… Je calcule le décalage horaire, il est 2 heures du matin en Suède. Il envoie un message à 2 heures du matin à une inconnue, alors que rien ne l'y obligeait. Il m'avait donné l'adresse de son contact, nous n'avions donc plus aucune raison de nous écrire.

S'il est en train de tester la température, je dois lui faire comprendre que je ne le rejette pas. Je rédige cinq fois ma réponse avant de conclure que si je veux avoir l'air spontanée, il faut que je sois spontanée.

Je file d'abord dans la cuisine boire un rhum-Coca, puis me remets au lit et tape sans réfléchir.

Pas encore eu l'occasion de prendre contact avec Sam… J'ai eu une période difficile à cause d'une rupture qui m'a perturbée. Mais je compte le contacter bientôt. Encore merci pour votre aide, c'est rassurant de savoir qu'il existe encore des hommes gentils…

C'est peut-être un peu trop, mais pas plus que de m'écrire en pleine nuit. Il a placé la barre très haut. Je me contente de suivre.

Quelques secondes plus tard, il me répond.

Vous étiez probablement trop bien pour lui.

La spontanéité a l'air de marcher, je continue dans la même veine.

Vous me faites rougir.

Rien de plus. C'est largement suffisant.

Si vous le souhaitez, nous pourrions nous rencontrer – pour que je vous donne d'autres conseils, un aperçu de ce milieu – et pour que je flatte un peu votre ego…

Je m'assieds d'un bond sur mon lit, la vision floue, le cœur battant.

Le lendemain matin, je vais chercher mon courrier l'esprit joyeux, en pensant à tout ce que nous allons faire ensemble, Tom et moi, dès qu'il aura quitté Lexie. Et à la tête de Luke quand il saura que j'ai un petit copain anglais.

Un nouvel avenir s'ouvre devant moi grâce à Tom.

Je descends l'escalier d'un pas sautillant.

La boîte aux lettres de Lexie et Tom est pleine à craquer. Une enveloppe au nom de Lexie et à l'en-tête d'un hôpital me saute aux yeux.

Je suis trop curieuse et surtout trop grisée – par mon succès d'hier soir avec Tom, pas à cause d'une substance – pour rester dans la légalité.

Je m'empare de cette lettre et la glisse dans ma liasse de courrier, tout en prenant le chemin de l'ascenseur.

Soudain, quelqu'un apparaît derrière moi. J'entrevois une mèche rousse. Un grand sourire.

— Salut !

C'est Chantal.

— Oh, salut.

Je ne peux pas m'empêcher de rougir et serre mon courrier contre moi, même si je sais qu'elle ne peut pas deviner que je viens de voler une lettre à nos voisins.

— Tu vas bien ? demande-t-elle.

J'acquiesce, tout en pensant à ce que je lui ai dit l'autre soir chez moi.

Ne me demande pas où j'en suis avec mon futur petit copain…

Puis je me rappelle qu'elle était complètement soûle – elle est tout le temps complètement soûle – et qu'il y a peu de chances pour qu'elle se souvienne de cette conversation, ou du type que je lui ai montré. Mais je bats quand même en retraite, en marmonnant l'excuse habituelle qui ne veut rien dire.

— Désolée, je dois y aller…

Une fois chez moi, j'enlève mes baskets et je mets la bouilloire en route pour me préparer un café soluble.

Puis je reste là, la lettre à la main. J'hésite… Dois-je faire ça comme à la télé, avec un fer à repasser et un canif? Puis je me dis que merde, tout le monde sait que des tas de lettres se perdent, ils demanderont qu'on la leur renvoie, et ça s'arrêtera là.

Nous avons le plaisir de confirmer votre rendez-vous à l'unité de fertilité.

Donc, voici les faits :

1. Tom et Lexie essaient d'avoir un bébé.

2. Ils n'y arrivent pas.

3. Ils se disputent.

4. Tom flirte avec une inconnue, alors qu'il est en vacances avec Lexie.

La bouilloire siffle, bien que je ne me rappelle pas avoir mis l'eau à chauffer, et je retourne distraitement dans la cuisine pour me préparer mon café.

Puis je vais m'asseoir à côté de mon iPad et prends le temps de réfléchir.

De quoi a besoin un homme qui traverse ce genre d'épreuve ?

Je pense aux blogs que j'ai lus.

Il a besoin de gaieté et de légèreté. Surtout pas de pression.

Je pose mon café et saisis mon téléphone, puis vais m'allonger sur mon lit pour écrire.

Bien sûr… D'accord pour se remonter le moral en s'autocongratulant autour d'un verre ou deux. Ma boisson préférée, c'est l'amaretto-Cola ;)

27

Lexie

Février

Je sors du taxi en traînant ma valise derrière moi et j'ouvre le portail de l'immeuble avec ma clé électronique. Dès que je pénètre dans le hall, une sensation de paix m'envahit. Dehors règne l'atmosphère trépidante de la zone 1. Dedans, je retrouve la paisible neutralité d'un décor de chaîne d'hôtels. Pas de couleurs vives, rien qui puisse heurter. Des tableaux quelconques décorent les murs çà et là. Des affichettes communiquent des avis sans intérêt aux résidents. C'est réconfortant.

Tom est resté en Suède comme prévu.

Le courrier déborde de notre boîte aux lettres. Je le récupère, le fourre sous mon bras et prends l'ascenseur jusqu'à notre étage.

À peine ai-je introduit la clé dans la serrure que je l'entends qui chante à voix haute, encore plus gaiement que d'habitude, ma parole. J'ai souvent l'impression que son humeur est à l'exact opposé de la mienne, c'est peut-être seulement ça. Parce que moi, je suis au trente-sixième dessous : j'ai à peine l'énergie nécessaire pour tourner la clé dans la serrure. Je ne me vois pas sortir mes vêtements de ma valise.

Pour une fois, ça me manque terriblement de ne pas pouvoir appeler mes parents pour me plaindre et me faire consoler. J'en suis d'ailleurs étonnée. Je découvre qu'il y a ce manque en moi, alors que je pensais être habituée à leur détachement. Déjà, enfant, quand j'avais besoin de réconfort, je me tournais vers mon frère Kit ou mes camarades d'école. Alors comment pourrais-je me sentir privée maintenant d'une attention que je n'ai jamais eue ?

C'est sans doute que je n'en ai jamais eu besoin à ce point-là. Je me sens totalement perdue et j'aurais bien besoin d'être soutenue, parce que je ne me suis jamais sentie aussi loin de Tom qui est mon pilier depuis si longtemps.

Je ne sais même pas où j'ai puisé la force de mettre un pied devant l'autre et d'effectuer les formalités pour changer mon billet d'avion. Il faut croire que j'étais motivée à l'idée de rentrer chez moi et de ne plus bouger.

Le lendemain de la dispute, Tom est rentré tôt à l'hôtel, et nous nous sommes réconciliés. Mais j'en ai gardé une angoisse latente. Après trente ans, on n'oublie pas comme à vingt ans, on est moins insouciant.

Je sais maintenant que nous ne sommes pas à l'abri des poisons venus du dehors. Depuis que je doute, Tom et moi ne sommes plus sur un pied d'égalité. Je me trouve collante, je m'excuse d'être casse-pieds, je m'en veux de m'être m'excusée, et soudain mon angoisse refait surface : notre couple va mal. Et si un de ces poisons avait réussi à nous atteindre ?

Je voudrais redevenir sa partenaire complice, boire du pinot noir avec lui pour fêter des joies, pas pour noyer des chagrins. Être quelqu'un qui le fait rire et qu'il admire. Si je ne suis rien de tout ça, combien de temps Tom va-t-il me supporter ? C'est plus fort que moi, je regarde dans son tiroir. Les préservatifs sont toujours là, intacts. Je recommence à ruminer (encore une goutte de poison). Qui peut bien se donner la peine de m'envoyer des messages aussi cruels ? Pourquoi cette étrangère sans visage s'intéresse-t-elle à moi ? Est-ce que Tom aurait fait quelque chose pour déclencher un tel désir de vengeance ? Est-il envisageable qu'en plus de tout ce qui nous arrive Tom m'ait trompée ?

Je balance le courrier sur la table, cale ma valise contre la porte de la chambre et me laisse tomber en soupirant sur le canapé. La dernière fois que je me suis assise ici en rentrant dans l'appartement, j'ai eu l'impression que quelqu'un était venu chez nous. Un frisson me parcourt, et ce n'est pas parce que je suis sortie frigorifiée de la cabine pressurisée de l'avion.

Qu'est-ce que je vais faire ? Tom ne revient que dans deux semaines. Entre-temps, j'ai le choix entre me morfondre à l'attendre et tenter de renouer avec moi-même. Et soudain une évidence me submerge, une sensation tellement puissante que j'en oublie Harriet et son piano.

Je dresse la liste de tout ce que je veux réussir cette année. Avoir un bébé, bien sûr, mais ce n'est pas l'essentiel.

L'essentiel, c'est ce sentiment de m'être perdue. Et si j'ai le sentiment de m'être perdue, alors je dois faire en sorte de me retrouver, de toute urgence. J'envoie un message à Shona, pour lui proposer un rendez-vous. Nous avons un jus de sureau à boire ensemble.

> Désolée d'avoir mis tant de temps à te répondre. J'ai passé quelques jours avec Tom qui tourne en Suède.

C'est un demi-mensonge, car en vérité, si je n'ai pas contacté Shona, c'est parce que je ne voyais plus en elle une source de réconfort. J'avais peur qu'elle ait une grossesse à m'annoncer, peur de ne pas être capable d'encaisser si c'était le cas. Mais maintenant que j'ai retrouvé un minimum de lucidité, je me souviens qu'elle m'a fait du bien, qu'avec elle je me suis sentie soutenue et comprise. Et comme c'était bon, d'être dans les bras l'une de l'autre. Pour nous deux.

Je me refais un CV et l'envoie à cinq agences de rédaction auxquelles je n'avais encore jamais osé m'adresser. Je réserve une place à la conférence de la romancière Chimamanda Ngozi Adichie.

La réponse de Shona ne tarde pas à arriver.

Va pour les boissons insipides ! Je viens de commencer un traitement, et un peu de distraction me fera le plus grand bien. Ce vendredi ?

Puis je réponds, avec un certain retard, au message de Rich qui proposait qu'on se revoie.

Je suis partant pour le dîner. Que dirais-tu d'un restau mexicain ? Si je me souviens bien, tu déchires sur une piste de danse, après quelques margaritas…

Je ris de bon cœur. C'est plus facile de me souvenir de la Lexie d'avant quand quelqu'un m'en dresse le portrait : Rich fait allusion à une soirée en marge du festival d'Édimbourg, après que nous avions assisté au one-man-show de notre ami Gabe. Je me souviens de l'effet de cette tequila, j'avais ri à en avoir mal au ventre. Je m'étais sentie exister pleinement. Je devrais faire un effort pour me raccrocher aux petites joies de la vie.

Je mange une soupe, puis consulte mon courrier électronique. J'ai déjà une réponse de l'une des agences. On me propose un rendez-vous autour d'un café.

Je suis tellement excitée que j'éprouve le besoin d'aller courir pour m'apaiser. Sur le chemin du retour, je bois un genre de jus de chou vert absolument infect et me promets de retrouver un corps sain, ce qui me fait un objectif de plus pour l'année à venir. Je veux mettre tous les atouts de mon côté pour remonter la pente. En cet instant, il me semble que j'en suis capable.

Je rentre chez moi d'un pas alerte et gravis l'escalier en courant jusqu'à mon étage. Je contacte Tom via FaceTime, il répond aussitôt, et je lui raconte dans le désordre le rendez-vous de boulot, le jogging, les sorties que j'ai programmées, la liste.

— Tu viens à peine de rentrer, commente-t-il en riant. On peut dire que tu n'as pas chômé !

Je m'esclaffe, en défaisant ma queue de cheval, et mon rire couvre la voix d'Harriet qui monte dans les aigus. Les sombres pensées qui m'assaillaient il n'y a pas si longtemps me semblent à présent grotesques.

— Seigneur, soupire Tom. Je l'entends jusqu'en Suède.

— La chanson sur les poulets, on doit l'entendre jusqu'au Venezuela, murmuré-je en réponse.

Nous échangeons un sourire complice.

— Je suis vraiment désolé pour l'autre soir…, dit-il soudain. Tu étais malheureuse, je n'aurais pas dû m'énerver. Mais j'étais frustré de ne pouvoir rien faire. Tellement en colère à cause de tout ça.

— Je sais, dis-je. Et moi aussi, je suis désolée d'avoir piqué ma crise devant tes collègues.

Harriet monte un peu plus dans les aigus, puis la connexion est coupée, aussi nous en restons là. Et alors j'entends ce bébé, cette fois j'en suis certaine, dans l'appartement d'Harriet : des cris feutrés, mais bien présents. Pourtant, quand je colle mon oreille au mur, il ne reste plus que le son du piano.

28

Harriet

Février

Après avoir envoyé ma réponse, il me vient tout à coup à l'esprit que j'ai un sérieux problème : Tom est mon voisin, et il y a de fortes chances pour qu'il reconnaisse mon visage, si je m'installe en face de lui dans un bar pour siroter un amaretto-Cola.

Quoi qu'il en soit, j'ai une réponse. Son message arrive en plein dîner, pendant ce petit échauffement où les invités se comportent encore dignement, avant la partie où ils boivent pour oublier jusqu'à 3 heures du matin et vomissent dans mes toilettes.

Je suis occupée à piquer avec une fourchette les légumes à réchauffer au micro-ondes, tandis que mes cinq collègues patientent dans le salon en sirotant des gin-tonics. L'un d'eux tapote distraitement les touches de mon piano, un autre rit à gorge déployée à propos d'un truc qui s'est produit aujourd'hui en répétition et qui n'avait rien de drôle.

Comme je suis seule dans la cuisine, j'en profite pour vérifier ma boîte mail, histoire de retarder le moment où je les rejoindrai dans le salon. Je n'attends pas vraiment des nouvelles de Tom. Après tout, ce serait à moi de me manifester. Mais je regarde quand même.

Son message commence par un « Bonsoir Rachel » très formel. Cette entrée en matière m'interpelle aussitôt.

Désolé de devoir vous dire ça, mais... Je crois que je me suis mal conduit envers vous hier soir. En fait, j'ai une compagne, et elle n'apprécierait pas que je sorte boire un verre avec vous, même dans un contexte professionnel.
Bonne chance pour tout,
Tom.

Pas de « bisous ». Pas de sous-entendus. Et il y en a un deuxième, envoyé une minute plus tard.

P.-S. : Pourriez-vous aussi supprimer nos échanges ?

Tout de même, là, il pousse... Il doit faire une petite crise de parano.

En attendant, j'ai bien l'impression qu'il ne veut pas tromper sa copine ; m'inviter à prendre un verre par mail est probablement ce qu'il lui a fait de pire.

Je plante rageusement ma fourchette dans les poireaux au beurre et glisse le plat dans le four. La porte résonne encore plus fort que mon cœur dans ma poitrine, et une des femmes me demande en criant depuis le salon si tout va bien, si j'ai besoin d'aide.

— Non, merci, ce sera prêt dans une minute ! lui réponds-je en hurlant.

Et soudain, malgré la présence des inconnus qui me tiennent lieu d'invités, je me trouve dans le même état que le fromage des lasagnes surgelées : je bous, je fume, je déborde.

Je plante la fourchette dans ma main pour ne plus penser à Tom qui vient de mettre fin à notre embryon de relation, à Luke rompant nos fiançailles, à ma famille, à l'arrivée de la police, à l'effet que ça m'a fait et à qui je suis en cet instant précis, dans cette cuisine.

Est-ce que Tom a la moindre idée de ce qui peut se produire quand on me quitte ? Quand on ne veut vraiment plus de moi ?

Je me sers un grand verre d'amaretto, sans Coca, et quand je le bois cul sec, le sang dégouline le long de mon poignet jusqu'à ma manche retroussée. Sous l'emprise de l'alcool, ou de l'adrénaline de la douleur, je décrète que non, ce n'est pas fini parce qu'il prétend que ça l'est. Ça faisait des siècles que j'attendais qu'il se passe quelque chose de bien dans ma vie. J'entrevoyais enfin un moyen d'aller de l'avant. Et d'un seul coup il décide que c'est « non ». Certainement pas.

Sans me soucier du sang qui goutte sur mon téléphone, je réponds :

Dommage ! J'avais regardé votre photo sur Google et je vous trouvais canon.

Je me dégoûte, mais j'y suis tellement habituée que c'est à peine si j'y fais attention.

Après m'être bandé la main, je rejoins mes invités en prétextant un accident culinaire et mange du poulet rôti avec eux en discutant à bâtons rompus. Mais, cette fois, je ne laisse pas la situation dégénérer. À 22 h 30, j'arrête la musique et je me mets à ranger, et ainsi ils partent tous tôt, en me remerciant chaudement pour cette bonne soirée où ils se sont tellement amusés, tandis que je pense :

Vous n'êtes qu'une bande de nazes, vous ne vous êtes pas amusés, vous avez simplement picolé. Et vous êtes tellement dans le brouillard que vous n'êtes même plus capables de faire la différence.

Mais moi aussi, je suis dans le brouillard. Les amarettos que j'ai bus en douce dans la cuisine entre deux plats commencent à frapper fort. Une fois seule, j'attrape la bouteille et mon verre vide pour aller m'allonger sur mon lit. Je vérifie mon téléphone. Rien. Comment ose-t-il ? C'est lui qui a commencé ce petit jeu. Lui qui a fait grimper les enchères. Lui, lui, lui.

Je retire mon haut, me place sous la lumière tamisée de la lampe de chevet et mets l'appareil en mode selfie pour être sûre de ne pas prendre mon visage et de bien cadrer mon meilleur atout : mes seins 90 F. Puis j'envoie une photo à Tom, avec ce commentaire :

Sait-on jamais... Si tu changes d'avis...

Il devrait être tenté. Avec Lexie, il doit avoir une routine sexuelle gouvernée par le souci de faire un bébé, et en ce moment il est tout seul dans une chambre d'hôtel en Scandinavie. Lexie est rentrée, j'ai entendu du bruit dans l'appartement tout à l'heure, mais je sais par le compte Twitter de Tom qu'il est toujours en Suède. Donc on va attendre de voir ce qui se passe. J'enlève mon jean et je rabats la couette sur moi, puis je m'endors dans ce lit trop vaste pour une grande fille comme moi, complètement soûle, et qui saigne.

29

Lexie

Février

Je suis dans une situation inconfortable, au sens propre comme au sens figuré. Mal assise sur cette chaise trop dure. Mal à l'aise à cette séance de thérapie.

Je sais parfaitement ce qu'est une thérapie, ce qu'elle peut apporter, et je connais des tas de gens que ça a beaucoup aidés. Mais moi, je n'ai jamais ressenti le besoin de consulter un psy. Une soirée à relire un grand classique de la littérature a toujours suffi à soigner mes maux. Nancy Mitford est ma thérapeute, Daphne du Maurier ma psychologue.

Mais aujourd'hui, ce qu'elles m'apportent ne me suffit plus.

Un soutien psychologique est compris dans ma prise en charge par le service de fertilité, donc je me suis dit que je devais en profiter.

Je me réjouis à l'idée de retrouver un esprit sain, de laisser derrière moi les théories du complot, le doute et la paranoïa. Je veux qu'on m'aide, qu'on me montre les aspects positifs de ma vie, qu'on m'apprenne à ne plus me comporter comme une garce.

C'est un bon point de départ.

Ma thérapeute s'appelle Angharad et elle a un regard bienveillant.

— J'ai simplement besoin de me sentir un peu moins garce, dis-je.

— Vous sentir moins garce ? répète-t-elle.

Oui, c'est ça.

— Poursuivez.

Poursuivez... C'est exactement ce que disent les thérapeutes dans les films.

Quoi qu'il en soit, je poursuis.

Il paraît qu'il faut être d'une franchise brutale, aussi je ne cherche pas à nuancer mon propos.

Je ne dis pas que j'en veux à toutes les femmes enceintes, « mais que ça ne m'empêche pas de me réjouir pour elles ». Je dis simplement que j'en veux à toutes les femmes enceintes. Je ne dis pas : « Je suis sûre qu'elles savent qu'elles ont de la chance, mais parfois, ce n'est pas l'impression qu'elles donnent. » Je dis simplement : « Elles ne se rendent pas compte à quel point elles ont de la chance et elles se plaignent d'avoir les chevilles enflées et de ne pas dormir suffisamment. Moi, je serais prête à tuer pour avoir ces problèmes. »

Ça me libère vraiment, de dire enfin tout ce que je pense.

Mais quand Angharad remue sur sa chaise, un détail attire mon attention. Une petite bosse sous sa robe ample.

Elle surprend mon regard.

— Vous êtes enceinte ? demandé-je, incrédule.

C'est sorti tout seul. Trop tard pour penser bonnes manières, respect et tact. Trop tard pour la distance que je suis censée garder avec cette professionnelle.

C'est une spécialiste des problèmes de fertilité. Ça devrait être interdit par la loi, dans son cas, d'être enceinte. En fait non, c'est tout le contraire : ce qui est interdit par la loi, c'est la discrimination à l'embauche envers les femmes susceptibles de vouloir un enfant pendant leur contrat.

— Nous ne sommes pas ici pour parler de moi, rétorque-t-elle en posant un bras protecteur en travers de son ventre.

En attendant, ça en fait une de plus.

Je passe en revue tout le mal que je viens de dire des femmes enceintes.

À partir de là, je reste aussi muette qu'on peut l'être dans une pièce où la seule chose à faire, c'est de parler. Aux confins de mon cerveau, une zone traite l'information « Même ta thérapeute est enceinte » comme une raison de plus pour me sentir maltraitée par la terre entière.

Je ne lui réponds donc que par monosyllabes et surveille l'horloge comme une enfant. Puis je repars, sans avoir réussi à trouver de créneau pour un deuxième rendez-vous.

30

Harriet

Février

Tom et Lexie sont sortis, et je n'ai pas pu m'empêcher d'en profiter pour entrer chez eux. C'est risqué, je le sais, parce que j'ignore combien de temps durera leur absence. Mais la vie serait bien terne si on ne prenait pas quelques risques… Je suis bien placée pour le savoir.

Je m'assieds d'abord sur le canapé, pour me détendre. Je commence à me sentir vraiment à l'aise dans cet appartement. J'allume la télévision et je m'imagine que je suis Lexie.

— Tom, tu veux bien mettre la bouilloire en route ? dis-je en essayant d'imiter son accent du nord joyeux et chantant.

Le sourire aux lèvres, je m'accorde quelques minutes sur le canapé dans la peau de Lexie. Je jette un coup d'œil au programmateur TV pour vérifier les émissions qu'elle a regardées récemment et zappe de l'une à l'autre. Ensuite, c'est l'heure d'y aller, alors je me lève et j'arrange les coussins du canapé, mais je change d'avis et les dérange à nouveau. Avant de partir, je fais le tour de l'appartement et j'embarque un ou deux trucs sur mon passage. Je prends un tee-shirt de Tom. Quelques sous-vêtements. Et puis, tant que j'y suis, je retourne sur le canapé et m'y allonge pour me photographier.

J'emporte l'après-rasage que je trouve dans la salle de bains. Je m'arrête devant le grand poster rouge de boîte aux lettres britannique qui occupe l'un des murs du salon. Merde... Mais comment ai-je pu me retrouver ici ? Quand je pense que j'habite à côté de ces gens, dans un appartement que je n'ai pas choisi, une ville que je n'ai pas choisie, une vie que je n'ai pas choisie... Je n'ai jamais rêvé de vivre au milieu des images mythiques de Londres. Le palais de Buckingham ne me fait pas fantasmer, et je ne colle pas des posters géants de boîtes aux lettres rouges sur mes murs. Le Borough Market m'indiffère, et le Tower Bridge me laisse de marbre. Je repense au jour où j'ai appris à mes parents que je partais m'installer à Londres. C'était un soir où je passais la nuit chez eux parce que Luke découchait ; il était resté vague sur l'endroit où il était, mais je n'avais pas vraiment le droit d'exiger des comptes.

Papa était déjà couché ; ma mère et moi buvions du vin rouge dans le salon. J'avais les paumes moites à l'idée de lui annoncer mon départ. Dans ma famille, on n'émigre pas. On habite tout près les uns des autres et on se réunit régulièrement pour partager une pizza.

J'ai attendu que les aiguilles de l'horloge se calent sur minuit ; dans quelques heures, Luke et moi allions réserver notre vol et commencer à chercher un appartement. J'ai vidé mon verre d'un trait et j'ai lâché la nouvelle.

— Luke et moi, on déménage. À Londres.

— À Londres ? avait répété maman, la main crispée sur son verre vide. Mais pourquoi ?

Je m'étais sentie tout de suite sur la défensive.

— Comment ça « pourquoi » ? Pourquoi pas, tu veux dire ? On est jeunes. C'est une décision mûrement réfléchie.

Ma mère avait accueilli ma remarque avec une moue moqueuse.

— Tu peux préciser ta pensée, maman ?

— Je vous ai entendu parler de la Californie. Parfois même de l'Asie. Mais vous n'avez jamais mentionné l'Europe, encore moins l'Angleterre. Tu détestes le froid, Harriet ! Tu sais qui aime l'Angleterre ? C'est Luke. Luke aime l'Angleterre, donc vous partez en Angleterre.

Je ne pouvais pas le nier, Luke aimait le football anglais et la bière britannique. Il était allé là-bas une fois et disait souvent qu'il mourait d'envie d'y retourner. Il voulait devenir londonien, au moins pour un temps.

— Eh bien, où est le problème ? Luke est mon compagnon. C'est normal que je tienne compte de ce qui lui plaît.

— Et ton travail ?

J'avais vu récemment pour la première fois mes chansons interprétées sur scène, et ç'avait été une expérience merveilleuse, ce sentiment de fierté. Assise entre mes parents, je rougissais de plaisir en voyant les spectateurs battre la mesure, tandis qu'ils me pressaient de temps en temps les mains, un sourire jusqu'aux oreilles.

Ça ne m'avait même pas dérangée que Luke ne puisse pas assister au spectacle – il avait un pot de départ –, parce que cette comédie musicale m'avait fait l'effet d'un trip sans drogue. Avec le recul, je me rendais compte que c'était sans doute ça, ce que les gens appelaient « être heureux ». Mais je pouvais vivre la même chose à Londres. Sans aucun doute.

— Évidemment, ça me brise le cœur que tu t'en ailles, avait poursuivi maman. Si c'était pour réaliser un rêve, je me réjouirais pour toi, mais ce n'est pas le cas.

J'avais accusé le coup en silence, puis j'avais menti, comme on fait quand quelqu'un vous assène une vérité que vous n'avez pas envie d'entendre.

— On en parle depuis un moment, tous les deux.

— J'ai du mal à y croire, Harriet.

Son insistance – à mettre probablement sur le compte du vin – m'avait déconcertée. D'habitude, on évitait de se disputer au sujet de Luke, à coups de non-dits et de compromis polis.

— Tu sais quoi ? C'est toujours Luke qui décide, dans votre couple. Le quartier où vous vivez, les vacances que vous prenez, toutes ces photos de Londres et ces tableaux anglais dans votre chambre… Ton père et moi, ça nous inquiète. Tu étais une femme indépendante, Harriet, tu devrais réapprendre à faire ce qui te plaît.

J'avais ri.

— Ah oui ? avais-je rétorqué d'un ton rogue. Tu n'as pas envie que je fasse ce qui me plaît. La vérité, c'est que tu voudrais que je fasse ce qui *te* plaît. Que je me pointe à l'église tous les dimanches. Que je rende visite à grand-mère tous les mercredis. Que je ne sorte surtout pas du moule.

J'avais bien vu que mes paroles la blessaient, mais j'étais sous adrénaline. Elle s'en était prise à Luke, et ça me donnait le droit de lui dire tout ce qui me passait par la tête.

— Tu étais au courant que j'étais victime de harcèlement à l'école ? avais-je soudain lâché.

Elle était restée sous le choc devant cette révélation. Je ne lui en avais jamais parlé, pour la raison qui empêche la plupart des enfants d'en parler à leurs parents. Ça lui aurait fait trop mal. Je préférais encore souffrir en silence. Je pouvais encaisser ; pas elle.

— Tous les jours, avais-je insisté, d'un ton moins agressif, plus posé, les larmes aux yeux. J'étais une cible, la risée de tout le monde. Depuis que je suis avec Luke, j'ai des amis et on m'apprécie. Ma vie est complètement transformée.

Elle s'était tassée sur le canapé, silencieuse, toujours agrippée au pied de son verre vide. Puis, finalement, elle avait posé le verre pour prendre ma main.

— C'est peut-être parce que tu as enfin confiance en toi, avait-elle murmuré. Parce que tu as une passion et que tu en vis. Ça n'a sans doute aucun rapport avec Luke, Harriet. Peut-être que tu ne le dois qu'à toi-même.

Je lui avais retiré ma main en lui assurant qu'elle se trompait, puis j'étais montée me coucher.

Dans la matinée, Luke et moi avions réservé notre vol, et j'avais signalé sur mon site Web que je serais désormais basée à Londres. Bien que je lui aie plusieurs fois tendu la perche, Luke ne m'avait toujours pas demandé comment je comptais faire pour mon travail. En revanche, nous parlions tous les jours de ses projets professionnels.

Ma mère et moi, nous n'avions plus jamais abordé le sujet de mon installation à Londres, mais je n'ai jamais oublié cette conversation, et nos relations sont devenues plus distantes. Quelque part, je l'ai tenue pour responsable, tout comme mon père, de ce qui est arrivé, comme s'ils avaient saboté notre couple avec leur regard désapprobateur. Depuis le tout premier jour.

31

Lexie

Février

Ce bébé qui pleure à côté commence à me taper sérieusement sur les nerfs. Ça me ramène à mon manque. Je me dis qu'elle a de la chance et qu'elle n'est pas la seule. Et je pense à Tom qui me ment et qui n'est plus mon Tom.

Je m'effondre sur le canapé avec l'impression que je ne pourrai plus jamais me lever. Et quand Harriet se met à chanter, il me vient des envies de meurtre. Je voudrais l'étouffer, la faire taire par n'importe quel moyen, et cet accès de violence m'effraie.

Tom et moi, on vivait ensemble depuis dix ans quand on a parlé pour la première fois d'avoir un enfant. Autour de nous, nos amis commençaient à en avoir : les bébés entraient peu à peu dans notre univers.

— Je crois que je suis mûr pour être papa, m'avait déclaré Tom sans préambule, la bouche pleine de sashimi.

Nous fêtions son anniversaire dans un restaurant qui affichait une étoile au Michelin, probablement grâce au décor chic, car la nourriture qu'on y servait n'avait pas plus de goût qu'un Nandos sur une gueule de bois.

Cette petite phrase m'avait tellement secouée que je ne pouvais plus rien avaler. Tom savait combien je rêvais de devenir mère. J'étais prête depuis un certain temps ; j'attendais simplement qu'il se décide.

— C'est vrai, j'ai trente-deux ans, je me vois bien avec un enfant, avait-il poursuivi.

— C'est une ruse pour me couper l'appétit et me piquer mes sushis, Tom ? avais-je demandé d'un ton faussement sévère. Si c'est le cas, ça a marché. Tu peux prendre celui au thon. Et aussi celui au saumon.

J'avais marqué une pause. Puis j'avais cherché son regard.

— Tu es sérieux ?

— On ne peut plus sérieux, avait-il assuré avec un sourire carnassier.

Après nos premiers rapports sexuels non protégés, nous avions parlé prénoms de bébé. En optimistes naïfs que nous étions, il nous semblait que l'essentiel était fait.

Deux semaines plus tard, j'avais un retard de règles.

J'avais pris un verre de prosecco à un barbecue, puis l'image d'un petit embryon baignant dans l'alcool m'était venue à l'esprit, et j'avais troqué mon prosecco pour un Coca.

— J'ai l'impression d'avoir un goût métallique dans la bouche, avais-je déclaré à Tom dans le métro qui nous ramenait chez nous, le sourire aux lèvres, en tapotant sur mon téléphone pour chercher dans Google la liste des symptômes d'une grossesse.

J'avais acheté le premier test de grossesse de ma vie. Au comptoir, je m'étais sentie comme une gamine de quinze ans, paniquée à l'idée que quelqu'un le rapporte à ma mère. Mon cerveau n'avait pas percuté que j'étais adulte et qu'un résultat positif serait une bonne nouvelle.

Un résultat positif, c'est ce que nous avions eu. J'étais enceinte... déjà. Nous avions fêté l'événement et longuement parlé de la nouvelle vie qui nous attendait. De ce petit être en devenir.

J'avais cessé de manger du brie et pris mes distances avec le vin blanc. J'avais aussi appelé Kit.

— Tu vas l'annoncer aux parents ? avait-il demandé avec un sourire qui débordait presque de la fenêtre FaceTime. Ou bien c'est encore un peu tôt ?

Sans avoir à le dire, nous savions que mes parents passaient après lui. Il avait endossé le rôle parental depuis longtemps.

— Oui, c'est trop tôt, avais-je répondu. Je préfère attendre l'échographie avant de leur annoncer la nouvelle.

C'était une prudence de principe. Je n'avais pas d'inquiétudes, mais quelques semaines plus tard, le bébé était parti, aussi vite qu'il était venu.

— On en fera un autre, avait promis Tom tandis que je sanglotais dans ses bras. Ce sont des choses qui arrivent. Et apparemment tu n'as pas de difficultés à tomber enceinte.

J'avais acquiescé. Il avait raison. En dépit de mon chagrin, je me disais que c'était simplement une mauvaise passe à traverser.

Mais la fertilité ne relève pas du domaine des sciences exactes. Ce que je n'allais pas tarder à apprendre, c'est qu'il n'y avait aucune logique. En théorie, j'aurais dû retomber facilement enceinte ; mais mon corps allait en décider autrement.

Mes règles étaient revenues tous les mois ; un peu comme ce collègue que personne n'a envie de voir quand on prend un verre après le boulot, mais qui s'incruste quand même, histoire de bien faire sentir sa présence.

Justement, j'ai mes règles aujourd'hui. Je m'extirpe du lit pour aller prendre un tampon dans mon tiroir de sous-vêtements, mais en l'ouvrant, je me fige. Parce qu'à l'intérieur il y a une culotte qui ne m'appartient pas.

Une culotte Marilyn Monroe, alors que les miennes sont des culottes Marks & Spencer toutes simples. Je la regarde, interdite, en pensant à tout ce qu'elle représente, à tout ce qu'elle me confirme et à tout ce que je vais devoir affronter maintenant. Et il me semble que je n'ai jamais rien vu de pire.

32

Harriet

Mes parents savent se tenir. Aussi, bien que ma mère m'eût clairement exprimé le fond de sa pensée à propos de mon couple, ils avaient fait ce que feraient n'importe quels parents dont la fille part s'installer à l'étranger : ils m'avaient accompagnée à l'aéroport, ils m'avaient fait promettre de manger des légumes, ils avaient pleuré quand on s'était séparés. Je devais leur envoyer un texto dès que j'aurais atterri.

— Je compte sur toi pour veiller sur elle, avait dit David à Luke.

— Je n'ai besoin de personne, je suis forte et indépendante, avais-je protesté d'un ton mi-ironique, mi-révolté, avec un regard inquiet du côté de Luke que ma réponse aurait pu froisser.

À mon grand soulagement, il était trop absorbé par son téléphone pour avoir entendu.

J'ignorais à l'époque à quel point j'étais forte. Jusqu'où j'étais capable d'aller. Je n'avais pas à avoir peur, c'était plutôt les autres qui auraient dû avoir peur de moi.

— Tu n'as besoin de personne, sauf quand tu bois, avait ricané David. Je faisais allusion aux soirées trop arrosées.

J'étais en train de lui rétorquer qu'il était mal placé pour me faire la leçon, car lui-même avait récemment abusé des bonnes choses, mais Luke ne m'avait pas laissée finir ma phrase.

— Il faut y aller, avait-il lâché d'un ton sec. On doit passer le contrôle de sécurité.

Cette interruption abrupte n'avait pas échappé à ma mère, je l'avais remarqué.

David s'était quand même arrangé pour me glisser un mot à l'oreille au moment de me dire au revoir.

— Je serai toujours là pour toi, m'avait-il murmuré en prenant mon visage entre ses mains. Si tu as besoin de moi, tu peux m'appeler à toute heure du jour et de la nuit, même si tu n'es pas sur le même fuseau horaire que moi.

Il m'avait embrassée sur le front.

J'avais acquiescé, incapable de parler, submergée par l'émotion, avec la sensation qu'il me manquait déjà. J'allais être privée de son odeur. Des regards entendus que nous échangions quand nos parents nous agaçaient. De nos moments de complicité silencieuse. J'essayais si fort de retenir mes sanglots que j'en avais eu un haut-le-cœur, et il m'avait serrée dans ses bras.

Mais, plus tard, j'avais ri de moi-même. Je partais à l'étranger loin de ma famille, mais j'allais vivre avec mon compagnon et je ne voyais pas en quoi j'aurais eu besoin de mon naïf petit frère.

Je ne me doutais pas que la prochaine fois que je le verrais, ce naïf petit frère aurait traversé l'Atlantique pour venir me chercher au poste de police.

33

Lexie

Février

Allongée sur mon lit, je pense que je vais devoir parler à Tom, et ça me terrorise. Je m'efforce de rester calme, en dépit de mon cœur qui bat à tout rompre. Qu'est-ce qui m'arrive ? Que reste-t-il de l'ancienne Lexie ? Est-ce vraiment la faute de Tom, si je suis dans cet état ?

Depuis que je ne travaille plus, je ne suis plus la même. En abandonnant mon emploi, c'est moi que j'ai abandonnée.

Le jour où j'avais remis ma lettre de démission, je m'étais sentie incroyablement légère. Enfin, j'allais pouvoir me détendre et retomber enceinte. J'avais prévu un pot de départ. C'était comme un enterrement de vie de jeune fille. Un dernier hourra à la Lexie qui n'était pas mère.

Mes collègues m'attendaient dans un bar. J'avais dansé comme une folle sur des tubes des années 1990. Nous avions commencé par boire des cocktails à la fraise. Ils étaient à moitié prix, grâce à une réduction que l'un de nous avait obtenue, mais nous avions dû quand même passer au vin blanc bon marché à un moment, parce que l'addition s'annonçait salée.

La vie d'un journaliste : la fête ou la dèche. Quand c'est la dèche, on se rabat sur le pinot gris.

Quand je m'étais rendu compte que j'étais soûle au point de ne plus me souvenir de ce qui s'était passé trois minutes plus tôt, j'avais décidé de partir. Et comme je ne savais plus quel bus je devais prendre pour rentrer, j'avais appelé un taxi. Puis j'avais envoyé un texto à Tom pour l'informer que j'étais en route pour la maison.

Dans le taxi, j'avais pensé avec nostalgie à ce que je laissais derrière moi, tout en me retenant de vomir par la vitre de la portière. J'entamais une nouvelle étape de ma vie. Je me voyais rendre visite à mes anciens collègues de bureau, mon bébé en écharpe, lui donnant le sein dans la salle de réunion. Pour eux, j'appartiendrais déjà au passé.

Je m'étais extirpée du taxi tant bien que mal, en serrant contre moi un sac plein de cadeaux, avec un sourire mièvre de femme ivre. Avant d'entrer dans l'immeuble, je m'étais attardée sur le trottoir pour envoyer à mes collègues un message qui m'avait paru absolument crucial.

JE VOUS AIME.

Ça m'avait pris dix minutes.

Shona avait répondu aussitôt :

ON T'AIME AUSSI ! Même si c'est nul d'avoir quitté ton pot de départ avant tout le monde.

Mais je savais que personne ne m'en tiendrait rigueur. Jusque-là, j'avais toujours été parmi les dernières à partir, la première à me porter volontaire pour un verre de vin après le boulot. Et s'il y avait un centimètre de piste de danse, on me trouvait généralement au centre, à agiter les bras en direction du DJ pour réclamer un morceau de Destiny's Child.

J'avais annoncé à Tom quelques mois plus tôt mon intention de me mettre à mon compte. Cela faisait presque un an que j'avais fait cette fausse couche. Depuis, plus rien. Je voulais un changement, un meilleur équilibre entre ma vie et mon travail, moins de stress. Il avait répondu qu'il me soutiendrait, quelle que soit ma décision. Grâce à la générosité de ses parents qui nous laissaient habiter cet appartement, nous n'avions pas la pression financièrement ; nous pouvions nous permettre de choisir.

Mais, ce soir-là, je m'étais sentie un peu déracinée. Je partageais avec mes collègues la complicité de ceux qui passent ensemble des journées de dix heures et vont ensuite dans un bar pour en parler. Nous étions plus proches que des colocataires ; il existait entre nous une communication simple et directe que je n'avais jamais connue qu'avec ma famille ou avec Tom.

Ils avaient très vite commencé à me manquer, mais je m'étais consolée en me disant que le bébé était désormais ma priorité et que j'avais pris la bonne décision. J'avais créé ma société, j'avais décroché des contrats.

Mais le temps passait, et toujours pas de bébé. J'avais commencé à déprimer. Sans m'en rendre compte, je m'étais éloignée un peu plus chaque jour de la fille drôle et vivante qui dansait les bras en l'air au milieu de la piste, entourée de ses amis.

Et aujourd'hui j'en suis à sangloter de désespoir dans mon lit, en pensant à celle que j'étais, à celle que j'aurais dû devenir, à celle qui me paraît désormais hors de portée.

34

Harriet

Février

Tom a posté sur un réseau social une vieille photo de Lexie et lui pour fêter l'anniversaire de leur rencontre. On les voit sur une plage d'Écosse fouettée par le vent. Je dois reconnaître qu'ils forment un beau couple. Ils ont l'air gais. Ils sourient tellement que ça leur fait des rides autour des yeux. Mais ils s'en fichent, parce que c'est ça l'image du bonheur, du moins sa version moderne – *Vous voyez, quand on est heureux, on n'a pas peur de montrer ses rides…* –, sauf qu'ils ont publié la photo en noir et blanc et qu'ils ont dû l'améliorer avec des filtres.

Tom a ajouté un commentaire :

Nous deux, on est partis pour cinquante ans au moins.

C'est niais. Insupportable.

Donc, ça va toujours très bien entre eux. Comment est-ce possible ? Je me suis introduite à cinq reprises dans leur appartement depuis ma première visite : une fois qu'on a franchi le pas, c'est facile. Je dépose des affaires, j'en emporte… Parfois, je me contente de déambuler dans les pièces, mais je déplace quand même quelques objets, histoire de faire sentir ma présence. Il n'est pas possible que Lexie ne se soit rendu compte de rien… Et puis je continue à glisser de temps en temps des prospectus dans leur boîte aux lettres, je diffuse à plein volume des pleurs de bébé.

Et, malgré tout ça, ils ont l'air heureux. Tom et Lexie, avec leur foutu bonheur perpétuel.

Je monte le volume de la musique à un niveau indécent, rien que pour énerver Lexie et lui gâcher l'anniversaire de leur rencontre. Puis je crée un nouveau compte et lui envoie un message en me moquant de la tête qu'elle a sur la photo postée par Tom. Elle le bloque aussitôt, et je l'entends sangloter. Elle est fragile comme du verre, Lexie, tellement facile à briser pour peu que l'envie vous en prenne. Et justement j'en ai envie. De plus en plus souvent.

35

Lexie

Février

Je me suis connectée machinalement à un de mes réseaux sociaux, et je trouve encore un message émanant d'une inconnue. L'autre jour, j'en ai reçu un qui disait que j'étais affreuse, et ça m'a vraiment perturbée. Mais celui-ci, signé Rachel, est encore pire.

> J'ai échangé des photos osées avec ton mec.
> Tu devrais en parler avec lui. Pose-toi des questions.
> Son comportement n'aurait pas changé, récemment ?

Ça arrive vraiment, ce genre de choses ? Aux gens sans histoires ? Je croyais que c'était réservé aux célébrités sur le déclin, ou aux gamines de dix-neuf ans. Mais le plus grave, c'est que ça me travaille.

Son comportement n'aurait pas changé, récemment ?

Je me pose la question. La réponse est « oui ».

Au bout de quelques instants, mon esprit en surchauffe m'a entraînée sur un terrain encore plus glissant. N'y a-t-il eu *que* des photos ? Je repense aux préservatifs, à cette impression que quelqu'un s'était introduit chez nous, aux sous-vêtements dans mon tiroir : la fameuse culotte dont j'ai préféré faire abstraction.

Mais je n'arrive pas à croire que Tom puisse me mentir. Je sais à quel point nous tenons l'un à l'autre. Cette Rachel n'est peut-être qu'un robot, après tout.

Et pourtant… Tous ces indices accumulés, ça colle.

Si Tom m'a trahie, je vais être obligée de prendre une décision à propos de notre relation. Sauf que cette relation est l'ancrage dont j'ai besoin pour ne pas perdre pied en ce moment. Je sais que c'est un raisonnement d'autruche. Je suis lâche.

Étant connectée, je lis le post de Tom pour l'anniversaire de notre rencontre et je trouve qu'il ne manque pas de culot. Et soudain, la lâcheté est remplacée par une rage sourde. Il faut vraiment avoir une âme de victime pour trouver les sous-vêtements d'une autre dans son tiroir, sans exiger de savoir d'où ils viennent. J'ai laissé Tom s'en tirer par une pirouette. J'ai enterré l'affaire. J'ai eu tort. À présent, je vibre de tout ce que j'aurais dû dire, crier, hurler jusqu'à ce qu'il m'avoue la vérité.

Il est toujours en Suède, et la photo qu'il vient de poster date de l'époque où on partait régulièrement en week-ends improvisés. Nous parlions des buts de la vie, du parti travailliste, de ce qu'on pouvait faire contre le réchauffement climatique, des meilleures adresses de restaurants thaï. Une photo de notre passé sans soucis, sans les complications du présent.

Avant même de m'en rendre compte, je suis en train de l'appeler via FaceTime.

— Bon anniversaire ! lance-t-il d'une voix gaie, son visage en gros plan sur mon écran.

— Est-ce que tu me trompes, Tom ?

Il rit. Jaune. J'ai une décharge d'adrénaline.

— Quoi ? demande-t-il.

— C'est ce que les hommes répondent pour gagner du temps, Tom.

— Ou bien quand ils sont pris de court, déclare-t-il d'un ton légèrement agacé. D'où ça sort ?

— Une certaine Rachel prétend avoir échangé avec toi des photos osées. J'ai trouvé dans mon tiroir une culotte qui ne m'appartient pas. Et les préservatifs. En ce moment, ce n'est pas la folie, sexuellement, entre nous. Donc, je te repose la question : est-ce que tu me trompes ?

Quelque part, même si cette conversation est affreusement pénible, je me sens vaguement soulagée. Je me croyais trop lâche pour aborder le sujet ; il s'avère, au contraire, que je suis trop en colère pour parler d'autre chose.

La communication est interrompue. Tom disparaît.

Je reste assise sur le lit, à fulminer, jusqu'à ce qu'il me rappelle.

— C'est qui, cette Rachel, merde ? demande-t-il sur le ton de quelqu'un qui n'a plus envie de rire. Envoie-moi ses messages. Je veux les voir. Laisse-moi lui parler.

Je maudis intérieurement FaceTime qui empêche de saisir les nuances de la communication non verbale. A-t-il rougi ? Ses mains tremblent-elles ? Comment puis-je savoir s'il me ment, avec cet écran entre nous ?

Puis il soupire, et ça le rend un peu plus réel. Plus proche d'un être en chair et en os. Il parle plus calmement.

— On ne peut pas avoir cette conversation par ordinateur, Lex, mais je te jure que je ne te trompe pas. Je ne sais pas qui est cette fille, mais on va trouver, d'accord ? C'est probablement une dingue. Je ne te trompe pas. Tu es la femme que j'ai choisie. Je veux fonder une famille avec toi. Je t'aime.

Je demeure silencieuse un instant.

— Joyeux anniversaire, répète-t-il.

Mais je lui réponds par un au revoir glacial.

En éteignant mon ordinateur, je me rends compte que je suis en sueur et que je vais être en retard pour aller chercher Kit, qui arrive aujourd'hui, à la gare de King's Cross.

L'écran de mon téléphone clignote. Un appel de ma mère.

Au lieu de décrocher, je réponds par SMS que je suis pressée et que je la rappellerai plus tard. C'est au moins la cinquième fois que je lui fais le coup.

Je me sens trop fragile pour affronter le genre d'interrogatoire auquel elle me soumet depuis toujours. Trop déstabilisée pour répondre tranquillement à l'inévitable « Qu'est-ce que tu fais de ta vie ? », ou aux questions sur ma carrière. Et aussi trop fébrile pour supporter la logique pragmatique de mon père.

J'entends d'ici ce qu'il me dirait, si j'avais la malencontreuse idée de lui raconter que je n'arrive pas à avoir un bébé : « C'est la vie. Si ça ne vient pas, ça ne vient pas. Ça ne sert à rien de s'apitoyer sur son sort. »

Le monde est maintenant divisé en deux catégories, c'est la réflexion que je me fais dans le bus. Il y a les gens dont je peux apprécier la présence et les autres.

Les premiers ne sont pas forcément mes plus proches amis, mais ils ont le mérite de ne pas être intrusifs, grâce à quoi je ne me sens pas jugée. Parmi les seconds, on trouve surtout les gens qui comptent le plus pour moi.

Dans le même ordre d'idées, je ne supporte plus les remarques acides ou l'humour méchant. La semaine dernière, dans un café, j'ai croisé une ancienne collègue, Liv, qui travaille désormais en indépendante.

— Prenons un latte ensemble ! a-t-elle proposé en me serrant dans ses bras. Je t'invite. On a du retard à rattraper, dis donc ! On fait partie du même club maintenant, non ? Celui des free-lances.

Mon cœur battait la chamade. Liv est une peste et elle a l'esprit acéré. Avec elle, il faut suivre et participer, et je ne m'en sentais pas la force. J'ai bredouillé une vague excuse et j'ai pris la fuite avec mon café.

Par contre, au contact de la douceur, je fonds.

Mon frère a toujours été un être plein de bonté. Kit a trente-six ans, il est marié à Lucy, et ils ont eu ensemble un petit Noah qui a maintenant trois ans. Sa vie sentimentale avant Lucy a sans doute été un sujet de plaisanterie pour pas mal de gens, mais jamais pour moi. Quand son cœur se brisait, le mien aussi. Kit a été harcelé au collège à cause de son surpoids. Il a désespérément besoin d'amour et de gentillesse.

— Je voudrais avoir un petit enfant à moi et lui chatouiller le ventre pour le faire hurler de rire, m'avait-il avoué un soir de beuverie, après une rupture. Et manger des pâtes au thon avec quelqu'un que j'aime. C'est pourtant pas grand-chose, merde !

En effet, ce n'était pas grand-chose. À l'époque, je nourrissais de grandes ambitions professionnelles, et les siennes en comparaison m'avaient semblé bien limitées. À présent, je comprends tout à fait ses aspirations.

Je n'en veux pas à Kit d'avoir un enfant parce qu'on fait partie de la même équipe, lui et moi. Voici ce que disait son dernier SMS :

> Luce s'en va le week-end prochain. Est-ce qu'on pourrait venir chez toi, Noah et moi ?

En les attendant à la gare de King's Cross, je me dis que la compagnie de Kit me fera autant de bien qu'un cookie. Avec lui, je respire mieux. C'est comme si on me caressait doucement la tête pendant que je somnole. J'ai besoin de ça en ce moment. J'en ai besoin de toute urgence.

— Tata Lexie ! s'exclame une petite voix à l'autre bout du quai.

Noah accourt, Kit sur ses talons, chargé d'un sac qui glisse de son épaule et qu'il doit recaler à chaque pas.

— Noah, donne-moi la main !

Ils passent leur temps à se chamailler, mais ils respirent le bonheur.

— Arrête de courir !

Tout le monde les regarde. Je les regarde aussi, toute fière.

— Noah, attention aux voies ferrées ! Noah !

Noah se jette dans mes bras, et je le soulève dans les airs. En dépit du froid qui règne aujourd'hui, je sens la chaleur qui se dégage de son petit corps.

— Tu es toujours ma meilleure copine ? demande-t-il.

— Absolument !

Quelqu'un heurte mon mollet avec une valise à roulettes. Je fais la grimace.

Noah se tortille déjà pour que je le repose à terre, trop tôt à mon goût. J'aurais voulu le câliner et respirer encore un peu son odeur. Mais il m'échappe.

Kit nous rejoint et m'enveloppe dans un gros câlin de nounours.

Il est toujours en surpoids, presque aussi large que haut, mais le sourire qui s'affiche sur ses lèvres témoigne du fait que ça ne l'atteint plus.

— Tu vas bien ? chuchote-t-il.

Nous prenons chacun une main de Noah et soudain, comme je m'y attendais, l'émotion me submerge, j'ai les larmes aux yeux. Ce train vient de m'apporter un paquet d'amour ambulant, au moment où j'en ai le plus besoin, et à présent je sanglote contre sa poitrine, dissimulant mon visage à Noah.

— Je suis entourée de femmes enceintes, murmuré-je entre deux sanglots.

C'est un grand soulagement de ne plus avoir à cacher ce que je ressens, de savoir que je peux tout lui dire, toutes les horreurs qui me passent par la tête, et qu'il les gardera pour lui parce qu'il est mon frère.

— Je n'arrive pas à avoir un bébé… Et, en plus, je crois que Tom me trompe.

Il me serre tout contre lui et m'entraîne. Pressée entre son grand corps massif et la petite silhouette de Noah, je me sens à l'abri. Il m'installe dans un taxi, nous entrons dans le hall de ma résidence, nous prenons l'ascenseur, et un livreur apporte presque aussitôt une pizza sans que j'aie eu le temps de voir quand et comment Kit l'a commandée. En cet instant, je voudrais être dans la petite chambre d'amis de sa maison du Yorkshire et ne plus jamais en sortir. Il me servirait du thé, Noah me ferait des câlins, et tout le monde aurait sa dose de douceur.

Un peu plus tard, Noah s'est endormi sur un lit d'oreillers dans ma chambre. Kit et moi, nous buvons deux grands verres de merlot. Kit considère qu'un verre rempli au tiers, c'est du pur snobisme. Pourquoi se servir en trois fois, alors qu'on peut se verser une bonne rasade du premier coup ?

La boîte de la pizza gît par terre. Un paquet de biscuits a fait son apparition. Mon niveau de stress a baissé d'environ quarante pour cent au cours de la dernière heure.

— Merci, dis-je. J'en avais bien besoin.

— Tu penses que Tom te trompe… Il n'a quand même pas une maîtresse ?

Il connaît Tom. Il lui fait confiance.

— Je ne sais pas, réponds-je franchement. Je ne suis sûre de rien. Il se passe des trucs bizarres, et je n'arrive pas à savoir si je me fais des idées.

Je lui parle de Rachel. Puis de la culotte dans mon tiroir, en rougissant.

— Il a l'air tellement sincère quand il dit qu'il n'a jamais vu cette culotte, que j'ai envie de le croire. Mais tout ça ne me dit pas d'où elle vient. Il prétend que c'est sûrement une vieille culotte à moi, mais non, je suis absolument certaine de n'avoir jamais porté une culotte comme ça. Ou alors je deviens folle.

— Tu as parlé à papa et maman ? demande-t-il. Pas de la culotte, évidemment. De ton problème de fertilité. Et de Tom.

— Non, réponds-je, sur la défensive. Je ne veux pas leur faire porter ce fardeau. Ils sont loin, ils ne sauraient pas quoi faire.

Sans compter qu'ils ont des soucis d'argent. Une maison qu'ils n'arrivent pas à vendre, ici, au Royaume-Uni et une retraite qui aurait vraiment besoin du complément de cette vente. Ils ont assez de problèmes à gérer, je ne veux pas les accabler avec les miens.

— Je sais comment ils sont, commente Kit d'un air songeur. Mais je peux te garantir que mes problèmes d'argent passeront toujours après Noah. Je serais prêt à mendier dans les rues pour lui. S'il était malheureux, j'aurais envie de le savoir. Et ça s'est bien passé, non, la dernière fois que tu les as vus ?

Je hausse un sourcil.

Kit a passé Noël dernier avec ses beaux-parents et moi avec les nôtres.

Je n'exagère pas en disant que la moitié de mon mois de décembre a été consacrée au projet « Montrer à maman que je m'en sors bien ». Je ne pouvais pas faire valoir un vrai boulot, un bébé ou un certificat de mariage, mais j'avais préparé des sucreries de Noël, de belles décorations pour l'arbre, des cadeaux joliment emballés.

Je lui avais envoyé un message la veille de leur départ.

Votre chambre est prête ! Je suis ravie de vous accueillir !

Ce n'est pas le genre de message que j'envoie à ma mère, mais j'étais surexcitée. J'avais l'impression qu'avec ce séjour nous abordions une nouvelle étape dans nos relations. Un Noël en famille et entre adultes. C'était un peu la réalisation d'un vieux rêve.

La réponse ne s'était pas fait attendre.

Ne te donne pas tant de mal, ma chérie, on a prévu de dormir à l'hôtel. Désolée, j'ai oublié de te prévenir.

Ça m'avait refroidie, mais vu la taille de mon appartement, ça m'arrangeait. Puis j'ai eu un doute.

L'hôtel ? Quel hôtel ?

Celui où on dînera le soir du réveillon. J'ai fait la réservation en septembre.

Je n'avais pas osé lui dire que j'avais projeté de réveillonner chez nous et de cuisiner. Que j'avais cru qu'on éplucherait ensemble les pommes de terre en écoutant Wham ! à la radio. Que j'avais imaginé qu'on se soûlerait ensuite au prosecco en regardant à la télé des émissions débiles, en savates, après s'être gavées de tartelettes de Noël.

Je m'étais contentée de pleurer doucement sur l'épaule de Tom, qui n'avait pas compris pourquoi j'accordais tant d'importance à cette soirée de réveillon.

— On n'avait encore presque rien acheté, avait-il dit. On n'a même pas commandé la dinde.

— Mais tout le monde passe le réveillon en famille, à la maison, avais-je bredouillé contre son pull. Pour une fois, je croyais qu'on ferait comme tout le monde. Et je me faisais une joie de jouer les fées du logis !

Mes parents étaient donc descendus à l'hôtel. On avait mangé avec eux et même ouvert des crackers de Noël au restaurant. On s'était retrouvés au cinéma, on les avait emmenés à la patinoire. Mais, à la fin de la journée, on se disait au revoir. Le soir du réveillon, personne ne s'était endormi sur le canapé avec un chapeau en papier sur la tête. On ne s'était pas chamaillés au Monopoly pour acheter Bond Street. On s'était retrouvés le lendemain matin, on avait commandé des œufs et des avocats, reprenant nos conversations là où on les avait laissées.

Parce que mes parents vivaient à l'étranger, j'aurais vraiment aimé qu'ils séjournent chez moi. Juste pour le plaisir de les accueillir dans mon *home sweet home*. J'aurais voulu qu'ils goûtent ma sauce, qu'ils me félicitent pour ma farce, qu'ils boivent du Baileys sur mon canapé et qu'ils débarquent en pyjama le matin dans la cuisine. J'aurais voulu leur offrir du gel douche, des serviettes, et faire leur lit. J'aurais voulu quelque chose de plus intime que les hôtels où nous descendons quand nous leur rendons visite. J'aurais voulu que ça nous rapproche un peu.

Mais, à part ça, Kit a raison. Ça s'est bien passé. Il y a bien eu quelques questions sur mon boulot et mes choix de vie, mais le minimum syndical. Personne n'a dérapé. Et la dinde n'était pas sèche.

— Ouais, soupiré-je. Ça s'est bien passé.

— J'arrive pas à dormir, chuchote une petite voix derrière la porte. Il y a trop de bruit à Londres. Je peux avoir un biscuit ?

Je le ramène jusqu'à son lit et le borde, tandis que Kit lui fait promettre de ne pas raconter à sa mère qu'il a eu droit à un biscuit en pleine nuit.

36

Harriet

Février

Ça va faire une heure que je sanglote, allongée sur mon lit. Rien ne me fait plus pleurer que la complicité entre un frère et une sœur.

Lexie, je l'ai appris par un de ses posts, héberge son frère en ce moment. Ils parlent tout bas, et je n'arrive pas à saisir un traître mot de ce qu'ils se disent, mais je les entends rire ; il y a aussi un petit garçon qui pousse de temps en temps des cris aigus.

Je pense à David, qui n'est venu à Londres qu'une fois, pour me récupérer au poste de police. D'après son mail, il s'est récemment installé avec une fille qui s'appelle Sadie, et je me demande s'ils auront bientôt un bébé. Si c'est le cas, est-ce qu'ils me présenteront leur enfant ? Est-ce que je l'aimerai ? Est-ce que je lui chatouillerai le ventre après avoir changé sa couche ? David me manque terriblement, et j'aimerais reprendre contact avec lui, mais ça me semble impossible, j'ai l'impression que c'est trop tard.

Je sanglote toujours autant. Contrairement à ce qu'on raconte, ça ne me soulage en rien de pleurer, je n'évacue pas ma douleur, je la cultive. Je suis maintenant sur la page Facebook de David, celle où il partage sa vie avec des amis que je ne connais pas, en affichant une barbe que je ne reconnais pas et des convictions politiques que je ne lui connaissais pas. Alors que tous ces gens qui gravitent dans sa sphère sont certainement au courant de tout, plus proches de lui que sa propre sœur.

Et ça me paraît injuste que Lexie me batte aussi sur ce terrain-là, celui de la famille. Elle rit avec un frère en chair et en os qui est assis en ce moment même sur son canapé.

Le pire, c'est que tout est ma faute. Bien qu'horrifiés par mon acte, mes parents ont tout fait pour maintenir un lien avec moi. Quand j'ai enfin permis à David de leur dire ce qui s'était passé, ils se sont procuré des passeports – eux qui n'avaient jamais quitté les États-Unis – et ils ont traversé l'océan pour venir me voir à l'hôpital.

Le jour où ils sont entrés dans ma chambre, j'étais allongée sur mon lit, le regard au plafond. Je n'avais ni téléphone, ni brosse à cheveux. J'étais jugée dangereuse au point qu'on ne pouvait pas me laisser à portée de main des objets aussi anodins que ceux-là.

La porte s'était ouverte.

Ma mère s'était précipitée vers moi, mon père s'était immobilisé sur le seuil. Comme je restais toute raide, murée dans mon silence, elle était retournée près de lui, visiblement perdue.

— C'est votre faute, avais-je enfin lâché.

Ni « Comment allez-vous ? », ni « Comment s'est passé le vol ? ».

Je creusais le gouffre entre nous.

— Oui, c'est votre faute si je suis là, avais-je insisté. Regardez ce que vous avez fait.

Cette famille aimante qui avait parcouru des milliers de kilomètres pour venir me voir ne comptait pas pour moi. Tout ce que je voulais, c'était Luke.

Ils se taisaient tous les deux, profondément choqués.

— Vous n'aimiez pas Luke. Il ne s'est pas senti accepté dans notre famille. C'est pour ça qu'il m'a quittée. Et voyez où ça m'a menée…

— Harriet, tu ne peux pas rejeter la faute sur…, avait commencé mon père, les yeux écarquillés.

Il était sidéré par ma réaction, et sans doute aussi par le fait de se trouver dans un hôpital psychiatrique. Aucun de nous n'aurait pensé devoir mettre les pieds un jour dans ce genre d'endroit.

— On essayait de te mettre en garde, l'avait interrompu ma mère d'une voix douce, en s'agrippant au bras de mon père.

Elle s'adressait à moi comme si j'étais une gamine prête à piquer une colère. Ça m'avait mise hors de moi.

— Pourquoi ? avais-je grondé, en cherchant pour la première fois son regard. Pourquoi vous avez saboté ma vie ? Pourquoi vous avez tout fait pour éloigner Luke ? Pas la peine de se demander pourquoi il a eu envie de partir à l'étranger.

Ils restaient plantés là, sur le seuil. Mon père observait la pièce d'un air incrédule, abasourdi par la chambre aux murs dépouillés. Ma mère tentait vainement de retenir ses larmes.

— Vous m'avez abandonnée, avais-je repris au bout d'un moment, le regard de nouveau au plafond. Alors maintenant, c'est moi qui vous abandonne.

Ils étaient partis sans un mot, mais ils étaient revenus le lendemain, puis le surlendemain. Chaque fois, je refusais de communiquer avec eux. Au bout de quinze jours, ils avaient fini par reprendre un avion pour les États-Unis.

Mais David avait décidé de rester quelque temps à Londres, chez des copains qui y passaient une année sabbatique. David, je l'adorais. Il était mon talon d'Achille. Avec lui, j'avais un aperçu de ce que pouvait être l'amour maternel. Je me serais jetée sous un bus pour lui. J'avais accepté ses visites.

Tous les jours, il passait un long moment dans ma chambre avant de rejoindre ses copains à un concert, dans un pub ou à une soirée. Parfois, il restait silencieux ; d'autres fois, nous parlions. De musique, de télé, de nos amis respectifs.

Puis un beau jour, quelques semaines après le début de mon hospitalisation, au lieu de s'asseoir dans son fauteuil habituel, il s'était installé sur mon lit et m'avait pris la main. Je crois qu'il pensait que j'allais mieux, grâce aux médicaments et aux séances de thérapie, et que j'étais de nouveau accessible au raisonnement.

— Je sais que Luke t'a brisé le cœur, avait-il commencé gentiment. Mais est-ce que tu pourrais m'expliquer ce qui s'est passé ? Je n'arrive tout simplement pas à croire que tu aies pu faire ça.

L'idée que j'inspirais désormais du dégoût à mon petit frère et que je devrais affronter ça toute ma vie m'avait paru insupportable. Aussi avais-je réagi avec agressivité.

— Je ne vois pas en quoi ce que j'ai fait te tracasse, avais-je rétorqué tout en prenant les cachets que me tendait une infirmière. De toute façon, tu détestais Luke.

Il avait semblé surpris.

— Je ne détestais pas Luke, Harriet ! Je ne sais pas d'où tu sors ça.

J'avais haussé un sourcil sceptique. Luke m'avait dit que David ne l'aimait pas. Donc c'était vrai.

— De toute façon, on ne parlait pas de ça, avait-il ajouté.

— J'aimerais que tu t'en ailles, maintenant, avais-je conclu en lui tournant le dos.

J'avais refusé qu'il m'embrasse en partant et ensuite j'avais refusé ses visites. Finalement, il avait dû retourner aux États-Unis pour reprendre le boulot. Une fois sortie de l'hôpital, j'avais réduit nos contacts au strict minimum.

On échangeait des banalités : le travail ça va, la vie ça va, tout va bien. Il y avait désormais un gouffre entre nous, et David se sentait tellement démuni face à ce qui m'arrivait qu'au bout du compte je crois que ça le soulageait que je le tienne à distance.

Avec mes parents, j'avais été encore plus radicale. Ils avaient tenté de m'appeler à l'hôpital et ensuite, quand j'en étais sortie, de m'écrire des mails. Mais je m'en étais stoïquement tenue à la froideur.

Puis une lettre était arrivée.

> On n'abandonnera pas, Harriet. Tu es notre fille. On va te laisser le temps de te calmer, mais dans un mois ou deux, on viendra te voir. Ou bien c'est toi qui prendras l'avion pour venir.

Cette fois-là, j'avais été tentée de les appeler pour m'excuser et leur donner une explication. Et aussi pour leur dire : « Oui, oui, oui, s'il vous plaît, ramenez-moi à la maison. Occupez-vous de moi. Préparez-moi du bouillon de poulet. » J'avais regardé le prix des billets d'avion, parce que je pensais que ce serait mieux de leur raconter mon histoire de vive voix. Si je prenais la peine de faire tout ce trajet, ils comprendraient que je regrettais, que je n'étais pas complètement irrécupérable. Mais, finalement, j'avais eu trop honte. Ils avaient passé des années à m'éduquer, à m'inculquer une morale et des principes, comment pouvais-je justifier à leurs yeux ce que j'avais fait ? Comment aurais-je pu reprendre tout ce que je leur avais hurlé à la figure ? Comment notre relation aurait-elle pu s'en remettre ?

J'avais repensé au sermon de David, à sa condescendance, comme si de nous deux c'était, lui, l'adulte. Ça non plus, je ne me sentais pas capable de l'endurer une deuxième fois.

Je ne voulais plus être réprimandée par ceux que j'aimais. Mieux valait les oublier.

J'avais fini par répondre à leur lettre.

Ne cherchez pas à me contacter. Ne venez pas me rendre visite. De toute façon, j'ai déménagé, vous vous déplaceriez pour rien.

Mensonges, dureté. J'étais prête à tout pour être sûre de ne pas avoir à regarder en face ceux qui m'aimaient tant.

37

Lexie

Février

Depuis la visite de Kit, j'envisage sérieusement de parler à mes parents de mes problèmes de fertilité. Mais ce sont eux qui m'appellent les premiers, sur FaceTime.

— Tu as un vrai travail, maintenant ? me demande ma mère.

À peine quelques phrases aimables avant d'entrer dans le vif du sujet, pas question de discuter à bâtons rompus. Les bavardages agacent ma mère. Elle laisse ça à mon père, qui n'est pas beaucoup plus doué qu'elle. Parfois, je me dis qu'elle prend son téléphone armée d'une liste de points épineux à aborder.

— Oui, maman j'ai un travail. Je bosse en free-lance. C'est mon job.

Elle me fait remarquer que je suis toujours en pyjama, bien qu'il soit déjà midi, et qu'elle ne connaît aucun vrai boulot où on accepterait ça. J'essaie de me justifier : c'est ainsi que travaillent les blogueurs, les influenceurs, les codeurs, et le monde est maintenant gouverné par des gens en pyjama. Mais elle prend l'air absent de quelqu'un qui n'en croit pas un mot.

— Tu as plus de trente ans, Lexie. Ça fait une éternité que tu as quitté ton emploi.

— Je l'ai quitté pour celui que je fais actuellement. Ce n'est pas un boulot transitoire. C'est mon nouveau boulot.

Elle se met à parler retraite et sécu.

— Le jour où tu auras des enfants, il te faudra plus de stabilité. Et tu n'auras pas droit à un congé maternité payé.

Long silence. Les silences sont-ils plus gênants quand on voit le visage de son interlocuteur, ou bien le contraire ?

Je craque la première.

— Pour l'instant, je ne suis pas enceinte. Donc je ne me sens pas concernée par le congé maternité.

Bien sûr que j'ai pensé à l'impact de ce manque à gagner sur notre situation financière. Mais j'ai choisi la santé mentale plutôt que l'argent.

— Pour l'instant, rétorque-t-elle d'un ton cinglant. Mais, plus tard, tu pourrais l'être. C'est dans les tuyaux, un enfant ? Vous en parlez, Tom et toi ?

Elle dit ça précipitamment, comme si elle pouvait accélérer le processus en parlant plus vite. Me faire gagner du temps, puisque j'ai l'air d'en gaspiller tellement. Il me prend l'envie de lui dire que je pense que Tom me trompe, rien que pour changer de sujet, mais je n'ai pas l'esprit suffisamment clair pour l'empêcher de haïr Tom, sans pour autant rejeter la faute sur moi, pour ne pas me montrer sur la défensive, pour ne pas me sentir submergée, détruite.

Je n'ose même plus parler. Elle ne se doute évidemment pas que j'ai du mal à avoir un enfant, parce qu'elle tient pour acquis que je lui aurais parlé de mes difficultés si j'en avais. Mais ce n'est pas une raison pour aborder le sujet de but en blanc et insister aussi lourdement. Les gens devraient faire plus attention à ménager les sentiments de leur prochain, surtout ceux de leurs propres enfants.

Ensuite, elle part dans une spirale infernale, parce que je ne dis rien pour l'arrêter. Elle me cite un article qu'elle a lu l'autre jour, et il paraît que les femmes sont souvent déchirées entre avoir une carrière et faire un enfant. Elle vient justement de souligner que je ne faisais rien pour booster ma carrière, donc… Le message est clair : je ne fais rien pour ma carrière et je ne fais pas d'enfant. Bref, je ne fais rien, je n'ai rien. À part une tarte dans le four, que j'ai achetée toute faite, et d'ailleurs il faut que je la sorte, comme je le lui annonce, histoire de mettre fin à mon supplice.

Après avoir raccroché, je pleure un moment, puis sors faire un jogging pour me défouler ; malheureusement, courir ne m'empêche pas de pleurer. Est-ce normal, de pleurer et de courir en même temps ? Personne ne me regarde bizarrement, en tout cas. Les gens croient sans doute que c'est de la sueur, qui coule sur mon visage. Ou peut-être qu'eux aussi courent pour évacuer leur tristesse.

Mes larmes finissent par se tarir, et moi je continue à courir sur la musique sans âme qui sort de mes écouteurs, quand mon téléphone sonne. C'est un numéro masqué, mais je décide de répondre quand même, au cas où ce serait du boulot, car j'en ai bien besoin. Qui sait, ça pourrait même être une proposition pour un *vrai* travail. Voire un mécène disposé à financer mon congé maternité.

Je m'adosse au mur d'un restaurant thaïlandais, en inhalant des bouffées de citronnelle au rythme saccadé de ma respiration.

— Je suis l'infirmière de l'unité de médecine de la reproduction, annonce une voix de femme. J'appelle pour confirmer votre rendez-vous pour l'échographie de demain.

Mon pouls s'accélère ; mon cœur bat comme si je venais de courir un sprint.

Quoi ?

Je n'ai jamais entendu parler de ce rendez-vous et je panique. Est-ce que j'aurais oublié une lettre ? Un appel ? C'est tout simplement impensable, et pourtant ma première réaction est de chercher l'erreur que j'aurais pu commettre.

Je commence toujours par m'accuser, avant de penser que ça pourrait être la faute de quelqu'un d'autre. Si je prenais la peine de m'asseoir cinq minutes pour analyser la chose, ça en dirait long sur l'estime que je me porte.

—Je n'ai pas reçu de convocation, dis-je d'une voix anxieuse, à bout de souffle.

L'odeur de citronnelle me donne à présent la nausée.

—Mais oui, je serai là, bafouillé-je. C'est à quelle heure ? Et où ? Je suis vraiment désolée.

Si cette infirmière n'avait pas appelé, on m'aurait mise définitivement sur une liste noire, et je n'aurais jamais eu de bébé, tout ça parce que je n'ai pas la tête sur les épaules, bien qu'en fait je n'y sois pour rien. Mais mon cerveau persiste à me dire que si, je dois y être pour quelque chose.

Je rentre à la maison pour me calmer et me coucher tôt en prévision de la journée de demain. Une journée qui n'est désormais plus un vendredi ordinaire, mais une date qui comptera : le début d'un événement capital.

Mais avant ça, j'ai un problème à régler, capital lui aussi. Assise sur le canapé, enveloppée dans une serviette, une tasse de tisane à la main, je réfléchis à la manière d'annoncer ce rendez-vous à Tom.

Quand nous avons parlé de consulter dans un service spécialisé, je n'ai pas osé lui dire que c'était déjà en cours. Que quelques mois plus tôt, ne supportant plus qu'il refuse l'aide de la médecine, j'avais évoqué le problème avec notre généraliste. Tom n'était pas prêt, mais moi j'étais archi-prête et j'avais décidé d'agir dans un moment de révolte contre lui, d'autant plus que je savais que le processus serait long à se mettre en route.

Notre médecin m'avait prescrit des analyses et divers examens, mais comme apparemment tout allait bien, il m'avait orientée vers des investigations plus poussées à l'hôpital. En me prévenant que le délai d'attente était important. Je m'étais alors félicitée d'avoir pris une longueur d'avance : quand Tom se sentirait prêt, ça nous ferait une étape en moins.

Je comptais lui dire tout ça le jour où la convocation de l'hôpital arriverait, en lui annonçant qu'on avait progressé d'une case. Seulement voilà, la convocation n'est pas arrivée, et l'échographie c'est demain.

Même si j'appelais Tom pour le prévenir, il ne pourrait pas être là à temps pour m'accompagner, et il n'est évidemment pas question d'annuler. Il me reste donc plus qu'à aller seule à ce rendez-vous et à avouer à Tom après coup que je l'ai trahi. Tout comme il m'a récemment trahie ?

Le lendemain, je pars beaucoup trop tôt pour me rendre à l'hôpital qui n'est qu'à vingt minutes de chez moi. Je me sens vaguement coupable vis-à-vis de Tom, mais relègue ce sentiment au second plan, toute à la joie d'avoir enfin réussi à prendre une initiative, donc à agir ; le contraire de stagner et de se lamenter sans rien faire, parce que ça, j'ai donné.

Une fois sur place, je trompe d'abord mon attente en m'occupant à écrire des listes, répondre à mes messages, organiser mes sorties. Les autres femmes – penchées elles aussi sur leur téléphone ou leur tablette – ont l'air complètement déprimées, mais moi je me sens pleine d'entrain. Certaines jettent des regards angoissés du côté des statistiques affichées sur le mur, que pour ma part j'évite de regarder.

Je ne vais pas devenir comme elles : je tiens à me dissocier de ce « Club des Infertiles », comme je les ai surnommées. Je sors le Tana French que j'ai emporté, un polar dont l'intrigue se déroule en Irlande, avec plein de crimes violents qui me feront oublier l'ambiance morne de cette salle d'attente. J'aime quand les livres m'aident à surmonter les difficultés de la vie.

Je suis là pour régler un incident de parcours, pas un problème de fond. J'ai déjà été enceinte, je ne fais pas partie du Club des Infertiles. Je ne fais que passer. Les médecins vont me trouver un petit problème aisément surmontable et ils vont rectifier le tir.

Sauf que voilà, ils ne trouvent aucun problème. À l'échographie, ils ne détectent rien. Rien qui m'empêche d'avoir un bébé depuis ma fausse couche. Absolument rien.

— C'est une bonne nouvelle, m'affirme le médecin en me souriant gentiment.

Je lui souris poliment en retour, mais j'ai des doutes. Une bonne nouvelle ? Pour moi, c'est une déception. Parce que sans problème, pas de solution. Suis-je condamnée à essayer, essayer, essayer sans fin ? Bien que je ne me sois pas attardée sur le diagramme des stats dans la salle d'attente, j'ai quand même eu le temps de voir une large portion « Causes non identifiées ». Pas de problème, c'est un problème ; un problème encore plus compliqué à résoudre.

— Nous allons vous donner un autre rendez-vous pour parler de la suite, m'annonce le médecin.

J'acquiesce en essayant de prendre un air enthousiaste.

Entre le moment où j'apprends cette nouvelle et celui où la clé de Tom se glisse dans la serrure, je ne cesse de broyer du noir, en imaginant l'avenir sans enfants qui m'attend. J'entends Harriet ouvrir et fermer sa porte, marcher sur son parquet, jouer du piano. Tout va bien pour elle.

Sa vie n'est qu'une longue flânerie agréable, sans échographie. Et, parfois, j'en ai des bouffées de haine.

Tu as de la chance que tout aille si bien pour toi, Harriet…

38

HARRIET

Février

Ils sont séparés depuis des semaines, mais la dispute a explosé dès que Tom est entré. J'avais vu une photo en ligne où il buvait une bière dans un aéroport, donc je savais qu'il revenait aujourd'hui. Bien sûr, j'avais annulé mes rendez-vous pour rester chez moi à composer. Ou plutôt à attendre, pour être honnête.

Lexie lui a ouvert la porte à 17 heures, et il y a eu tout de suite des éclats de voix. Mais ça s'est vite calmé, et ensuite j'ai entendu Lexie pleurer, à gros sanglots, comme moi durant les semaines qui ont suivi ma rupture avec Luke.

Ensuite, j'ai entendu Tom lui parler doucement. Il avait oublié pourquoi il s'était mis en colère. Ça m'a énervée. Déjà ? Un pardon immédiat ? Moi, Luke m'avait quittée du jour au lendemain, alors que je ne cherchais jamais le conflit, que je ne le critiquais jamais et que je passais mon temps à le couvrir de compliments. Résultat : je m'étais retrouvée non seulement seule, mais attachée sur un lit d'hôpital psychiatrique. La vie est injuste. Parfois, je me dis qu'il est urgent de rétablir un peu de justice en ce bas monde.

Je médite un instant sur mes stratégies de justicière, puis vérifie ma messagerie, au cas où. Pas de message de Tom. Par contre, ma mère m'a encore écrit, et ça me noue le ventre.

Harriet, je suis de plus en plus inquiète. S'il te plaît, contacte-nous.

Elle commence sérieusement à me taper sur les nerfs. Pourquoi devrais-je faire un effort pour qu'elle se sente mieux ? Qui m'aide à me sentir mieux, moi ? Si je lui réponds, elle va être soulagée et retourner à sa petite vie tranquille, mais rien n'aura changé dans la mienne : je serai toujours sans Luke et sans Tom.

Sauf que rien ne m'oblige à renoncer à Tom. Avec Luke, je sais qu'il n'y a plus moyen de revenir en arrière, mais Tom, c'est différent. Plus je l'observe, plus je comprends par quel biais je peux l'approcher. Tom est l'ardoise vierge que j'attendais. Tout mon avenir dépend de lui. Il y a juste un petit obstacle entre nous à écarter.

Je suis tellement obsédée par cette idée que je n'arrive plus à travailler ni à dormir. J'erre dans l'appartement, l'oreille aux aguets, à l'affût d'informations utiles. Le dimanche, j'envoie à Tom une autre photo de mes seins nus. Le lundi, je vais toute seule en boîte et me fais expulser pour ivresse. Je trouve sur mon téléphone un long mail adressé à Tom, lui expliquant qu'il rate une expérience sexuelle torride en refusant de rencontrer Rachel, illustrations à l'appui ; je ne me souviens même pas de l'avoir écrit.

Justement, j'entends Tom qui sort. Je vais le suivre. Il se rend dans une librairie, et je l'observe à travers la vitrine. On traverse tous les deux une mauvaise passe avec Rachel, mais il ne sait pas que je suis elle. Rien ne nous empêche de prendre un nouveau départ. Je peux renier Rachel, la laisser tomber comme une copine d'école qui devient pénible, trouver un autre angle d'attaque.

Tom et Lexie sont en train de s'éloigner l'un de l'autre, c'est le moment d'en profiter pour me glisser entre eux.

Tom va me rendre meilleure, me présenter ses amis, me construire une vie. J'ai déjà connu ça ; je vais faire en sorte que l'expérience se reproduise. Tom et moi, on va reprendre là où ça s'est arrêté avec Luke.

Je rentre chez moi, me sers un verre et j'attrape mon iPad.

J'effacerai les messages seulement si vous m'invitez à boire un verre.

Envoyé.

Le lendemain, je m'autorise une incursion matinale chez Tom et Lexie. Un petit plaisir que je m'offre après les avoir vus sortir prendre leur petit déjeuner dehors. En priorité sur ma liste, le journal intime de Tom. Justement, il m'a laissé un cadeau : quelques lignes récentes.

Suède : Lexie n'est pas la seule à s'être réveillée ce matin avec le dégoût d'elle-même. Hier, j'ai bu comme un trou : apéritif et vin, plus un whisky soi-disant exceptionnel… J'étais à peine moins bourré que Lexie, donc pas vraiment bien placé pour lui donner des leçons.

Amusant, Tom, très amusant.

Mais j'étais furieux. Je veux qu'on affronte cette épreuve ensemble. Pas qu'on devienne un couple qui se dispute en pleine rue à 1 heure du matin. Je lui en veux de nous avoir poussés à cette extrémité. Je souffre autant qu'elle. Je suis malheureux quand je pense à la fausse couche.

Et en vérité, moi aussi, je trouve injuste qu'Anais se retrouve enceinte avant elle.

Mon cœur s'emballe quand je vois le mot « Rachel » dans le paragraphe suivant.

Et c'est uniquement parce que j'étais complètement à côté de mes pompes que je me suis comporté comme un vrai macho. Je savais que Rachel me draguait et je n'ai rien fait pour l'arrêter. J'ai même carrément joué le jeu – comme un gros lourdingue – parce que j'avais trop bu. Mais bon, j'avais déjà classé l'affaire dans la catégorie des conneries et j'étais persuadé que je finirais avec le temps par me pardonner et par oublier. Or, il se trouve que cette Rachel revient à la charge. Elle m'envoie des photos de ses nichons et elle fait croire à Lexie que je la trompe avec elle.

À présent, j'ai envahi cet appartement, j'y sens ma propre présence. Je suis Rachel dans le journal de Tom, je suis dans la boîte de préservatifs de son tiroir, je suis dans cette jolie culotte que j'ai *failli* garder après l'avoir achetée. Je suis dans les larmes de Lexie quand elle lit un tweet insultant le jour de l'anniversaire de leur rencontre. Je suis partout. Absolument partout. Je m'insinue partout dans leur existence qui part en lambeaux. Et ce n'est pas fini. Leur vie, je vais la piétiner jusqu'à la réduire en miettes. J'ai une certaine expérience en la matière, je sais exactement comment procéder.

39

Lexie

Février

Tom est avachi sur le canapé, le visage dans les mains, et moi assise par terre, les genoux ramassés contre la poitrine. On est tous les deux complètement vidés.

— On devrait manger un morceau, Tom.

Il lève les yeux, soupire, acquiesce d'un signe de tête.

— Bonne idée, répond-il avec un sourire las.

Il n'est plus fâché contre moi. Dès que je lui ai rapporté les conclusions des médecins de l'hôpital, sa colère s'est envolée. C'était plus important que ma trahison. Plus important que les messages de Rachel ; que des sous-vêtements sortis d'on ne sait où.

Quand je l'ai vu entrer, le sac en bandoulière, j'ai craqué. Il s'est d'abord inquiété de mes larmes et m'a prise dans ses bras, mais dès que je lui ai parlé du rendez-vous, il n'a plus pensé qu'à une seule chose : j'avais consulté un médecin et débuté les démarches pour fonder notre famille potentielle sans lui. On peut comprendre qu'il l'ait mal pris.

— Ce n'est pas vrai que je ne faisais rien pour avancer, s'est-il défendu, visiblement blessé. J'avais même pris l'initiative de passer un test.

— Je sais, ai-je sangloté. Mais les démarches pour l'hôpital, c'était avant ton test, il y a des mois. On s'était disputés, j'étais furieuse, frustrée. J'avais besoin d'agir.

J'ai tenté d'en dire plus à travers mes larmes, mais c'était difficile parce qu'à force de pleurer je n'avais plus les idées claires.

— J'essaie de te trouver des circonstances atténuantes, a-t-il répondu. Mais c'est dur, parce que tout ce que je vois, c'est que je n'étais pas là. Je n'ai pas entendu ce qu'on t'a dit et je ne sais pas ce que tu as fait comme examens, parce que tu ne m'as pas demandé de t'accompagner. Tu m'as tenu à l'écart du premier rendez-vous pour parler de notre bébé. Tu ne m'as pas tenu au courant de tes démarches.

Il n'était même plus vraiment en colère. C'était ça, le pire. Il semblait abattu et continuait à me serrer contre lui, conscient du besoin que j'avais de ses bras. Et en plus de tout ça – qui était déjà suffisamment énorme – on avait aussi l'autre problème à gérer. Je me sentais épuisée, à bout de forces.

J'avais déconné et je le savais, mais j'étais trop malheureuse pour me montrer magnanime et m'excuser. Au lieu de ça, comme en Suède, tout est sorti, j'ai laissé exploser ma rancœur.

— Ça ne t'aurait pas intéressé, Tom, ai-je lancé en m'arrachant à regret à son étreinte. Il y aurait eu un voyage, un travail à terminer, des photos à envoyer à une femme. Et en dernier, tout en bas de ta liste, les démarches à effectuer pour le bébé. Je n'ai pas cherché à te tenir à l'écart.

Et là-dessus j'ai quitté le salon à grands pas furieux pour me réfugier dans la cuisine, où je suis restée une heure, recroquevillée contre le lave-vaisselle. Tom avait besoin d'être seul, lui aussi. Il est allé faire un tour, il est revenu, il a pris une douche. Puis il s'est enfermé dans la chambre.

Finalement, il m'a rejointe dans la cuisine. Il s'est assis près de moi, comme si c'était normal de rester par terre dans une cuisine, et il m'a prise par les épaules, tandis que j'éclatais en sanglots, soulagée qu'il revienne vers moi.

— Je n'ai envoyé aucune photo, a-t-il déclaré posément, sans la moindre trace de colère. Il va falloir qu'on affronte tout le reste, mais est-ce qu'on pourrait au moins se débarrasser de ce sujet ? Il n'y a pas d'autre femme. Il n'y a que nous deux, et on veut un bébé.

Plus tard, dans le lit, on a parlé jusqu'au petit matin de ce que le médecin m'avait dit et de ce qu'il y avait à tenter. Quand la prochaine convocation arriverait, on irait au deuxième rendez-vous. Ensemble, cette fois.

On va prendre les choses en main. Ça ne sera peut-être pas simple de comprendre pourquoi j'ai été enceinte une fois, alors que toutes les autres tentatives ont été infructueuses, mais ce n'est pas un problème insurmontable. J'ai fini par m'endormir d'épuisement et de tristesse, mais je me suis réveillée à 4 heures du matin. Mes yeux me piquaient. Je me suis aussitôt rappelé pourquoi, l'angoisse au ventre.

40

Harriet

Après le départ de Luke, j'avais sagement attendu pendant trois jours qu'il se manifeste *autrement* qu'en répondant de temps à autre aux SMS que je lui envoyais.

Tentant désespérément d'établir le contact, je lui écrivais :

Tu as passé une bonne journée ?

Excellente.

Pas de questions. Rien pour engager la conversation.

Tu as oublié ton tee-shirt à rayures blanches.

Garde-le.

C'était pire que le silence. Il n'y avait pas la moindre agressivité dans ses réponses, mais leur désinvolture était un affront en soi. L'idée de devenir une simple parenthèse dans sa vie m'était insupportable.

Au cours de ces trois jours, j'avais découvert avec horreur que personne ne s'en soucie quand vous êtes au fond du trou.

Je n'avais pas parlé de cette rupture à ma famille. Leur annoncer que ça n'allait plus entre Luke et moi, c'était leur confirmer qu'ils l'avaient bien jugé. Je devais le protéger.

Quant aux « amies » que j'avais dans les parages, je ne pouvais pas davantage compter sur elles… Mes véritables amies étaient loin, aux États-Unis. Les autres étaient surtout des amies de Luke. Aucune n'était suffisamment proche de moi pour débarquer avec une bouteille de vin ou des petits gâteaux, bref pour faire ce qu'une copine fait pour vous dans ces circonstances, et ça aussi, c'était un choc. Je buvais et je passais mon temps à scroller sur les réseaux sociaux, nuit et jour, à me torturer en essayant de savoir à quoi Luke occupait son temps sans moi.

Comment pouvait-il aller à une fête ? Boire de la bière ? Poster des selfies ?

Je le suppliais, en le bombardant de messages, de ne pas me quitter. Je le suppliais de revenir.

Je recevais les accusés de réception. Donc, il lisait mes messages. Mais il ne répondait pas. Ce silence était atroce. J'avais l'impression – je savais – que je devenais folle.

Notre manière radicalement différente de gérer la rupture venait confirmer ce constat terrible : sa vie valait mieux que la mienne. Pour lui, le monde continuait de tourner sans moi ; tandis que, sans lui, j'étais au point mort. Il vaquait à ses occupations, il pouvait sortir ou rester chez lui, prendre ou pas une photo, ouvrir une bouteille de bière, vivre normalement.

Il y avait de quoi penser qu'il n'avait jamais vraiment tenu à moi. Sinon, comment aurait-il pu en être là ? J'étais honteuse et furieuse à l'idée que ces femmes qui s'étaient ouvertement moquées de moi devaient bien rigoler et qu'elles faisaient encore partie de sa vie, alors que j'en étais exclue, en dépit de tout le mal que je m'étais donné pour y avoir ma place. C'était plutôt *elles*, qui auraient dû se retrouver sur la touche. J'étais atterrée à l'idée qu'il pouvait désormais coucher avec n'importe qui, n'importe quand. Je n'arrêtais pas d'y penser et j'en frissonnais de dégoût. Le faisait-il en ce moment même ?

Je me sentais flouée. C'était totalement injuste. Et ce sentiment d'injustice m'avait poussée jusqu'à l'appartement de son ami, un soir où j'étais particulièrement ivre, après avoir bu tout l'alcool que Luke avait laissé à la maison. Il avait aussi laissé une grande partie de ses affaires, ce qui lui permettait de profiter tranquillement de l'anonymat d'une chambre d'amis, tandis que je devais enjamber ses baskets, passer devant une photo de nous prise dans le Peak District, endurer la présence de son pot de mayonnaise dans le réfrigérateur.

Il suffisait que j'ouvre un placard de cuisine pour tomber sur des provisions qui ne m'étaient pas destinées. Son déodorant trônait toujours dans la salle de bains, et ses poils gisaient encore au fond du bac à douche. Il ne m'avait laissé que ça. De quoi me couper le souffle toutes les dix secondes. Je m'étais déplacée pour lui dire à quel point je trouvais son attitude cruelle, une bonne fois pour toutes. De toute façon, qu'avais-je à perdre ? Il ne répondait pas au téléphone, et il était urgent qu'il enlève ses affaires, maintenant, qu'il les sorte de là, qu'il disparaisse de ma vie, pour que je puisse respirer.

J'avais tambouriné à la porte, mais il n'y avait personne, ce qui avait décuplé ma colère. Enfin, à 23 h 30, il était rentré avec l'ami qui l'hébergeait, un type qui avait autrefois été mon ami, mais qui n'osait pas regarder dans les yeux la femme assise sur le seuil de sa porte, frissonnante, à peine dessoûlée, exhibant un tee-shirt qu'elle portait depuis trois jours.

— Je t'attends à l'intérieur, mon pote, avait-il dit à Luke en posant une main compatissante sur son épaule.

J'avais contemplé cette main avec envie. J'avais beaucoup de mal à me faire des amis, mais pour Luke – le Luke drôle et charmant qui m'avait séduite au début de notre relation –, c'était très facile.

— Eh bien, j'ai déjà la réponse à ma première question, avais-je déclaré en levant la tête vers lui sous la pluie qui commençait à tomber et trempait mes espadrilles. Oui, tu te portes comme un charme.

Nous avions poursuivi cette conversation dans notre appartement, pour être plus tranquilles. En dépit de la situation, j'avais éprouvé une grande joie quand il en avait franchi le seuil parce qu'il était de nouveau chez nous, et c'était bien. J'avais l'étrange sensation que j'aurais presque pu m'endormir s'il m'avait promis d'attendre que je me réveille pour repartir.

Il s'était assis sur le canapé en écartant un papier d'emballage de chocolat, et ses yeux s'étaient posés un instant sur la bouteille d'amaretto vide dans la corbeille à papier. J'avais rougi. Il buvait en compagnie, dans des soirées. Moi, je picolais seule, chez moi, en pleurnichant. La frontière qui nous séparait ne m'avait jamais autant sauté aux yeux.

Pourtant, je me sentais beaucoup plus apaisée, simplement parce qu'il était là et que je n'avais pas à me demander ce qu'il faisait. Je comprenais le soulagement des parents quand leurs enfants dorment en sécurité au-dessus de leur tête et qu'ils n'ont pas à guetter leur retour, le ventre noué par l'angoisse.

— De quoi veux-tu parler au juste, Harriet ? avait-il demandé avec un soupir d'impatience. Ça devient pesant. Quand on quitte quelqu'un, on sort, on boit un peu trop. On passe du temps avec des amis. Il n'y a rien d'anormal dans mon comportement.

Il avait dit ça de manière appuyée, insinuant que je n'avais pas d'amis et que je n'étais pas normale.

— S'il te plaît, ne me laisse pas seule dans ce pays étranger, avais-je sangloté. Je n'ai personne.

Ensuite, je l'avais embrassé, ce dont je ne suis pas fière, et on avait fini par faire l'amour, sauf que ç'avait été lamentable. Certes, c'était moi qui avais initié la chose avec ce baiser, mais il n'aurait pas dû profiter de mon état, et quand j'en avais pris conscience le lendemain, ça m'avait paru sordide.

Mais, en attendant, j'étais restée éveillée jusqu'à 5 heures du matin en m'imprégnant autant que possible de sa présence, car je savais que ça ne durerait pas, mais j'étais aussi profondément tourmentée parce que ça n'était plus comme avant. Et quand il était parti, tout était redevenu horrible.

Mais je ne m'étais pas découragée pour autant. Une phrase me trottait dans la tête, un truc que j'avais entendu dire par une collègue de travail à une autre que son compagnon venait de quitter : « Si tu veux qu'il revienne, ne lui montre pas que tu es effondrée. Fais comme si tout allait bien, au contraire. »

J'avais mis ce conseil en application.

Quelques jours plus tard, après m'être habillée, maquillée et pomponnée – j'avais même enfilé des escarpins à talons –, j'étais allée jusqu'à son bureau. Une fois sur place, je l'avais appelé depuis l'extérieur. Il était aussitôt sorti me rejoindre, mais en découvrant l'expression de son visage, j'avais ressenti une telle humiliation que j'en avais eu le cœur serré et la bouche sèche.

— Harriet, qu'est-ce que tu viens faire ici ? avait-il lancé en m'entraînant plus loin, visiblement gêné par ma présence, alors qu'il était dans l'ordre des choses que la personne la plus importante de sa vie se montre à son boulot.

On s'était arrêtés dans une petite rue latérale. J'avais mal aux pieds. Il me semblait que le gauche saignait.

— J'avais besoin de te voir, avais-je répondu avec le sourire pitoyable de la désespérée qui veut passer pour joyeuse.

— Mais tu ne peux pas débarquer comme ça à mon bureau ! s'était-il exclamé d'un ton incrédule, presque alarmé.

— Je n'avais pas trop le choix, m'étais-je justifiée. Le soir, tu sors, je ne sais pas où tu vas.

— Tu aurais pu m'envoyer un texto. M'appeler. Me proposer un rendez-vous.

Il avait raison, et je n'avais rien trouvé à lui répondre. Je manquais sérieusement de sommeil. J'étais un peu éméchée.

— Au fait, avais-je dit en fouillant dans mon sac pour me donner une contenance, je t'ai apporté ton courrier !

J'avais brandi victorieusement la pile, le sourire aux lèvres.

N'importe qui aurait pu voir qu'il n'y avait là que de la paperasse sans intérêt, mais techniquement, c'était son courrier, et je devais le lui remettre. Je ne m'étais pas déplacée pour rien. J'avais une bonne raison.

Il m'avait pris la liasse des mains.

— Tu ne pouvais pas le faire suivre ? avait-il murmuré en se mordant les lèvres.

Il semblait nerveux et inquiet, chose inhabituelle chez lui.

— Je t'avais donné mon adresse.

Je n'arrivais plus à détacher mon regard de son visage. J'étais comme hypnotisée par son expression contrariée.

— Oui, bien sûr, mais je passais justement par là, avais-je dit d'une voix faussement détendue.

Comme je me dandinais d'un pied sur l'autre, il avait jeté un coup d'œil interloqué à mes chaussures.

— Harriet, il ne faut pas recommencer, d'accord ? Tu m'as interrompu en pleine réunion.

— Oh, je suis vraiment désolée ! m'étais-je exclamée avec un éclat de rire forcé. C'est noté. Pas de problème. Mais on peut rester amis, non ? Je passerai te voir chez toi, si tu préfères que je ne me montre pas au travail. En tant qu'amie.

Il s'était détourné sans un mot et avait fait quelques mètres en direction de son immeuble, puis il s'était arrêté, comme s'il se ravisait.

— Harriet, est-ce que… tu avais une idée en tête en venant ici ? avait-il demandé d'un ton prudent.

J'en étais restée stupéfaite. Luke n'avait pas l'habitude de prendre des gants.

— Mais oui, avais-je répondu en riant. J'avais en tête de faire une surprise à mon fiancé.

41

Lexie

Février

Tom et moi, on traverse l'un de ces moments où on a l'impression de jouer un rôle, de réciter un texte, de se mettre en scène.

— Selon votre code postal, vous aurez droit à une, deux ou trois FIV, déclare la spécialiste d'un ton neutre, en feuilletant une liasse de papiers. On va vérifier ça tout de suite.

Je pense à ma vie de jeune adulte, quand j'avais moins de trente ans, à toutes ces folles nuits à faire la fête en buvant du vin, et ça me donne l'impression d'avoir changé de planète.

Ceux que je côtoyais auraient du mal à me reconnaître aujourd'hui, à comprendre ce qui m'arrive. Mais, après tout, peut-être que leur joie de vivre n'était qu'une façade et que tout le monde essayait d'oublier les écueils de l'existence en s'étourdissant dans des bars trop bruyants. Comment n'ai-je pas deviné à l'époque que la vie ne pouvait pas se résumer à une longue fête ?

— Mais, pour l'instant, nous allons tenter un médicament qui s'appelle le Clomid. Ça pourrait suffire à donner le coup d'envoi pour vous.

Je pense aussitôt à l'argent que j'ai sur mon compte en banque et au nombre de FIV que je vais pouvoir me payer si je ne suis toujours pas enceinte après la prise de Clomid et les essais remboursés par l'assurance maladie. Pas beaucoup, c'est sûr. Je pense à Anais, à ce bébé qu'elle a eu par accident, sans débourser un sou. Je pense à mes dix-neuf ans, quand je soutenais à mes parents que je n'aurais jamais d'enfant. Je pense à toutes ces années où j'ai pris la pilule et au temps que ça m'a fait perdre.

Je pense à tellement de choses que j'en oublie d'écouter cette femme. Elle me tend déjà l'ordonnance, et j'ai complètement perdu le fil.

— On se revoit dans quelques mois, conclut-elle. Si le Clomid n'a rien déclenché, on parlera de la suite.

Dans quelques mois ? C'est beaucoup trop ! Si ça n'a rien déclenché d'ici là, j'aurais sombré sans laisser de trace.

Heureusement, Tom a la tête sur les épaules pour deux, il a tout suivi et il tend déjà sa main au médecin. Après l'avoir chaudement remerciée, il m'entraîne dehors, où un froid glacial me saisit. Il me faut quelques secondes pour me souvenir que nous sommes en février.

Après avoir acheté le médicament, nous nous arrêtons dans un café.

— Bon, eh bien, c'était positif, déclare Tom, fidèle à lui-même.

Je suis encore sous le choc, et il me faut cinq minutes pour répondre.

— Et si on n'arrive vraiment pas à avoir d'enfants ? dis-je.

Je tiens mon bol de chocolat chaud à deux mains, mais je ne le bois pas. Je meurs de faim, mais je me sens nauséeuse.

Tom vide son expresso.

— Il n'y a aucune raison pour qu'on n'y arrive pas, répond-il. C'est ce qu'a dit le médecin. On a un peu de mal, mais entre le Clomid et les deux FIV auxquelles nous…

Mon esprit est déjà ailleurs. Je pense aux couples célèbres qui ont la quarantaine et pas d'enfants, aux amis de mes parents qui ont plein de chiens et pas d'enfants. J'avais toujours cru qu'il s'agissait d'un choix de vie, mais s'il leur était arrivé ce qui nous arrive en ce moment ? Si c'était là que mène parfois ce chemin ?

— Avec ces traitements, on augmente nos chances, Tom. Mais il y a des gens pour qui ça ne marche pas. On n'a droit qu'à deux FIV. Imagine que ça ne suffise pas ? On fait quoi ?

— Tu recommences, proteste Tom. Tu as dit toi-même que tu avais tendance à dramatiser.

— Je ne supporterai pas de voir Anais, dis-je soudain, paniquée. Je ne peux pas la voir. Je n'irai pas manger avec elle.

Les autres, encore.

Qu'est-ce qu'ils viennent faire dans cette histoire ? Ils ne devraient pas compter.

Et pourtant, ils comptent. Ils comptent beaucoup.

Une image d'échographie postée sur Instagram, ça compte. Même si derrière se cachent le désespoir et la colère.

Une femme qui porte un badge « bébé à bord » dans le métro, ça compte. Même si ce bébé est venu après dix FIV et plusieurs fausses couches.

Je ne sais pas comment survivre au milieu de tout ça.

Feindre ? Tricher ? Dissimuler ? Je ne sais pas lequel de ces verbes convient le mieux. Je ne sais pas comment je vais faire.

Tom me regarde, et je suis de retour dans cette salle de café. De retour dans notre conversation.

— Oublie ton rendez-vous avec Anais. Tu anticipes. Ce déjeuner, tu peux l'annuler.

Mais mon esprit s'est de nouveau envolé.

Est-ce que c'était plus facile avant les réseaux sociaux ? Ou bien l'envie était-elle déjà un poison qui empruntait simplement d'autres canaux pour se répandre ?

Tom m'a prise par les épaules, et je me sens tellement dépendante de lui que j'ai l'impression qu'il respire à ma place.

— Chaque chose en son temps, dit-il.

Quelques tables plus loin, une femme avec des miettes de pain aux raisins sur le menton me regarde par-dessus son ordinateur portable. En la voyant, j'ai la même sensation qu'avec Harriet l'autre jour. Je lui en veux parce que tout va bien pour elle.

Tu as de la chance.

J'ai à peine la force de me lever pour sortir, et Tom, mon allié, doit pratiquement me porter. Je suis bien obligée de croire ce qu'il me dit à propos de Rachel. Il n'y a pas de place dans ma tête pour douter de lui en ce moment. Pas de place pour gérer autre chose que cette épreuve. Je ne suis même pas capable de marcher droit toute seule. J'ai besoin de lui.

42

Harriet

Après cette visite impromptue à Luke, j'avais eu quelques jours d'euphorie. On avait passé un moment ensemble, et même si ça n'avait pas été parfait – évidemment que non – ça m'avait fait du bien de voir son visage, d'être dans sa vie et de lui voler un peu de son temps. Le soir, lorsqu'il dresserait le bilan de sa journée, je serais là, quelque part dans son subconscient. J'aurais joué un rôle.

J'avais continué à lui envoyer régulièrement des SMS, en m'efforçant de suivre le conseil de ma collègue. J'étais forte, j'allais bien, j'étais heureuse ; c'était devenu mon mantra. J'envoyais des SMS en prétendant être à un concert qui lui aurait plu – je me renseignais sur Internet et lisais des critiques –, ou à propos des affaires que je retrouvais régulièrement dans l'appartement.

J'avais passé tant d'années à essayer de lui faire plaisir que j'étais devenue une experte. J'avais des tas d'astuces, d'idées et de compétences en la matière. Je les essayais toutes, sans succès.

Je n'en étais plus au stade où je voulais que ses affaires disparaissent ; au contraire, je voulais les garder pour maintenir un lien entre nous. Et aussi parce qu'elles étaient un bout de lui. Je dormais dans son pyjama, je mettais son déodorant tous les matins. Je regardais des émissions auxquelles il avait participé pour les commenter par SMS. Avant, elles m'auraient servi de laissez-passer, j'aurais marqué des points. Mais là, il ne manifestait qu'un vague intérêt. Il ne cherchait plus à m'évaluer ; il se fichait pas mal de ce que je pouvais bien faire.

Puis, soudain, ç'avait été le coup de grâce.

Je passe samedi récupérer mes affaires. Mon copain a une camionnette.

J'avais menti en répondant que je serais absente, mais la deuxième fois il s'était montré plus insistant.

Nous avons besoin de couper les ponts. Je serai là à 14 heures. Si tu n'es pas là, laisse la clé à l'endroit habituel.

J'avais l'impression d'être sur un ring, complètement sonnée à force de prendre des coups.

J'avais beaucoup pleuré.

Il n'était pas venu seul, mais avec quelqu'un pour lui servir de tampon, en la personne de Stu, le propriétaire de la camionnette, celui qui fuyait mon regard. J'avais commencé par déambuler gauchement dans l'appartement en lui désignant ses affaires rassemblées en tas – geste totalement inutile –, puis je m'étais perchée sur l'accoudoir du canapé, en me demandant ce que je pouvais bien inventer pour laisser une trace dans son esprit.

— Tu as pris le mortier à épices qu'on avait rapporté du Maroc ? Celui qui est dans le buffet ? avais-je demandé en me levant d'un bond.

Il avait secoué la tête sans me regarder ; il évitait à présent mon regard autant que Stu.

— Tu cuisines plus que moi, tu peux le prendre, avais-je insisté.

Tout ce qui mettait du piquant dans notre vie, des sorties aux épices, venait de Luke.

— Non, ça va, je te le laisse.

— Je dois avoir des photos imprimées de notre voyage au Portugal, ça t'intéresse ?

— Garde-les, avait-il répondu sans la moindre émotion, en hissant un carton de vêtements sur son épaule et en appelant l'ascenseur.

Sur ces entrefaites, Stu était arrivé par l'escalier, suant et soufflant. Il avait échangé avec Luke une plaisanterie à propos de « garder la forme ». J'avais tenté de rire avec eux, pour m'immiscer dans leur complicité, mais Luke m'avait jeté un regard noir m'intimant de rester à distance. Ça m'avait tétanisée, comme autrefois.

Puis il avait disparu dans l'ascenseur avec ses cartons, et Su était redescendu par l'escalier. Seule dans l'appartement, j'avais aperçu son téléphone sur un meuble, et il m'était venu une idée : m'en servir pour photographier une photo de nous deux et la mettre en économiseur d'écran. Un souvenir de nos adieux. Une piqûre de rappel.

Mais en prenant le téléphone, j'avais découvert sur l'écran d'accueil un message émanant d'une certaine Naomi. Et ce message disait :

Moi aussi, j'ai passé une nuit magique. Oui, un dîner jeudi, ça me paraît une bonne idée. Je t'embrasse.

43

Lexie

Mars

Je vois une tête blonde disparaître précipitamment dans la cage d'escalier au moment où je monte dans l'ascenseur. Il m'a semblé que c'était Harriet, mais je n'ai pas eu le temps de bien voir. Éviterait-elle de prendre l'ascenseur avec moi ?

Je garde les yeux baissés sur la moquette pour ne pas croiser mon reflet dans le grand miroir. Harriet serait-elle du genre à fuir la compagnie de ses semblables ? Ce n'est pas l'impression qu'elle donne, quand on l'entend chanter à tue-tête, ou quand elle fait la fête avec la musique à plein volume, alors que, de l'autre côté du mur, Tom et moi nous buvons notre tisane en pantoufles. Et même l'autre jour, j'ai cru la reconnaître dans cet hôtel chic où Leo m'a posé un lapin. Mais, en dehors de ça, il est rare que je la croise. C'est sans doute normal dans une grande ville comme Londres.

Ça amuse beaucoup mon frère, cette mystérieuse voisine qui existe plus pour moi sur Google que dans la réalité. C'est un concept incompréhensible pour un habitant du Yorkshire qui habite entre Ruth à sa droite, laquelle lui parle de ses problèmes de dos quand elle tond la pelouse, et un couple de jeunes parents à sa gauche, lesquels sollicitent des conseils pour leurs jumeaux qui ont tendance à mordre quand ils prennent le sein.

Parfois, je l'envie. En général, j'apprécie l'anonymat de Londres, mais ces derniers temps je me sens tellement seule que ça me plairait d'avoir quelqu'un pour discuter en buvant un café, quelqu'un qui ne m'aurait pas connue avant. Est-ce que ça serait déplacé, si je frappais à la porte d'Harriet ? Je secoue la tête. Bien sûr que oui.

Je range mes achats et j'ouvre ma boîte mail. Je n'ai qu'un seul message : mon principal client m'annonce qu'il n'aura désormais plus de travail à me confier.

Je me connecte sur un réseau social où je vois qu'Anais annonce officiellement sa grossesse avec une photo d'échographie et une ribambelle d'émoticônes.

Tom rentre et se plonge aussitôt dans un truc de boulot important, sans même enlever sa veste, et je lui en veux parce que ça a l'air urgent.

Pour quelle chose urgente pourrait-on avoir besoin de moi ?

Je vais droit au placard de la cuisine. Les infirmières m'ont prévenue qu'il faudra que je perde du poids si je dois faire une FIV. Mais je n'en suis pas là et n'ai donc pour l'instant aucune raison de me priver. Je me jette sur un paquet de chips, sans même m'asseoir.

44

Harriet

Le mardi suivant, je m'étais postée en face du bureau de Luke dans un petit restau oriental servant des falafels, à humer des odeurs de cumin jusqu'à ce qu'il sorte, vêtu d'un jean tout neuf.

Il avait une femme dans sa vie ! Il était déjà disponible pour une autre, alors que moi, je ne m'appartenais plus assez pour prendre une douche. À l'intersection de l'avenue Shaftesbury et de la rue Old Compton, il avait tiré son téléphone de sa poche et lu un message, le sourire aux lèvres. Ça avait déclenché en moi un accès de colère dont la violence m'avait surprise. J'étais habituée à encaisser sans broncher. Cette colère – parce qu'il construisait une vie sans moi, une vie heureuse, avec des rendez-vous et des SMS qui le faisaient sourire –, c'était nouveau.

Et pourtant, à aucun instant il ne m'était venu à l'esprit d'arrêter de le surveiller pour mettre fin à ma torture. De refaire ma vie et de les laisser vivre la leur, qu'elle quelle fût. Il ne m'était pas non plus venu à l'esprit que Luke et moi, ça n'avait jamais été la perfection, loin de là. Ni qu'il ne m'avait jamais traitée avec gentillesse, bienveillance, ou humanité.

Et il m'était encore moins venu à l'esprit que cette colère, dont je venais d'avoir un bref aperçu, risquait de me conduire dans un établissement psychiatrique.

Je n'avais qu'une idée en tête : récupérer Luke.

À un certain moment, il s'était retourné pour regarder derrière lui, et je m'étais glissée dans la file d'attente d'un fast-food éphémère. Merde. Il n'avait pas apprécié que j'aille l'attendre à la sortie de son bureau, il ne me pardonnerait pas de le suivre. À l'idée qu'il m'avait peut-être vue, j'avais eu les jambes en coton. Ma rage s'était envolée, remplacée par la peur, un sentiment qui m'était beaucoup plus familier.

Mais il s'était remis à marcher et s'était engouffré dans un petit bar italien. Le genre qui sert du café, des gâteaux, quelques cocktails maison, et si vous voulez autre chose, tant pis ! Ce genre d'établissement, c'est typiquement londonien. Donc Luke adorait.

En attendant, j'étais libre d'observer les femmes qui circulaient dans cette rue bondée, en me demandant laquelle pouvait être Naomi.

La fille aux cheveux teints en rose avec des Adidas ? Ou la jolie petite Espagnole qui traversait la foule en parlant tout haut, avec son écouteur de téléphone dans l'oreille ? Ça pouvait aussi être cette blonde qui riait au téléphone, ou encore cette autre, vingt-deux ans maximum, qui scrutait les enseignes d'un air anxieux à la recherche du café où on l'attendait.

J'avais quand même fini par l'identifier. Elle était entrée dans le bar cinq minutes après Luke et elle ressemblait à la femme que j'aurais voulu être. Plus petite et plus blonde que moi, en jean et bottines noires de motard. Elle avait trouvé son style, elle ; ses chaussettes ne dépassaient pas de ses baskets.

Elle ressemblait aux femmes qui m'avaient toujours paru mieux assorties à Luke que moi. Sa démarche assurée et son port de tête altier disaient qu'elle ne se laisserait jamais rabrouer, humilier ni rabaisser. Tandis que moi, je l'avais accepté. Et j'aurais été prête à recommencer si Luke avait bien voulu me reprendre.

Je m'étais réfugiée dans le premier pub venu pour me soûler copieusement.

45

Lexie

Mars

Après cette première consultation à l'hôpital, la situation se dégrade rapidement. Comme je n'ai presque pas de travail, donc rien pour m'occuper l'esprit, je n'arrête pas de stresser à l'idée que Tom échange des photos avec des femmes et prends trois kilos en trois semaines, sans même m'en rendre compte. Les médicaments me donnent des nausées et des migraines terribles. J'évite Anais, j'évite tout le monde. Sauf Tom, qui exceptionnellement n'est pas en déplacement ; je le soupçonne de s'être arrangé pour rester à Londres parce qu'il s'inquiète à mon propos.

Mais ça ne m'aide pas vraiment. Enfermés tous les deux dans cet appartement, avec nos soucis, nos craintes et mes soupçons, on se marche dessus, on se dispute, on s'agresse. Je me demande sans cesse si je ne devrais pas lui parler.

Dois-je lui parler ? Dois-je lui parler ?

Puis je me souviens comme il s'est moqué de moi quand j'ai fait allusion à la culotte. J'essaie d'anticiper ce qui se passerait s'il avouait m'avoir trompée. Puis je songe à mes kilos en trop et je n'ai plus aucun doute : je ne peux pas gérer ça.

— Tu ne cours plus en ce moment ? me demande-t-il un soir d'un ton faussement détaché.

Je lui hurle qu'il est cruel avec moi, alors que j'aurais plutôt besoin d'être soutenue.

Mais ce que j'ai en tête, c'est : « Comment oses-tu me critiquer, Tom, alors que tu as peut-être fait ce que je pense que tu as fait, avec tout ce qu'on traverse en ce moment ? »

D'un autre côté, je n'y crois pas vraiment. Tom ne peut pas m'avoir trahie. C'est impossible, n'est-ce pas ?

— Je ne voulais pas être cruel, se défend-il d'un air penaud.

Il a des poches sous les yeux, c'est la première fois que je le remarque.

— Je me disais simplement que courir te ferait du bien.

Mais je sais que ça fait des heures qu'il réfléchit à la manière d'aborder le sujet et qu'il a longuement ruminé sa phrase avant d'oser la formuler à voix haute. Il y a quelques jours, il est allé dans une salle de sport, et j'ai bien compris que c'était pour m'inciter à en faire autant. Ça m'a fichu un coup au moral. Surtout quand je sais que… Peut-être…

Je me défoule en mangeant une barre chocolatée familiale et vais lire un roman de Zadie Smith dans notre chambre. Il me rejoint tard dans la nuit, après avoir passé la soirée à travailler sur son ordinateur.

— Désolé, murmure-t-il dans le noir.

Je fais semblant de dormir. Mes soupçons m'empêchent d'aller vers lui pour réclamer le réconfort dont j'aurais tant besoin.

Le lendemain, je traîne au lit jusqu'à 10 h 30, et c'est seulement quand Tom passe la tête à la porte que je me décide à me lever, tellement j'ai honte. Je ne suis pas particulièrement lucide en ce moment, mais je vois bien qu'il me manque un but dans la vie, et ça me déprime encore plus de le savoir. Parce qu'un enfant, ça me donnerait un but.

Quand je lis Zadie Smith et que je vois le monde à travers son regard intelligent de femme libre, je me sens minable. En tant que femme, je ne suis pas à la hauteur.

Mais je n'arrive pas à lutter contre ce que je ressens au plus profond de mon être.

Un SMS d'Anais s'affiche sur mon écran.

Je me fais du souci pour toi. Tu as disparu de la circulation. Tu m'en veux pour quelque chose ou tu as des problèmes en ce moment ?

Je mets mon téléphone sur silencieux et le lance à l'autre bout de la pièce.

Tom entre et l'aperçoit à terre.

— Un problème ? demande-t-il, faisant ainsi sans le savoir écho à Anais.

— J'en ai marre de tous ces gens suspendus à leur téléphone, murmuré-je. J'ai envie de foutre le mien à la poubelle. Comme ça, au moins, j'aurai la paix.

Et je passe lentement devant lui d'un pas félin, en nouant ma vieille robe de chambre, pour aller m'enfermer dans la salle de bains.

Le pire, c'est que je sais que ce comportement m'éloigne de Tom. Je le savais déjà avant les messages de Rachel. Je m'étais dit qu'on était assez forts pour résister aux sautes d'humeur de la Méchante Lexie, au moins pendant un temps. Mais c'est peut-être à cause de ce genre de raisonnements que certains laissent leur couple se détruire de l'intérieur. Est-ce que c'est à cause de mon attitude que Tom s'intéresse à des inconnues ?

Parce qu'il faut bien regarder en face la triste vérité : il y a forcément eu quelque chose avec cette femme. Je n'ai pas cherché à creuser la question, parce que si c'est grave et que Tom finit par avouer, il faudra que je prenne une décision. Savoir si oui ou non je le garde dans ma vie, et arrêter mon traitement hormonal si j'opte pour la seconde solution. Je suis trop gavée d'hormones pour interrompre ce traitement. Et pas assez forte pour renoncer à ma relation avec Tom.

Je mets donc l'affaire au placard, comme on range un album photo et ses joyeuses cartes postales, avec l'intention de la ressortir plus tard, le jour où je me sentirai assez vaillante. En espérant que ce jour viendra.

46

Harriet

À partir de là, j'avais totalement perdu le contrôle de la situation. Naomi devenait une des figures permanentes de la vie de Luke. Elle apparaissait sur toutes les photos qu'il postait, même si elle restait en arrière-plan. Elle était aussi proche de lui que j'en étais éloignée, cela me sautait aux yeux, même dans mon état de confusion.

J'en avais eu la confirmation en passant en revue ses posts, une succession sans fin de pique-niques dans les parcs, de sorties dans des cinémas éphémères et dans des bars à cocktails. Luke ne figurait que rarement sur ses photos à elle, mais je savais pourquoi : c'était lui qui les prenait.

Si pour certaines femmes le fait de voir la « nouvelle » aide à tourner la page, ça avait eu sur moi l'effet inverse. J'avais l'impression de vivre la pire des trahisons – comme si mes parents m'avaient troquée contre une autre petite fille – et je n'arrivais pas à croire que Luke ait pu me faire ça, après tout ce que je lui avais sacrifié. J'avais déménagé pour lui, j'avais laissé Frances derrière moi, je m'étais éloignée de ma famille. J'avais mis ma carrière en jeu, accepté de travailler moins, ignoré mes besoins pour satisfaire les siens et le rendre heureux.

Je commençais même à douter de sa santé mentale, car je ne voyais pas comment un être humain pouvait changer aussi vite. En plus d'être insupportable, c'était inconcevable.

Je m'étais tenue à l'écart pendant un temps, me contentant de le surveiller *online*, jusqu'au jour où j'étais tombée sur un post où il annonçait son intention de se rendre à un concert qui se déroulait à seulement cinq minutes à pied de chez moi. C'était trop tentant, surtout après trois rhum-Coca en guise de dîner ; c'était désormais mon régime habituel. À 21 heures, j'avais enfilé mes baskets pour aller me poster dans un établissement situé en face de la salle de concert, le visage dissimulé derrière ma liseuse. Au bout d'une demi-heure, Luke et Naomi avaient rejoint la file d'attente devant l'entrée.

Je les regardais et j'enregistrais tous les détails : leur façon de se donner la main ; elle, souriante, bien campée sur ses escarpins à talons ; lui se lissant les sourcils et repoussant à deux mains des mèches qui lui retombaient devant les yeux.

Elle lui avait tendu son billet d'entrée, il lui avait passé un mouchoir. Ils semblaient déjà très intimes, et la scène m'avait d'abord semblé surréaliste. Comment était-ce possible ? J'avais eu tort de relâcher ma vigilance, de me tenir à distance. Je devais absolument rectifier le tir ; sur le moment, ça m'avait réellement paru la seule chose à faire.

— Tu crois tout savoir de moi, Luke ? avais-je demandé à voix haute.

Personne ne m'avait entendue – le bar était bondé –, aussi m'étais-je risquée à hausser encore le ton.

— Est-ce que tu te souviens que j'existe, au moins ? Ou est-ce que tu m'as rayée de ta vie, après tout ce que j'ai fait pour toi ?

Le type de la table voisine s'était tourné vers moi en fronçant les sourcils.

J'avais réglé mon addition – trois doubles rhum-Coca supplémentaires et toujours rien dans le ventre – et j'étais rentrée chez moi. Il fallait que je continue à boire. Je craignais, une fois lucide, d'être assaillie par les images de cette femme qui avait fait irruption dans ma vie pour me voler tout ce que je possédais.

Je n'avais revu Luke que quelques jours plus tard. Je ne travaillais plus – j'étais soit trop bourrée, soit trop déprimée, ça dépendait des moments, trop quelque chose en tout cas – et passais mon temps à gamberger pour trouver *la* bonne idée. Puis, soudain, je m'étais souvenue que Luke jouait au foot tous les jeudis dans un parc.

C'était là que je devais le coincer, ça tombait sous le sens, parce que Naomi n'y serait sûrement pas. Il fallait absolument que je lui parle. Plus le temps passait, et plus je trouvais incompréhensible et insupportable qu'on ne soit plus ensemble. C'était, entre autres, pour cette raison que je n'en avais pas parlé à ma famille. Cette séparation grotesque ne pouvait être que passagère.

Je m'étais donc installée dans le parc, à l'écart des terrains de football, sur une couverture de pique-nique, avec livre et téléphone à portée de main. À la fin du match, je lui avais envoyé un SMS.

J'étais venue lire au parc et je me suis brusquement souvenue que tu jouais au foot ici le jeudi. Ce serait sympa de boire un verre, histoire de détendre l'atmosphère entre nous.

Il avait répondu sur-le-champ.

Où es-tu ?

Il avait l'air drôlement impatient de me voir !

Cinq minutes plus tard, l'ombre de son grand corps en sueur s'étendait sur l'imprimé de ma couverture. J'avais levé les yeux vers lui, en affichant un sourire que j'espérais convaincant. Lui, par contre, ne souriait pas.

— Harriet, faut que ça s'arrête, merde! s'était-il exclamé en changeant son sac d'épaule, haletant.

J'avais sorti posément une bouteille de vin et deux gobelets en plastique de mon sac.

— Un petit verre? avais-je proposé d'un ton guilleret. C'est une si belle soirée!

Il avait marqué un petit temps d'arrêt, puis il s'était assis.

J'avais rempli nos gobelets, et il avait pris le sien, ce qui était formidable, parce qu'on était donc en train de boire un verre ensemble. J'allais pouvoir le raconter à ma mère, poster une photo sur les réseaux sociaux. C'était un pas vers le retour à la normale.

Tandis qu'il buvait, j'avais sorti mon téléphone et je m'étais penchée vers lui pour prendre un selfie.

— Qu'est-ce que tu fabriques? avait-il demandé d'un air horrifié qui m'avait fait rire.

C'était drôle et nouveau d'avoir la sensation de lui faire peur. Il ne m'avait pas habituée à ça.

— Du calme, je prends simplement un selfie! De nos jours, Luke, c'est assez courant.

Il avait reposé son gobelet pour me regarder droit dans les yeux.

— Harriet, tu n'as pas l'air de bien comprendre qu'on s'est séparés. On ne va pas se marier. On ne sort plus ensemble. On est célibataires, tous les deux.

Je l'avais poussé du coude.

— Bien sûr que si, j'ai compris, avais-je protesté avec un rire qui sonnait faux. Où veux-tu en venir?

Il avait pris son temps avant de répondre.

— Ton frère m'a envoyé un texto hier, avait-il marmonné en faisant la grimace. Pour me demander ce que j'avais en tête pour mon enterrement de vie de garçon.

C'était comme si on avait coupé le compteur qui alimentait mon sourire forcé. J'avais accusé le coup, avant de trouver une explication, assez minable au demeurant.

— Je n'ai pas eu ma famille au téléphone, dernièrement, avais-je murmuré en tirant sur un fil de ma couverture de pique-nique. Je… je n'ai pas eu l'occasion de leur annoncer qu'on n'était plus ensemble.

— Mais ça fait trois mois !

— Tu lui as dit, alors ?

À l'idée que David avait pu apprendre la nouvelle et en informer mes parents, j'avais le ventre noué.

— Non, j'ai simplement ignoré son message. Tu sais bien que David m'énerve. Et ce n'est pas à moi de lui annoncer la nouvelle. Mais tu dois le faire et arrêter de me tourner autour. On doit tous les deux assumer le fait d'être célibataires désormais.

Ça faisait deux fois qu'il prononçait le mot « célibataire », donc une de trop, et je n'avais pas pu m'empêcher de réagir.

En fait, pas vraiment. J'avais juste haussé les sourcils, mais c'était suffisant pour l'interpeller.

— Quoi ? Qu'est-ce que c'est que cette mimique ?

— Sortir avec une femme trois mois après avoir rompu nos fiançailles, je n'appelle pas ça assumer le fait d'être célibataire.

J'avais soudain froid. On n'était que début mai, et le soleil était couché. Je ne portais qu'une petite robe d'été. Dans ce parc, les autres avaient pour se réchauffer un barbecue, un amoureux, de l'amitié.

— Quoi ? avait-il répété en me regardant droit dans les yeux.

Ce regard m'avait déclenché une décharge d'adrénaline. Jamais je n'avais osé tenir tête à Luke. Intérieurement, j'étais terrifiée.

— Trois mois, avais-je répété.

Mais je regrettais déjà d'avoir abordé le sujet, et mon cœur battait la chamade.

Ce n'était pas la première fois que je voyais passer une rage froide sur le visage de Luke, et ça m'avait toujours impressionnée. Mais là, c'était autre chose.

— Ça fait plus de trois mois, avait-il rétorqué. Et comment tu peux savoir que je sors avec quelqu'un ?

J'avais une réponse toute prête à cette question ; elle m'était venue à l'esprit trente secondes plus tôt, quand j'avais senti venir le danger. C'était ça, vivre avec Luke. J'avais oublié à quel point c'était épuisant mentalement d'être sans cesse obligée d'anticiper pour ne pas se trouver en difficulté.

— Je t'en prie, Luke, avais-je répondu, la tête bien droite, pour le toiser du haut de ma supériorité morale. Toi et moi, on est de la génération Internet. Ne me dis pas que tu n'as pas surveillé mes réseaux sociaux pour savoir ce que je faisais. Ou alors, c'est que tu n'en as vraiment rien à foutre de moi.

Il s'était tu un instant, en me dévisageant de nouveau.

— Il n'y a rien sur mes pages au sujet de ma nouvelle relation, Harriet.

— Ça m'a fait vraiment mal, tu sais.

J'avais été tentée de me lever, de remballer mes affaires, de prendre la fuite ; mais je voulais aussi être avec lui, même si ça m'obligeait à endurer ça.

— Ça me dépasse que tu aies déjà quelqu'un. On était encore fiancés il y a trois mois à peine. Tout à coup, tu te mets à aimer les concerts et à fréquenter des bars branchés, tu portes des baskets alors que tu n'en portais jamais. C'est parce que *Naomi* trouve ça bien ? Tu n'étais pas aussi influençable, avant.

Il m'avait de nouveau dévisagée avec une expression que je ne lui connaissais pas. Il avait l'air choqué. Purement et simplement. En effet, ça doit faire un sacré choc, quand on a dominé quelqu'un pendant quatre ans, de le voir prendre des libertés. Il avait eu une brève lueur affolée dans le regard, mais il s'était aussitôt repris. C'était quand même Luke.

— Son nom n'est pas mentionné sur mes réseaux sociaux, Harriet. Franchement, tu commences à me faire flipper. Bon sang, je n'aurais jamais cru qu'un jour j'aurais peur de *toi*.

J'étais démasquée. Prise de panique, j'avais ramassé la couverture et je m'étais mise à courir, en abandonnant la bouteille de vin. Mais il m'avait rattrapée. Il me rattrapait toujours.

— Qu'est-ce que tu es venue foutre ici, Harriet ? avait-il grondé en me saisissant par l'épaule. Je t'ai quittée, j'ai été bien clair sur le fait que c'était une décision à caractère définitif, et tu débarques à mon entraînement de foot. Qu'est-ce que tu fous ici ? Tu es dingue ou quoi ?

Il avait lâché mon bras pour me saisir par le menton.

— Pas la peine de répondre à la question. Tu es dingue, tout le monde le sait.

Son visage exprimait une telle haine que j'en avais eu le souffle coupé, comme si sa paume n'était pas posée sur mon menton, mais sur mon nez et ma bouche.

— Tu sais ce que je trouve marrant ? avait-il demandé.

J'avais secoué imperceptiblement la tête, autant que me le permettait cette poigne qui m'emprisonnait comme des tenailles. Il commençait à me faire peur, et ça m'aurait arrangée que quelqu'un intervienne. Mais personne ne faisait attention à nous. Les gens profitaient de leur prosecco, de leur glace, de leur soirée en plein air.

— C'est comique que tu me croies assez fou pour te donner une deuxième chance. Tu sais ce que mes amis pensaient de toi, Harriet ? Que tu n'étais pas assez jolie pour compenser ta bizarrerie, et pas assez drôle ni intelligente pour compenser ton physique ordinaire.

Un frisbee nous avait frôlés. J'avais sursauté, mais Luke n'avait pas cillé.

Il s'était penché sur moi en me dévisageant durement, puis il avait effleuré mon front, là où j'avais quelques rides.

— Et maintenant que tu vieillis, tu t'es encore enlaidie.

Des larmes de honte, familières, m'étaient montées aux yeux. Ai-je déjà précisé que Luke m'humiliait régulièrement ?

— Tu sais pourquoi je suis resté si longtemps avec toi, non ?

J'avais acquiescé. Oui, je le savais, il me l'avait assez répété.

— Parce que tu étais entièrement dépendante de moi et que tu me faisais pitié. Tu étais accro, ç'aurait été cruel de t'abandonner.

— Mais on était fiancés, non ? avais-je murmuré, parce que j'avais besoin qu'il me le confirme. Tu voulais des enfants avec moi.

À son tour, il avait acquiescé d'un air grave.

— Oui. Mais ça, c'était avant de rencontrer Naomi. J'avais l'impression que je pouvais me contenter de notre couple. Tu faisais tout ce que je voulais, tu avais accepté de me suivre à l'étranger. Avec toi, il n'y avait pas de complications. J'aurais pu coucher avec qui je voulais, faire n'importe quoi, tu aurais tout accepté. Si je t'avais demandé de partir en Australie, tu aurais fait ton sac. Si j'avais voulu manger coréen, tu te serais habituée aux baguettes, même si tu as horreur de ça.

Je ne pouvais pas admettre qu'il n'y avait eu rien d'autre.

— Mais pourquoi aurais-tu voulu faire ta vie avec quelqu'un que tu n'aimais pas ? avais-je insisté, parce qu'à présent j'avais vraiment besoin de savoir.

Il avait haussé les épaules, comme si on discutait du choix de la sauce pour accompagner les pâtes et pas de celui de la future mère de ses enfants.

— Tout le monde n'a pas les mêmes priorités. Pour moi, l'amour, ce n'est pas le plus important.

J'avais eu comme une révélation : l'emprise, voilà ce qui primait pour lui. Le reste était secondaire. Et sur moi, l'emprise, il l'avait toujours eue.

Ai-je déjà précisé que j'acceptais toutes ses rebuffades parce que j'étais prête à tout pour le garder ?

Ai-je dit que parfois, après une soirée avec ses amis – lesquels ne savaient rien de tout ça et ne voyaient en lui que charme et charisme –, il ne m'adressait plus la parole pendant vingt-quatre heures, sans aucune raison ? Ai-je raconté qu'après m'avoir annoncé qu'il voulait me faire cinq enfants et les emmener partout en voyage, il avait piqué une crise dans le hall de l'hôtel, à Copenhague, sous prétexte que j'avais *regardé* un homme ? Au point que l'employé de la réception était venu nous demander si tout allait bien. Alors que de son côté il me trompait allégrement et que je le savais, sans oser le lui reprocher.

Il y avait les mots rageurs qu'il me murmurait au restaurant, tout en affichant un sourire de façade. Ses amis me trouvaient stressée, ils n'avaient pas tort. J'étais tout le temps sur le qui-vive, redoutant une saute d'humeur. C'est ce qui se produit quand vous vivez avec quelqu'un qui change tout le temps les règles du jeu.

Luke aimait jouer avec moi, me déstabiliser. Il flirtait avec d'autres femmes et montait sur ses grands chevaux quand j'avais l'audace de m'en plaindre. Il ne cessait de souffler le chaud et le froid ; un froid plus glacial que celui d'une plage exposée aux vents d'hiver. Et moi, je restais là, à espérer un avenir de rêve.

Il y avait toutes les fois où j'essayais de changer de style pour lui plaire et où il me disait que j'avais l'air ridicule, que j'en faisais trop. Parfois, dans ces moments-là, je pensais à Ray avec un pincement de nostalgie. Mais ensuite je me disais que non, comment pouvais-je seulement les comparer ? Luke était tellement au-dessus de moi que j'aurais tout accepté pour passer ma vie avec lui, cet homme qui faisait l'unanimité autour de lui et qui était si beau.

Il avait de nouveau haussé les épaules.

— Et puis le sexe avec toi, c'était bien, avait-il ajouté en se fendant d'un sourire narquois. Ça, je dois le reconnaître. Tu étais très docile, c'était pratique.

J'avais rougi, mais sa remarque avait provoqué comme un déclic dans ma tête. À force d'être rabaissée, je commençais à douter. Après tout, j'avais une passion, j'avais ma musique, j'étais une artiste, pas une bonne à rien.

Car Luke ne l'aurait jamais admis, mais ce qui avait vraiment changé depuis qu'il m'avait demandée en mariage – avant de me larguer comme une merde –, c'était mon travail. Ma carrière décollait pour de bon. Je prenais de plus en plus d'assurance, comme beaucoup de femmes qui trouvent leur rythme de croisière après la trentaine. Même si je n'étais pas encore totalement parvenue à maturité, j'avais des éléments. Il y avait là un être humain en germe. Je n'avais plus peur d'être ce « rien » qu'il me décrivait. Tout au fond de moi, je me demandais s'il ne m'avait pas proposé le mariage pour stopper ma progression, pour que je ne m'imagine surtout pas pouvoir vivre en dehors de sa sphère et être moi-même. Mais comme je continuais à m'épanouir, il avait pris un virage à 180 degrés et décidé de me quitter. De passer à quelqu'un d'autre.

Il ne pouvait plus tout contrôler, je n'avais plus d'attrait pour lui.

Je voulais l'entendre de sa bouche. Maintenant. L'occasion de lui poser la question ne se représenterait sans doute pas.

— Pourquoi as-tu rompu avec moi ? avais-je murmuré. Qu'est-ce qui avait changé entre nous ?

— J'ai rencontré Naomi. Elle était belle, drôle, elle avait une vie personnelle. Quand je t'ai quittée, ça faisait déjà plusieurs mois que je couchais avec elle. On était encore « fiancés ».

Il avait souligné ce dernier mot en mimant des guillemets.

— Ne mets pas « fiancés » entre guillemets, Luke.

J'aurais dû avoir envie de pleurer, mais il faut croire que cet aveu avait provoqué un autre déclic. Parce que j'étais furieuse. Livide de rage. Tout ce que j'avais refoulé s'embrasait en un feu prêt à le dévorer.

J'avais répété, plus fort.

— Je t'interdis de mettre des guillemets.

Il avait resserré l'étau de sa main sur mon menton et m'avait saisie par les cheveux. Ce n'était pas la première fois qu'il me malmenait ; oui, avec lui, j'avais eu droit aussi à des gestes que les thérapeutes de l'hôpital qualifieraient plus tard de « maltraitance physique ».

J'avais osé le défier. Mais pour qui je me prenais ?

Luke avait gâché des années de ma vie, il m'avait anéantie. Il avait prétendu vouloir des enfants avec moi, m'avait demandée en mariage, tyrannisée, humiliée. Il m'avait aidée à tenir debout, avant de me repousser si violemment que j'en étais tombée. Et quand il m'avait vue à terre… il avait simplement tourné le dos et il était parti.

C'était insupportable.

Une profonde révolte grondait en moi.

47

Lexie

Avril

Deux mois se sont écoulés depuis notre consultation à l'hôpital. J'ai décidé de secouer la routine molle et solitaire dans laquelle j'étais enferrée.

Première étape : perdre du poids, raison pour laquelle je suis en train de suer et souffler dans ce parc. J'ai Beyoncé dans les oreilles et je suis d'une humeur exécrable, parce que je me donne beaucoup de mal pour peu de résultats.

J'attends toujours ma décharge d'adrénaline et cet état de pleine conscience que sont censés produire les mouvements répétitifs de la course. Les médecins prétendent que l'exercice physique guérit tous les maux. Je dois être vraiment incurable, car je ne ressens aucun des effets bénéfiques du sport.

Je croise une femme qui arrive à faire du jogging avec un jus de légumes à la main, tout en promenant son chien, lequel court à côté d'elle.

Elle semble insouciante. Pas comme moi, qui suis accablée de soucis. Dans ma tête, c'est un vrai tourbillon de contrariétés. Il en vient toujours plus, comme les rats du joueur de flûte de Hamelin. En ce moment, il y en a une en particulier qui m'obsède.

Quand je suis rentrée à la maison tout à l'heure, Tom a sursauté.

Il tenait son téléphone à la main et il avait l'air fébrile. Or, Tom ne sursaute jamais. Celle qui sursaute, d'habitude, c'est moi. Ces temps-ci, je sursaute quand les toasts sortent du grille-pain, quand on met l'aspirateur en route, quand quelqu'un entre dans la pièce où je me trouve. Mais pas Tom. Tom est calme et détendu. D'accord, je n'ai pas trouvé un long cheveu de femme sur le canapé, comme dans les films. Mais un imperceptible changement de comportement, chez quelqu'un qu'on connaît par cœur, est tout aussi révélateur. Je n'ai pas pensé tout de suite à Rachel. Après tout, Tom était peut-être en train d'envoyer un SMS à un ami pour se plaindre de moi, ou de fouiner sur les réseaux sociaux d'une ex. Je n'avais pas d'idée précise en tête, mais c'était louche.

Je suis allée droit à la cuisine, et il m'a suivie, avec des yeux un peu trop écarquillés, tout sourires, pour me caresser le dos d'un geste un peu trop appuyé.

— Comment ça va ? a-t-il demandé joyeusement.

Et ensuite il m'a serrée très fort contre lui, alors que je ne m'étais absentée que vingt minutes pour faire une course au coin de la rue.

« Pose-toi des questions. »

Oui, Rachel, des questions, je m'en pose.

Je l'ai dévisagé.

— Ça va très bien, merci. Je te trouve bizarre.

J'ai sorti la glace de mon sac pour la mettre au congélateur.

— Je ne suis pas du tout bizarre, a-t-il nié d'un ton bizarre. Si on allait manger cette glace au lit en se matant un film sous la couette ?

— Je croyais que je devais retrouver une hygiène de vie saine, ai-je rétorqué d'une voix aussi froide que la glace.

— Eh bien, pour une fois…

— Tom, tu as quelque chose à me dire ? ai-je demandé d'un ton acerbe.

Je ne veux plus essayer de le coincer, je veux qu'il me dise spontanément ce qu'il fabrique. Et j'espère que ce n'est rien de grave. Mais il se tait, et l'incertitude me brûle les entrailles, alors je lui tends des perches.

— Non, je n'ai rien à te dire. Où veux-tu en venir ? Tu ne vas pas remettre le sujet sur la table, hein ?

Je n'ai pas répondu et je suis retournée dans le salon, en ramassant au passage la télécommande.

— C'est ça ? a-t-il demandé plus doucement. Tu te tracasses à propos de cette fille ?

J'ai mis le film en route et replié mes jambes sous moi sans un mot.

— Oublie ça, ai-je murmuré. Regardons le film.

Je suis restée assise devant l'écran, à réfléchir. Jusque-là, j'avais eu peur d'agir. Mais s'il y avait une autre femme, je devais la combattre. Je ne pouvais pas simplement me mettre en retrait et accepter de perdre Tom. J'ai enfilé ma tenue de running et je suis partie courir.

Il est maintenant 20 h 30, et je suis dehors depuis un quart d'heure. Je suis lessivée, mais trop mortifiée pour rentrer tout de suite. Je m'assieds sur un banc près de la maison et vois sortir Harriet. Style décontracté, aujourd'hui. Cheveux blonds relevés en chignon. Grands yeux bruns pratiquement pas maquillés. Belle tout de même. Elle grimpe dans un bus avec ses jambes interminables, tout en lisant sur son téléphone quelque chose qui lui arrache un sourire.

J'essaie de m'imaginer dans la peau d'une fille comme elle, ou comme Rachel, mais ça me semble aussi insurmontable que d'escalader une montagne. Je ne fais plus partie de cette catégorie de femmes indépendantes et sûres d'elles. J'ai dérivé si loin de mon ancien moi que parfois je doute du souvenir que j'en ai : je me soupçonne même de l'avoir un peu idéalisé.

48

Harriet

Avril

Tom met plusieurs semaines à me répondre, mais bien sûr qu'il répond, parce qu'il a bien trop peur que je détruise son couple. Et quand je lui renvoie aussitôt un message menaçant justement de le faire, il répond encore plus vite, c'est-à-dire sur-le-champ.

Je ne vois pas à quoi ça vous avancerait. On ne pourrait pas arrêter tout ça ?

Ce à quoi – tout en sortant de chez moi pour me rendre à l'anniversaire d'un ancien collègue – je rétorque aussitôt par une émoticône bière. C'est vrai que je suis plutôt amaretto-Cola (comme il le sait), mais la bière a très bien fait passer le message, je n'en doute pas.

Et laissez ma copine tranquille. Je sais que vous lui avez écrit.

Je souris.

Tu es très loin du compte, Tom. Tu crois avoir simplement affaire à une pauvre fille qui cherche à tout prix un mec. Tu ne sais pas de quoi je suis capable…

Je lui envoie le nom d'un bar à l'autre bout de la ville, où je suis allée une fois avec des collègues.

J'y avais d'ailleurs passé une soirée horrible. Toutes mes soirées sont horribles, sauf quand je suis tellement soûle que je ne me souviens plus de rien. Est-ce que les autres s'amusent quand ils sortent ? Je crois bien que oui, parce qu'ils ne sont pas comme moi et qu'ils ont des amis, eux. J'ai mal, de nouveau, quand je pense que j'ai perdu Frances. Et d'autres filles, dont j'étais moins proche – des copines de Frances qui étaient devenues aussi les miennes –, mais pour qui j'avais une affection sincère et réciproquement, j'en prends conscience avec le recul. Notre petite bande de cinq écumait les bars pour boire des amarettos. On allait se chercher, on se raccompagnait, on avait nos blagues, on échangeait des conseils.

L'une d'elles, Hayley, avait perdu son père après une longue bataille contre le cancer. J'avais organisé un week-end pour nous toutes – en emportant des jeux de société, du bain moussant, du chocolat chaud –, et on avait passé quarante-huit heures en pyjama. On chargeait la voiture pour rentrer, quand Hayley était venue me prendre dans ses bras.

— Merci pour ce week-end, avait-elle murmuré. Ça m'a fait un bien fou, tu n'as pas idée. Plus que des mois et des mois de thérapie.

Mais je savais qu'elle aurait fait la même chose pour moi, et les autres aussi. Pour la première fois, j'avais un groupe d'amies. Quand j'étais partie en Angleterre, nous étions restées en contact, par SMS et par mail. Leurs réponses se faisaient parfois attendre, à cause du décalage horaire, mais elles prenaient de mes nouvelles, elles faisaient partie de ma vie. Après l'hôpital, certaines avaient tenté de garder contact avec moi, mais j'avais trop honte. Quand je revoyais Hayley me serrer dans ses bras pour me dire que j'étais quelqu'un de bien, ça me rendait malade. Il n'y avait que Frances que j'étais capable de regarder en face. Au début. Ensuite, quand j'avais compris que je la dérangeais, j'avais changé de numéro et coupé les ponts avec elle aussi. Parfois, je me dis que je pourrais me faire une nouvelle amie. Chantal, par exemple. Ou l'une de ces femmes qui viennent à mes soirées. Mais, après ce que j'ai fait, il y aura toujours un gouffre entre les autres et moi, parce que j'aurai toujours un secret. À présent, je joue un rôle : celui d'une presque Harriet qui cherche à imiter l'ancienne, mais n'entrera jamais tout à fait dans la peau du personnage.

En grimpant dans le bus, j'aperçois du coin de l'œil Lexie, assise sur un banc, haletante, qui se tient les cuisses. Elle est en leggings et baskets, en train de récupérer après avoir couru, je suppose.

Tout en la regardant, j'écris à son mec :

Jeudi, 17 heures.

Ça commence à me plaire, d'être celle qui donne des ordres et qui contrôle.

Même s'il ne répond pas.

49

Lexie

Avril

Si je devais décrire la situation, je dirais que Tom a l'air encore plus nerveux quand je rentre de mon jogging. Et il a toujours son téléphone à portée de main.

— J'ai bien couru, dis-je avec insistance.

— Euh… oui, désolé, j'allais te le demander. Tu es allée où ?

Il se force à me faire la conversation et tente de s'arracher à ce qui le préoccupe. J'ignore de quoi il s'agit, mais il semble tellement perturbé qu'il me ferait presque pitié. Presque.

— Au parc, réponds-je, en ôtant mes chaussettes tout en l'observant à la dérobée.

Qu'est-ce qui se passe ? Aurait-il contacté Rachel ?

Je file sous la douche, bien déterminée à ne pas devenir l'une de ces femmes qui fouillent dans le téléphone de leur mec. Je ne suis quand même pas tombée aussi bas.

Mais je pense encore à ce fichu téléphone en faisant mousser mon gel douche. Pourquoi ne puis-je pas devenir l'une de ces femmes ? Est-ce parce que je les ai toujours jugées durement et même méprisées ?

Ou bien est-ce parce que, tout au fond de moi, je ne peux pas croire que Tom est infidèle et que je pense qu'il finira par me donner une explication à propos de cette Rachel, quand il sera prêt ?

Rien de tout ça, en fait.

La vérité, c'est que je ne peux tout simplement pas gérer un problème de plus en ce moment. Aussi, je préfère vivre avec mes soupçons plutôt que d'avoir une certitude qui m'obligerait à quitter Tom.

Ça s'appelle la politique de l'autruche.

50

Harriet

Avril

Je suis soûle sur ma gueule de bois, vautrée sur mon canapé en soutien-gorge. Il y a un type à poil dans mon salon. Le réveil indique 3 h 07. L'heure pour l'homme à poil de rentrer chez lui.

En enfilant son tee-shirt, il remarque que j'ai ouvert les yeux.

— C'était super, me dit-il. Je t'enverrai un SMS.

Oui, je n'en doute pas. Tu vas m'envoyer un SMS dès demain, comme tous les autres.

Mon téléphone bipe. C'est Chantal.

Je t'adore et j'adore tes soirées.

Ça, au moins, ça me fait sourire. Elle est encore complètement bourrée, bien qu'elle soit partie depuis une heure.

Trente secondes plus tard, la porte claque. Je me lève pour mettre le verrou derrière l'homme et me sers un amaretto. Je réponds à Chantal. Ce court échange par SMS, c'est presque comme boire un dernier coup avec une copine.

La *presque* Harriet boit *presque* un dernier coup avec une *presque* copine.

51

LEXIE

Avril

Je ne suis toujours pas enceinte. Et les médicaments censés m'aider à l'être me donnent de telles douleurs de menstruations que je me suis levée en pleine nuit pour pleurer en silence en faisant les cent pas ; ce qui implique, dans notre petit appartement, de faire volte-face toutes les trente secondes.

J'en suis là, quand j'entends soudain Harriet émettre des sons que je ne peux qualifier autrement que comme des cris de jouissance. Apparemment, ces cris sont plus efficaces que des antalgiques, car ils attisent suffisamment ma curiosité pour me faire oublier un instant ma douleur.

Harriet est en train de faire l'amour ! D'habitude, à cette heure-ci, on entend surtout le vacarme de ses fêtes ; plutôt dérangeant, je dois dire, mais on finit par s'habituer au bruit quand on vit dans un quartier animé comme le nôtre, où des bus et des fous du volant passent en trombe sous vos fenêtres vingt-quatre heures sur vingt-quatre. On s'est résignés à un certain niveau sonore. Mais la bande-son sexe, c'est assez rare.

Dommage que Tom ne soit pas là ; j'aurais bien voulu commenter l'événement avec lui. D'un autre côté, je ne suis pas sûre que je lui en aurais parlé. Les choses ont changé entre nous. Nous ne rions plus beaucoup ensemble.

Je me suis recouchée, en pensant à ma voisine qui se trémoussait de plaisir pendant que je me tordais de douleur. Est-elle avec un petit ami ou avec un amant ?

Les yeux grands ouverts, je fixe le plafond, incapable de penser à autre chose qu'à Harriet dont la vie m'est si proche et si lointaine à la fois. Chaque fois que je l'ai croisée, je l'ai trouvée intimidante, très sophistiquée. Il me semble un peu la connaître, mais je me rends compte ce soir qu'il me manque des données essentielles la concernant, notamment si elle a quelqu'un dans sa vie.

Je me dis qu'elle doit avoir un bon salaire, pour se payer cet appartement toute seule. Ça m'impressionne d'autant plus qu'avec son métier artistique elle est son propre patron.

En fait, elle est tout ce que j'aurais voulu être à trente ans et dont je suis si loin aujourd'hui.

Puis je pense à Tom qui est ailleurs, seul dans un lit où je ne suis pas. Seul ? Je crois que oui. Je l'espère.

Si Tom me trompait *vraiment*, est-ce que ce serait avec une femme comme Harriet ? Une femme raisonnable et équilibrée, mais qui saurait aussi s'amuser et pour qui le vendredi soir serait fait pour sortir dans les bars et aller danser ?

Quelque part, je crois encore que c'est moi que Tom veut, dans n'importe quel état, et un bébé avec moi, même si ça prend du temps.

Mais dans les mauvais jours, ou quand il dort loin de moi et que je ne peux pas me rassurer en contemplant son visage, j'imagine aisément qu'une autre puisse avoir beaucoup plus d'attrait pour lui.

Comme à 5 heures du matin j'ai toujours une douleur sourde qui m'empêche de dormir, je tape le nom de ma voisine dans le moteur de recherche. Elle a posté des photos de sa soirée d'hier sur un réseau social : Harriet, coincée entre deux invités, faisant la moue ; Harriet vidant un verre au milieu d'un groupe de femmes tout aussi élégantes qu'elle ; une assiette de sushis, avec cette légende : « Miam ».

Et à la fin de cette soirée, bien sûr, elle est rentrée avec un homme. Elle a fait l'amour en pleine nuit, en criant de plaisir. Demain, c'est-à-dire aujourd'hui, ils iront probablement prendre un petit déjeuner quelque part dans la rue principale et ils boiront des bloody mary. Et soudain je me mets à penser à Rachel, parce qu'en fait je me dis qu'elle doit ressembler à Harriet. Je lui prête les mêmes qualités – glamour, appréciée en société, sexy –, puis je lui prête aussi ses traits, elles ne font plus qu'une et bientôt elles fusionnent avec d'autres femmes croisées dans la rue, ou aperçues dans l'autobus. Des femmes bien habillées, avec des vêtements bien repassés et de jolies bottes. Des femmes qui sortent leur téléphone de leur sac pour parler d'une voix assurée, qui savent ce qu'elles veulent, qui ont des projets. Des femmes qui ont un parfum attitré et du fard bien estompé sur les paupières.

Et, tout à coup, je me fais horreur : j'en suis là, à espionner jalousement ma voisine sur Google au petit matin, après avoir écouté ses cris de plaisir. Je me lève pour changer ma serviette périodique et reste assise sur les toilettes, la tête dans les mains. Je ne pourrais pas vraiment en vouloir à Tom s'il se mettait à préférer une Harriet à une Lexie.

52

Harriet

Avril

Tom ne répond pas au SMS où je lui demande où et à quelle heure on se rejoint. Il finit par me bloquer après avoir reçu le message suivant :

Pourquoi ça t'a pris autant de temps, Tom ?

Ça me met d'abord en rage, mais je me calme vite. De toute façon, j'aurais dû trouver un autre moyen. Si j'avais rencontré Tom en tant que Rachel, mon visage lui aurait forcément paru familier, il aurait fini par faire le lien avec sa voisine et il aurait compris que je lui mentais. Doublement. Sur mon identité et sur ma carrière.

Ce serait mieux qu'il fasse la connaissance d'Harriet.

C'est prévu.

Il est temps de passer au plan B.

L'idée m'en est venue pendant une réunion de boulot. Comme très souvent, je jouais du piano en rêvassant pendant que les autres échangeaient des blagues d'auteurs-compositeurs. Je me détendais peu à peu, ils étaient de plus en plus loin. Les interactions avec mes semblables, c'est ce qui m'intéresse le moins dans mon travail ; loin derrière le plaisir de m'évader et de me couler dans un rythme. Je me sentais de plus en plus forte à mesure que je martelais les touches de mon piano.

Au bout d'un moment, j'ai tout simplement oublié leur présence.

— Harriet ! Harriet !

Cette voix qui me coupait en pleine inspiration m'a d'abord agacée.

— Quoi ? ai-je demandé en abandonnant le clavier d'un geste brusque pour faire volte-face.

— On s'arrête un moment, d'accord ? a proposé Jacob. On va commander à manger et décompresser un peu.

On a ensuite discuté tout en grignotant une pizza, et Jacob a plaisanté sur le fait que le milieu de la comédie musicale aurait pu inspirer une bonne série comique. Du coup, je suis revenue parmi eux.

— On n'est pas si drôles que ça. Je ne pense pas qu'il y ait matière à inspirer une sitcom.

Évidemment, je pensais *vous*. Pas *on*.

J'avais passé deux heures à regarder des photos de Luke en pleine nuit, et ça m'avait mise de mauvaise humeur.

Luke. Tom. Luke. Tom.

— Un documentaire, alors ? avait proposé Steph.

Ou Sam, je ne sais plus.

Ces femmes-là se ressemblent toutes : même jean étroit, mêmes cheveux méchés, mêmes baskets. Londres est soi-disant la capitale de l'originalité. Quelle blague ! Les Londoniens passent leur temps à s'imiter. Tout le temps. Il y a le restaurant où il faut manger, la boutique où il faut s'habiller, le livre qu'il faut avoir lu. Ils devraient distribuer en début de mois une liste de tout ce qui est tendance, ce serait plus simple.

Et pourtant, je suis toujours là. Pourquoi ? Je me pose la question. Trop paresseuse pour me déraciner à nouveau ?

Pas d'autre endroit où aller ? Besoin de m'accrocher au souvenir de Luke ? Ou bien… Est-ce que ça aurait un rapport avec Tom ?

— Ah oui, ça c'est intéressant, a renchéri un autre avec emphase. Un documentaire tragique qui ferait découvrir les dessous impitoyables du monde de la comédie musicale.

Ça les a fait beaucoup rire, et je me suis dit qu'ils n'étaient vraiment pas drôles. Je ne les aimais pas. Pas plus que tous les autres imbéciles avec lesquels je perdais mon temps. J'étais décidément entourée de gens dont je n'avais que faire, parce que j'avais éjecté de ma vie tous ceux qui comptaient : David, Frances, mes amies, mes parents.

Mais leur conversation me rappelait un post de Tom et elle venait de me donner une idée.

Quand on n'a plus personne et un vide dans le cœur à la place de ceux qu'on aimait, on peut faire vraiment n'importe quoi, tout ce qui nous passe par la tête, puisqu'on n'a plus à s'inquiéter des conséquences pour son entourage. C'est un des avantages que j'ai à être moi.

53

Lexie

Mai

Assise en tailleur sur le canapé près de Tom, un bol de tisane à la main – toujours pas de vin, rapport au régime fertilité, super ! –, je regarde avec lui une nouvelle série télé que nous suivons en ce moment. Ou plutôt je fais semblant, car je rumine les mêmes pensées que d'habitude.

Suis-je devenue trop complaisante ? Ai-je trop confiance en nous ? Était-il naïf de penser que notre couple ne serait jamais confronté aux mêmes problèmes que les autres ? Mes yeux se posent sur Tom et, aussitôt, je sens monter la colère.

Pourquoi tu m'obliges à gérer cette merde, alors que j'ai besoin de toute mon énergie pour affronter ce qui nous arrive ?

Le four fait entendre un bip, et Tom se lève pour aller chercher les lasagnes dans la cuisine. Je reste seule à macérer dans ma rage.

— Fromage maigre ! clame-t-il en revenant.

On dirait qu'il annonce le gagnant de l'Oscar du meilleur film, et je lui lance un regard assassin, comme s'il avait lu le mauvais résultat et que ça faisait de lui le roi des imbéciles.

— Je peux faire attention à mon régime sans qu'on soit obligés d'en parler tout le temps, Tom, merci, lancé-je d'un ton acerbe, en posant une main protectrice sur mon ventre.

Il prend un air blessé.

— J'essayais seulement de…

— De me manifester ton soutien, oui, je sais. Regardons plutôt la série, d'accord ? Il paraît que se relaxer, c'est le plus important.

Il m'embrasse. Et moi, je pense qu'il en embrasse peut-être une autre…

Mon cerveau est en surchauffe. Je ne peux pas aborder le sujet, et ce n'est pas lui qui le mettra sur le tapis, donc ça reste suspendu entre nous en permanence. C'est là, en ce moment, pendant que je laisse refroidir mon thé pour manger ce cheddar qui colle à ma fourchette. C'est là quand nous rions parce que Harriet se met à chanter à tue-tête, à l'instant précis où une bombe explose dans la série télé. Ce fou rire détend un peu l'atmosphère, et je me raccroche à cet instant. Parce que j'ai besoin de Tom. Avec tout ça, toutes ces incertitudes, j'ai besoin de sentir qu'on fait équipe.

Puis il va aux toilettes, et j'attrape mon téléphone. L'idée me traverse de jeter un coup d'œil au sien, mais non, je ne vais pas le faire. Sauf que… Son téléphone n'est plus sur l'accoudoir du canapé. Il l'a emporté avec lui aux toilettes.

Et, pour la première fois, le doute n'est plus permis : Tom me trompe.

54

Harriet

Juillet

Je tape comme une dingue sur les touches de mon piano, pour être bien présente de l'autre côté. Il faut que Tom ait clairement à l'esprit que je travaille dans le milieu de la comédie musicale. Ça m'est égal que le bruit le dérange, ou qu'il lui donne envie de porter des bouchons d'oreille ; tout ce que je veux, c'est qu'il pense à moi au bon moment.

Il écrit souvent sur les pages de ses réseaux sociaux qu'il cherche des idées à développer pour un documentaire et qu'il est ouvert à toutes les suggestions.

Je me connecte.

Je passe en revue ses derniers posts, en trouve un qui parlait de sujets de documentaires et j'y réponds, en suggérant la comédie musicale.

Ensuite, bien sûr, il faudra qu'il se dise : « Tiens, qui dans mon entourage pourrait me donner des tuyaux sur ce milieu ? » Et moi je serai là, de l'autre côté du mur, en train de jouer du piano pour lui souffler la réponse.

Par ce stratagème, je vais pouvoir attirer Tom dans mon univers, sur mon canapé, sans même prendre la peine de déguiser mon identité.

J'y crois. Ça va marcher.

55

Lexie

Septembre

Le médicament n'a pas produit l'effet attendu. Je cherche les stats sur Google et là je découvre que mes chances étaient quasi nulles, puisque je fais partie de celles qui n'ont pas de troubles d'ovulation *a priori*. Je suis totalement déprimée. Je vois tout en noir.

Si les médecins ne nous ont pas proposé tout de suite une FIV, c'est uniquement pour ménager le budget de l'assurance maladie en tentant d'abord un traitement peu coûteux, voilà ce que j'en pense. J'en parle à Tom pendant des semaines en fulminant. Mon cas personnel est devenu un problème politique, ce qui me fournit un exutoire bien commode.

Mais je finis par l'oublier, quand nous passons à l'étape suivante.

En descendant du bus qui nous dépose près de l'hôpital, nous traversons un tapis de feuilles mortes qui crissent sous nos pas. C'est l'automne. Le temps a passé. La vie continue.

Vingt minutes plus tard, je suis allongée dans une position insolite, les pieds calés dans des étriers métalliques glacés, et Tom me tient les deux mains.

— Détendez-vous, dit une infirmière.

Pieds, étriers.

Je pense aux trois kilos que j'ai perdus ; sans trop de difficulté, parce que j'avais une motivation sans faille. Je pense à mes mollets qui ne sont pas épilés jusqu'en haut – rien que les chevilles, pour mettre des jeans *skinny*–, je pense à la goutte de sueur qui me chatouille l'intérieur de la cuisse. Je pense que ça y est, à présent, les choses sérieuses commencent.

Aujourd'hui, nous sommes là pour ce qu'ils appellent un « transfert d'embryon fictif ». Dans deux mois, si tout se passe bien, ils implanteront un véritable embryon dans mon utérus. J'ai toujours eu tendance à dramatiser, mais depuis peu je suis devenue superstitieuse. D'ici deux mois, j'ai le temps de déclarer un cancer, ou de passer sous un bus. Non pas que j'aie peur de mourir. Pas du tout. J'ai simplement peur qu'une maladie grave ou un accident m'obligent à différer la FIV.

L'infirmière consulte ma fiche.

—Oh, c'est votre anniversaire ! dit-elle avec un petit sourire qui exprime la compassion.

Puis elle s'éloigne pour aller chercher un spéculum.

—À propos de mon anniversaire…, dis-je timidement quand elle revient. Est-ce que j'aurai le droit de boire un peu d'alcool, tout à l'heure ? Si ça ne présente aucun risque, évidemment.

Je donne cette précision parce que j'ai peur d'être reléguée tout en bas de la liste d'attente, derrière des femmes plus motivées que moi, prêtes à se limiter au thé vert et au gâteau aux épinards sans prendre des airs de martyre, y compris le jour de leur anniversaire.

—C'est que… On va vous mettre sous antibiotiques pour éviter les risques d'infection, déclare-t-elle. Mais bon, un verre de vin, ça ne vous fera sans doute pas de mal…

Un seul verre de vin… Une bouffée de tristesse me submerge. Nous avions prévu de manger tous les deux au restaurant, et j'aurais bu au grand maximum trois verres de vin. Mais on va me sucrer ça aussi. Ce traitement envahit toute ma vie.

— Ce n'est pas grave, dit Tom quand elle sort de la pièce pour aller chercher un spéculum plus petit.

Lexie, détends-toi, détends-toi, détends-toi.

— On passera quand même un bon moment, assure-t-il.

Mais il a l'air crispé, comme toujours en ce moment ; et il me semble que son tempérament a changé.

Il s'est passé quelque chose au printemps, voilà ce que je me répète intérieurement, allongée sur cette table d'examen, tandis que Tom contemple fixement le mur. Je ne sais pas si je chercherai plus tard à savoir quoi exactement, ou si je classerai l'affaire dans les comportements excentriques que nous avons eus tous les deux pendant ce traitement – avec mes joggings et ma consommation de smoothies à base de chou frisé –, mais sans doute que cela dépendra de ce qui se passera ensuite. De l'arrivée ou pas du grand événement qui me fera oublier son hypothétique infidélité passagère.

L'infirmière revient, me demande de tousser et insère lentement un nouveau spéculum moins effrayant.

Je sais que c'est pour la bonne cause, mais j'ai les larmes aux yeux, car rien ne garantit que ça va marcher. Qu'est-ce que ça fait mal, merde !

Mais ça ne dure pas longtemps, et nous pouvons partir. Je marche vite, même si j'ai encore une douleur lancinante et des saignements entre les jambes. J'ai hâte de mettre de la distance entre cet hôpital et moi ; entre les problèmes de fertilité et moi.

Et hâte d'oublier ces deux couples qui sont arrivés ensemble dans la salle d'attente. L'une des deux femmes était une mère porteuse, et ils ont passé leur temps à commenter tout haut sa grossesse et notamment le fait qu'ils avaient été soulagés en apprenant qu'elle n'attendait pas des jumeaux. Comme s'ils étaient tellement doués pour faire des bébés qu'ils pouvaient se payer le luxe de souhaiter « moins d'enfants », le contraire de « plus d'enfants ». Il y avait d'autres femmes avec moi, qui subissaient avec résignation, puisqu'il n'était pas question de partir pour ne plus les entendre. Une véritable torture.

Je ne sais pas pour les autres, mais moi je deviens ultrasensible dès que je mets les pieds dans cet hôpital et j'ai absolument besoin d'être traitée gentiment. Je ne supporte ni le manque de tact ni les coups de massue.

J'accélère le pas, à tel point que Tom a du mal à suivre. Je regarde autour de moi. Je voudrais être comme cette fille qui marche sur le trottoir d'en face pendant sa pause-déjeuner : sans rendez-vous à l'hôpital et pour seul souci le choix de son burrito, avec ou sans café. Ou bien cette autre, en train de s'empiffrer dans un Topshop. Ou encore celle-là, celle-là, celle-là… n'importe laquelle sauf moi.

— Ralentis, Lexie, demande Tom.

Mais je ne ralentis pas et soudain, en pleine rue, quelque chose cède en moi.

— Qu'est-ce qui s'est passé au printemps, Tom ?

Il semble sincèrement surpris et me demande de quoi je parle.

Je me dégonfle.

— Ne m'en veux pas, ce sont les hormones, dis-je.

Je ne me sens plus de taille à affronter cette conversation et regrette déjà de l'avoir entamée.

— Après cette histoire de Rachel… Je suis encore un peu parano.

— Merde, Lex, arrête ! proteste-t-il. Tu as eu affaire à une dingue. Je croyais qu'on s'était mis d'accord là-dessus. Mais enfin, tu crois vraiment que c'est le moment de penser à ça ?

Mais il a rougi. Son visage est légèrement plus rose qu'il ne le devrait.

Il soupire, puis m'embrasse. Il me dit qu'il ne s'est rien passé, rien du tout, et que je n'ai pas à m'en faire.

56

Harriet

Septembre

Tom est très malléable, on dirait. L'idée d'un documentaire sur la comédie musicale lui plaît. On est déjà en pleine négociation. Il a répondu à mon tweet.

> J'aimerais avoir quelques tuyaux. Est-ce que je pourrais vous parler, à vous ou à l'un de vos collègues ?

Je lui réponds que oui et tente de jouer la fille détachée, attitude aux antipodes de ma nature profonde.

> Ma semaine est chargée, je bosse sur une grosse mission. La semaine prochaine ? Inscrivez-vous dans mes followers, je vous donnerai mon mail en MP.

Il m'écrit en MP, mais je ne pousse pas plus loin. Pour arriver à mes fins, je dois y aller doucement, prendre mon temps, contrôler tous les paramètres de la situation.

Je sors acheter des nouilles à emporter et, en m'arrêtant pour prendre mon courrier, je jette un coup d'œil du côté de la boîte aux lettres de Tom et Lexie. Là, je regarde autour de moi. Personne. Je glisse ma main dans la fente et en retire quelques lettres que je cache dans ma propre pile. Ensuite, je range le tout dans mon sac en papier avec mes nouilles et m'engouffre dans l'ascenseur pour regagner mon étage.

Sur le palier, ça sent le pain grillé. J'imagine Lexie chez elle, dans ses bottines pantoufles, qui vient de se faire une tartine à grignoter et lèche le beurre qui coule sur ses doigts. En buvant du thé à petites gorgées pour accompagner le tout. Pendant que moi, je vais manger des nouilles.

Une fois chez moi, j'enlève mon soutien-gorge et je me sers un grand amaretto avec une dose minimale de Coca, avant de m'installer sur le canapé avec mon butin postal.

Je tourne et retourne dans mes mains la première enveloppe adressée à Lexie en essayant de lire à travers. Je n'y arrive pas. D'après le tampon, elle vient d'un hôpital.

Il se passe des choses.

Je pioche dans mes nouilles, tout en me préparant un café auquel j'ajoute un peu de rhum, puis j'ouvre la lettre : il s'agit d'un compte-rendu de consultation parlant de « transfert d'embryon fictif » réussi et de protocole de FIV.

J'ai un bref élan de compassion pour Lexie, mais ensuite je pense : et moi alors ?

C'est elle qui a officiellement des difficultés à être enceinte, certes. Mais, de mon côté, je ne suis pas non plus en très bonne posture. Je n'ai personne, j'ai trente-trois ans, l'homme que j'aime me fuit comme la peste. De plus, rien ne prouve que je sois fertile. Luke et moi, on a essayé de faire un bébé – pas très longtemps, parce que après ça n'était plus au programme, d'accord –, mais c'était quand même sur une période de plusieurs mois, et on n'a pas réussi.

Lexie n'a pas de bébé, mais elle a Tom, des amies et une vie. Elle n'est pas à plaindre. Pourquoi aurait-elle droit à ma compassion ?

Je jette à la poubelle le reste de mon pad thaï.
C'est vrai, ça… Parce que moi, qu'est-ce que j'ai ?
Rien.

57

Lexie

Septembre

En apercevant Anais au loin, je ne remarque rien de spécial, mais dès qu'elle se rapproche je ne vois plus que ça : son ventre de femme enceinte. Elle aborde son neuvième mois, son ventre est énorme.

La dernière fois, il était à peine visible. Je m'étais attendue à un choc, mais quand même, ça me noue les entrailles.

Heureusement, je sais comment faire face : le mode « fille enthousiaste ».

— Oh là là ! Ton ventre !

Je pousse des cris, elle pousse des cris, tout ça sonne faux. C'est une joie de surface. C'est tout ce que nous ne sommes pas.

Nous commandons un jus de légumes avec du pain grillé à l'avocat, nous postons des selfies, et elle s'étale longuement sur la question des œufs, qu'elle peut manger comme ci et pas comme ça. Je l'écoute en hochant la tête. C'est horrible.

Là, tout de suite, je n'ai aucune envie d'être obligée de parler de nous ; parler, encore et toujours parler. Je voudrais faire le vide. Discuter des dernières nouveautés et de tout un tas de choses sans importance. Pas de son régime de femme enceinte et du jour où ils ont réussi à se décider pour le décor de la chambre d'enfant.

Heureusement, notre commande arrive et quand nous commençons à manger, je profite enfin d'un moment de silence. Je contemple à la dérobée Anais qui dévore sa tartine sans se douter le moins du monde des sombres pensées qui me traversent. Ça me fait un nœud dans la gorge, parce que j'aurais dû organiser sa fête prénatale, lui offrir des tas de grenouillères, lui envoyer par SMS des suggestions pour le prénom du bébé.

Pardon, Anais, je suis vraiment désolée de ne pas pouvoir être la bonne copine pleine de bienveillance.

Je voudrais avoir les mots pour le lui expliquer tout haut.

Mais ensuite, elle aggrave son cas :

— Dans l'idéal, j'aurais aimé avoir le temps de voyager un peu plus, avant de faire un enfant, dit-elle, en examinant le jaune d'œuf au bout de sa fourchette.

Mon cœur se met à cogner.

Pas ça, Anais. Pas ça.

Mon cauchemar, depuis que j'essaie d'être enceinte, ce sont les gens qui se comportent comme si les bébés étaient un dû, comme si on pouvait décider du mois de leur naissance, entre un voyage en Argentine et une promotion au boulot. C'est un manque de respect envers ceux qui seraient prêts à en accueillir un à n'importe quel moment, dans n'importe quelles conditions.

— Mmm, dis-je.

Et je file aux toilettes pour respirer à fond cinq fois de suite, comme je l'ai appris dans le livre de pleine conscience pour lequel j'ai abandonné mon Patricia Highsmith. En ce moment, je ne peux même plus me réfugier sous ma couette avec des romans, je dois lire des bouquins qui m'aident à garder un esprit sain. L'infertilité est une mauvaise herbe qui envahit tout.

Mais, à côté du tourbillon que j'ai dans la tête, quelques respirations ne font pas le poids.

— Qu'est-ce que tu fais ce soir ? me demande Anais au moment du déca. Tu sors ? Tu vas boire du vin ? Allez, vends-moi du rêve. Ce que l'alcool peut me manquer !

— Tu as quand même de la chance d'attendre un bébé.

Je m'entends. Brusque et sèche.

J'ai posé mon couteau et ma fourchette. J'ai laissé la moitié de mon déjeuner, le meilleur, tout ce à quoi je n'ai pas droit à cause de mon régime.

Elle a l'air mortifiée.

— J'en suis consciente, dit-elle en revenant sur sa précédente déclaration. Mais bon, c'était tellement inattendu…

Puis elle avance une main vers mon assiette.

— Tu ne manges pas ton bacon ?

Prends-le. Prends tout ce que tu veux.

— Oui, eh bien, ce n'est pas un truc qu'on planifie en fonction de son emploi du temps, non ? dis-je.

Même ton, même expression, tandis qu'elle mord dans mon bacon.

Inutile de le nier : je ne me réjouis pas pour elle, je n'ai pas envie d'être indulgente, je trouve injuste qu'elle attende un bébé, alors qu'elle n'en voulait pas et qu'au fond ça lui est presque égal. Tandis que moi, si je veux avoir la moindre chance d'être enceinte, je dois aller dans un hôpital, attendre qu'une infirmière trouve la bonne taille de spéculum et me gaver de médicaments.

Je regarde l'horloge au-dessus de la tête d'Anais. Je veux en finir avec cette conversation, m'en aller, éteindre mon téléphone et m'enfermer chez moi en pyjama.

Anais a cessé de manger. Elle a l'air bizarre. Impossible de savoir si elle est triste ou en colère. Le serveur nous apporte l'addition, et nous partons sans avoir mangé les muffins qui terminent d'habitude nos repas, sans notre promenade dans le Borough Market où nous aimons flâner avant de rentrer.

Nous nous sommes embrassées froidement, et aucune de nous n'envoie ensuite le sempiternel SMS « C'était si bon de te voir ». Dans le bus en direction de la maison, en dépit des odeurs corporelles de mes voisins qui me dérangent vaguement, je me sens plus détendue que je ne l'ai été durant tout le repas. C'est ma vie, maintenant. En société, je suis un poison, et c'est pour ça que je suis mieux dans un bus ou entre mes quatre murs. Dehors, je me sens décalée, mal à l'aise, et mon malaise se communique aux autres.

Une fois à la maison, je m'installe en tailleur dans mon salon et tente de faire le vide. Je n'accepte que le piano d'Harriet. L'écouter est devenu une forme d'état de pleine conscience. Une forme étrange, mais en tout cas, ça me calme.

Au bout de quelques minutes, Harriet s'arrête de jouer, mais une sorte d'instinct me souffle qu'elle est toujours là, tout près, collée au mur de son côté. Alors je pose doucement ma tête contre la cloison.

58

Harriet

Septembre

Il est 2 heures du matin, et je suis seule dans mon appartement si triste, en train de passer en revue les posts de Lexie sur les réseaux sociaux.

Aujourd'hui, nouvel épisode de la vie abusivement joyeuse de Lexie : « Lexie retrouve une amie ». Et elle s'affiche, avec un jus de légumes et un toast à l'avocat – *Chère voisine, tu es parfaite… Tu es un parfait cliché !*–, aux côtés d'une superbe amie métisse prénommée Anais.

Je vais voir sur la page d'Anais, mêmes photos. Donc Lexie a laissé Tom tout seul et s'est offert un après-midi entre copines. Sans alcool ni rien. Lexie n'a pas besoin d'attirer Anais avec de l'alcool gratuit, puisque Anais est vraiment son amie.

Je passe en revue ses posts précédents, pour essayer de découvrir ce que les gens peuvent bien lui trouver, et comment elle se débrouille pour avoir une véritable amie, alors que moi je suis encore seule après plusieurs années dans ce pays. Je regarde les sourires qu'elle échange avec Anais et je pense à Chantal et moi au supermarché, cramponnées toutes les deux à nos plats préparés individuels. Et Tom, qu'est-ce qu'il lui trouve à Lexie ? Je me demande si c'est vraiment mon secret qui m'empêche de me faire des amies, qui m'interdit de nouer des liens. Ou si c'est moi, tout simplement. Je regarde les photos de plus près, je voudrais comprendre.

Est-ce que ce sont ses yeux et son sourire, ou autre chose de plus subtil ? Je zoome sur une tache de rousseur. Regarde ce que Lexie commande à boire. Elle a posté une photo d'un graffiti dans Dalston. Je devrais peut-être m'intéresser au street art… Elle va voir un film. Je devrais peut-être m'intéresser au cinéma… Est-ce que ça plairait à Tom ?

Je passe en revue ses photos de famille, ses amis. Je fouille toute sa vie. Elle poste régulièrement les couvertures des romans qu'elle a aimés, je me promets d'entrer plus souvent dans une librairie et de me mettre à lire.

Je fais des centaines de captures d'écran de ses photos et les ouvre toutes en même temps, en mosaïque, pour avoir une vue d'ensemble de Lexie. Puis, enfin, je m'endors sur le canapé, étrangement apaisée par les multiples facettes de ce visage souriant qui veille sur moi.

59

Lexie

Septembre

Je me suis décidée à retourner chez la psy.

Ça devient indispensable quand on en est à soupçonner son compagnon d'avoir une maîtresse, à agresser sa meilleure amie… et à se mépriser. Me voilà donc dans le cabinet d'Angharad. Elle se montre charmante. J'aime bien sa voix douce et son intonation chantante. Elle me soulage du lourd fardeau de ma culpabilité. Ce n'est pas grave si je déteste Anais en ce moment, pas grave si je suis en colère, pas grave que j'en veuille à la terre entière.

Mais soudain…

— Donc vous êtes vraiment enceinte, dis-je, parce que maintenant on ne peut plus ne pas voir son ventre énorme.

Quand j'ai raconté à Tom qu'Angharad attendait un bébé, il m'a suggéré de changer de thérapeute, mais je l'ai vertement rabroué en lui répondant que ça coûterait 70 livres de l'heure et qu'on était au centime près avec tous les frais médicaux à payer. Il n'a pas insisté. Quand je m'adresse à lui sur un certain ton, il bat tout de suite en retraite, à présent. Je le soupçonne de lire des livres pour apprendre à gérer mes sautes d'humeur.

Pour en revenir à cette psy, elle est fournie par l'assurance maladie, aussi incroyable que cela puisse paraître. Même si elle me mettait son gros ventre sous le nez en éclatant de rire, je serais obligée de continuer avec elle en disant « merci ».

Je la vois passer sa main sur son ventre tendu.

— Comme je vous l'ai déjà dit, nous ne sommes pas là pour parler de moi, répond-elle d'un ton scolaire et strict d'institutrice.

En tant que spécialiste des problèmes de fertilité, elle devrait proposer un espace sécurisé. Une zone sans bébé. Je ne le lui dis pas, mais je n'en pense pas moins. Mais comment pourrait-elle me comprendre, dans son état ? Et moi, comment puis-je lui parler librement ? Elle doit me juger, et se sentir visée par toutes les horreurs que j'ai débitées sur les femmes enceintes : leur suffisance, leur sotte béatitude, etc.

Elle lit dans mon esprit. Évidemment, puisque c'est son boulot.

— Ma vie privée n'interfère pas avec la manière dont j'appréhende vos difficultés, affirme-t-elle.

Le professeur de yoga a remplacé l'institutrice.

C'est inexact. Je hausse un sourcil mécontent. Je ne peux pas m'en empêcher.

— Poursuivons, reprend-elle. Parlez-moi de votre compagnon. Comment ça se passe entre vous ?

60

Harriet

Septembre

Installée dans un café à quelques pas de chez moi, j'attends Tom qui doit arriver d'un instant à l'autre. Je porte ce qu'une personne normale porterait pour un rendez-vous standard – un jean, un chemisier, des ballerines – et fais de mon mieux pour m'imprégner de cette normalité apparente.

Parce qu'en vérité je ne me sens pas du tout normale. Je suis au contraire dans un état d'extrême fébrilité, avec le ventre si noué par l'angoisse que je n'ai rien pu avaler de la journée, que mon cœur tambourine, et que j'ai le bas du dos trempé de sueur. Au moment où Tom pousse la porte du café, je suis en train de scroller sur mon téléphone. Ça, au moins, c'est un comportement normal, totalement ordinaire.

— Harriet ? demande-t-il.

Comme je confirme, il propose de m'offrir un café, mais j'ai déjà bu un expresso.

— Un verre d'eau, ça ira très bien, réponds-je.

Je lui adresse le sourire mesuré que j'ai longuement travaillé devant mon miroir et parle lentement pour empêcher ma voix de trembler.

Et ensuite, on se met à discuter.

Une discussion professionnelle, très détachée en ce qui le concerne. De mon côté, comme je viens de l'expliquer, ce n'est qu'une façade.

Je lui raconte trois ou quatre anecdotes du milieu de la comédie musicale, soigneusement sélectionnées par moi et répétées.

— En effet, c'est un sujet qui peut être vraiment intéressant, déclare-t-il quand j'ai terminé.

Il lève les yeux de l'iPad sur lequel il prenait des notes.

— Je vais montrer ça à une société de production. Je connais un producteur que ça pourrait intéresser, si je sais bien le vendre.

— Et s'il est intéressé ? Comment ça se passe ?

Comme si j'en avais quelque chose à foutre.

Il me gratifie d'un sourire narquois.

— Il soumettra le projet au rédacteur d'une chaîne susceptible d'être intéressée, dit-il. Ensuite, on me fera savoir que ça plaît, mais « que l'idée n'est pas encore assez aboutie ». Je présenterai donc une nouvelle mouture de mon projet et j'obtiendrai les mêmes réponses, etc., jusqu'à ce que je perde le goût de vivre à force d'attendre.

Je ne trouve rien à dire, et il s'ensuit un silence gêné. Je ne suis pas très douée pour le sarcasme.

— Mais qui sait ! reprend-il en riant. Avec un peu de chance, ça se passera peut-être autrement. On pourra tourner et on se retrouvera pour regarder un documentaire en portant un toast à notre – *votre* – idée géniale.

Il serait prêt à trinquer avec moi ; à fêter quelque chose avec moi. Il veut réaliser une émission de télévision sur mon travail et ensuite célébrer ça.

Je contemple son visage. *Ce* visage. Puis il marque une autre pause, et je devine ce qu'il va dire.

— Vous habitez où ?

— Ici, à Londres, à quinze minutes de marche, à Islington, dis-je, en faisant semblant d'étouffer un bâillement, comme chaque fois que je cherche à dissimuler le fait que je rougis ou que ma voix tremble.

Lui aussi fait semblant de bâiller, et c'est là que je comprends : il sait déjà.

— C'est drôle, moi aussi. Où exactement ?

Je lui donne le nom de ma rue, tout en buvant une gorgée d'eau.

— Et vous ?

— Pareil. En face de l'endroit qui vend des nouilles chinoises à emporter.

— C'est mon immeuble ! m'exclamé-je.

Je ris. Ça sonne faux.

— Ce serait dingue, mais… J'entends ma voisine jouer du piano. Vous ne seriez pas la locataire de l'appartement 124 ?

Cette fois, j'éclate de rire, parce que c'est vraiment drôle. Je me rends compte que ça m'a manqué, de rire.

— Si j'ai bien compris, vous ne me lâchez pas d'une semelle, dis-je.

Il renverse la tête en arrière. Comme Luke.

— C'est quand même comique, commente-t-il en écartant de ses yeux ses cheveux trop longs.

Le même geste que Luke.

Luke, Luke, Luke.

— Vous avez dû entendre mes fausses notes. Et des tas d'autres choses.

— Pareil de mon côté. Vous devez nous entendre, ma compagne et moi. Ne jamais sympathiser avec ses voisins, c'est la règle d'or à Londres. On est en train d'enfreindre toutes les lois.

— Vous savez quoi ? Si vous avez d'autres questions à me poser, cognez contre le mur et criez. J'arrêterai de chanter et je vous répondrai.

— D'accord. Et si je fais trop de bruit en jouant aux jeux vidéo quand ma copine est de sortie, n'hésitez pas à cogner non plus.

Je pense à toutes les fois où les échos de leur quotidien parviennent jusqu'à moi. À toutes les fois où je suis sous le choc, parce que le simple fait de les entendre à travers la cloison me rappelle l'hôpital psychiatrique.

Tu ignores beaucoup de choses à mon sujet, Tom. Si tu savais tout ce que tu ignores.

— Très bien, dit-il en écartant son iPad avant d'attraper son latte pour le vider d'un trait. Pour l'instant, je n'ai pas d'autres questions. Merci de votre aide, elle m'a été très précieuse. On ne sait jamais, ça débouchera peut-être sur quelque chose et, si c'est le cas, vous pourrez passer chez moi pour qu'on regarde le produit final ensemble.

— Bien sûr, si votre bruyante voisine n'est pas en train de jouer du piano.

Nous échangeons un sourire, et je me dis que c'est presque un rendez-vous.

Si tu pouvais arrêter de parler de ta copine, Tom.

Il se lève, m'embrasse poliment sur la joue, puis s'arrête et rougit. Je sais déjà ce qui va suivre.

— Vous allez trouver ma question bizarre, mais... Je ne serais pas passé un soir à une de vos fêtes, il y a quelques mois ? demande-t-il.

J'attends qu'il continue, le regard neutre.

— J'étais complètement soûl... Je me suis retrouvé dans un appartement de l'immeuble, tout près du nôtre, au même étage.

Même regard neutre.

— Il y avait une fille rousse qui tournait sur elle-même et, à un certain moment, elle est tombée, insiste-t-il.

Oh, Chantal! La classe, comme d'habitude…

— Non, ce n'était pas chez moi. Dites donc, vous deviez être sérieusement bourré, pour ne même pas savoir où vous étiez.

— En effet, acquiesce-t-il, à présent rouge comme une tomate. J'ai même perdu les clés de mon appartement. J'ai dû demander au concierge de m'ouvrir.

Ah, c'est donc ainsi qu'il est rentré chez lui.

Je l'imagine, endormi dans son lit.

— Oubliez ça, dit-il en enfilant sa veste. C'était une nuit assez minable.

Il trébuche.

— Je suppose que nous allons dans la même direction?

Il dit cela aussi avec une certaine gêne. C'est une chose de prendre un café ensemble, mais c'en est une autre de remonter la rue ensemble, puis de rentrer en même temps dans nos appartements respectifs, en sachant qu'on va continuer à s'entendre parce que les murs laissent passer tous les bruits.

Mieux vaut le laisser partir seul.

— Non, j'ai rendez-vous avec des copines, réponds-je comme si j'étais du genre à avoir des copines. À bientôt, alors. N'hésitez pas à me contacter si vous avez besoin d'autres infos, pour le documentaire. Et sinon, on finira bien par se croiser dans l'ascenseur.

61

LEXIE

Septembre

— Tom est un compagnon formidable, dis-je à Angharad.

Je ne dis jamais du mal de Tom. Même après les récents événements. Je ne supporte pas les femmes qui se plaignent de leur mec en racontant qu'il laisse sa serviette de toilette sur le lit, qu'il s'habille mal, qu'il oublie de prendre le linge au pressing et qu'il ne passe jamais l'aspirateur. C'est fatigant. Je suis pro-Tom. Et si je n'étais pas pro-Tom, je partirais. Est-ce que je devrais partir ? Sans doute que oui, mais en ce moment, ce n'est pas si simple.

— Il veut un bébé autant que moi et il me soutient à fond dans ce parcours du combattant, affirmé-je d'un ton enthousiaste. J'ai vraiment de la chance de l'avoir.

Angharad sourit.

Puis elle se tait.

J'ai toujours eu du mal à supporter le silence.

Quand j'invite des amis pour regarder un film, je ne peux pas m'empêcher de parler tout du long. Kit et moi, on n'a jamais réussi à laisser l'autre terminer une phrase.

Pourtant, j'essaie de tenir le coup. Je souris, je regarde Angharad dans les yeux.

Mais elle est bien meilleure que moi à ce petit jeu, et je craque, bien sûr. C'est trop pénible ; comment diable font les autres pour supporter le vide dans une conversation ?

— Sauf que… J'ai cru un moment qu'il… mais rien de grave, en fait.

— Qu'est-ce que vous avez cru ?

— Rien. Je n'aurais même pas dû en parler.

— Vous en avez parlé.

J'essaie de nouveau la stratégie du silence. Et je craque de nouveau.

— J'ai cru qu'il me trompait, mais il ne ferait jamais ça… C'était idiot de ma part.

J'ai vraiment dit ça tout haut ?

— D'accord.

Elle recommence. Elle attend. Elle m'inflige une attention muette.

— Il se comportait un peu bizarrement, c'est tout.

— Mmm.

— Et j'ai reçu un message envoyé par une inconnue sur les réseaux sociaux.

— D'accord.

— Et il avait acheté des préservatifs, alors qu'on essaie d'avoir un enfant.

— Mmm… Hmm.

— C'était au printemps.

Silence pesant.

À présent, je ne supporte plus du tout le vide et je dois donc parler sans relâche pour le remplir.

— Je le trouvais nerveux, distant, il emportait son téléphone aux toilettes… Mais ça va maintenant… Je me faisais sûrement des idées. La fille était visiblement une tarée. Et moi, j'étais parano à ce moment-là.

Un temps. Un long moment de silence.

Quelle torture…

Enfin, elle prend la parole.

— En avez-vous parlé avec lui ? demande-t-elle.

Sa voix est à présent aussi monocorde que celle d'un présentateur de journal télévisé ; elle doit avoir tout un éventail en stock, un véritable caméléon de l'apaisement.

— Plus ou moins. J'ai essayé.

Je rougis tellement que j'en ai les joues qui me picotent. Quand je pense à la rapidité avec laquelle j'ai balayé tout ça, j'ai honte. N'importe quelle autre femme aurait tenté d'identifier sa rivale et d'en savoir plus. Mais notre situation est déjà tellement compliquée… C'est facile à dire « n'importe quelle autre femme ». Je voudrais bien la voir à ma place, cette femme-là.

— Vous devriez en discuter, puisque ça vous tracasse.

— Ça ne me tracasse pas, dis-je fermement. Je ne sais même pas pourquoi j'en parle aujourd'hui. C'est derrière moi, cette histoire. De toute façon, ce n'était rien du tout. Et, en plus, c'est terminé.

Elle acquiesce, et nous passons à autre chose.

— Il y a d'autres personnes à qui vous pouvez vous confier ? demande-t-elle. En dehors de votre couple ? Votre mère, peut-être ?

J'ai du mal à me retenir de lever les yeux au ciel. Quel cliché… Je suis en thérapie, donc on aborde ma relation avec ma mère.

— Elle n'est pas très bavarde, ma mère. Elle est pour l'action. Avancer, se bouger, agir.

Je marque une pause.

— Elle m'a toujours trouvée un peu… inconstante.

Je repense à sa déception quand elle a fini par comprendre que je m'orientais vers l'univers de la création, plutôt que vers les règles manichéennes de la science.

Je m'imagine soudain en train d'annoncer à ma mère que je suis en thérapie. Elle serait sidérée.

— Et votre père ?

— C'est un peu mieux, mais il est plus âgé que ma mère et il est de la vieille école, lui aussi. On ne parle pas des problèmes. Sans compter qu'ils vivent loin, au Canada. Nous n'avons pas beaucoup l'occasion de dialoguer.

J'ai l'impression de les trahir.

— Et quand ils vivaient ici, insiste-t-elle. Je suppose que vous habitiez avec eux. Est-ce que vous parliez ?

Je fouille dans ma mémoire. Est-ce qu'on parlait vraiment…

— Je crois que oui, dis-je prudemment.

Mais ce qui me vient à l'esprit, c'est le lit de Kit, le bras de Kit autour de mes épaules quand j'étais triste, les yeux de Kit quand il m'apportait de la crème anglaise.

— Angharad, lui dis-je en sortant.

C'est la dernière fois que je la vois. Si je veux poursuivre une thérapie, je devrais consulter quelqu'un d'autre parce qu'elle part en congé. Elle ne m'a pas dit quel type de congé, mais ça crève les yeux.

— Je voulais vous demander de m'excuser d'avoir parlé de votre grossesse.

Elle sourit.

— C'est bon, dit-elle. Vous n'êtes pas parfaite et vous traversez un moment difficile.

— D'habitude, je suis quelqu'un de gentil, dis-je en riant. Croyez-le ou non.

Elle effleure mon bras.

— Je vous crois, Lexie. Je le vois bien.

Mes yeux se remplissent de larmes. Il en faut si peu, ces jours-ci, pour me faire pleurer. Et maintenant je quitte une séance de thérapie en me posant des questions sur ma famille ; on dirait bien que c'est moi, le cliché. Pourquoi ne parlions-nous jamais ? Pourquoi n'ai-je pas parlé à ma mère de mes problèmes de fertilité ? Est-ce à ce point au-dessus de nos forces d'aborder un sujet délicat ou douloureux ?

Je quitte l'hôpital complètement chamboulée.

Je vais passer à la réflexologie plantaire. Tom n'y croit pas trop. Il pense que ceux qui prétendent soigner l'infertilité avec cette technique ne visent qu'à soutirer 60 livres à de pauvres trentenaires désespérées, prêtes à ôter leurs chaussettes et à sortir leur portefeuille.

— Aucun problème du côté de votre utérus, assure le réflexologue en exerçant une pression sur mon pied.

Je me retiens de l'agresser.

Si vous en trouviez un, ça changerait quoi ? Qu'est-ce qu'on ferait ? Je retournerais à l'hôpital pour expliquer aux médecins ce qu'ils n'ont pas vu ?

Je laisse tomber au bout de trois séances et cherche ensuite un acupuncteur sur Internet.

Cette fois, Tom ne fait aucun commentaire. Quand j'insiste pour savoir ce qu'il en pense, il lâche simplement :

— Si ça t'aide à te sentir mieux, ça vaut le coup.

62

Harriet

Septembre

Je viens de boucler une comédie musicale et j'ai moins de travail. Ça me laisse du temps pour réfléchir. Pour peaufiner mon plan.

Chez mes voisins aussi, c'est calme et silencieux. Tom et Lexie sont partis dans le Yorkshire rendre visite au frère de Lexie. Encore la famille ! Tom, Lexie et leur foutue famille. J'en ai la nausée.

Je vois d'ici un petit cottage, de la soupe maison, des blagues vieilles de vingt ans, et ça me donne sacrément mal à la tête. Pire qu'une gueule de bois. Pire qu'une migraine.

De les savoir en famille, ça me fait penser à David. Je regarde des photos de lui. J'effleure du bout des doigts son visage d'enfant, puis d'adolescent, puis celui de l'adulte que j'ai à peine eu le temps de connaître. J'aimerais pouvoir lui expliquer d'où vient la distance entre nous. Lui répéter ce que me disait Luke. Et comment je m'étais sentie obligée de choisir entre mon frère et mon fiancé. Et que bien sûr, forcément, j'avais penché en faveur du futur père de mes enfants. J'aimerais pouvoir lui dire que, peu à peu, je commence à admettre que j'ai fait le mauvais choix. Même si c'est douloureux.

Tom a posté des photos de lui et de Lexie. Tom et Lexie vont au pub. Tom et Lexie se promènent dans la campagne. J'ai beau piétiner Tom et Lexie, pas moyen de les séparer.

À présent, chaque fois que je les vois ensemble sur une photo, je suis prise de l'envie irrésistible d'effacer Lexie et de me dessiner à sa place. Je me sens trahie et furieuse. Exactement comme quand je pensais à Luke avec Naomi.

Depuis quelques jours, je ne mets plus le nez dehors. Je me nourris de soupes lyophilisées et passe mon temps à taper dans Google le nom de Tom ou celui de Luke. Je suis pâle, j'ai un énorme bouton sur le menton. Mes cheveux sont gras et mous. Je sens mauvais.

Je repense à la dernière fois que je me suis trouvée dans cet état. Et où ça m'a menée.

Je me refais du café, bois un autre amaretto, vérifie de nouveau la page Facebook de Tom. Il a encore ajouté des posts. Un selfie de lui et Lexie en promenade. Eux deux dans un pub, photos prises par un tiers, un ami ou un quidam avec qui ils auront sympathisé sur place, parce que c'est ainsi que ça se passe dans la vie de Tom et Lexie. J'ai remarqué les cartes postales dans leur appartement, les invitations. Ils attirent les gens. Pas comme moi.

À l'heure qu'il est, Tom et Lexie sont rentrés de leur promenade et envisagent de regarder un film en buvant une bouteille de rouge.

J'explose ma tasse de café contre le mur et je laisse les morceaux là où ils sont. À quoi bon les ramasser ? Personne ne va les voir. Tout le monde s'en fout. Ce n'est pas comme à l'hôpital, où le ménage était fait et où une infirmière passait régulièrement pour vérifier que j'allais bien.

Je commence sérieusement à perdre patience. Il est temps que Tom et Lexie reviennent. Dans cette campagne, ils sont trop heureux, trop maîtres de la situation. Mais je peux quand même les atteindre. Il faut que j'intrigue pour que ça avance.

Je crée un autre compte Facebook et j'envoie à Lexie un message de Rachel.

Sais-tu où était ton mec le 5 de ce mois ? Ça vaudrait la peine que tu lui poses la question.

D'après ce que j'ai pu trouver en ligne, Tom n'était pas chez lui cette nuit-là.

Je me déconnecte et jette un regard circulaire autour de moi. Bon, qu'est-ce que je pourrais bien faire, maintenant ?

Et soudain ça me submerge. Je la reconnais, cette sensation qu'un de mes anciens thérapeutes avait autrefois identifiée et qui s'empare de tout mon corps, surtout quand mon appartement est rempli d'invités dont je mélange les noms et les visages à cause du pinot gris. Je me sens seule, très seule.

Je souffre de la solitude quand je suis seule, mais j'en souffre aussi quand je suis dans une pièce pleine de monde. En vérité, je me sens seule *tout le temps*. Je suis trop esseulée pour entrer en contact avec les gens qui gravitent à la périphérie de ma vie et les attirer jusqu'à moi. J'ai peur d'être rejetée, peur d'être démasquée. Je reste à distance de Chantal quand je la croise au supermarché, j'attends d'être soûle pour communiquer avec mes collègues de travail.

Je n'ai aucun soutien affectif ; même pas une famille qui me permettrait de ne jamais me sentir seule, quoi qu'il arrive ; une famille qui vous baigne dans ses petites chamailleries et ses Noëls étouffants dont tout le monde se plaint, mais qu'on ne manquerait pour rien au monde. Ça, je l'ai perdu pour toujours. Ma famille est loin, trop loin.

Il ne me reste plus que Tom. Lui seul peut combler ma solitude. Je suis sûre de ça. À condition d'effacer Lexie.

63

Lexie

Novembre

Nous sommes en novembre, mais je transpire. Je suis dans le métro, coincée au milieu des usagers de l'heure de pointe, et dans mon sac je transporte quarante seringues et un stock de médicaments qui suffirait pour tout un service d'hôpital, mais ne représente en fait que quelques semaines de traitement pour moi et mon utérus. Je suis terrifiée. Pas à l'idée de prendre tous ces médicaments, mais à l'idée de les perdre, de lâcher mon sac, de me le faire voler, de l'oublier dans un porte-bagages. C'est la cargaison la plus précieuse que j'aie jamais transportée, et une fois chez moi, en voyant ma paume de main, je me rends compte que j'ai tellement serré la poignée qu'elle m'a laissé une marque rouge vif qui reste pendant une heure.

Plus tard dans la soirée, je verse de l'huile d'olive dans une poêle pour faire rissoler l'oignon que je viens de couper, quand Tom s'exclame :

— Oh, merde !

Évidemment, je sursaute.

— Non, rien de grave, s'excuse-t-il. Je viens de m'apercevoir que j'ai oublié de te dire que j'avais pris un verre avec Harriet, notre voisine, pour ce projet de documentaire sur la comédie musicale.

— Quoi ? demandé-je en riant.

Mais je m'entends, ça sonne faux. C'est le même rire que le copain de Tom – Adam, celui qui est jaloux de tout – quand on lui annonce qu'il nous arrive un truc bien. Adam est un sale type.

— Je suis tellement débordé, j'ai plein de trucs à faire, ça m'est sorti de la tête, et j'ai oublié de t'en parler.

— Quand même, je n'en reviens pas que tu aies pu zapper un truc pareil.

Harriet et ses chansons, c'est *notre* sujet de plaisanterie, et il reconnaît lui-même que c'est à peine croyable qu'il ait pu oublier de me raconter un tête-à-tête avec notre voisine. Mais si ça me fait réagir autant, c'est surtout parce que ça me rappelle d'autres oublis, d'autres zones d'ombre.

— Franchement, je n'arrive pas à concevoir que tu ne m'aies pas dit que tu avais vu Harriet, renchéris-je avec mon sourire le plus « adamesque ». Alors vous êtes copains, maintenant ?

Je ris. Ça sonne toujours aussi faux, et c'est affreux.

— Non ! Pas du tout ! On s'est vus vingt minutes dans un café, et il ne s'est rien passé. C'est pour ça que j'ai oublié.

— Mais c'était Harriet, fais-je remarquer de nouveau, en jetant mon oignon dans l'huile. C'est comme si j'avais rencontré Madonna et que je te disais que ce n'était pas important.

— La comparaison est ridicule ! s'énerve-t-il en ouvrant le frigo pour prendre de l'ail.

— Pas du tout. Harriet est notre star locale, et tu as bu un café avec elle. C'était bien un café ?

Il acquiesce, et c'est tant mieux. Parce que je crois que s'il m'avait annoncé trois vodka-Coca et une bière, j'aurais craqué et abandonné son risotto pour une dispute.

D'abord Rachel, maintenant Harriet… Tiens, y aurait-il un rapport entre les deux ?

—Alors, elle est comment ?

Il jette un regard inquiet vers le tire-bouchon que je manie trop brusquement pour ouvrir une bouteille de vin ; dans mon cas, uniquement à des fins culinaires, évidemment.

—Exactement comme on l'imaginait, répond-il. Pas très à l'aise, un peu intello coincée, plutôt gentille.

Je fronce les sourcils.

—Je ne la voyais pas du tout comme ça, dis-je en versant du vin dans la poêle.

Mais je ne sais pas pourquoi, cette description m'a un peu calmée.

—Pour moi, c'est une femme très indépendante et sûre d'elle, genre déesse majestueuse suivie d'une nuée de collègues en admiration.

C'est la même personne que nous avons entendue vivre à travers le mur, mais elle ne nous a pas fait la même impression.

—Toutes ces soirées, avec des karaokés…

Il rougit, et ça ne m'échappe pas.

—Elle t'a plu ?

—Non, bien sûr que non ! Pourquoi tu me poses cette question ?

Je l'observe attentivement. Merde. Et s'il avait couché – s'il couchait – avec Harriet ? Non. Là, je perds vraiment les pédales.

—Je crois que si je la rencontrais, je serais intimidée, dis-je enfin.

—Vraiment ? demande-t-il d'un ton incrédule. Comment pourrais-tu être intimidée par notre voisine et ses petites chansonnettes ?

Je me contente de hocher la tête. Je serais intimidée, c'est sûr.

Je le laisse surveiller le risotto et vais dans le salon jeter un coup d'œil à mon téléphone.

J'ai un message sur Facebook. De Rachel. Autre compte, même profil, mêmes accusations. Sauf que cette fois elle a placé la barre plus haut, en sous-entendant qu'elle couche avec Tom.

Je retourne dans la cuisine et contemple la nuque de Tom. J'ouvre la bouche, mais je me ravise. Il nie, il dit que c'est une folle, et il ne changera pas de version si je lui pose la question maintenant. Alors à quoi ça servirait de recommencer ? C'est l'influence de mes parents qui se fait sentir.

Oublie, ignore, arrête de ressasser.

Alors je vais m'enfermer dans la salle de bains pour sangloter en silence, parce que je veux tellement ce bébé que je suis prête à accepter que Tom me trompe sans dire un mot.

64

Lexie

Décembre

Aujourd'hui, nous allons au mariage d'une de mes anciennes camarades de classe : une amie avec qui je partage la nostalgie des années 1990 et que j'aime beaucoup, mais avec laquelle je n'ai pas échangé trois mots en dix ans.

Entre Tom et moi, l'atmosphère est glaciale. Tom ne sait pas pourquoi, mais j'ai dans la tête un monologue rageur que je ne peux pas formuler à voix haute et que je ressasse sans arrêt. J'ai failli plusieurs fois lui demander s'il passait son temps à me tromper, mais je n'ai pas osé. Je n'ai pas de place pour ça. Je dois d'abord aller au bout de cette FIV, et on affrontera le problème après, même si ça peut paraître aberrant de procéder dans cet ordre.

Les mariés échangent des vœux touchants devant un feu qui crépite, et ça me fait monter les larmes aux yeux. Je ne peux m'empêcher de jeter un regard furtif du côté de Tom. On a prévu d'officialiser notre union, nous aussi. Une cérémonie intime, avec du bon vin et des invités qui dansent. Les enfants passaient – passent – avant le mariage, mais nous avons l'intention de sauter le pas, à terme. Tom me rend mon regard et tente de lire en moi. Je sais bien que mon attitude distante et mon humeur le déconcertent. Quand il me questionne, je mets tout sur le compte des hormones et des médicaments. Et ensuite je rentre de nouveau dans ma coquille.

Suis-je en train de commettre une erreur ? Suis-je sur le point de faire un enfant avec un homme en qui je n'ai pas confiance ? Ou bien ai-je confiance en lui ? Parfois, je me dis que oui, que je sais qu'on finira par avoir une véritable explication et que c'est cette certitude qui me permet de laisser ça de côté pour l'instant. Comme il regarde de nouveau droit devant lui, je l'observe à la dérobée et tente de me rassurer.

Mais aujourd'hui, j'ai des problèmes plus concrets à gérer. Notamment appliquer un gel vaginal, ce qui implique d'adopter une position horizontale, si je me fie à la notice, parce qu'en plus, c'est une première pour moi. Avant de venir, je m'étais dit que je trouverais bien une solution. Il y aurait sûrement moyen d'emprunter pendant dix minutes la chambre d'un invité hébergé pour la nuit.

Sauf que, comme je suis distraite et ne pense pratiquement qu'à la FIV, tout ce que je savais à propos de ce mariage, c'était à quelle heure nous étions attendus et à quelle gare il fallait descendre.

Je n'ai vraiment regardé l'invitation que dans le train. Le mariage se déroule sous un chapiteau. Personne ne reste dormir, à moins de sombrer incognito derrière le bar éphémère.

À 20 heures, l'alarme de mon téléphone se déclenche, et je file aux toilettes. Là, je tente une improbable posture de yoga, afin de me positionner autant que possible à l'horizontale. L'ennui, c'est que j'ai toujours été nulle en yoga. Ce n'est pas assez horizontal, et l'applicateur de gel, qui ressemble à celui d'un tampon, bute contre un os ; il y a des os autour du vagin ? C'est lamentable d'être ignorante à ce point de son anatomie. J'en ai les larmes aux yeux.

J'avais évidemment mis ma belle combinaison pantalon pour ce mariage, et maintenant l'une des jambes traîne dans l'urine.

J'abandonne et je retourne en pleurant sous le chapiteau, pour annoncer à Tom que nous devons rentrer à la maison *tout de suite*, afin que je puisse mettre ce gel chez nous. Mais, au moment où j'entre, tous les visages se tournent vers moi pour m'acclamer.

On m'attendait pour les discours, et je viens de faire une entrée remarquée, en larmes, avec mon sachet de gel vaginal qui dépasse de mon sac à main et du pipi d'invité sur ma jambe de pantalon.

Problèmes de fertilité : vampires, voleurs de dignité.

Nous repartons après les discours, et le gel vaginal atteint enfin sa destination quand je l'applique allongée sur mon lit. Je soupire. On a raté une bonne partie du mariage, mais j'ai pu mettre ce gel dans le bon créneau horaire, et c'est tout ce qui compte. Les premières danses langoureuses, les dernières danses endiablées, le banquet et d'ailleurs tout le reste, c'est le cadet de mes soucis en ce moment.

— Je suis désolé, je n'avais pas compris que tu avais besoin d'aide, s'excuse Tom.

— Tu n'aurais pas pu m'aider, de toute façon, réponds-je sèchement.

Il soupire. Il ne cherche plus à me raisonner. On est partis tôt, mais il avait déjà bu suffisamment de vin pour s'écrouler sur la couette.

Incapable de fermer l'œil, j'attrape mon téléphone et je jette une fois de plus un coup d'œil à la page Facebook d'Harriet. Est-ce que Rachel lui ressemble ? Je contemple rêveusement Tom qui somnole à côté de moi. Harriet ne se retrouverait jamais avec du pipi sur sa combinaison pantalon, ou nue dans des toilettes, encore moins les deux en même temps. Et c'est plus fort que moi, je l'imagine dans les bras de Tom.

65

Harriet

Le moment est venu de raconter ce que j'ai fait.

Après la scène dans le parc, j'avais oublié de vivre pendant trois semaines.

J'étais en deuil. Je savais que c'était fini et je n'avais plus l'énergie de me battre pour reconquérir Luke. Je ne travaillais même plus.

Quand ma famille appelait, je ne décrochais pas. Je répondais par un SMS, et ça suffisait.

C'est alors que je m'étais rendu compte que personne ne venait frapper à ma porte. Personne ne me souriait gentiment dans les allées du Tesco. Personne ne posait une main sur mon bras quand j'avais les larmes aux yeux dans un bus.

Et ça m'arrivait. Souvent.

Ça m'était arrivé en traversant une pelouse, un café à la main, et aussi dans l'ascenseur, devant une femme qui devait avoir mon âge et regardait fixement devant elle en faisant semblant de ne rien remarquer.

Comment peut-on vivre au centre d'une des plus grandes villes d'Europe et se sentir à ce point coupée du monde ?

Je me voyais à travers les yeux de Luke et j'étais haïssable.

J'avais cessé d'attendre que quelqu'un m'invite à boire pour picoler. Je me soûlais toute seule.

J'avais bu, beaucoup, je n'avais pas dessoûlé pendant un certain temps. Des semaines, peut-être. Le monde était noyé dans la brume, mes lèvres me réclamaient du baume, dans ma cuisine il n'y avait pas de quoi manger, seulement des cadavres de bouteilles. Et finalement, j'avais eu un contact humain, si l'on peut dire : le regard apitoyé d'un vendeur de journaux qui m'était parvenu à travers un brouillard éthylique, alors que je lui achetais ma vodka préférée.

Ça m'avait réveillée.

Je m'étais habillée et j'étais allée jusqu'à la maison que Luke venait de louer ; il avait finalement cessé de se faire héberger et s'était installé avec un colocataire.

Je m'étais postée en face, sur le trottoir, en ruminant ma colère.

Luke avait fait de moi une personne qui inspirait la pitié et l'aversion, alors que j'aurais dû être une épouse comblée et folle de joie, dansant au milieu de ses invités, une coupe de champagne à la main. J'avais fait de gros efforts pour mériter ce moment. Plus d'efforts que n'importe quelle autre femme. Comment pouvait-il me le refuser ?

Je pensais à mes amies, si loin, à Chicago. À la manière dont Luke me traitait, aux précautions que je prenais pour lui parler, à tout le mal que je m'étais donné et pour quel résultat. Je me sentais faible, j'avais dû m'appuyer contre un mur, mais j'étais restée là, à surveiller, à attendre.

Je commençais à dessoûler, parce que ça faisait longtemps que je poireautais sur ce trottoir et que je n'avais rien à boire, mais je ne pouvais plus quitter mon poste. Et j'étais quand même encore à moitié ivre.

Puis Luke était apparu sur le seuil de sa maison, il avait embrassé Naomi et il était parti. Elle était restée là, à le regarder s'éloigner. Elle allait être seule. Il faut croire que je n'avais pas encore assez dessoûlé, parce que j'avais décidé d'aller lui parler. De parler à cette femme qui m'avait détruite en me volant ce que j'avais de plus précieux dans la vie.

Tout était noyé dans la brume, mais Naomi, je la voyais très nettement.

Elle se tenait sur le pas de la porte, vêtue d'un chemisier impeccable sur l'imprimé duquel de minuscules colombes prenaient leur envol. Son jean s'arrêtait au-dessus de la cheville. Elle était pieds nus avec des ongles vernis dont la couleur orange vif avait frappé mon regard.

Ses cheveux étaient lâchés, et elle n'était pas maquillée, à part un peu de mascara et, j'ose espérer, un correcteur de teint.

—Je suis Harriet, avais-je dit.

Je n'avais pas bougé, elle non plus. Puis elle s'était détournée pour jeter un coup d'œil à l'intérieur de la maison, probablement du côté de son téléphone, et j'avais profité de ce bref instant pour passer devant elle.

Elle m'avait demandé de sortir, bien sûr, mais j'avais continué jusqu'au salon, où je m'étais assise. Elle m'avait dévisagée. Moi, je regardais les colombes, ces messagères de la paix. Mais je n'étais pas venue dans cette intention.

66

Lexie

Décembre

Allongée sur le ventre, je tiens entre mes doigts l'élastique de ma culotte et présente ma fesse à Tom qui remplit une seringue. Nous sommes des médecins en herbe, pas très compétents, mais qui compensent leurs lacunes par un réel désir de bien faire.

L'hiver approche, nous sommes à quelques semaines de Noël, et cela fait un mois que j'ai entamé le protocole de ma première FIV.

Moi qui avais une peur panique des prises de sang, je suis maintenant capable de m'injecter n'importe quoi dans les toilettes d'un pub, entre la soupe et la salade.

— Aspire bien tout le produit, Tom. Et injecte tout.

Allez, petite progestérone. Fais-moi un bébé.

Je la sens qui pénètre dans le gras de ma fesse.

— Masse tout de suite ! recommande Tom.

Il a peur que je manque la fenêtre de massage post-injection.

Je malaxe furieusement ma fesse pendant dix minutes, à en avoir des crampes dans la main. Ensuite, je me lève pour prendre mes six comprimés, mettre un suppositoire, et je vais me rallonger sur le lit où je reste immobile pendant une heure, pour être sûre qu'il « reste dedans ». Cette manœuvre-là ne fait pas partie des instructions – sinon, comment feraient celles qui ont un boulot normal dans un bureau ? –, mais il me semble que c'est logique, alors je le fais. J'ai besoin d'exercer un semblant de contrôle, aussi infime soit-il.

Mon travail est au point mort. C'est comme ça. Faire un bébé est devenu un job à plein-temps, et je l'aborde plus sérieusement que je n'ai jamais abordé aucun boulot. J'ai cessé de grignoter des biscuits, les placards sont remplis de lentilles, de graines et d'avoine.

Je prends un cours de yoga à 15 heures avec une prof qui s'appelle Izy et trois retraités londoniens absolument formidables. Nous sommes probablement les seuls à être disponibles à cette heure de la journée ; et aussi les seuls à rechercher un cours où il s'agit simplement de s'allonger et de respirer.

Ils savent tous pourquoi je viens. Ce cours, pour moi, c'est plus un groupe de parole qu'autre chose.

Le jour du dernier cours avant le transfert d'embryon, Maurice – soixante-treize ans, longs cheveux qui lui couvrent le dos et encore capable de faire le poirier – s'approche de moi par-derrière et pose doucement sa main sur mon épaule. Je me retourne pour lui sourire.

— J'allumerai une bougie pour vous, me dit-il.

J'en ai les larmes aux yeux.

— *Namaste,* murmuré-je.

Il me donne une chaleureuse accolade de grand-père que j'aimerais pouvoir emporter dans ma poche, pour la ressortir plus tard. Après un ultime au revoir, nous partons dans des directions opposées, nos tapis de yoga sous le bras.

Je ne le reverrai peut-être jamais, c'est ce que j'espère et c'est ce qu'il me souhaite, parce que ça voudra dire que j'aurai remplacé ce cours par un cours de yoga pour femme enceinte et que je serai en train de caresser mon ventre rond, de rebondir sur un ballon et de m'entraîner à l'expiration forcée de l'accouchement.

Je prends mes vitamines et j'appelle l'hôpital pour transmettre des données chiffrées. Deux fois par jour, je médite pendant une demi-heure à partir d'une application sur mon téléphone. Je regarde, le sourire aux lèvres, Tom remplir pour moi mon semainier, parce que je dois prendre mes cachets à heure fixe et ne pas en oublier un seul. Je mange des myrtilles parce qu'on ne sait jamais, ça pourrait changer la face du monde. Je me force à boire beaucoup d'eau. À me coucher plus tôt.

Je ne pense plus à Rachel, car il n'y a pas de place pour elle dans mon esprit. À moins d'être de la progestérone à injecter deux fois par jour, Rachel n'a aucune incidence sur ma vie. À moins de m'apparaître sous la forme d'un produit injectable contenant de la progestérone, Rachel ne peut plus avoir aucune incidence sur ma vie.

Avec Tom, ça va mieux. J'ai choisi de lui faire confiance et d'être honnête avec lui, car j'ai besoin de son soutien. Je me dis que Rachel n'est rien pour moi ; juste des mots sur un écran. Il est déjà difficile de se faire une piqûre, mais ça l'est encore plus d'avoir à gérer l'état émotif induit par l'excès d'hormones et la terreur de vivre sans la personne que vous aimez. Parfois, il faut se risquer à parier. J'affronterai les conséquences plus tard si je me suis trompée, mais pour l'instant je m'en tiens là.

Tom prend un congé lui aussi.

— C'est ça, l'avantage, quand on n'est pas salarié, commente-t-il. D'un autre côté, les enfants, ça coûte beaucoup d'argent…

Il m'adresse un clin d'œil. Sans ironie. Parce que nous sommes de nouveau optimistes. Nous ne sommes plus découragés. Ce n'est pas notre vingt-cinquième tentative, mais la première. Nos chances de réussite sont très élevées, beaucoup plus qu'avec tout ce que nous avons déjà essayé. En termes de traitement de l'infertilité, la FIV, c'est l'artillerie lourde. Nous sommes tout excités à l'idée de ce qui va peut-être bientôt nous arriver. Je supporte stoïquement tous les désagréments. Tom me trouve courageuse, et je me sens gonflée à bloc, comme si j'étais capable d'affronter le monde entier pour ce bébé à venir. Je n'ai pas accompli grand-chose depuis un certain temps, mais là, je suis forte.

Puis arrive le moment où il ne nous reste plus qu'à patienter quinze jours.

Tout est rempli de cette attente. Nos jours comme nos nuits. Nous attendons tout en fêtant le réveillon chez les parents de Tom, nous attendons en discutant de l'actualité, de nos cadeaux de Noël, des programmes qu'il y aura à la télévision en janvier. Nous faisons semblant de nous occuper à diverses choses, mais en réalité, tout ce que nous faisons, c'est attendre.

Plus précisément, nous attendons le jeudi après le jour de l'An, jour où nous appellerons l'hôpital pour communiquer le résultat du test de grossesse.

Jusque-là, je me repose et fais tout pour me détendre, sauf prendre un bain chaud, parce que j'ai trop peur que ça cause des lésions au bébé qui est peut-être déjà là. J'ai le droit de marcher, mais pas trop, parce que… Si l'exercice physique décrochait mon bébé ? Je ne mange que des aliments sans risque, car l'intoxication alimentaire est l'ennemie mortelle des bébés.

Ce sont deux semaines hors du temps et du monde, durant lesquelles tout tourne autour de ce bébé, imaginaire ou pas, qui grandit ou pas dans mon ventre. Quand je vois des gens porter des cadeaux trop lourds dans la rue, ou boire du champagne au dîner de Noël, j'ai un réflexe de panique, puis je prends conscience qu'ils ne sont pas tenus de se plier aux mêmes règles que moi.

Enfin, le jeudi tant attendu arrive.

Je me réveille à 6 heures du matin après avoir rêvé d'enfants, de profond chagrin, de grande joie, de tout un panel d'émotions.

Je me lève d'un bond et me dirige vers la salle de bains en tremblant de la tête aux pieds.

— Je vais le faire, dis-je à Tom par-dessus mon épaule.

Il se redresse aussitôt. Lui non plus n'a pratiquement pas fermé l'œil de la nuit.

Mes mains tremblent tellement que je fais pipi sur mes doigts, mais c'est le cadet de mes soucis.

Parce que je vois déjà le résultat qui s'affiche peu à peu.

Il n'y a pas de bébé. On a fait tout ce qu'il fallait, on s'est donné tout ce mal, mais il n'y a toujours pas de bébé.

67

Harriet

— Je vais appeler Luke, avait annoncé Naomi.

Mais elle ne l'avait pas fait, je n'ai jamais compris pourquoi.

— Luke est mon fiancé, avais-je déclaré en la regardant droit dans les yeux.

— Luke *était* votre fiancé, avait-elle corrigé d'une voix douce, mais qui tremblait un peu.

— Vous ne pouvez pas sortir avec un homme qui était sur le point d'en épouser une autre il y a quelques mois. Ce n'est pas correct.

Je croyais dur comme fer à cette affirmation.

Elle s'était assise. Elle avait pris son téléphone, mais pour le poser plus loin, sur le manteau de la cheminée, à côté d'une photo de Luke en train de skier.

— Ce sont nos vacances au ski, avais-je fait remarquer d'un ton incrédule. C'est moi qui ai pris cette photo.

Elle avait regardé le cliché en haussant les épaules.

— Oui, ce sont des choses qui arrivent, avait-elle commenté sobrement.

Et à présent sa douceur semblait dissimuler une pointe d'agacement.

— J'ai des photos de moi prises par mon ex, avait-elle poursuivi. Vous devez tourner la page.

— Vous étiez fiancée ? avais-je demandé, en regardant autour de moi les autres photos de Luke disséminées dans le salon.

Luke le jour de sa remise de diplôme. Luke avec des amis que je connaissais. Luke après un saut à l'élastique que j'avais réservé pour lui. Et là, dans un cadre doré, Luke et Naomi à un mariage, en couple.

— Non, nous n'étions pas *fiancés*, avait-elle énoncé lentement, comme si elle mettait le mot entre guillemets.

Ce n'était pas entre guillemets. Ça avait existé.

Même si c'est fini, ça a existé, Naomi, c'était réel. Ne prétends pas le contraire. Surtout pas.

— Donc ça n'a rien à voir, avais-je rétorqué, revenant à la réalité.

Mes mains tremblaient, comme un an plus tôt, et d'un seul coup je m'étais retrouvée sur cette plage du Norfolk et je disais « oui » à Luke.

Une pause.

— C'était le mariage de qui ?

— D'une de mes amies, Esra.

— Si le mari d'Esra l'avait larguée après leurs fiançailles, vous auriez trouvé ça infect, comme tout le monde.

Cette fois, elle n'avait rien répondu. Elle s'était contentée de regarder la photo.

— Une tasse de thé ? avait-elle proposé en soupirant.

Ça m'avait déstabilisée. Était-ce un geste noble, une idée tordue, ou bien une ruse pour s'isoler afin d'appeler Luke ? Une tentative de me dessoûler, peut-être, si elle se rendait compte que j'avais bu ?

Mais j'avais accepté. Avec qui d'autre aurais-je pu boire du thé ?

— Vous prenez du lait ? avait-elle demandé.

La conversation prenait un tour mondain totalement incongru, vu le contexte.

— Non, merci, mais deux sucres, s'il vous plaît.

Elle avait acquiescé et nous avait apporté deux verres d'eau en attendant que l'eau bouille. Je me souviens d'avoir songé qu'un peu de sucre me ferait du bien. Je tremblais, mais je n'aurais pas su dire si c'était de colère ou parce que j'étais en hypoglycémie.

Une fois de plus, je n'avais personne pour prendre soin de moi, donc je devais m'en charger moi-même.

Sirote un bon thé sucré, Harriet, détends-toi un peu.

Je n'arrivais pas à me souvenir, maintenant que j'y pensais, si j'avais pris ou non mon antidépresseur aujourd'hui. Ou hier. Ni ces derniers temps, en fait, alors que j'étais sous traitement depuis des années. Vous voyez, c'est vrai : personne n'était là pour moi. Mon esprit était dans ce salon et en même temps sur la plage de mes fiançailles ; j'avais de nouveau la sensation d'être complètement à la dérive, et mon trouble devait se voir.

C'était sans doute pour ça que Naomi semblait si calme et absolument pas effrayée.

Tu devrais avoir peur, Naomi. Tu devrais vraiment avoir peur, parce que je n'ai jamais haï personne autant que toi. Espèce de voleuse de vie. Voleuse de Luke.

— Écoutez, je vais être franche avec vous… Vous n'avez pas l'air dans votre assiette, avait-elle dit.

Je ne sais pas pourquoi, mais elle m'avait fait penser à un chien en train de lever la patte.

J'avais détourné les yeux, écœurée, et balayé la pièce du regard. Elle était partie dans la cuisine chercher la bouilloire qui était prête.

En fait, dans ce salon, il y avait des tas d'objets que je connaissais.

Le tableau de David Hockney sur le mur. Le mug qui avait fait tout le voyage avec nous depuis les États-Unis. La carte postale encadrée du Chicago d'autrefois, la veste négligemment abandonnée sur le dossier du canapé, un cadre de photo. Je m'étais levée pour aller les regarder, mais je ne marchais plus très droit, la pièce était de plus en plus floue.

Mais c'est vrai, qu'elle m'a volé ma vie ! Cette salope m'a vraiment tout pris.

Pire : j'étais sûre qu'elle en profiterait mieux que moi. Qu'elle s'arrangerait pour traiter sur un pied d'égalité avec Luke. Pour lui tenir tête. Le mériter.

— Tout ça, c'était à moi, avais-je murmuré pour moi-même.

— Pardon ? avait-elle demandé en posant ma tasse de thé sur la table basse.

Puis elle avait commencé son petit discours.

— Écoutez, Harriet, les relations amoureuses, parfois, ça ne fonctionne pas. Et les couples se séparent. Vous trouverez quelqu'un qui vous conviendra mieux que Luke, c'est sûr. Quelqu'un qui sera fait pour vous, quelqu'un qui…

Et c'est là que j'avais disjoncté.

J'avais attrapé ma tasse pour la lui lancer au visage. J'avais ébouillanté le beau visage parfait de Naomi.

68

Lexie

Janvier

Après avoir lu le résultat du test de grossesse, je me réfugie dans les bras de Tom pour sangloter. Je fais quand même un deuxième test, mais il dit la même chose que le premier, et cette fois le résultat s'affiche tellement rapidement que la conclusion s'impose à mon esprit sous forme de pourcentage. Dans mon cas, ça donne : enceinte à zéro pour cent. Recalée à l'examen.

Tu n'as pas assez bûché. Ou ce n'était pas un sujet pour toi.

Pendant des semaines, je reste cloîtrée.

Je passe de la crise de boulimie à la privation de nourriture, je punis ce corps qui m'a refusé ce que je lui réclamais. J'ai suivi les instructions à la lettre, mais je n'ai pas réussi. Je suis anéantie.

Et soudain, je m'en prends à Tom :

— Tu peux me le dire, maintenant : tu m'as trompée, oui ou non ?

Je n'ai plus aucune raison de faire l'autruche, n'est-ce pas ?

Je lui parle des autres messages de Rachel, ceux que j'avais passés sous silence, et de nouveau il nie tout en bloc et m'assure ne pas savoir qui est cette Rachel ni pourquoi elle m'envoie ces horreurs. J'éclate d'un rire méchant et incrédule, en haussant un sourcil, parce que je veux lui faire mal, ou me faire mal, ce n'est pas très clair.

Je ne vais pas laisser tomber.

— Cette fille prétend que tu couches avec elle, dis-je froidement.

Il jure que c'est faux.

— Est-ce que tu as fait quelque chose pour te mettre quelqu'un à dos ? Quelque chose qui pourrait lui donner envie de se venger ? Parce que sinon, je ne vois pas. Pourquoi m'écrirait-elle ça, si ce n'est pas vrai, Tom ? Tu n'es pas une star, tu ne joues pas dans un *boys band*. Ça n'a pas de sens.

Il secoue la tête.

— Je n'en ai vraiment aucune idée, murmure-t-il.

À présent, il pleure.

— Avec tout ce qu'on a traversé, on n'avait pas besoin de ça. Bien sûr que non, je ne t'ai pas trompée. Jamais.

Il n'y a vraiment rien à en tirer.

J'ignore les appels de ma famille et de mes amis, puis j'éteins mon téléphone afin que personne ne fasse intrusion dans ma sphère, parce que je déteste le monde entier et que je veux me retrancher chez moi, seule avec ma déception.

Mais, même confinée chez moi, il reste dans ma vie une personne très envahissante que je ne peux pas évacuer : Harriet.

Harriet devient la destinataire d'une grande partie de ma colère, et je profite d'un moment où elle chante à plein volume pour hurler :

— Va te faire foutre, Harriet !

Un peu plus tard, je m'enhardis à le répéter, cette fois quand elle ne chante plus.

— Va te faire foutre avec tes chansons de merde !

Je balance une lampe contre le mur qui se casse en laissant une trace d'impact sur le plâtre, et j'arrive à me convaincre que c'est comme un trou qui laissera passer encore plus fort sa musique et les bruits de sa vie.

Je me connecte pour voir ce qu'elle fait en ce moment et avec qui elle sort. Pour constater qu'elle a la belle vie. Et, du coup, j'imagine qu'elle aussi doit savoir que j'existe et avoir pitié de moi, sans doute. Une fois de plus, je me dis que Tom et elle, c'est du domaine du possible. Je fais une fixation sur Harriet, parce qu'il me semble qu'elle est tout ce que je ne suis pas, qu'elle a tout ce que je n'ai pas.

69

HARRIET

Dès que le liquide bouillant avait atteint Naomi, tout s'était enchaîné très vite.

Soudain, j'étais lucide et je ne voyais plus que la terreur sur son visage.

— Dégagez ! avait-elle hurlé, hystérique, la main sur sa joue qui rougissait déjà. Dehors ! Dehors !

J'aurais trouvé fantastique que ses *followers* la voient dans cet état.

On dirait que tu as perdu ton sang-froid, Naomi.

Puis j'avais couru jusqu'au métro et sauté dans une rame, un peu étonnée de constater que personne ne me regardait, alors que j'étais en sueur et haletante, et qu'il était inscrit sur mon front que je venais de vivre un événement d'une certaine envergure.

— Est-ce que vous me trouvez bizarre ?

J'étais dans un état second, mais je me souviens d'avoir posé la question à une inconnue, laquelle s'était contentée de lever le nez de son bouquin et de changer de place.

J'avais gardé les yeux rivés à la couverture du livre, depuis l'autre bout du wagon. J'aurais voulu que cette femme revienne près de moi. Que quelqu'un me manifeste un peu d'attention. Qu'on me touche gentiment le bras. Qu'on me caresse les cheveux. Qu'on me dise que tout irait bien.

Je me suis toujours demandé si une autre aurait survécu, coupée du monde comme je l'ai été à cette période, avec une aussi faible dose de contacts humains. J'ai lu des études à ce sujet, notamment sur les orphelins de Roumanie qui passaient leurs journées à se balancer. D'une certaine manière, ma vie est à cette image. Elle n'avance pas et ne progresse pas, elle se balance, prostrée dans un coin.

J'avais acheté une bouteille de vin et j'étais restée chez moi jusqu'à ce qu'on vienne me chercher, et ensuite j'avais dessoûlé dans un commissariat de police.

Quelqu'un m'avait demandé si j'avais de la famille, et comme je ne supportais pas l'idée d'appeler mes parents, j'avais pensé à David, mais j'avais dû passer toute une nuit en cellule parce que c'est long de venir de Chicago, même quand votre sœur vient de se faire arrêter.

La cellule était sombre et sordide, mais j'avais le vague sentiment, sans doute aidée par l'alcool, d'y être un peu comme chez moi.

Je ne suis pas faite pour vivre au-dehors, avais-je songé, en m'apitoyant sur mon sort.

Ici, c'était tout petit et à l'écart de tout, idéal pour moi. C'était un soulagement, en fait, de ne plus avoir à réfléchir au moyen de me faire des amis ou de m'intégrer. De simplement fermer les yeux, en acceptant le fait d'avoir basculé du côté obscur.

70

Lexie

Janvier

Nue et enroulée dans une serviette, je manœuvre le pommeau de douche en visant la bonde de la baignoire, mais ce truc – le caillot de mes règles – est plus rapide que moi. Je le pourchasse avec le jet, mais il parvient à m'esquiver.

Il se moque de moi, comme les autres. Parce que je suis faible. Parce que je ne suis pas enceinte. Toujours pas.

71

Harriet

Au moment du procès, le pire n'avait pas été la sentence ; elle s'était limitée à un séjour en hôpital, après lecture d'un rapport d'expertise psychiatrique établissant qu'au moment des faits j'étais soûle, dépressive et que je souffrais d'un syndrome d'arrêt des antidépresseurs. Le pire, ç'avait été la présence de Luke, qui me toisait depuis le banc où se tenaient les gens bien.

J'avais osé intervertir les rôles. Il me dévisageait fixement, comme pour me défier. Et moi, tremblante comme une feuille, j'évitais soigneusement de croiser son regard.

Mes parents avaient essayé d'établir le contact avec moi. Même après leur retour aux États-Unis. Ma mère m'avait écrit de longues lettres pour me demander comment j'allais, me parler de la gentille petite-fille des voisins et de la recette qu'elle venait de tester avec du cheddar anglais.

As-tu déjà goûté le cheddar ? C'est vraiment délicieux.

Elle écrivait de longs monologues de l'autre côté de l'océan. Je ne répondais jamais.

Elle avait aussi tenté le téléphone quand j'étais encore à l'hôpital, mais je restais mutique à l'autre bout du fil.

— S'il te plaît, dis-moi que tu vas bien, sanglotait-elle. Et si tu ne vas pas bien, laisse-moi t'aider.

Je contemplais le mur. Finalement, un jour, j'avais répondu.

— Je suis une adulte et je n'ai pas besoin de toi, avais-je dit en me concentrant pour ne pas pleurer. Ce que je veux, je te l'ai dit. Si tu tiens à m'aider, laisse-moi tranquille. Je t'assure que c'est ce que tu peux faire de mieux pour moi.

J'avais eu le temps d'entendre ses sanglots à l'autre bout du fil, avant d'enfouir les miens dans mon petit oreiller d'hôpital trop mou. Ensuite, j'avais rejeté tous ses appels.

C'était de la rage, de la honte, de la nostalgie, de l'amour… bref un cocktail d'émotions ingérable. Mais quand on vit loin de sa famille, et qu'on est de surcroît enfermée dans un établissement psychiatrique, il est plus facile de couper les ponts.

J'étais restée trois mois à l'hôpital. Ensuite, j'avais suivi une thérapie intensive, et on m'avait prescrit une dose d'antidépresseurs encore plus élevée qu'avant l'épisode de l'agression.

Après ma sortie, les amis s'étaient divisés en deux camps. Ceux qui m'avaient entre-temps bloquée, supprimée, rayée de leur monde, et ceux qui essayaient de m'approcher, mais que je repoussais. Sauf une personne, une seule, que je ne voulais pas perdre.

— Tu crois que tu pourras être encore mon amie ? lui avais-je demandé une fois par téléphone.

Nous n'étions plus aussi proches depuis que j'avais déménagé en Angleterre, mais j'avais encore la carte postale où elle me disait que je serais *toujours* sa meilleure amie. Je la conservais précieusement dans mon recueil de poésies d'Emily Dickinson, et c'était l'un des rares objets personnels que j'avais emportés à l'hôpital. Jamais personne ne m'avait désignée comme sa meilleure amie. Et puis Frances n'avait aucun lien avec Luke ; contrairement aux autres, elle était uniquement à moi.

— Oui, Harriet, parce que je t'aime, avait-elle soupiré. Mais je suis désolée, là, il faut que je te laisse. Je dois nourrir le chien et faire à manger pour les enfants. Mais je te rappellerai, d'accord ?

Les bruits de son tourbillon familial s'étaient glissés dans notre conversation, et elle était retournée à sa vie bien remplie, et moi à mon silence. Elle avait rappelé, mais ce n'était pas facile de parler par téléphone de ce qui m'était arrivé, surtout avec la distance qui s'était installée entre nous. Peu à peu, cette distance s'était accrue. J'avais de plus en plus l'impression de mettre Frances en difficulté, rien que par le fait d'exister. Finalement, j'avais cessé de la contacter pour lui faciliter la tâche.

Quant à Luke, j'avais appris qu'il rentrait aux États-Unis par un message qu'il avait posté publiquement par erreur. Mais rien de plus. Il avait ensuite disparu de la toile, ainsi que Naomi. Je n'avais plus trouvé la moindre trace de leur existence sur Internet, pas de nouvelles récentes, pas de photos, aucun signe de vie. Silence radio sur les réseaux sociaux.

Il ne m'était donc resté que mes maigres contacts avec David et ce face-à-face avec moi-même où je devais admettre que je n'avais pas trébuché parce que j'étais soûle : j'avais pris cette tasse pour la jeter au visage de Naomi. C'était un acte délibéré.

72

Lexie

Mars

Je croyais que le stress générait uniquement de l'anxiété, mais je constate que chez moi il s'accompagne d'un certain nombre de manifestations psychosomatiques qui sont de plus en plus nombreuses.

J'ai des rougeurs sur le front et les joues, je souffre de migraines. Le mois dernier, je n'ai pas eu mes règles, et les médecins m'ont dit qu'il s'agissait probablement d'un cycle anovulatoire. C'est nouveau. Apparemment, le stress est suffisamment puissant pour bloquer le fonctionnement de la nature.

Il est 2 h 30 du matin, je suis couchée, mais je ne dors pas. Tom n'est pas encore là. Il devait soi-disant prendre simplement un petit verre avec des collègues, ensuite il m'a appelée à 23 heures pour me dire qu'il en buvait un dernier avant de rentrer. Et depuis, plus rien.

Je ne veux pas faire partie de « ces femmes » – encore elles – qui reprochent à leur mec de s'amuser avec des copains, mais franchement j'aurais besoin que Tom soit plus présent, plus attentif et plus disponible. J'aurais besoin qu'il me rassure en me disant qu'il ne me trompe pas, qu'il ne m'a jamais trompée, qu'il ne me trompera jamais. Et je n'ai surtout pas besoin qu'il m'oblige à veiller à une heure pareille et qu'il change ses habitudes. Ça faisait longtemps qu'il ne sortait plus tard le soir en semaine. Quant à l'alcool, il avait mis la pédale douce, comme nous tous, et le consommait de préférence mijoté avec une épaule d'agneau, au lieu de se l'envoyer dans le gosier, comme s'il s'agissait d'un médicament dont il aurait eu un besoin urgent.

Mais, ce soir, il me fait attendre et il ne donne pas de nouvelles.

Je commence à lui écrire un SMS, mais après l'avoir corrigé cinq fois, j'y renonce. C'est grotesque. Depuis quand dois-je m'y reprendre à cinq fois pour écrire à Tom ? J'ai décidé de rester avec lui et de lui faire confiance, n'est-ce pas ? La confiance, ça marche aussi bien à 14 h 30 qu'à 2 h 30. Je sais bien que s'étourdir à coups de pintes de bière, c'est sa façon à lui d'affronter nos difficultés. Alors j'essaie d'être patiente et, une fois de plus, de m'endormir.

Mais quand même, ces derniers temps il ne cesse de trouver des excuses pour sortir, et ça me travaille. Notre couple a fait de lui « ce mec-là ». Il va au pot d'anniversaire d'un collègue de vingt-deux ans dont il ne connaît sans doute même pas le nom de famille. Il m'envoie à 18 heures un SMS pour m'annoncer des pots de départ, les trente ans d'un copain, les vingt-neuf d'un autre, des fêtes de fiançailles, des sorties au pub improvisées. Parfois, il me propose de le rejoindre, mais c'est rare.

Il a besoin d'être ivre, seul au milieu d'une foule de gens, besoin d'enchaîner les bières, mais aussi des Jack Daniels, ce qui est nouveau. Il noie ses angoisses et ses doutes dans l'alcool pour revenir plus fort vers moi. Je sais tout ça, évidemment, parce que je le connais bien. Et parce que je l'ai fait, moi aussi, quand j'avais trop de soucis au boulot, ou quand c'était trop dur de ne pas être mère.

Tom souffre de ne rien pouvoir faire pour que j'aille mieux. Il souffre de ne pas pouvoir pleurer quand je me sens mal, de ne pas pouvoir crier quand il en veut lui aussi au monde entier. Il a le cœur brisé et un deuil à faire, mais son cœur et ce deuil ne sont pas ses priorités. Dans le contexte actuel, il ne trouve plus sa place en tant qu'homme, aussi adopte-t-il le comportement du macho qui va se réfugier au pub sous prétexte de boire des bières, et s'arrange pour rentrer en pleine nuit, quand il est trop tard pour parler des problèmes. Il est devenu un cliché.

73

Harriet

Mars

Contre toute attente, je reçois un mail de mon frère.

S'il te plaît, appelle maman.

Et il en envoie un deuxième juste après :

Appelle-moi. J'ai rencontré Luke.

C'est une ruse pour me convaincre de l'appeler, je ne suis pas dupe. Il agite sous mon nez la seule carotte à laquelle il me sait incapable de résister. Mais je suis fermement résolue à ne pas me laisser piéger.

De toute façon, j'ai Tom maintenant, et je n'ai besoin de personne d'autre. Pas même de Luke. Bien que ce ne soit pas si clair que ça. En fait, ils sont plutôt sur une balançoire à bascule. Quand Tom est bien assis, il parvient à faire tomber Luke. En ce moment, ils se trouvent à un point d'équilibre et oscillent à peine : ex aequo dans mon esprit.

Luke est Tom, Tom est Luke. Entre les deux, la ligne de démarcation est floue, et ils commencent à ne faire qu'un.

Parfois, j'ai même la sensation que l'un ne peut exister sans l'autre.

Finalement, j'appelle David.

— Harriet, qu'est-ce que tu foutais ?

— Alors, comme ça, tu as vraiment vu Luke ?

David soupire. Malgré tout ce qui nous sépare, c'est bon de l'entendre simplement respirer, d'avoir la confirmation qu'il existe.

Tu vois, Lexie, moi aussi j'ai un frère. Un frère qui s'inquiète pour moi et pour qui je compte.

— Alors ? insisté-je.

— Oui, moi aussi je suis content de te parler, ironise-t-il.

Mais je n'ai aucun sens de l'humour dès qu'il s'agit de Luke et j'ai besoin d'une réponse. Une fois qu'il m'aura donné ma dose, je serai capable d'avoir une conversation normale, mais tant que je ne l'aurai pas eue, je vais continuer à trembler, désespérée, avec cette brèche en moi à colmater.

Il le sait.

— Bon, d'accord. Luke. Je l'ai vu dans un bar, et on n'a pas parlé longtemps. On n'était pas très à l'aise, comme tu peux l'imaginer.

Je meurs d'envie de lui demander si Luke était accompagné, mais j'ai trop peur d'entendre la réponse.

— Il était avec un ami, complète David. Un homme.

— Bradley ? Andrew ?

Je veux en savoir plus.

— Je ne sais pas. Je ne le connaissais pas. Je crois qu'ils bossent ensemble.

— Où ? Ils travaillent où ?

Silence pesant.

— Harriet, même si Luke me l'avait dit, je ne te le répéterais pas. Mais il se trouve qu'il ne me l'a pas dit.

Mais qu'est-ce qu'il croit ? Que je suis dingue au point de grimper dans le prochain avion pour Chicago pour essayer de coincer Luke ?

Et puis, soudain, il me semble entendre le rire de Luke. Un rire joyeux, pas du tout effrayé.

Non, c'est Tom. C'est Tom qui rit.

C'est Tom de l'autre côté du mur.

Tout se brouille de plus belle.

— Harriet, j'aimerais te dire un truc, mais je voudrais être sûr que tu vas bien et que tu as vraiment tourné la page.

Mon cœur s'arrête.

Luke, Luke, Luke.

Je m'empresse de rassurer David, puisqu'il le faut pour obtenir ma dose de Luke.

— Je vais bien. Je suis passée à autre chose. Je te l'ai dit, je suis très occupée. J'ai du travail, des amis. La vie est belle.

Des phrases courtes. Pas de détail. Ça ira plus vite.

— Est-ce que Luke va bien ?

— Oui. Mais pas Naomi.

Il a prononcé son nom d'un ton ému. C'est pourtant à cause d'elle que nous sommes aujourd'hui tellement éloignés l'un de l'autre.

Bon. Il s'agit donc de Naomi. Je peux encaisser tout ce qui a pu arriver à Naomi.

Du moins je le crois, sauf que…

— Naomi s'est suicidée, dit doucement David. Luke m'a annoncé que Naomi s'était suicidée il y a quelques mois.

Je commence par en rire. Naomi repasse ses chemisiers et met du vernis à ongles orange vif. Naomi n'est pas morte. J'ai comme un vertige. Naomi est vivante, bel et bien vivante.

— Ça va ? demande la voix de David à l'autre bout du fil. Tu as besoin d'une minute ?

J'émets un faible son, pour dire « oui ».

Nous gardons le silence un bref instant. Puis David reprend la parole.

— Naomi et Luke s'étaient installés à Chicago. Tu n'es pas responsable de son suicide. Ça n'a rien à voir avec ce que tu lui as fait.

Silence. Des deux côtés.

— Harriet, tu comprends ce que je te dis ? demande David.

Je suis sonnée. J'ai besoin de sucre, ou d'un bras réconfortant autour de mon épaule.

— Non, murmuré-je d'une voix de petite fille.

Silence, encore.

— Est-ce que tu m'entends, Harriet ? Ce n'est pas ta faute. Ça remonte à beaucoup plus loin.

Je ne comprends pas ce qu'il veut dire. Je crois que je vais vomir.

— Harriet, j'ai interrogé des gens après avoir vu Luke. Je me suis renseigné.

Je ne peux pas répondre et me contente de serrer d'une main tremblante le téléphone contre mon oreille.

— Le jour où Luke m'a parlé du suicide de Naomi, il a laissé entendre que tu étais responsable.

— Il avait raison, dis-je doucement.

Les larmes coulent abondamment sur mon visage.

— J'ai fait ça. Je l'ai fait.

— Harriet, écoute-moi. Ce que tu as fait était terrible, c'est sûr, mais ça n'a pas poussé Naomi au suicide. J'ai réussi à contacter une de ses amies via Facebook, on s'est donné rendez-vous et on a discuté pendant des heures.

J'attends la suite.

— Les blessures de Naomi étaient assez sérieuses, mais elle n'aurait pas gardé des traces toute sa vie. Ses cicatrices s'estompaient lentement. Avec du maquillage, elle parvenait déjà à les dissimuler presque entièrement. On ne se suicide pas pour ça.

N'empêche, je ne saisis toujours pas.

— Alors c'est quoi ? murmuré-je. On se suicide pour quoi ?

— Harriet, répond David d'une voix apaisante. L'amie de Naomi pense qu'elle était prisonnière d'une relation toxique.

Je fronce les sourcils. Il semble dire que Naomi et Luke s'étaient séparés et que Naomi avait rencontré quelqu'un d'autre. Je ne comprends pas.

— Exactement comme toi, poursuit David.

Moi ?

Mon cœur se met à battre la chamade, car oui, mon thérapeute a déjà évoqué avec moi une relation toxique. Il disait que Luke m'avait maltraitée psychologiquement, et aussi physiquement et sexuellement. Mais je refuse d'y croire. Il ne me maltraitait pas. C'était moi, la cause de nos problèmes, je le sais. Luke n'était pas un monstre.

— Luke maltraitait aussi Naomi. Il la menait en bateau, c'est l'expression qu'a employée cette amie. Il a tout fait pour saper sa confiance et ensuite il s'est retourné contre elle. Il la rabaissait et l'accusait de tous les maux. C'est aussi ce qu'il faisait avec toi. Naomi était depuis le début une proie idéale pour lui : déprimée, pétrie de doutes, vulnérable.

« Déprimée, pétrie de doutes, vulnérable. »

C'était moi quand Luke m'avait rencontrée, et ces mots résonnent fortement en moi, mais il m'est impossible de les associer à la sublime Naomi.

J'apprécie en général la distance des contacts téléphoniques, mais à cet instant je voudrais avoir David près de moi pour poser ma tête sur son épaule, au moins le temps de reprendre mes esprits.

— D'après ce que j'ai cru comprendre, les violences et les humiliations étaient de plus en plus fréquentes. Naomi n'a pas tenu le coup et elle s'est suicidée. À cause de sa dépression et à cause de Luke, Harriet. Pas à cause de toi. Tu as cru qu'ils formaient un couple parfait, mais tu les voyais à travers un prisme déformant. Elle a subi la même chose que toi, surtout à la fin. Il commençait à s'ennuyer, il s'est amusé avec elle.

— Non, protesté-je.

Je pleure si fort que mes yeux me brûlent.

— Elle l'a fait à cause de moi. Je suis responsable.

— Tu ne continues quand même pas à le défendre ? s'écrie David, exaspéré. Encore aujourd'hui ? Je t'explique que ce mec est un pervers narcissique qui vous a maltraitées, toutes les deux, et tu persistes à te sentir coupable ? Regarde un peu ce qu'il t'a fait. Regarde ce qu'il a fait à notre famille. Merde, Harriet, réveille-toi…

Mais je raccroche en marmonnant un vague au revoir et pique une véritable crise de nerfs sur mon canapé. Peu importe ce que dit David, mon cerveau ne veut rien entendre. Je suis coupable de la mort de Naomi.

Cette pensée m'est insupportable. Ai-je vraiment provoqué un suicide ? Comment est-ce possible ? Ai-je seulement pu *contribuer* à un suicide ? Je ne suis pas une mauvaise personne, juste une femme excessive et fragile. Parfois, je me conduis mal, c'est vrai, mais je ne suis pas foncièrement mauvaise. Frances m'aimait. J'écris des chansons qui font vibrer les gens. J'ai une profonde affection pour David.

Je me dégoûte tellement que j'en dégueule sur le tapis.

Une fois vidée, je m'allonge par terre à côté de mon vomi. Beaucoup plus tard, des heures plus tard – des jours, peut-être –, j'ai soudain faim et je grignote du pain rassis debout dans la cuisine. Mais ça aussi, mon estomac refuse de le garder.

En revanche, je commence à y voir plus clair. Et si mon thérapeute et David avaient raison ? Si j'avais vraiment été maltraitée psychologiquement par un pervers ? Si Naomi, que je croyais tellement différente de moi, avait été la victime de Luke, elle aussi ? Je l'imagine, draguant d'autres femmes devant elle, se moquant des colombes de son chemisier. Ça me semble incroyable d'avoir si mal évalué la situation, de m'être à ce point trompée sur le compte de Naomi, mais l'erreur est humaine, non ? On a souvent une vision déformée des choses. La preuve, mon opinion sur Lexie au début.

Je finis par répondre au SMS que David m'a envoyé après notre conversation téléphonique, car il tenait à insister encore sur le fait que je n'étais pour rien dans le suicide de Naomi.

Ne t'inquiète pas pour moi, David. J'étais simplement sortie boire un verre avec des amis. Bisous !

J'adore les SMS, les mails et tous ces moyens de communication qui n'impliquent pas de regarder son interlocuteur en face et accordent un délai de réponse.

Grâce à eux, je peux facilement faire croire que je suis bien dans ma peau.

Pas de danger d'être surprise au mauvais moment, ni prise au dépourvu, ou de laisser échapper ce que j'aurais préféré garder pour moi. Aucun risque non plus qu'on lise dans mon regard. Je deviens une femme qui sort dans Soho pour boire des amaretto-Cola à l'anniversaire d'une amie, une femme insouciante et heureuse, et c'est suffisamment crédible pour rassurer mes proches. Je peux faire semblant, taire ce qui me dérange. Je peux inventer tout un scénario, mettre en scène toute une vie de mensonges.

Je vais bien, David. Très bien, même.

J'ajoute une émoticône clin d'œil. Puis, pour enfoncer le clou et parce que David ne fonctionne pas par sous-entendus, et moi non plus, j'ajoute une photo représentant un couple heureux avec cette légende :

Nouveau mec !

Oooh ! s'exclame David par écran interposé.

À travers cette simple onomatopée, j'entends un soupir de soulagement virtuel, accompagné d'une certaine dose d'angoisse.

Comment il s'appelle ???

Et je réponds.

Tom.

74

Lexie

Avril

Plusieurs semaines se sont écoulées. Lentement. Entre Tom et moi, il y a toujours cette distance et aussi une sorte de tristesse résignée. Mais aujourd'hui nous sommes de retour à l'hôpital.

Je n'en suis pas à ma première FIV, mais j'avais oublié à quel point il était pénible de boire des litres et des litres. Et de continuer à boire alors qu'on a déjà la vessie pleine, en retenant une atroce envie d'uriner à côté du distributeur de boissons.

— Vous avez bu ? me demande sèchement l'infirmière qui m'ausculte.

Ça m'exaspère passablement, même s'il s'agit d'une question de pure routine. Il faut me comprendre : l'état de ma vessie conditionne l'accès à mon utérus, donc la bonne mise en place de l'embryon, donc la venue de mon bébé. Alors bien sûr que j'ai bu. Comment peut-elle imaginer une seconde que je n'ai pas suivi les instructions à la lettre ?

— Encore trois tasses de thé et deux verres d'eau, ordonne-t-elle en ouvrant la porte.

Tom retourne vers le distributeur de boissons et revient avec une tasse de thé. Je la prends et j'entame des va-et-vient dans le couloir, puisqu'il paraît que ça permet au liquide d'atteindre plus vite ma vessie. Et je bois, je bois, je bois docilement au rythme de mes pas.

C'est de nouveau le grand jour.

Je ne pense plus qu'à ça. De toute façon, cette atroce pression dans le bas-ventre qui me donne la nausée m'accapare tout entière et m'empêche de ressasser le reste. Oublier le mental, c'est ce dont j'ai le plus besoin en ce moment. Les gens dépensent des sommes folles pour se vider la tête ainsi.

Dans le couloir, je ne cesse de croiser une femme, qui déambule comme moi en buvant. Elle est belle, glamour, sophistiquée, avec une crinière de cheveux blonds certainement confiée aux bons soins d'un professionnel. On ne vient pas du même quartier de Londres. Son sac, son allure, tout dans sa personne dit Kensington, clubs privés, jet-set. Moi, ce serait plutôt zone d'éducation prioritaire, boîtes de nuit minables du côté de Soho et incapacité à croire en mon avenir.

Mais ici, nous sommes à égalité. Nous avons pris les mêmes médicaments, glissé nos pieds dans les mêmes étriers, et nos chances de réussite sont identiques.

Nous nous croisons encore. Elle boit à petites gorgées. Moi aussi.

Au début, nous nous ignorons ; par délicatesse, par discrétion. Ici, il n'y a pas de quoi sourire. La situation ne s'y prête pas. Mais, finalement, nous échangeons quand même un sourire complice. Parce que, après tout, nous sommes deux femmes, deux êtres humains qui traversent la même épreuve, et ça nous rend solidaires. Je pense à Shona, à la serrer dans mes bras, et j'ai presque envie d'embrasser cette femme parce qu'elle lutte, parce qu'elle espère et désespère tout comme moi, en dépit de son beau sac à main.

Elle rentre dans le cabinet du médecin et en ressort pour boire du thé.

Glouglou.

J'entre à mon tour et, pareil, je ressors. Il faut que je boive davantage.

— Encore du thé…, réclamons-nous en tendant un gobelet en polystyrène.

En espérant que ce thé sera le dernier et qu'il donnera la bonne inclinaison à notre vessie, à l'utérus qui doit recevoir l'embryon, à nos vies, à notre avenir.

Nous pensons – moi, du moins – à toutes ces femmes qui tombent enceintes simplement en faisant l'amour. À celles qui se rendent compte un beau jour qu'elles ont une semaine de retard. À celles qui n'ont rien demandé et font un enfant par accident, après quatre shots de tequila.

Et puis il y a nous, les autres, celles qui tombent enceintes, avec un peu de chance, à coups de piqûres d'hormones et de suppositoires, en buvant du thé à s'en rendre malades. Glou, glou, glou.

Cette femme et moi, nous courons un relais, dans la même équipe, mais en adversaires. Laquelle de nous deux aura une bonne nouvelle dans deux semaines ? Toutes les deux ? Aucune ? Est-ce que si ça marche pour elle, ça ne marchera pas pour moi ? A-t-elle déjà essayé, elle aussi ? Et, si oui, combien de fois ? C'est étrange de se dire que nous repartirons chacune de notre côté, sans jamais savoir comment ça s'est terminé pour l'autre.

Le compagnon de cette belle femme blonde est un grand homme d'une cinquantaine d'années à l'air soucieux. Assis à ses côtés, Tom fronce lui aussi les sourcils, comme si c'était contagieux.

Une infirmière asiatique passe dans le couloir. Je l'interpelle.

— Je ne vais plus pouvoir me retenir d'uriner, lui dis-je.

À présent, j'en pleure ; oui, ça peut paraître comique, mais en fait, c'est une véritable torture. Je trépigne, je me plie en deux, j'ai mal.

Elle me fait entrer dans une salle de consultation. Tom suit.

— Vous pensez être capable d'uriner une toute petite quantité, juste pour vous soulager ? demande-t-elle.

Je lui arrache son flacon stérile des mains, baisse mon jean et fais pipi. Devant elle et devant Tom.

— Je voulais dire dans les toilettes ! s'exclame-t-elle d'un ton paniqué.

Tandis que Tom, lui, commente posément :

— Lex, je crois que tu as oublié d'enlever le couvercle.

Et, en effet, il y a une petite flaque par terre, juste à côté de ma dignité.

75

Lexie

Mai

C'est aujourd'hui la date fatidique, celle qu'une infirmière a gribouillée sur un bout de papier il y a deux semaines, avec ces mots : « faire le test/appeler l'hôpital ». Encore.

Tom a pris une journée de congé. Encore.

Mais il est 10 heures, et je n'ai pas fait le test.

Parce que si nous découvrons que ça n'a pas marché cette fois non plus, il va falloir passer à l'étape suivante.

L'assurance maladie ne prendra pas en charge une troisième FIV, et ça coûtera environ 5 000 livres dans une clinique privée, sans parler du coût émotionnel.

Il faudra aussi réfléchir au nombre de tentatives que nous pouvons assumer financièrement – si besoin – et à partir de combien nous estimons qu'il est préférable de renoncer.

En cet instant précis, je n'ai pas la capacité de résilience pour accepter un échec, pas plus que celle de raisonner. J'estime donc, même si c'est totalement irrationnel, qu'il est souhaitable d'attendre encore un peu avant de faire ce test.

Vers 11 heures, cependant, comme je suis toujours couchée, cachée derrière un roman d'Elena Ferrante, Tom quitte son côté du lit et lâche son iPad :

— On devrait faire le test, murmure-t-il.

Comme je ne réponds pas, il colle son nez contre ma tempe.

— Allez viens… On va le faire ensemble.

Nous allons donc en silence dans la salle de bains. J'urine sur le bâtonnet devant Tom. Mes mains tremblent sous le liquide tiède. Ça me rappelle quelque chose.

Assis par terre sur le carrelage, les genoux ramassés, Tom semble hypnotisé par une zone de moisissures sur le pourtour de la baignoire. Quand j'ai fini, je détourne les yeux, paniquée à l'idée de voir apparaître un résultat négatif. Parce que si c'est le cas, nous n'en serons plus à espérer un résultat positif, il faudra assumer la réalité.

Je ne veux pas savoir tout de suite.

Je vais me jeter sur le lit, à plat ventre.

76

Harriet

Mai

Les semaines après l'hôpital ont été parmi les plus belles de ma vie.

Personne n'attendait rien de moi.

Je n'avais pas d'emploi, pas d'amis, je n'espérais plus trouver un moyen de récupérer Luke. J'avais tellement bien effacé mon ardoise que je pouvais me voir dedans.

Mes parents ne cessaient de m'appeler et de m'envoyer des messages, donc j'avais éteint mon téléphone, supprimé leurs mails.

Je n'avais plus à me plier aux règles contraignantes de l'hôpital : je pouvais dormir de 14 à 16 heures, mais jouer à des jeux sur mon téléphone à 3 heures du matin. Je pouvais m'abrutir avec du bruit et des émissions débiles. Plus rien ne m'obligeait à parler, ni à réfléchir, comme j'avais dû constamment le faire durant les derniers mois.

Je pouvais me soûler et m'endormir sans craindre d'oublier un cachet, ou de rater un rendez-vous. Parce qu'en fait qu'est-ce que ça pouvait bien faire ? Je savais désormais que je n'étais pas quelqu'un de bien, j'avais fini par me faire une raison.

Je ne travaillais pas. Mon séjour à l'hôpital avait été suffisamment long pour qu'on m'oublie, et je n'avais aucun projet en cours. Je ne touchais plus à mon piano. À quoi bon ?

Je passais une bonne partie de la journée à plat ventre sur mon lit, parfois habillée, parfois nue, et je voyais arriver et disparaître le brouillage de la télé. Avec le recul, il me semble évident que j'attendais que quelqu'un vienne m'aider. Mais personne ne s'était manifesté.

Depuis que je sais que Naomi est morte à cause de moi – parce que c'est le cas, j'en suis certaine –, c'est comme si j'étais revenue à cette période. Parfois, je bois toute la nuit et m'effondre à 11 heures du matin. D'autres fois, je vomis à en avoir mal aux côtes. Il m'arrive de pleurer, longtemps, et je rêve de ses cheveux blonds, de sa peau si parfaite et, toujours, des colombes de son chemisier.

Là encore, j'attends que quelqu'un vienne m'aider. Mais personne ne se manifeste.

77

Lexie

Mai

Quelques minutes s'écoulent, qui me paraissent des heures, et maintenant il faut que j'y aille, que j'affronte ce résultat et ses conséquences. Je sais que je dois être courageuse, mais je suis terrorisée et sans force.

Je me redresse, chausse mes pantoufles et me dirige lentement vers la salle de bains. Tom, qui m'avait suivie dans la chambre, est derrière moi. Il se prépare à assumer son rôle, quel qu'il soit. Celui du compagnon solidaire, du roc, de la voix de la raison, de mon punching-ball, ou tout simplement celui d'une silhouette contre laquelle je pourrai me réfugier pour pleurer.

Je m'efforce de respirer à fond, sans y parvenir, tant je suis nerveuse.

Je pense à Maurice du yoga, qui a dû allumer une bougie pour moi.

Puis je pousse la porte de la salle de bains et baisse les yeux vers le test.

Ensuite, je plonge dans les bras de Tom. Je sanglote comme une enfant, agrippée à lui. Et, lui aussi, il pleure.

Mais, cette fois, c'est différent.

Cette fois, on m'annonce que le Père Noël est passé et qu'il a laissé un cadeau pour moi. Cette fois, il s'est produit quelque chose de magique. Cette fois, le bâtonnet dit « oui ».

Je sanglote tant que chaque parcelle de mon être en est secouée. Jamais de toute ma vie je n'ai été soumise à un tel déferlement d'émotions et déjà je pense comme une mère.

Lexie, calme-toi. C'est mauvais pour le bébé de te mettre dans cet état.

Parce qu'il y a un bébé.

Tom me sourit, il me serre contre lui, il murmure en boucle un mot : « positif ».

Le test est positif. Je me sens positive. Après tant de négatif, il y a finalement du positif.

Et, avec ce positif, la vie prend un tout autre visage.

Dans les jours qui suivent, chaque fois que je vais aux toilettes, je pense au bébé qui n'a pas tenu. Mais ça ne m'empêche pas d'être totalement euphorique, parce que j'ai en moi un bébé en devenir, pour de bon. Et ça se voit. Je ne suis enceinte que de cinq semaines, mais j'ai été tellement bourrée d'hormones pendant le traitement que je suis déjà à l'étroit dans mes vêtements.

Quelques jours plus tard, j'ouvre un paquet contenant deux jeans de maternité. Je les lisse du plat de la main. Ma grossesse est à présent matérialisée sous la forme de deux denims super doux, taille 42.

J'ai pris rendez-vous avec Anais pour un déjeuner, mais je me suis promis de garder le secret sur ce bébé, ce presque bébé. Au moins jusqu'à la première échographie. Jusqu'à ce qu'il n'y ait plus de danger.

Anais semble nerveuse et méfiante. Je sens qu'elle réfléchit avant de parler, qu'elle marche sur des œufs. Je peux comprendre, je ne lui en veux pas.

— Si on prenait le fromage de chèvre pour deux en entrée ? propose-t-elle.

Je regarde son fils, Dexter, qui dort pour de bon près de nous dans un landau. C'est seulement la troisième fois que je le vois. Dexter était mon ennemi. Dexter a sept mois.

Les larmes me montent aux yeux, et ensuite ce ne sont plus seulement quelques larmes, et brusquement je sanglote, à cette table de restaurant, tandis qu'autour de nous les gens piquent du nez vers leurs brocolis rissolés pour ne pas me regarder.

Dexter s'étire et bâille.

Anais se lève d'un bond de sa chaise pour venir me prendre dans ses bras, et je repense à ces mois où je n'osais même plus la voir, quand le bébé était en route, et comme j'étais malheureuse que son bonheur me rende jalouse à ce point. Comme j'aurais voulu être plus gentille, me comporter comme une amie.

— Il faut que je t'explique certaines choses, dis-je en tentant de m'écarter d'elle.

Mais elle me serre encore plus fort.

— Pas besoin d'expliquer quoi que ce soit, répond-elle à travers le sanglot qui monte dans sa gorge. J'avais compris, tu sais...

C'était donc évident à ce point-là. Est-ce que tout le monde avait deviné ? Je me sens étrangement soulagée à l'idée que c'est peut-être le cas.

Nous restons dans les bras l'une de l'autre. Les clients du restaurant doivent s'imaginer qu'elle a fini par s'endormir contre moi, victime du manque de sommeil dont souffrent la plupart des jeunes mamans.

Je sais que je ne devrais pas le lui dire, que c'est trop tôt, mais impossible à présent de ne pas compléter le tableau.

— Je suis enceinte, murmuré-je dans ses cheveux.

Elle s'écarte de moi, les yeux écarquillés, et m'embrasse sur le crâne, encore et encore, en se mettant elle aussi à pleurer. Puis elle me serre à nouveau dans ses bras.

— Est-ce que j'ai droit au fromage de chèvre ? bafouillé-je à travers mes larmes qui ne veulent plus s'arrêter de couler.

Dex s'agite et pleurniche un peu, sans conviction.

Anais s'écarte de moi et essuie délicatement une larme sur son visage, puis sur le mien :

— Tu peux en manger du moment qu'il est cuit, ma chérie, murmure-t-elle gentiment.

Elle sort Dex de son landau et me le tend. Je l'installe sur mes genoux, tandis qu'il rit. Quand elle le reprend, je contemple mon ventre. Parfois, j'ai encore peur. Mais non, il ne faut pas. Rien ne peut plus nous atteindre à présent, n'est-ce pas ?

78

Harriet

Juin

Ça fait maintenant des mois que David m'a appris, pour Naomi. Combien exactement, c'est assez flou. Je suis soûle, comme la plupart du temps. Parfois, je ne dors pas pendant des jours ; d'autres fois, je dors seize heures d'affilée. Je travaille à peine ; mon compte en banque est dans le rouge.

J'imagine la joue si douce de Naomi, je l'entends me crier de sortir de chez elle. Je la revois, déposant ma tasse de thé sur la table basse. Puis je revois son visage souriant et détendu sur la photo du mariage de son amie.

— Est-ce que c'est ma faute ? dis-je tout haut.

Bien sûr que c'est ma faute. Elle a mis fin à ses jours à cause de moi. Qui d'autre que moi serait responsable ?

Lundi, à l'heure où Tom rentre habituellement chez lui, je décide de sortir et traîne un peu avant de remonter. Je consulte le menu du restaurant d'en face, je vais voir si je n'ai pas de courrier, je sors mon téléphone pour vérifier mes mails, je demande au concierge si j'ai reçu un colis.

Quoi d'autre ? Quoi d'autre ?

Je cherche des raisons de ne pas remonter, de quoi m'occuper l'esprit pour ne pas penser à Naomi.

Je n'ai pas croisé Tom. Mais trois jours plus tard, alors que je me livre au même rituel, je le vois arriver.

— Salut ! crié-je.

Je traverse la cour à petites foulées et passe devant le banc du jardin partagé dont personne dans cet immeuble n'ose profiter.

Nous payons tous des charges pour ce jardin, mais nous faisons un kilomètre pour aller chercher de la verdure dans un parc. La petite fontaine est dégradée, mais elle coule encore, même si les résidents ne lui jettent pas un regard quand ils passent devant elle d'un pas pressé pour aller prendre leur métro.

Tom se retourne, et son sac glisse de son épaule.

— Oh, salut ! dit-il en le remettant en place.

— Je vais monter avec vous, si ça ne vous dérange pas, dis-je, le cœur battant. Désolée, je sais que les gens préfèrent être seuls dans l'ascenseur…

— Non, ça va, répond-il en riant. On a déjà fait connaissance, donc c'est moins gênant. Le pire, c'est d'être obligé de rester debout face à quelqu'un, en faisant semblant de ne pas le voir.

L'ascenseur démarre.

— En fait, puisqu'on se croise, j'en profite pour vous dire que j'ai un livre sur la comédie musicale qui pourrait vous intéresser, si vous êtes toujours partant pour réaliser un documentaire sur le sujet, dis-je.

Mon assurance me vient du petit coup de rhum que j'ai bu en apéro.

Tom semble gêné de ne pas m'avoir tenue au courant de l'avancée du projet.

Aucune importance. Tout ce que je veux, c'est le faire entrer chez moi. Enterrer Luke sous des couches et des couches de Tom. Me sortir Naomi de la tête. Passer à autre chose.

— Mais si vous avez abandonné l'idée, ou si vous êtes pressé de rentrer chez vous…

— Non, non, je n'ai pas abandonné l'idée, je l'ai simplement mise en veilleuse, dit-il avec un sourire. Je peux passer prendre ce livre maintenant, si vous voulez. Ce serait super. Et aussi, ça fait un moment que je voulais vous poser une question : est-ce que vous avez eu des problèmes avec la poste ? Certaines de nos lettres se sont perdues. Du courrier émanant d'un hôpital. J'ai prévenu le concierge, au cas où quelqu'un l'aurait pris pour usurper notre identité, ou que sais-je.

J'évite de le regarder.

— Euh… oui, c'est étrange. En ce qui me concerne, rien à signaler.

La porte de l'ascenseur s'ouvre, et nous entrons chez moi.

Tom, Luke, Tom.

Luke m'accusant de la mort de Naomi.

Tom, Luke, Tom, Luke.

Ils vivent leur vie. Sans moi.

Tom, Luke, Tom, Luke.

— C'était du courrier destiné à Lexie, essentiellement, explique-t-il. Bizarrement, ce sont surtout les lettres qui lui sont adressées qui disparaissent.

Foutue Lexie, encore elle. Arrête de te mettre entre nous, Lexie. Fiche-nous la paix.

Je me dirige vers la cuisine et m'affaire avec mes sachets de thé, tout en discutant par-dessus mon épaule avec Tom qui est installé dans le salon. Tom est là, en train d'examiner le dos des quelques livres qui occupent mes étagères, histoire de s'occuper.

Je respire un grand coup et sers son thé à Tom dans le mug marqué G. Un collègue me l'a offert lors de l'échange de cadeaux anonymes de Noël, en prétendant qu'il avait choisi G pour « Géniale ». Je crois plutôt que c'était le seul mug qui restait chez Marks & Spencer. Ça en dit long sur les efforts que les gens sont disposés à faire pour moi.

Moi, je bois de l'alcool, évidemment.

— Voilà, dis-je en lui tendant le mug. Du lait et pas de sucre.

Je jette un regard méfiant aux grumeaux blancs qui surnagent à la surface ; le lait est probablement périmé. Ça doit faire un bail que je n'ai pas fait de courses. Mais Tom n'a pas l'air de le remarquer.

Il tient son mug à deux mains, mais semble trop distrait pour boire. Je sens que quelque chose le chiffonne.

Il s'assied et pose le mug sur la table basse. Je prends place à côté de lui, tout près.

Il balaie la pièce du regard.

— J'ai l'impression d'être déjà venu ici, dit-il en se déplaçant insensiblement pour mettre quelques millimètres de plus entre nous. Un soir, à une de vos soirées.

Ça le tracasse, visiblement.

— L'endroit me paraît familier. Vous faites souvent des fêtes, non ?

Je lui adresse un regard d'incompréhension, tellement exagéré que ça en devient louche. Ça m'amuse de le faire marcher. En plus, mieux vaut nier, pour qu'il ne fasse pas le rapprochement entre ses clés et moi.

— Oui, assez souvent. Mais je ne suis pas la seule à cet étage. Vous avez dû entrer chez quelqu'un d'autre.

Je ne peux pas le regarder dans les yeux, et mes mains s'agitent toutes seules, comme si elles virevoltaient au-dessus d'un clavier. C'est un tic qui me rassure. Il me rappelle que j'ai un métier, un rôle à jouer, une place bien à moi. Sauf que là, ça ne m'apaise pas vraiment.

Je me souviens d'avoir beaucoup douté au moment où j'ai dû recommencer ma carrière, après ce que j'avais infligé à Naomi. Mais, en fait, ç'avait été d'une simplicité déconcertante. Un nouveau site web, avec les mêmes informations, et des compétences qu'il m'était facile de mettre en valeur aux entretiens d'embauche. Personne n'avait cherché plus loin, et j'en avais pleuré de soulagement. Je pouvais aller de l'avant. Je pouvais continuer à me consacrer à ce qui comptait le plus dans ma vie.

Je jette un coup d'œil au réveil. Ça fait dix minutes qu'on est là, et Tom va sûrement vouloir partir quand il aura bu son thé. Il est temps de faire grimper les enchères.

Je lui effleure donc le bras, je fais des effets de cheveux, j'ouvre un bouton de mon chemisier. Bref, je donne dans tous les clichés de la drague et j'espère bien qu'il a compris mes intentions et qu'il se sent carrément troublé.

— Je vous sers autre chose à boire ? demandé-je en posant une paume sur sa cuisse.

Je désigne mon verre.

— Ça vous dit de passer à l'amaretto-Cola ?

Une drôle d'expression passe sur son visage. Il déplace sa jambe pour éviter ma main.

— C'est drôle, il me semble vraiment être venu à une fête ici, insiste-t-il en ignorant ma question.

Le mot « fête » résonne bizarrement à mes oreilles. J'organise des fêtes, en effet, mais elles n'ont de festif que le nom. Ce sont des fêtes empoisonnées, qui vous laissent un goût amer le lendemain. Des fêtes remplies d'inconnus, de tristesse, de gens qui viennent pour oublier leur journée. Des fêtes qu'on n'aura pas envie d'évoquer plus tard, qui ne laisseront aucun souvenir ému, qui n'éveilleront aucune nostalgie, qui ne donneront naissance à aucune amitié.

Et le lendemain de mes fêtes, quand les gens sont partis et qu'il n'y a plus de whisky, mon appartement m'apparaît tel qu'il est. Pas de photos, à peine quelques livres. Rien de vivant non plus : pas une plante, pas une voix à la radio, pas une fleur fraîche.

Le salon est aussi dégarni que le casier à bouteilles, jusqu'à ce que je le remplisse à nouveau. Il n'y a pas de reproductions de tableaux encadrées, pas de vieux vinyle, pas même une petite carte réalisée par une filleule en pleine période paillettes. Le piano est l'unique touche artistique du lieu ; et quand je reçois, il disparaît sous une nappe, parce que j'y tiens. Tout le reste, je m'en fiche. Partout, ça sent le renfermé et l'abandon.

— Non, vous n'êtes jamais venu, dis-je d'un ton vague, tandis que la pièce tangue légèrement. Vous étiez peut-être chez votre autre voisin ?

Tom jette un coup d'œil vers le piano et fronce les sourcils. Ensuite, il se souvient de ma question.

— Pour le verre, merci, mais je ne préfère pas, refuse-t-il.

Je me rends compte que ma paume est de nouveau posée sur sa cuisse.

— Je vais juste prendre le livre.

— Vous êtes sûr ? dis-je en me penchant vers lui.

Et sans préavis je l'embrasse, en glissant mes doigts sous son tee-shirt.

— Je vais juste prendre le livre, répète-t-il en s'écartant et en repoussant fermement ma main. Ma compagne m'attend.

Je marque une pause, le temps de réfléchir. Puis je me lance.

— Tu étais moins pressé de rentrer chez toi l'autre fois, dis-je posément.

Il était déjà sur le point de sortir, mais il fait volte-face.

— Pardon ?

Je souris.

— Tu sais bien… La fois où tu es venu ici faire la fête. Le soir où on a couché ensemble.

79

Lexie

Juin

Tom devrait être rentré, mais il n'est pas là, et son absence m'inquiète un peu.

Je l'attends dans le salon, en posture de yoga, une main sur le cœur, l'autre sur mon bébé. Je pourrais presque lâcher prise, si je n'étais pas dérangée par le bruit du bus 38 qui freine à l'arrêt juste en dessous… et cette enquiquineuse d'Harriet, bien sûr, qui parle avec quelqu'un de l'autre côté de la cloison. J'expire lentement, en comptant jusqu'à huit.

Et soudain, je m'interromps.

Impossible de respirer calmement.

Plus question de faire le vide.

J'ai la nausée.

Je vais coller mon oreille contre le mur. La voix de la personne qui discute avec Harriet, je la connais.

Il arrive vingt minutes plus tard.

— Désolé, dit-il, en franchissant la porte, tout pâle. On a pris du retard. Sans le faire exprès, j'ai lâché le morceau à Dan, pour le bébé. Du coup, il a insisté pour m'offrir le champagne. Ç'aurait été grossier de partir sans finir la bouteille.

Heureusement, assise sur mon tapis de yoga, je lui tourne le dos, et il ne voit pas mon visage, il ne voit pas que j'ai du mal à respirer. Il ment.

Je te soupçonnais de me tromper, Tom, mais cette fois j'en suis sûre.

Avec la tempête qui s'est déclenchée sous mon crâne, impossible d'expirer longuement. Pourquoi Tom voudrait-il me cacher qu'il était chez Harriet ? À moins d'avoir une liaison avec elle, je ne vois pas. Ou alors, je suis devenue complètement folle.

Je demeure silencieuse, j'attends qu'il en dise plus, pour voir jusqu'où il est capable d'aller.

Mais il ne se donne pas la peine de poursuivre la discussion.

— Je vais prendre une petite douche rapide, déclare-t-il.

J'entends couler l'eau, puis il ferme derrière lui la porte de la salle de bains. J'ôte mes mains de mon cœur et de ce bébé qui ne sait rien du drame qui se joue.

Encore trois semaines avant l'échographie, et ensuite j'allais pouvoir passer à l'étape suivante. Acheter ces drôles de peluches moutons qui aident les bébés à dormir. M'inscrire à des cours pour femmes enceintes. Apprendre à être de nouveau moi-même, sans injections, sans l'impression de vivre dans le déni, sans le poison des soupçons. Mais la voix de Tom, je la connais. Je n'ai pas pu faire erreur.

Et mon cœur, maintenant, ne va plus ralentir. Il ne va pas ralentir, même si je panique en pensant aux répercussions de mon stress sur le bébé ; même si j'ordonne à mon corps de se calmer.

Ces derniers temps, Tom et moi, nous étions gais et pleins d'entrain, étourdis par la nouveauté de mon état, par notre secret. Nous retrouvions peu à peu notre complicité.

Mais avais-je réellement laissé derrière moi tout le reste ? La sensation que quelqu'un était entré dans l'appartement, les préservatifs, les sous-vêtements. Et Tom, dont le comportement était juste assez décalé pour valider un doute sur sa fidélité, pour que je pense de temps à autre aux mails de Rachel, que je ne peux pas reléguer aux oubliettes comme si c'était une anecdote anodine.

« Pose-toi des questions. »

Des questions, je n'arrête pas de m'en poser. Surtout quand j'entends mon compagnon qui parle de l'autre côté de la cloison à notre jolie voisine et qu'il prétend ensuite avoir été au pub avec un ami pour fêter ma grossesse.

Au moment où Tom sort de la douche, un fracas de verre brisé du côté d'Harriet nous fait sursauter. Nous regardons tous les deux le mur, mais aucun de nous n'ose commenter l'incident. Qu'est-ce qui se passe Tom ? Qu'est-ce que ça veut dire, tout ça ?

80

Harriet

Juin

Je donne une soirée improvisée. Comme d'habitude, le sous-entendu est le suivant : entrez si vous avez le cœur en miettes, si vous êtes seul, si vous avez besoin de boire au point d'oublier qui vous êtes. Entrez donc, si vous ne voulez pas voir vos proches, si les voir vous fait forcément du mal, ou si vous n'avez tout simplement personne à voir. Entrez si vous n'arrivez pas à penser à autre chose qu'à la mort d'une certaine Naomi.

J'accueille les marginaux, les gens brisés, les ivrognes et les débauchés. Je ne veux ni noms de famille ni politesse de surface. Je ne recevrai pas demain des ribambelles de SMS convenus me remerciant pour cette soirée si agréable, parce que mes invités se souviendront à peine où ils étaient. Nous serons tous aussi vides que les bouteilles de whisky, et ce sera parfait ainsi.

La fête de ce soir, c'est pour Tom. Je veux l'atteindre, chatouiller sa culpabilité. Le punir de m'avoir rejetée, alors que j'avais besoin qu'il me baise pour cesser de penser à Luke, à ce qui est arrivé à Naomi, à tout ce qui tourbillonne dans mon crâne.

La porte est ouverte, Tom, ne te gêne pas pour entrer. Ça te rafraîchira peut-être la mémoire.

Mais il ne le fera pas, je le sais bien.

Je croyais qu'il y avait une petite étincelle entre nous. Et puis je savais que sa relation avec Lexie battait de l'aile. Mais il ne m'a même pas rendu mon baiser et il avait hâte de sortir de chez moi. Je contemple dans le miroir ma silhouette gauche et trop grande. Est-ce que c'est ça, l'explication ? Je ne l'attire pas physiquement ? Est-ce que je lui plairais si j'avais le corps de Naomi ? Je me sens de nouveau prise de nausées. Je pense à Naomi sans vie et je me sens coupable. J'aimerais bien qu'on puisse déterminer ma part de responsabilité dans la mort de Naomi. Calculer un pourcentage. Je me demande quel taux me semblerait tolérable.

Peut-être que le rejet de Tom n'a rien à voir avec une question d'attirance physique. Certains hommes sont tout simplement fidèles. En tout cas plus fidèles que Luke, parce qu'avec lui, les maîtresses, ça défilait. Je donne un coup de pied dans le miroir, dont la glace se fissure dans le bas.

J'aurais dû m'en douter : une fois dans mon appartement, Tom avait la tête du type qui se présente à un entretien d'embauche et se rend compte, aussitôt entré, qu'il n'a pas envie de travailler là. Il a gardé sa veste et il n'a pas arrêté de tripoter le revers de ses manches. Il ne m'a pas rendu mon baiser, pas même une demi-seconde.

C'est pour ça que je suis passée à une tactique plus agressive. Je ne sais pas s'il m'a crue quand je lui ai dit qu'on avait couché ensemble. S'il pense qu'il était soûl au point de ne même pas se souvenir de *ça*.

Après son départ, j'ai enchaîné verre sur verre, puis je me suis effondrée.

Parce que je ne supportais pas qu'il m'ait repoussée, après tout le mal que je m'étais donné… J'ai balancé mon verre de vin contre leur mur, en espérant que Tom m'entendrait de l'autre côté. Je ne me suis pas baissée pour ramasser les morceaux. Personne d'autre que moi ne risquait de se blesser, alors au point où j'en étais… Je ne comprends pas pourquoi… Pourquoi les hommes ne veulent-ils jamais de moi, alors que je fais tout pour eux ?

Je suis assise dans mon salon, à l'écart de mes invités, seule, avec un grand verre d'amaretto-Cola. Si Tom pense qu'il suffit de me rejeter pour se débarrasser de moi, il se trompe lourdement.

L'amertume, c'est un sentiment tenace qui a tendance à s'amplifier.

D'abord, vous en voulez simplement à ceux qui ont tout. Ensuite, ça s'aggrave. Vous êtes agacée par le type croisé dans un magasin, simplement parce qu'il a l'air bien dans sa peau. Par les gens qui partagent une bouteille de vin au pub, au lieu de la boire seuls. Vous vous mettez à détester votre voisine, parce qu'elle a tout ce dont vous rêvez et que vous entendez quelqu'un lui dire « je t'aime ».

Et tous ces gens deviennent les personnages de votre théâtre intérieur. Ils jouent pour vous une pièce où vous leur faites payer pour tout ce qu'ils ont : des parents proches et aimants, un frère qui leur rend visite, un compagnon qui partage leur vie. Vous les punissez de ne pas être torturés par l'image de la douce Naomi aux ongles orange vif.

Puis vient le moment où ça ne vous suffit plus de punir dans votre tête. Vous voulez punir pour de bon.

Si Tom s'imagine que je vais rester assise à écouter de l'autre côté du mur ce que j'aurais pu avoir dans ma vie, il se trompe.

S'il croit que je vais les laisser tranquillement savourer leur bonheur, il se trompe.

S'il pense que je vais accepter une fois de plus d'être abandonnée, après m'être donné un mal fou, il se trompe.

J'ai tiré la leçon de ce qui s'est passé avec Luke : si on ne peut pas obliger quelqu'un à vous aimer, on peut au moins plonger dans les entrailles de sa vie, atteindre la moelle de son existence et la déchirer en lambeaux. Je peux détruire Tom, même si je ne suis rien pour lui.

À minuit, Chantal débarque.

— Harriet ! s'exclame-t-elle en m'embrassant sur la joue. Comment vas-tu ?

Elle est venue avec un homme. Elle n'est plus la même ; elle joue les femmes bien rangées. Ça me dégoûte.

— Tu es à jeun, on dirait ! lui dis-je avec une grimace. Bois quelque chose. On va danser.

Elle me sourit.

— Pour danser, c'est d'accord, acquiesce-t-elle.

Elle est calme, ses yeux pétillent de joie, ses cheveux roux retombent en vagues souples autour de son visage.

— Mais pas d'alcool. J'essaie d'arrêter de boire.

Elle regarde à la dérobée celui qui l'accompagne, lequel observe d'un œil désapprobateur mes invités en état d'ivresse. Il repousse ses cheveux de ses yeux.

Au moment où je m'éloigne d'eux, il murmure quelque chose à Chantal en fronçant les sourcils.

Une demi-heure plus tard, elle me fait signe de loin qu'ils s'en vont, puis elle part avec son nouveau mec, en lui donnant la main, en se sentant aimée. Chantal aussi. Je veux la voir allongée sur ce canapé, en train de pleurnicher, accrochée à mes soirées comme si elles étaient la seule distraction de sa vie. Il y a des moments où je comprends les dealers : c'est une sensation grisante, d'avoir les gens à sa merci.

81

Lexie

Juin

À l'hôpital, il y a une grosse infirmière noire avec l'accent des Caraïbes qui m'appelle « mon cœur ». À l'université, j'avais une amie de la région de Tyneside, dans le nord-est, qui appelait tout le monde ainsi. Je crois que l'expression est typique de la région.

Cette infirmière doit avoir un compagnon ou un colocataire originaire de là-bas, ou alors elle y a vécu un temps. Mais il est possible aussi que ça n'ait aucun rapport avec la géographie et que ce soit tout simplement le genre de mot qui vient à l'esprit quand on soigne des femmes qui ont besoin d'être réconfortées.

Je ne lui ai jamais posé la question, parce que nous parlons plutôt nombre d'ovules, date de règles, taille de spéculum et état de mon moral. Il m'arrive de lui répondre au téléphone sur un quai de métro, ou de l'appeler d'un bus. Une fois, je me suis assise par terre devant une rôtisserie dans King's Cross et j'ai sangloté un long moment avec elle au téléphone, parce que mon rendez-vous avait été reporté.

— Je n'en peux plus, avais-je gémi.

Elle avait patiemment attendu que je me décharge de toutes mes frustrations, bien qu'elle ait des journées de travail chargées qui ne lui laissent pas une minute pour souffler. C'est une infirmière compétente et humaine. Une leçon de vie à elle toute seule. Bien des gens devraient prendre exemple sur Norma.

Aujourd'hui, je suis venue passer l'échographie des trois mois, et c'est Norma qui vient me chercher. Quand elle me parle gentiment, en posant sa main sur moi, c'est comme un massage. Quand je passe devant elle, son souffle régulier me rassure et me rappelle que je dois respirer calmement.

Elle me sourit et m'effleure le ventre. Ce geste ne me gêne pas ; je ne le ressens pas comme une intrusion. Elle a participé à la création de cet enfant, comme tous ceux qui travaillent ici, et si je peux apporter un peu de joie aux longues journées si pleines de mauvaises nouvelles du personnel soignant de cet hôpital, c'est bien volontiers.

J'attends encore vingt minutes avec Tom, puis on nous fait entrer dans la salle d'échographie. Norma est là, dans son uniforme bleu, à côté de la radiologue. Elles posent toutes les deux sur moi un regard bienveillant et las.

Par habitude, je m'apprête à faire descendre mon jean et ma culotte d'un seul mouvement, ce qui fait rire la radiologue.

— Pas cette fois, dit-elle. Le bébé est suffisamment développé. On ne va pas faire une échographie endovaginale.

Je vais enfin avoir droit à une échographie comme celles qu'on nous montre à la télévision, qui laisse une place à l'émotion. Pas comme l'examen lugubre auquel je me soumettais jusque-là, avec caméra interne et compte-rendu inintelligible. Nous allons être des parents comme les autres, et le personnel soignant va cesser de me regarder avec pitié.

— Ne vous en faites pas, mon cœur, vous n'êtes pas la première à qui ça arrive, me rassure Norma. Ne soyez pas gênée.

— Je m'en doute, réponds-je en riant. Je ne suis pas du tout gênée.

Je repense à la fois où j'ai uriné sur un couvercle de flacon stérile, avec une jambe de pantalon sur ma cheville. À celle où j'ai laissé entendre que *j'adorais* mettre des suppositoires, pour montrer que j'étais prête à tout pour mériter une FIV.

— J'ai dépassé le stade de la honte. Je suis simplement soulagée d'en avoir fini avec les échographies internes.

Une fois que je suis allongée, on m'étale du gel sur le ventre. Tom a déjà les yeux rivés sur le moniteur et tient l'une de mes mains entre les siennes, comme s'il tenait l'œuf en plastique jaune d'un Kinder Surprise.

Quand l'image apparaît à l'écran, mon ventre se noue. Mon fragile optimisme m'a abandonnée. Je me surprends à prier des dieux auxquels je ne crois pas, pour tenir à distance des superstitions idiotes. Et, comme pour les tests de grossesse, je n'ose pas regarder. J'ai déjà passé une échographie qui a confirmé la présence d'un bébé, mais celle-ci est beaucoup plus importante. Peut-on vraiment espérer avoir *encore* de la chance ? Espérer *encore* une bonne nouvelle ? Je préfère laisser à Tom le soin de le vérifier.

Mais la radiologue s'empresse de me rassurer.

— Je vois un bébé, dit-elle. Avec un petit cœur qui fonctionne parfaitement.

Je regarde Tom, puis Norma, et ensuite seulement notre bébé. Ce bébé que nous avons fait tous ensemble.

Désormais, ce n'est plus un bébé théorique. Il est devenu réalité. C'est un miracle. Grâce au sperme de Tom et à mon ovule, à des années de recherche médicale, à un système de santé qui œuvre pour la vie, il y a maintenant cet être humain qui pousse dans mon ventre, avec ce point rouge qui palpite sur l'écran et qui est son cerveau (je crois).

— Merci, dis-je dans un murmure.

J'éclate en sanglots. Et je ne saurais pas dire si mes larmes sont à mettre sur le compte des hormones, de ma gratitude, ou de ma sensibilité à fleur de peau.

Tous les examens sont bons, nous pouvons partir. Dans le bus, nous regardons le cliché de l'échographie. Tom sursaute chaque fois que quelqu'un trébuche en passant trop près de nous. Par « nous », je veux dire « moi ». Cet instinct protecteur s'émoussera dans quelques mois, mais pour l'instant, c'est délicieux et je savoure.

— On descend au prochain arrêt, dit-il.

Puis il m'escorte littéralement hors du bus.

Dès que nous sommes rentrés, j'envoie le cliché de l'échographie à mon frère. Il m'appelle sur-le-champ. Nous ne parlons pas : nous pleurons tous les deux au téléphone. Noah pleure aussi, mais c'est parce qu'on lui a refusé une saucisse, donc ce n'est pas pareil.

Sur FaceTime, même mes parents, si peu émotifs d'ordinaire, semblent enfin doués de sensibilité. Ils savent déjà depuis un moment que je suis enceinte, et je leur ai raconté ce que nous avions vécu, Tom et moi. J'ai pleuré avec eux, via un écran, mon bébé perdu, ma souffrance, la distance qu'il y avait entre nous durant cette épreuve. Ils étaient touchés, je l'ai bien vu, même s'ils ne sont pas du genre à avoir la larme à l'œil.

Ils se sont excusés de n'avoir rien soupçonné. Maman m'a avoué qu'elle se sentait coupable d'avoir été si loin quand nous aurions eu besoin d'aide. J'ai tenté de me montrer magnanime : j'aurais dû leur faciliter la tâche en les aidant à comprendre. À présent, je sens qu'on peut passer à autre chose. Je leur ai tout pardonné et bientôt j'enverrai à ma mère des cartes postales saupoudrées de paillettes, de la part de mon bébé, adressées à sa grand-mère. Elle viendra nous rendre visite le mois prochain. J'ai hâte de la voir.

Plus tard, je télécharge sur mon téléphone les réseaux sociaux que j'avais supprimés. Je peux les consulter, maintenant que je ne suis plus dévorée de jalousie. Je ne vois plus partout des parents qui friment avec leurs enfants ou qui ne mesurent pas leur chance. Je vois simplement des gens qui vivent leur vie de parents, qui se réjouissent quand tout va bien et tentent d'assumer quand ça va moins bien.

Mais je ne poste rien, pour ne pas avoir à parler de ma grossesse. Je ne peux pas, je ne pourrais jamais, sachant le mal que ça peut faire. Je me contente de consulter les pages de mes amies, je suis de retour parmi mes semblables. Il m'arrivera peut-être un jour quelque chose qui me donnera de nouveau envie de les fuir. C'est possible.

En attendant, la vie est belle. Nous commandons un plat au curry et des bières sans alcool. Je n'arrête pas de parler de ce bébé qui va vivre ici, parmi nous, avec ses petites brassières, ses petites chaussettes, et un cœur qui bat.

Dans un recoin de mon esprit, il y a encore des questions sans réponse à propos de Tom. Mais ça reste abstrait. À côté de ce qui nous arrive, ça ne pèse rien.

82

Harriet

Juin

Il est 4 heures du matin et, comme cela m'arrive très souvent depuis peu, j'ai pris de puissants analgésiques qu'un inconnu m'a vendus tout à l'heure, sans avis médical et sans ordonnance. Je suis complètement dans les vapes.

Mais attention, je ne suis pas pour autant bourrée de cachets. Tout est une question d'équilibre. Quand j'ai commencé ces antalgiques, j'ai arrêté mes antidépresseurs. À l'hôpital, ils m'avaient dit de ne pas interrompre le traitement brusquement et d'attendre qu'ils me donnent un protocole de sevrage, mais je ne suis pas du genre à faire les choses graduellement. La lenteur me frustre. Et… j'ai un projet. Un beau projet, bien ficelé.

Mais d'abord, il faudrait que je dorme un peu. Sauf que je ne peux pas, parce que je suis bombardée d'images et de pensées. Je les écris, j'ai dessiné un diagramme très élaboré pour les situer les unes par rapport aux autres. En fait, c'est extrêmement clair. Luke, Tom, Chantal qui frime avec son nouveau mec. Naomi, Naomi, Naomi, Naomi et ses colombes.

J'ai envoyé un message à Tom, en tant qu'Harriet, sa voisine et amie dans la vraie vie, celle qu'il a rencontrée autour d'un café, avec laquelle il n'a pas voulu coucher, mais croit peut-être avoir dérapé en marge d'une soirée trop arrosée. Il ne répond pas, et son silence me met dans une rage folle.

Je ferme les yeux, et voilà que je pense à Naomi. C'est presque tout le temps ainsi. Dans ces cas-là, je bois un verre, ou je prends un cachet. Ça aide.

Je revois Luke en train de me dire qu'il veut avoir des enfants avec moi. Je sens des mains glacées, gelées, qui se referment sur des bols de chocolat chaud. Je vois la statue de la Petite Sirène, qui se cache sous son épais manteau de neige.

À présent, je ne sais plus si je suis éveillée ou endormie.

Je vais m'asseoir contre le mur de Tom et Lexie pour écouter. J'entends le rire chaleureux de Lexie. Une radio qui diffuse des variétés. Je reste silencieuse. Je suis le bruit, j'ai toujours été le bruit, mais à présent je dois être le silence.

J'imagine Lexie assise dans la même position que moi, à quelques centimètres de moi, nos têtes l'une contre l'autre, avec seulement cette cloison entre nous, chacune de nous endossant un peu du fardeau de l'autre.

On aurait pu être amies, Lexie, si la situation n'était pas si compliquée.

Je pense que Tom préfère être de l'autre côté du mur, plutôt que de mon côté. Je griffe le plâtre. Il est déjà couvert de traces. Je ne pensais pas qu'il y en avait autant. Peut-être que je finirai par me frayer un chemin jusqu'à eux, à force ?

J'entends la voix d'Iris qui affirme que je suis « excessive ». Je vois Chantal. Chantal avec son nouveau mec. Elle a l'air heureuse, heureuse, tellement heureuse…

Je me revois à quinze ans, en train de jouer du piano devant toute la classe. Dévorée de timidité, tétanisée par la peur, mais fière, très fière qu'on m'ait demandé de jouer. Et ensuite un bourdonnement qui s'élève du groupe de mes camarades, à peine audible au début, mais qui monte en puissance, et je distingue des moqueries, qui couvrent peu à peu le son de mon piano, et j'ai beau marteler les touches de mes mains tremblantes, je les entends toujours.

Je pense à Frances, qui me raccroche au nez pour s'occuper de son chien, et aux amies de Luke qui échangent des sourires narquois par-dessus la table quand elles croient que je ne regarde pas.

Je flotte entre le rêve et la réalité. Je ne sais pas si j'envoie un message à David, ou bien si je rêve seulement que j'en envoie un. Si Tom et Lexie rient vraiment de l'autre côté, ou si ça se passe dans ma tête, ça aussi.

Luke a un gobelet de vin à la main, et je suis assise en face de lui dans un champ. Mon ventre est rond comme un ballon de foot. Un bébé. Tout devient flou. Luke s'estompe peu à peu, et enfin, enfin, je m'endors… Mais je suis réveillée par un coup frappé à ma porte, à peine quelques secondes plus tard. Naomi ? Je me lève d'un bond et vais ouvrir, en essayant de reprendre pied dans la réalité.

— Rien de grave, commence le concierge, avec la tête de quelqu'un qui vient au contraire annoncer une mauvaise nouvelle.

Ce n'est pas Naomi.

Cette fois, j'atterris.

Ça ne peut pas être Naomi, puisqu'elle est morte.

Le concierge balaie du regard les bouteilles éparses sur le sol derrière moi, les restes d'une ligne de coke sur la nappe qui recouvre le piano. Il trouve que c'est vraiment n'importe quoi, un sacré bordel. Qu'est-ce qu'il dirait s'il voyait le désordre sous mon crâne…

— Nous avons reçu, euh… des plaintes à propos de vos soirées. Alors je passais pour vous prier de penser aux autres locataires. Peut-être pourriez-vous demander à vos invités de partir plus tôt ? Et baisser un peu le volume de la musique ?

On voit qu'il a répété son texte. J'acquiesce ; j'entrouvre mes lèvres sèches ; j'ai hâte d'échapper à son sermon pour aller ouvrir un robinet. La pièce tourne.

— Merci, Harriet, conclut-il. C'est très aimable de votre part.

Il s'éloigne en esquissant une grimace, et je me dis qu'il faut absolument que je prenne une douche et que je range le salon aujourd'hui. Surtout que… J'ai failli oublier… Je dois inviter *très bientôt* quelqu'un chez moi. Je ne peux recevoir personne dans mon appartement s'il est dans cet état. Surtout pas une visiteuse aussi importante.

À 16 heures, le salon est de nouveau présentable, et moi aussi. Je suis même déjà dans un pub et déjà soûle. Avant de venir, j'ai reçu un coup de fil m'informant que j'étais virée d'un projet de comédie musicale. Il paraît que j'ai séché une réunion pour la sixième fois.

Mais ce n'est pas évident d'arriver à l'heure quand il y a eu des gens chez vous presque toute la nuit et qu'il faut en plus éliminer des traces de drogue du piano. L'autre soir, j'ai beaucoup bu après avoir vu Chantal partir vers sa vraie vie en donnant la main à ce type ; avec un vague salut pour moi, l'incarnation de sa triste vie d'avant. Pour elle, la solitude n'était qu'une parenthèse. Pour moi, c'est le passé, le présent et l'avenir.

Au début, quand j'ai appris qu'on me virait, ça ne m'a fait ni chaud ni froid. J'ai juste filé au pub et depuis je n'ai pas arrêté de boire. Sauf que, maintenant que je suis bourrée, l'alcool me rend sentimentale, et je suis en train de piger un truc.

Je croyais que je n'étais rien sans Luke. Je croyais que je n'étais rien sans Tom. Je croyais que je n'étais rien sans mes amis et ma famille. C'est faux. Je ne suis pas rien. J'écris des chansons qui plaisent. Mes chansons, les gens viennent les applaudir et ils les fredonnent en rentrant chez eux ; ça, c'est bien réel.

Mais si on me fait la réputation de quelqu'un qui n'est pas fiable et que je perds mon boulot, alors je sombrerai dans le néant.

Tout le monde a une place dans la société. J'imagine Naomi entrant dans son bureau, vêtue de son beau chemisier à colombes. Luke au milieu d'un groupe d'amis, dans un pub. Mes parents sur leur terrasse, fêtant leur retraite avec du vin californien, soulagés d'être débarrassés de leur fille à problème. Tom, faisant le tour du monde, caméra à l'épaule. Lexie qui tape sans relâche sur son ordinateur de l'autre côté du mur.

Et, à la périphérie de toutes ces images, il y a moi : sans but, sans attache, sans intérêt.

Sauf quand je compose. Là, je suis une autre personne. Je suis présente, j'ai ma place dans le monde. Au piano, je n'ai plus cette sensation d'être diminuée, de valoir moins que les autres. Au piano, je peux apporter ma contribution.

J'ai abandonné mes contacts à Chicago pour émigrer avec Luke, mais en arrivant ici, j'ai trouvé du travail. Beaucoup de travail. Un travail plus intéressant. Et depuis ce qui m'est arrivé, le départ de Luke et tout le reste, c'est le travail qui m'a permis de ne pas perdre pied.

Et maintenant, ça aussi, c'est peut-être foutu. Si je ne peux plus créer, alors tout ce qu'il me reste à faire, c'est détruire : mon foie, mon appartement, mon compte en banque. Ma voisine.

Je croise Lexie quelques jours plus tard dans le hall de l'immeuble et m'arrange pour monter avec elle dans l'ascenseur. Je traînais en bas pour provoquer une rencontre : c'est chose faite.

Je suis à bout de souffle ; j'ai dû courir pour la rattraper.

Elle cherche mon regard et me gratifie de ce chaleureux sourire, tellement généreux, que j'ai tant de fois contemplé sur des photos.

Sans blague… J'en ai de la chance, d'avoir enfin droit à ton sourire, Lexie.

— Je m'appelle Lexie, dit-elle. Je crois que nous sommes voisines.

Je suis ravie qu'elle engage la conversation ; elle me mâche le travail.

— Moi, c'est Harriet, réponds-je.

J'essaie d'imiter son sourire. Je l'ai suffisamment étudié pour en être capable, après tout.

— Nos appartements sont mitoyens, mais on se croise à peine, dis-je. C'est Londres…

Elle rit, au moment où l'ascenseur s'arrête avec un sursaut.

— Oui, approuve-t-elle. C'est un truc que mon frère n'arrive pas à comprendre.

Encore ce sourire.

— En tout cas, je suis contente de vous rencontrer. Je suis enceinte… Je voulais vous demander d'avance de nous excuser pour les pleurs à 3 heures du matin.

Je regarde son ventre. En effet, il commence à s'arrondir.

Je lui emboîte le pas hors de l'ascenseur, tout en lui adressant les félicitations d'usage.

Donc, ça a marché. C'était ton seul problème, et tu l'as réglé. Tu vas avoir un bébé. Tu as tes amies, ta famille. Un mec qui refuse de te tromper, même quand une femme s'offre à lui sur un plateau d'argent. Tu as vraiment tout.

Je lui souris, le cœur battant, brusquement submergée par le chagrin de ne plus avoir Luke et la vie que j'aurais dû mener.

Cette vie-là. Une vie de famille. Une vie dans une bulle de poulet rôti et de soirées cinéma. Une vie à deux.

Pourquoi Lexie aurait-elle le droit de vivre à deux et moi non ? Pourquoi est-elle tombée sur un type bien, alors que moi je suis tombée sur un salaud qui m'a fait marcher, qui m'a torturée et qui m'a finalement abandonnée ?

— Ça vous dirait de passer chez moi ? m'entends-je proposer. Prendre une tasse de thé. Votre frère serait ravi.

Et elle rit encore, la tête renversée, avec sa crinière de boucles sauvages qui enveloppe ses épaules. Elle est gentille, au fond, et plutôt sympathique. C'est le genre de personne avec qui j'aurais aimé être amie, sauf qu'il n'y aura jamais de place pour moi dans sa vie. Le genre de personne avec qui j'aurais pu être amie, si je n'avais pas décidé d'achever de la détruire.

83

Lexie

Juin

J'ai rencontré ma voisine dans l'ascenseur, et elle m'a invitée à boire un thé. Ça y est, je suis chez elle, de l'autre côté du mur. Je vais pouvoir parler à Harriet, l'observer et peut-être éliminer une fois pour toutes l'idée qu'il y a entre elle et Tom un autre lien que celui dont il m'a parlé.

—Ah, voilà votre piano! dis-je en le caressant comme s'il s'agissait d'un chat. Je vous entends vous exercer et je me suis souvent demandé si vous étiez dans la musique. Vous jouez en professionnelle?

—J'écris et je compose des chansons, la plupart du temps pour des comédies musicales, un peu pour la télé, répond-elle. C'est dur, mais en même temps, c'est gratifiant de gagner sa vie en écrivant de la musique. J'adore ça.

Sa voix est plus douce quand elle parle de son travail, et si je ne la soupçonnais pas de coucher avec Tom, je me sentirais coupable de l'avoir espionnée sur Internet et de le lui cacher. C'est glauque. Ça ne me plairait pas de rencontrer pour la première fois quelqu'un qui saurait déjà tout de ma vie. Rien que l'idée me fait frémir.

—C'est super.

Je n'en fais pas des tonnes, mais c'est sincère. Je trouve vraiment ça super.

Elle va dans la cuisine pour mettre la bouilloire en route, et je l'entends ouvrir un placard.

Quand elle revient dans le salon, son attitude a changé. Elle a l'air coincée, toute bizarre. Il ne reste plus rien de la douceur que j'ai entrevue quand elle parlait de sa musique.

Il y a une dizaine de livres sur une étagère, mais les autres étagères sont vides. Complètement. Des rangées et des rangées de vide poussiéreux. Je pense à toutes les affaires qu'on entasse dans notre appartement, bien que je sois tout le temps en train d'en mettre dans des sacs pour les apporter à une boutique caritative, histoire de faire un peu de place. Harriet est peut-être une activiste écolo qui s'est engagée à vivre avec le strict minimum. Ou alors elle est un peu spéciale. Ça fait un drôle d'effet, en tout cas.

Rien ne traîne. Pas la moindre carte de remerciement, pas le moindre faire-part. Pas de bouteille de champagne de marque en prévision de Noël. Pas non plus l'une de ces œuvres d'art prétentieuses, numérotées trente et des poussières, ce qu'on trouvait de moins cher à la foire Frieze cette année. Pas de fleurs, pas de plantes, pas de bougies. Pas d'odeur du tout, c'est drôle, ça aussi. Pas de gaieté.

Pas non plus de talons de billets de théâtre ou de cartes de fidélité. Mais ce qui m'interpelle le plus, sachant qu'Harriet est une expatriée, c'est qu'il n'y a même pas une photo encadrée, comme si elle n'avait ni parents, ni frères et sœurs, ni amis. Je me sens frustrée. Comment puis-je faire l'anatomie de ma voisine ? Je suis venue ici en espérant entrevoir un peu de la femme que j'entends tous les jours, des heures durant, mais il n'y a rien.

Elle hausse la voix depuis la cuisine pour me demander ce que je fais dans la vie et ce que je veux boire.

— Rédactrice publicitaire ! Une camomille !

Je baisse les yeux vers mon ventre. Le thé m'est désormais interdit.

Je jette un coup d'œil à un autre groupe d'étagères. Rien non plus, ou presque… Un détail attire mon attention : une enveloppe au cachet de la sécu, avec mon nom. Sur une pile d'autres lettres. Je fronce les sourcils. Cette lettre lui serait-elle parvenue par erreur ? Va-t-elle me la donner ? L'idée me traverse que les autres lettres de la pile pourraient être le reste de mon courrier perdu, mais bien sûr que non. Je délire.

Elle apparaît à côté de moi sans bruit, et je sursaute.

— Désolée, dit-elle avec un sourire. Je vous ai fait peur ?

Elle tient dans ses mains deux tasses de camomille.

Puis elle suit mon regard, droit sur le courrier, et pose le thé à côté de la pile. Mais elle n'en parle pas, comme si elle n'avait rien remarqué, comme s'il n'y avait rien à en dire.

— Vous devez accoucher quand ? demande-t-elle.

Elle s'est soudain animée et glisse son bras sous le mien, genre meilleure amie dans une comédie romantique.

— Vous voulez connaître le sexe avant la naissance ? Vous avez des prénoms en tête ?

Elle me bombarde de questions sans me laisser le temps de répondre, tout en m'entraînant vers son canapé Ikea.

Je m'assieds, non sans hésitation, avec un dernier coup d'œil vers mon enveloppe.

Je me demande si Tom est rentré et, si oui, s'il entend ma voix et la reconnaît, comme j'ai cru reconnaître la sienne il y a quelque temps. Notre appartement semble silencieux, mais le bavardage incessant d'Harriet masque peut-être les bruits de Tom de l'autre côté de la cloison.

— Je suis désolée, on ne parle que de moi, dis-je.

En fait, c'est elle qui me pose des questions, mais comme j'ai souvent l'impression de monopoliser la conversation, je me sens coupable. J'ai évoqué plusieurs fois ce problème avec ma psy enceinte, mais ce n'est pas pour autant qu'il est réglé.

Harriet sourit. Bouche fermée. C'est le sourire d'une personne stable. Une personne qui n'a pas besoin de se protéger derrière un flot décousu de : « Non, non, non, pas du tout, c'est ma faute… »

Elle me dévisage posément, toujours avec ce drôle de sourire distant. Elle attend peut-être que je lui pose des questions sur elle, à présent, vu ma dernière remarque. L'ennui, c'est que j'ai du mal à communiquer avec les gens distants. Je ne sais pas comment les atteindre, comment les aborder.

Une question me vient à l'esprit.

— Est-ce que vous… vous avez quelqu'un ?

Je ne sais pas pourquoi j'ai dit ça. Je crois que je ne supportais plus le silence et que je n'ai rien trouvé d'autre. Il est vrai qu'il n'y a rien dans cette pièce dénudée qui pourrait servir de point de départ à une conversation. À part…

Que fait mon courrier chez toi, Harriet ? Est-ce que tu couches avec mon mec ?

— Non, répond-elle sèchement.

— Désolée, dis-je en rougissant encore plus, probablement jusqu'aux aisselles. Je croyais…

J'ai encore raté mon examen de féminisme en mettant une femme mal à l'aise parce qu'elle n'adhère pas aux idées toutes faites sur la vie en couple.

Je triture nerveusement le bout de ma manche. J'ai brusquement très chaud.

J'essaie de respirer calmement. La lettre, c'est sûrement une simple erreur. L'homme que j'ai entendu, quelqu'un qui avait la même voix que Tom.

Le bébé a besoin de calme. Pense à lui.

J'observe de nouveau Harriet et, une fois de plus, je me rends compte que je ne sais absolument rien d'elle.

Rien sur sa sexualité, rien sur son passé sentimental. Et si elle a vécu un truc horrible la semaine dernière, je ne le sais pas non plus. J'ai l'impression de la connaître, mais en fait je n'appréhende qu'un pour cent de sa personne. Autrement dit : rien.

Tout ce que je sais, c'est que, comme tout être humain, elle a ses qualités et ses défauts. Comme moi, il lui arrive probablement d'être triste, angoissée, inquiète, paniquée. De juger les autres. De s'en vouloir et de se détester. D'être amère, envieuse ou jalouse, et de le regretter. D'idéaliser les autres et d'être trop sévère avec elle-même. De penser qu'elle sait, mais de ne rien savoir. De juger les autres à travers des murs et des applications, tout le temps, toute la journée, en permanence. Et de se demander ensuite pourquoi elle est malheureuse.

L'absurdité de la situation m'apparaît soudain. En fait, je croyais connaître ma voisine à travers les réseaux sociaux, sans jamais avoir rien partagé avec elle : ni une conversation, ni un repas, encore moins un secret. Et j'étais jalouse d'elle, une parfaite inconnue.

— Désolée, dis-je à nouveau en vidant ma tasse.

Elle se tait un instant, puis me demande si je veux encore de la camomille, et comme ce serait vraiment trop gênant de partir après ce long silence entre nous, j'accepte.

— Oui, s'il vous plaît, avec plaisir.

Elle disparaît dans la cuisine, et j'en profite pour aller jeter un coup d'œil à la pile de courrier sous l'enveloppe à mon nom.

Lexie Sawyer. Lexie Sawyer. Lexie Sawyer.

Il y a des dizaines de lettres. Tout ce courrier est à moi.

— Je vais en boire moi aussi, alors je vais préparer une théière, si ça ne vous ennuie pas, dit-elle.

Je sursaute, parce que je ne l'avais pas entendue arriver, et aussi parce que j'ai la pile de courrier dans les mains.

Elle y jette un coup d'œil, mais conserve une expression neutre. Ça n'a pas l'air de la déranger, elle continue à rire et à parler de tisanes.

— C'est très américain, commente-t-elle. On prend ça très au sérieux, le rituel du thé. On tient à ce qu'il soit servi comme il faut. Avec mon ex, on aimait bien en tout cas. On allait souvent dans des salons de thé londoniens rétro, pour boire un thé avec des scones.

Je ris, mais ça sonne faux.

C'est bizarre, tout ce courrier à mon nom sur son étagère, mais elle avait certainement l'intention de me le faire parvenir. Elle va me le donner, en s'excusant de l'avoir gardé si longtemps.

— En tant qu'Anglaise, le rituel du thé ne m'impressionne plus, mais ça ne m'empêche pas d'apprécier les scones.

Puis je repense à la voix d'homme. J'étais sûre et certaine d'avoir reconnu celle de Tom. Il était venu ici pour le boulot, sans doute. Mais, dans ce cas, pourquoi me l'avoir caché ?

Le sifflement rageur de la bouilloire me fait tressaillir, et Harriet s'éloigne avec un petit sourire narquois.

Puis elle revient avec une théière qu'elle dépose devant moi et me regarde droit dans les yeux.

— Il n'y a pas de manière agréable d'annoncer ça, murmure-t-elle.

Elle croise les jambes, pose ses mains sur ses genoux, les contemple d'un air songeur.

J'attends, un sourcil levé, prête à entendre sa révélation. Mon cœur s'est accéléré parce que je sais parfaitement ce qui va suivre.

— J'ai couché avec ton copain, dit-elle. J'ai couché avec Tom.

Et voilà.

Je sens mes jambes se mettre à trembler. Tom a eu des relations sexuelles avec Harriet pendant que je comptais mes respirations, sur mon tapis de yoga. Tom a eu des relations sexuelles avec Harriet pendant que je m'injectais des hormones. Tom a eu des relations sexuelles avec Harriet sur ce canapé, peut-être même à la place exacte où je suis assise en ce moment.

Je me souviens d'avoir entendu Harriet faire l'amour à travers la cloison, un soir où Tom était en déplacement pour son travail. Mais était-il vraiment en déplacement ? N'était-il pas plutôt juste de l'autre côté du mur ? Avait-il un comportement suspect quand il est revenu ?

Pose-toi la question, Lexie.

Ce n'est pas véritablement une surprise. J'ai même plutôt la sensation d'avoir enfin obtenu la réponse à toutes les questions que je me posais depuis un certain temps.

Harriet me dévisage avec son petit sourire narquois.

— Tu n'as rien à dire ? demande-t-elle.

Je baisse les yeux sur mes jambes qui tremblent toujours. Pourquoi mes jambes, et pas une autre partie du corps ? Peut-être que cette révélation, c'est trop pour une main. Trop pour des paumes en sueur. Mes jambes s'agitent, comme ébranlées par un tremblement de terre qui laissera derrière lui un paysage dévasté, ou au moins à jamais modifié. Mon corps a compris que plus rien ne sera comme avant et il cherche à me le dire.

Je pense aux trolls sur les réseaux sociaux, aux préservatifs, à la culotte Marilyn Monroe qu'Harriet porte peut-être sous son jean.

Je pense à toutes les fois où j'ai eu l'impression que quelqu'un s'était introduit chez nous, y avait marché et respiré. À tous ces mois durant lesquels Tom s'est conduit bizarrement. Aux messages de Rachel. Je pense à toutes les conversations tronquées, à toutes les fois où Tom prenait son air penaud. Je pense à lui, à moi, à notre bébé, à notre famille, et mon cœur se brise, mon ventre se noue. Et je me sens anéantie, comme chaque fois que je découvrais que je n'étais pas enceinte et que j'avais l'impression d'être sous l'eau.

Et pendant que moi j'étais sous l'eau, en train de me noyer, Tom nageait tranquillement à la surface et me trahissait.

— Est-ce qu'il y a de l'amour entre vous, Harriet ?

Elle semble prise de court.

— Quelle drôle de question ! s'exclame-t-elle d'un ton joyeux.

Elle rejette la tête en arrière et rit. Puis elle prend un air pensif.

— Je ne me la suis même pas posée, dit-elle en se caressant le menton, savourant son rôle. Pas encore. Mais oui, je crois bien que nous avons des sentiments l'un pour l'autre. C'est un peu plus que du sexe.

Le mot sonne bizarrement, avec son accent. Et toutes ces nuits où Tom rentrait si tard en prétendant sortir d'un pub. Et où il était peut-être tout simplement là, dans l'appartement voisin du nôtre…

J'ai un haut-le-cœur. À présent, je regarde Harriet. Je la regarde vraiment et je vois en elle la femme qui m'a volé ma joie. Qui m'a volé mon courrier et ma vie.

Elle est grande, et les grandes ce n'est pas le truc de Tom, normalement ; mais plus rien n'est normal, de toute façon. Elle a les cheveux noués en chignon au-dessus de la tête, comme moi. Elle a de beaux yeux marron, une peau pâle, des taches de rousseur. Peut-être que les goûts de Tom ont changé et que maintenant son truc, c'est les grandes, pâles, avec des taches de rousseur. Ou peut-être que son truc à Tom, c'est une relation commode, à portée de main. Peut-être aussi que je ne sais pas ce qu'aime Tom. Peut-être que Tom, je ne le connais pas.

On était presque au bout de nos épreuves. Pourquoi m'a-t-il abandonnée si près du but ? Qu'est-ce qu'on va faire, à présent ?

Je me redresse, je suis en état de choc, je tiens à peine sur mes jambes, mais il faut que je m'en aille, que je sorte de là. Harriet me barre le passage et pose ses deux mains sur le renflement de mon ventre. Au début doucement, puis plus fort, en appuyant. Elle lève les yeux vers moi et me sourit.

Je m'écarte d'un bond.

— C'est Tom que vous voulez, m'entends-je dire. Alors ne touchez pas à mon bébé.

Aurais-je sous-estimé son désir de me nuire ?

Elle sourit, sereine.

Les battements de mon cœur résonnent dans tout mon corps. Je me rassieds, prête à collaborer, à faire tout ce qu'elle me demandera.

Elle s'installe près de moi, tout près – trop près – et me tend une pile de photos. Sur la première, il y a Harriet, dans mon salon. Sur la deuxième, Harriet seins nus dans mon lit.

Je lève vers elle un regard interrogateur.

Elle me tend la troisième photo. Elle et Tom s'embrassent, elle a glissé sa main sous son tee-shirt.

Je crois que je vais vomir.

— Qu'est-ce qu'il y a ? demande-t-elle en haussant les sourcils jusqu'au milieu du front. Tu croyais que je mentais ? Ça te dépasse que ton fidèle Tom regarde ailleurs ? Pourtant, le sexe entre vous était devenu une corvée, depuis qu'il fallait absolument faire un bébé.

J'ai l'impression de tomber dans une cage d'ascenseur.

Mes yeux se posent sur le mur. Je sais que cette cloison laisse filtrer les sons, mais pas au point de pouvoir suivre une conversation. J'en suis certaine.

— Eh oui, dit-elle d'un ton joyeux. La journée est décidément pleine de surprises.

Puis son regard se déplace lentement, comme pour m'inviter à le suivre, et s'arrête sur le rebord d'une fenêtre. Et là, soigneusement posées, unique décoration au milieu du néant, trônent les clés perdues de Tom, aisément reconnaissables avec leur porte-clés en forme de caméra, tellement kitch.

Et mon cerveau se laisse aller à imaginer le pire.

Je passe en revue mes souvenirs, les dates, les heures, les occasions. Tout ça avec Harriet collée à moi, qui envahit mon espace intime comme elle a envahi ma vie.

Dans ma poche, mon téléphone bipe. Je le sors machinalement. Un message s'affiche sur l'écran d'accueil.

Flora vient de m'annoncer la nouvelle. Félicitations à vous deux. Bisous !

C'est Dan, le copain de Tom. Celui à qui il prétendait avoir lâché le scoop il y a des semaines, avant l'échographie. Celui avec lequel il prétendait être le soir où j'ai cru entendre sa voix chez Harriet.

Je réponds, fébrilement, tandis qu'Harriet m'observe en silence.

Mais je croyais que tu étais déjà au courant. Tom ne te l'avait pas dit ?

J'attends.

Non, pas un mot. Il sait garder un secret, on dirait. En tout cas, vous ferez de super parents. Bises à vous deux !

Donc Tom n'a pas passé cette soirée avec Dan, à arroser la grande nouvelle. Et je n'étais pas en train de devenir folle.

Tom était bien là, dans ce salon, avant de rentrer chez nous, de me mentir effrontément, de passer devant la mère de son enfant assise sur son tapis de yoga, et d'aller tranquillement prendre une douche pour se laver de toute trace de la voisine. Et ensuite, tout aussi tranquillement, il s'est couché dans notre lit.

Harriet me tend son téléphone, à présent.

Elle me montre la capture d'écran d'un mail émanant de Tom, qui flirte vaguement avec Rachel. Je pense au soir où Rachel m'a demandé si je savais où était Tom. J'avais eu des doutes, parce qu'il travaillait ce soir-là. Et maintenant que j'y repense, c'est aussi ce même soir que j'ai entendu Harriet faire l'amour avec un homme.

Rachel. Harriet.

Je viens de comprendre. Elle a vraiment tout fait pour s'immiscer dans ma vie. En tant qu'Harriet, mais pas seulement.

— Rachel, c'était vous ?

Les pièces du puzzle se mettent en place. Tout concorde.

Elle sourit à nouveau puis se penche vers moi. Je recule, mais cette fois, elle ne cherche pas à toucher mon ventre, elle en approche simplement son visage.

— Oh, oh, on dirait que ton papa n'a pas été sage, chantonne-t-elle à mon bébé.

J'ai de nouveau un haut-le-cœur et je m'éloigne d'elle autant que me le permet son petit canapé, en protégeant mon ventre à deux mains. Mais elle se déplace avec moi et allonge le bras. Un spasme me traverse.

— Détends-toi, rit-elle. Je veux seulement reprendre mon téléphone.

Elle passe plusieurs fois son doigt sur l'écran, puis me met l'appareil sous le nez.

Elle me montre encore une photo de Tom, sur le canapé rouge dans lequel je suis assise en ce moment. Je croyais que le mur qui sépare nos deux appartements était en briques solides, comme le mur de Berlin, ou la Grande Muraille de Chine, mais en fait il était en pâte à modeler. Tom habitait d'un côté et elle de l'autre, mais entre les deux ça communiquait, dans un mouvement fluide et constant. J'étais la seule à ne rien remarquer. Je me sens mal et presse instinctivement mes mains contre mon ventre. Mais je vais aller jusqu'au bout. Ne suis-je pas venue ici pour obtenir des réponses ?

Tu ne peux plus te réfugier dans le déni, Lexie.

Sur la photo suivante, Tom est allongé sur le canapé, les yeux fermés, avec Harriet drapée – oui, « drapée », il n'y a pas d'autre mot – autour de lui. Tom connaît bien Harriet. Il n'est pas seulement allé chez elle. Chez elle, il a pris ses aises, il a certainement bu quelques verres. Il l'a embrassée, je l'ai vu. Il a dormi, j'en ai la preuve sous les yeux. Et pendant tout ce temps, je passais des échographies internes, je me gavais de médicaments et je croyais qu'il traversait cet affreux tunnel à mes côtés. Je sentais bien que ce n'était pas génial entre nous, mais je pensais que c'était une mauvaise phase, que les choses redeviendraient comme avant et qu'on ferait un long chemin ensemble. Jamais je n'aurais cru que Tom était disponible pour une autre femme, pour passer du temps avec elle, pour boire une bière avec elle, pour s'assoupir sur son canapé.

Je regarde la date de la photo et tente de me souvenir des soirs où Tom est sorti, de ceux où il se comportait bizarrement. Je les retrouve facilement, parce que les dates ont pris une grande importance depuis que j'essaie d'avoir un bébé et encore plus depuis que je suis enceinte. Depuis que nous avançons prudemment jour après jour, pour franchir lentement l'Everest que représente le cap des trois mois. Et maintenant que c'est fait, il y a ça. Si je n'étais pas effondrée, je serais folle de rage.

Cette photo a été prise quand j'étais chez mon frère, le jour où Tom a prétendu souffrir d'une intoxication alimentaire. Quand il a perdu ses clés. Quand j'ai commencé à comprendre qu'il me mentait. Quand il me trompait, je le sais maintenant.

Et pire que tout : il ne me trompait pas avec une inconnue, il couchait avec Harriet, notre voisine. Je croyais qu'on se moquait d'elle, mais en fait, c'était plutôt eux deux qui se moquaient de moi, de l'autre côté du mur.

84

Harriet

Juin

Tout est noyé dans la brume, mais je vois nettement Lexie. Comme Naomi autrefois.

Lexie ne porte pas un chemisier avec des colombes, mais elle respire l'innocence. Au point que c'en est parfois insupportable, vraiment. Je n'en peux plus de ses questions naïves et de sa manie de s'excuser.

J'ai horreur de ça.

Cette propension à se montrer bienveillante et à se remettre en question parce qu'on a tout, ça fait un truc de plus chez elle qui me rappelle Naomi.

Il est facile de se réjouir pour les autres quand on a toutes les raisons de se réjouir pour soi-même. C'est pour ceux qui ont tout perdu qu'il est difficile de manifester en toutes circonstances la gentillesse qu'on attend d'eux. Naomi, quand je l'ai ébouillantée, a oublié ses bonnes manières. Je la revois, se tenant la joue, gémissant, me hurlant de sortir, attrapant une serviette, un verre d'eau, son téléphone. Sous le choc, je suppose. Moi aussi, j'étais sous le choc.

Et de penser à Naomi fait resurgir des images du passé. Soudain, elles sont aussi réelles que Lexie près de moi avec son petit ventre.

Quand j'ai rencontré Luke, un processus de réécriture s'est enclenché dans mon cerveau. J'avais un compagnon, du succès dans mon métier, je vivais avec un homme que les gens admiraient et appréciaient. Et tout ça recouvrait peu à peu les données qui s'y étaient gravées le jour où j'avais joué du piano devant toute la classe.

Et ensuite, la séparation : un message en lettres capitales me demandant d'oublier les données de remplacement et de revenir aux données d'origine. J'étais de nouveau la grande fille gauche assise au piano devant ses camarades qui riaient. Je devais comprendre que Luke ne voulait pas de cette fille-là, qu'il l'avait renvoyée, qu'il l'échangeait contre une autre.

Je l'avais alors inondé de messages le suppliant de me dire ce que Naomi avait de plus que moi.

Tu veux savoir pourquoi ? Parce qu'elle est plus sympa, plus jolie et plus intelligente que toi. Et je pourrais continuer longtemps comme ça.

Aujourd'hui, j'ai aussi la version de David sur le couple que Luke formait avec Naomi, mais à l'époque je n'avais pas mis ce SMS en doute : Luke avait choisi Naomi parce qu'elle était à la hauteur. J'étais tombée à la renverse sans avoir eu le temps de trouver un point d'appui, de ralentir ma chute, de reprendre mon souffle. J'avais complètement sombré. Et quand j'avais refait surface, j'étais dans la maison de Luke, une tasse de thé vide à la main, face au visage ébouillanté de Naomi.

Après, la police avait débarqué. Son arrivée se produisant à travers le brouillard de l'alcool, de ma honte, du sevrage de médicaments.

Le procès, le verdict, le séjour à l'hôpital, et du temps pour renouer avec mon corps et mon esprit. Quand j'étais sortie, de longs week-ends, seule avec mon grand corps gauche, des soirées avec des amis qui ne me convenaient pas, la sensation constante, permanente, que quelque chose clochait dans ma vie. Je me sentais inadaptée, partout, tout le temps, alors que tout ce que je voulais, c'était me glisser dans mon emplacement réservé.

J'avais lu des articles parlant de ces gens prisonniers d'un sexe qui n'est pas le leur et je m'étais demandé si ce n'était pas mon cas. Mais non. Je ne souffrais pas de dysphorie de genre. Chez moi, c'était un problème plus général d'inadéquation.

Ensuite, j'avais rencontré Tom. Soudain, refaire surface m'avait paru possible. J'allais faire sa connaissance dans un contexte professionnel et lui montrer le meilleur de moi-même, la femme talentueuse et respectée pour son travail.

Mes mains recommencent à s'agiter au-dessus d'un piano imaginaire.

Je lève les yeux et me concentre sur Lexie.

Tom est hors de ma portée, à présent. Mais elle, je ne veux plus l'entendre vivre de l'autre côté du mur la vie de rêve que j'aurais dû mener. Chaque putain de jour. Je ne veux pas être condamnée à écouter leur insupportable joie.

— L'autre moi, murmuré-je.

— Pardon ? demande-t-elle doucement, en tremblant.

— En fait, c'était peut-être toi qui comptais le plus, dis-je en plongeant mon regard dans ses yeux.

Des yeux que j'ai si souvent observés sur les photos que j'ai l'impression d'en connaître chaque nuance.

Elle a posé son bras en travers de sa taille, à présent, enfin consciente qu'il faut avoir peur de moi. Je le déplace et repose ma main sur son ventre.

Concentre-toi.

Je regarde attentivement son petit ventre rond, en essayant d'imaginer l'être humain qui se développe là-dedans. Je ne supporte pas l'idée qu'elle puisse croire qu'elle m'a battue. Ça me rappelle les amies de Luke, leurs sourires narquois, leurs moqueries. Ça me rappelle les filles de l'école. Ça me rappelle les invités de mes soirées qui échangent des regards entendus quand je leur demande d'une voix pâteuse de rester encore un peu, comme une désespérée. Et ça me rappelle le lendemain, quand ils partent manger tous ensemble pendant la pause et que je reste seule de mon côté.

Je ne prends toujours pas mes antidépresseurs. Parfois, j'ai l'esprit confus.

J'essaie de me souvenir de la version d'Harriet que Frances a connue il y a longtemps, mais elle est aussi insaisissable et lointaine que ce personnage d'un roman que j'ai lu il y a dix ans et qui m'avait inspiré des sentiments ambivalents à l'époque. Cette Harriet-là avait un cœur et une âme capable de s'émouvoir et d'aimer, mais elle n'existe plus depuis bien longtemps. Je pense à Chantal dont la vie a finalement avancé, comme celle de tout le monde, alors que moi j'en suis toujours au même point, à attendre quelqu'un.

Je regarde Lexie, l'incarnation de tout ce que j'étais.

Je déplace doucement mes mains sur son ventre. Je regarde son visage dévasté de femme trahie. Je me demande si son cerveau est déjà en train d'anticiper qu'elle va élever son enfant seule et affronter un conflit pour le droit de garde. Si, oui ou non, il en est encore à mesurer la gravité de la trahison de Tom, l'homme en qui elle avait aveuglément confiance, l'homme qui l'a trompée au moment où elle était le plus vulnérable, sous son nez, juste de l'autre côté d'une cloison. Ou si au contraire, en ce moment, le bébé est sa priorité absolue.

— Reste là, dis-je, la main fermement agrippée à son ventre. Je vais tout te raconter.

85

Lexie

Juin

Je suis restée. Je pense à Tom, tout près, juste de l'autre côté d'une mince cloison de plâtre à peine présente. Je pense que cette envie de vomir n'est pas de même nature que mes nausées matinales. J'ai un haut-le-cœur, et elle s'en rend compte, parce qu'elle a sa main tout contre mes entrailles. J'ai la sensation que cette main rampe à l'intérieur de mon ventre.

Des pensées me traversent, agitées, rapides.

Je vais me battre, je vais me battre.

J'ai hâte d'éloigner mon bébé des griffes de cette femme, mais je sais que je ne dois pas la brusquer. J'ai compris qu'elle ne me laisserait pas partir. Qu'elle veut détruire ma vie, au moment où je suis si heureuse, où ma vie est si précieuse. J'ai de nouveau la nausée en pensant au corps nu de Tom contre le sien. En pensant qu'il a réagi avec une telle désinvolture quand je lui ai demandé pourquoi il avait des préservatifs, et à qui appartenait la culotte dans mon tiroir. Il ne m'a pas simplement trompée avec une autre. Il m'a humiliée. Il m'a menti, il a ri de mes questions, il m'a fait croire que je perdais la tête. Il m'a fait douter de ce qu'un être humain a de plus cher : son esprit. À travers ma terreur, je sens monter la colère.

Les problèmes de fertilité, ça vous métamorphose. La période de ma vie où j'essayais d'avoir un bébé m'a profondément transformée, et je ne reviendrai plus jamais à mon état antérieur. Et sans doute aussi ont-ils atteint Tom en profondeur, faisant de lui un homme qui trahit, qui ment, qui complote, qui ne se sent même pas coupable quand la femme qu'il aime se demande si elle n'est pas en train de devenir folle à cause de ses mensonges.

Je savais qu'il s'était passé quelque chose au printemps. Je le savais et j'ai préféré m'en tenir à ses dénégations. Je suis vraiment en dessous de tout.

Et maintenant, non contente de m'avoir pris Tom et d'avoir détruit mon couple, Harriet veut s'amuser à mes dépens.

Soudain, elle retire sa paume de mon ventre et se dirige vers la cuisine, lentement, posément. J'attrape aussitôt mon téléphone, pour demander à quelqu'un – n'importe qui – de me sortir de là, mais Harriet est de nouveau au-dessus de moi, derrière le canapé, et m'arrache le téléphone des mains. Je ne l'avais même pas entendue revenir dans la pièce.

— Je me suis servi un amaretto-Coca, annonce-t-elle en apparaissant dans mon champ de vision avec un grand sourire. Tu en veux un ? Un petit amaretto ne peut pas faire de mal au bébé.

Elle penche la tête de côté.

— Et ça pourrait t'aider à encaisser le choc, non ?

Je ne réponds pas. Elle a déjà disparu dans la cuisine, et je me concentre pour respirer à fond, profitant des quelques secondes où elle nous laisse seuls, mon bébé et moi.

Je vais faire tout ce que je peux pour t'aider, mon bébé, tout ce que je peux pour te soutenir.

Ma respiration : c'est tout ce que j'ai à lui offrir.

— Bon, je te ressers une tisane, alors ! crie-t-elle.

Ce n'est pas une question. Elle ne me demande pas si je vais rester, elle décide pour moi.

— Ça ne te manque pas, l'alcool ? s'enquiert-elle en revenant dans la pièce et en faisant tinter ses glaçons dans son verre.

Elle ramasse une goutte de Coca sur la paroi extérieure de son verre et se lèche le doigt.

Elle s'adresse à moi d'un ton détaché, comme si on était des copines en train de parler des contraintes de la grossesse. Je pense à sa main de prédatrice sur moi – sur mon bébé –, et ça me donne la chair de poule.

Je secoue la tête et jette un coup d'œil du côté de la porte. J'inspire, je donne de l'oxygène à mon bébé. Encore. Encore.

Le silence retombe sur la pièce.

— Je suppose que vous buvez beaucoup quand vous organisez ces fêtes, dis-je pour tenter de mettre la conversation sur un terrain neutre et de calmer le jeu. Je vous entends souvent recevoir des amis ici.

Elle arbore un drôle de sourire et pose son verre sur la table basse, sur un numéro du journal *The Stage*.

Puis elle quitte la pièce et revient avec une théière de sa maudite camomille.

— Alooors… Tom m'a parlé de vos difficultés pour avoir un bébé, dit-elle d'une voix chantante en s'installant près de moi, sur le canapé, beaucoup trop près.

Elle pose ses deux mains sur mon ventre, et ça me rappelle ces collègues trop familiers qui envahissent votre espace vital pendant une réunion. Sauf que le geste d'Harriet est bien plus malveillant que celui de n'importe quel collègue intrusif. Une voix dans ma tête lui hurle d'ôter ses sales pattes de mon bébé, de me faire tout ce qu'elle veut, même du mal, mais de laisser mon bébé tranquille.

Je comprends pour la première fois ce que c'est que d'avoir du mal à respirer. J'avale de l'air, comme j'avalerais de l'eau pour soigner une gueule de bois.

— Oui, dis-je dans un souffle, comme si j'inspirais le mot. Qu'est-ce qu'il vous a dit, exactement ?

Elle agite négligemment le bras.

— Il m'a parlé des consultations à l'hôpital, quand vous avez pris ce médicament qui n'a pas marché.

Jamais je ne me suis sentie à ce point trahie. Ses mains appuient un peu plus fermement sur mon ventre.

C'est ta faute, Tom. C'est toi qui nous as mis dans cette situation. Tu as couché avec cette femme, et voilà où on en est.

Je me sens faible, alors qu'il faudrait que je sois forte, et je déploie des efforts surhumains pour ne pas m'évanouir. Surtout pas. J'ignore de quoi Harriet serait capable si j'étais inconsciente et sans défense.

Je cherche son regard. Il est vide, et j'ai la certitude qu'il est inutile d'essayer d'établir avec elle un contact humain. Ce n'est pas ainsi que je me sortirai de là. Elle n'est pas en état d'éprouver de l'empathie, encore moins de la compassion.

86

Harriet

Juin

Je regarde Lexie et poursuis :

— Cette FIV, ça a beaucoup perturbé votre couple. À se demander si c'était vraiment ce qu'il voulait…

Je suis carrément dans l'improvisation, mais ça passe très bien. J'ai intercepté suffisamment de courriers de l'hôpital pour avoir une trame solide qui me rend crédible. Je n'ai plus qu'à remplir les trous, à surfer sur la vague. Lexie a l'air affaiblie, fragile.

— Sans parler du retentissement sur votre vie sexuelle. Il était obligé de faire l'amour sur commande. C'était affreusement routinier. Il n'y prenait aucun plaisir.

Elle me regarde fixement, inspire profondément et bruyamment, comme si on lui avait appris ça en cours de yoga ou en thérapie, puis ouvre la bouche pour parler.

— Bon sang, Lexie, boucle-la, dis-je avant qu'elle ait eu le temps de prononcer un mot.

— Pardon ? bredouille-t-elle.

Elle paraît choquée par ma grossièreté.

Ça m'amuse de penser qu'elle s'imagine que c'est ce que je peux faire de pire.

Mon dernier verre contenait quatre-vingts pour cent d'alcool et il commence à faire son effet. La silhouette de Lexie, dans son jean et son pull douillet, devient floue.

— Je t'ai dit de la boucler ! dis-je d'une voix plus forte, tandis que la pièce se met à tanguer. Tu commences à m'énerver avec ta respiration de yoga et ton bébé. Arrête ton cinéma. Tu passes ton temps à frimer avec ton mec, tes amis, ta famille. Espèce de petite prétentieuse.

— Vous n'avez pas de famille ? demande-t-elle en fermant brièvement les yeux, les mains sur les tempes, puis sur son visage. En tout cas, vous avez… Vous avez des amis…

Sa voix tremble. J'ôte mes mains de son ventre et je me lève. Son corps se détend aussitôt.

Attends la suite, Lexie, attends la suite.

Et en plus, maintenant, elle cherche à me provoquer avec ses questions.

— Je n'ai pas de famille.

La pièce tourne. Et Lexie pousse l'indiscrétion encore un peu plus loin.

— Pas de parents ? insiste-t-elle en me regardant fixement.

J'ai l'impression de voir Naomi, avec sa tête penchée de côté, m'abreuvant de ses conseils.

— Vous devriez peut-être les appeler si… si c'est dur pour vous en ce moment ? Mes parents à moi sont loin, eux aussi. À l'étranger. On n'est pas très proches, mais on se parle sur FaceTime.

Silence.

— Quand c'est trop dur, je parle avec Tom.

Je vois sa main trembler. Elle ferme de nouveau les yeux.

— Vous parlez avec Tom ?

— Oui.

Elle acquiesce lentement. Et puis elle respire de nouveau profondément en se tenant le ventre.

Un flot de colère me submerge.

Ne me fais pas la morale, Naomi. Tu m'as volé ma vie et tu te paies en plus le luxe d'avoir pitié de moi ! Pour qui tu te prends ?

J'arrache ses mains de son ventre.

87

Lexie

Juin

Durant le bref instant où le visage d'Harriet change, je me demande ce qu'elle serait capable de me faire. De nous faire, à moi et à mon bébé.

Je suis toujours assise sur son canapé, et elle marmonne de nouveau des mots incohérents d'un air féroce, plantée devant moi. Puis, soudain, elle revient à la réalité.

— Tu as vu ton courrier, sur l'étagère ? demande-t-elle fièrement. Je l'ai piqué.

Tu veux peut-être que je te félicite ?

C'est la réponse qui me vient à l'esprit. Mais je suis trop faible et j'ai trop peur pour émettre le moindre commentaire.

— Les pleurs de bébé, c'était moi. Et les prospectus dans ta boîte aux lettres.

Je hoche la tête, résignée. Qu'est-ce que ça peut faire, à présent ? C'est du passé. J'ai tout perdu. Il ne me reste que mon bébé à protéger.

— Les messages sur les réseaux sociaux, c'était moi aussi.

Je m'efforce de ne pas remuer. Je garde les yeux baissés. Elle est toujours debout, ses mains loin de mon bébé. Pour l'instant.

— Pourquoi ? murmuré-je faiblement.

Je cherche à gagner du temps, mais pas seulement : j'ai envie de savoir.

— Parce que je voulais que tu t'en ailles, que tu disparaisses, pour qu'on puisse vivre ensemble, Tom et moi. Je sais que c'est ce qu'il voulait, lui aussi. On commençait à avoir des sentiments l'un pour l'autre. Je me suis dit que si tu devenais folle, ça accélérerait les choses.

Je repense à ce rendez-vous dans un hôtel, avec ce Leo qui n'est jamais venu, et je la soupçonne d'être derrière ça aussi. Elle était la marionnettiste de ma vie, à une période où j'étais facile à manipuler.

Elle m'entraînait vers le fond, de plus en plus loin, alors que j'étais déjà sous l'eau, facile à noyer. Aux yeux de Tom je devenais un poids, celle qui se plaignait tout le temps, l'enquiquineuse de service.

La pièce devient floue, et je m'accroche au canapé en essayant de rester vigilante. De rester sur mes gardes pour mon bébé.

Pense, Lexie, réfléchis. Tu dois sortir d'ici, d'une façon ou d'une autre.

Harriet marmonne maintenant des suites de mots – « maman, Naomi, Luke… » – en contemplant fixement ses mains.

Elle me regarde, s'assied et enlève mes mains de l'endroit où elles sont retournées se poser : mon bébé, encore. Avec moins de douceur cette fois, plus de force. J'entends mon corps qui hurle, je me bats pour protéger le panier de Moïse.

Je jette un coup d'œil du côté de la porte d'entrée, mais je sais qu'elle l'a verrouillée. J'ai entendu le déclic de la serrure, un son familier, identique à celui de ma propre porte. Sauf que chez moi ce déclic me protège et qu'ici il est une menace.

— Je vais te montrer un article, dit-elle avec des yeux exorbités. Un article qui raconte ce qui s'est passé la dernière fois que quelqu'un m'a volé mon homme.

Et là-dessus, elle m'ordonne de taper son nom dans Google.

— Allez, dit-elle. On sait toutes les deux que tu l'as déjà fait. Ne me dis pas que tu ne connais pas mon nom de famille. Moi, en tout cas, je connais le tien.

J'entre son nom et son prénom sur l'iPad qu'elle me tend. Mes mains tremblent, et mes doigts laissent des traces de sueur sur l'écran. La première page, c'est son site professionnel, avec quelques interviews que j'ai déjà lues.

Je lève vers elle un regard interrogateur.

— Continue, ordonne-t-elle, les yeux rivés à l'écran.

Je suis son otage, disposée à faire tout ce qu'elle dit, tout ce qu'elle veut.

— Continue, répète-t-elle.

Mais je ne vois rien de spécial. Je la regarde, déconcertée.

— Oh, mais bien sûr ! s'exclame-t-elle avec un soupir théâtral, une main sur le front. C'est l'autre nom qu'il faut utiliser.

Elle me prend l'iPad des mains. Elle tape. Elle me le rend.

Une jeune femme condamnée pour avoir agressé sa rivale.

Je lis l'article, tandis qu'à côté de moi elle continue à marmonner d'un ton furieux. « Naomi, Luke, volé ma vie… »

L'article parle d'une Américaine nommée Harriet.

La trentaine.

Vivant à Londres.

Il n'y a pas de photos, mais je n'en ai pas besoin.

La femme mentionnée dans cet article, c'est *notre* Harriet.

Je perds l'équilibre en me levant, je trébuche, j'essaie de courir vers la porte, mais Harriet me coupe le passage pour me coincer contre un mur. Contre *mon* mur. Il n'y a plus aucune douceur en elle, à présent. Je sens sa force et sa détermination quand elle me plaque sans ménagement contre la cloison.

— Pourquoi c'est toi qui as droit au bonheur ? dit-elle en bloquant mes poignets au-dessus de ma tête, avec son étrange sourire que je commence à connaître. Pourquoi c'est toi qui as *tout* ?

Elle pense que j'ai tout et elle veut tout me prendre. Elle m'a déjà pris Tom, mon amour, maintenant elle veut mon bébé. Je me mets à hurler. À hurler comme une bête sauvage.

Je regarde à nouveau les clés et je comprends que c'est elle qui est entrée chez nous.

— C'est Tom qui vous a donné la clé de notre appartement ?

Je me sens molle et sans énergie, alors que j'aurais tant besoin de mes forces.

Elle acquiesce.

Un frisson me secoue de la tête aux pieds quand je pense qu'ils ont fait l'amour dans le lit où nous tentions désespérément de concevoir un enfant.

Je croyais que notre maison était un abri dont nous repartirions un jour ou l'autre avec nos affaires. Mais j'ai maintenant la sensation qu'elle m'a dépouillée de tout quand elle en a franchi le seuil.

— Tu peux regarder les autres photos, si tu veux, dit-elle en me tendant une pile d'images et en s'écartant de moi.

Je suis prête à tout pour la distraire, pour la calmer, alors je fais ce qu'elle suggère, je passe lentement en revue les photos de mon appartement – une bonne cinquantaine –, de mes vêtements étalés sur mon lit et, pire encore, d'Harriet dans mes vêtements. Je pense à toutes ces fois où j'ai eu l'impression que les oreillers n'étaient pas comme d'habitude, que le grille-pain avait changé de place, et où je me disais :

Arrête de délirer, Lexie, reprends-toi. Pourquoi quelqu'un serait-il entré chez toi juste pour changer les objets de place ? Qui perdrait son temps à jouer comme ça avec ta vie ?

Quand j'arrive au bout de la pile, elle me la prend des mains. Puis ses yeux se posent à nouveau sur mon ventre.

88

Harriet

Juin

Quand vous êtes déjà passé à l'acte, que vous avez déjà basculé du côté obscur, qu'est-ce que ça peut bien faire que vous recommenciez ?

Parfois, je me demande si je n'ai pas agressé Naomi pour prouver à Luke que j'étais capable d'agir par moi-même, en commettant un acte qu'il n'aurait jamais approuvé. Ou alors j'ai simplement eu un déclic quand il m'a quittée et retrouvé un peu de ma combativité. Suffisamment pour le punir en le privant de ce qu'il avait de plus cher, après tout ce qu'il m'avait pris. Plus que la blessure de Naomi, c'est le fait que j'aie osé prendre les commandes qui l'a révolté, j'en suis sûre.

Mais vois-tu, Luke, j'avais de qui tenir.

Il avait toujours eu le pouvoir dans notre couple. Et soudain j'avais changé les règles. J'avais décidé du chemin à prendre, au lieu de suivre le mouvement, sagement assise sur la banquette arrière en feuilletant un magazine, reconnaissante d'avoir été invitée à monter à bord.

Et maintenant que j'ai goûté au pouvoir, j'ai envie de recommencer.

Je veux priver Lexie de ce qu'il y a de plus beau dans son existence. Je veux souiller sa perfection.

Ainsi diminuée, elle ne me dérangera plus quand je l'entendrai vivre de l'autre côté du mur. Du moment que je sais que ce n'est pas le paradis ; du moment qu'elle en bave, elle aussi. Je veux bien lui laisser ses amies. Du moment que je peux lui piquer tout le reste.

89

Lexie

Juin

C'est à ce moment-là, tandis que je regarde la pile de photos qu'Harriet m'a mise dans les mains, qu'un déclic se produit dans mon esprit. Je peux comprendre que Tom ait changé pendant le traitement. Je peux accepter qu'il soit devenu un menteur, un tricheur, un manipulateur. Je suis même prête à admettre qu'il ne fera peut-être jamais un bon père pour ce bébé.

Mais je ne vois pas pourquoi il aurait donné ses clés à Harriet. Il aurait pu lui faire un double. Pourquoi lui donner son trousseau, porte-clés compris, et être ensuite obligé de me raconter qu'il l'avait perdu ? Mon cerveau n'est pas précisément un modèle de lucidité en cet instant, mais là, il détecte quand même un truc qui cloche.

Et, une fois qu'il a mis cet aspect en doute, d'autres questions surgissent.

Et si elle avait eu vent de nos problèmes de fertilité par le courrier qu'elle nous a volé, plutôt que par Tom ?

Et pourquoi Tom aurait-il laissé sa maîtresse essayer mes vêtements et en plus se prendre en photo avec ? Quand on couche avec sa voisine et qu'on la fait entrer chez soi, on est occupé à autre chose, en général. Par contre, Harriet a pu s'introduire chez nous quand il n'y avait personne, puisqu'elle avait les clés, et se photographier dans mes habits. Ça correspond assez au comportement de quelqu'un qui veut harceler et accumule des preuves qui serviront plus tard, d'une manière ou d'une autre. Parce que si elle est venue chez nous avec Tom, que faisait-il, pendant qu'elle enfilait ma combinaison pantalon trop courte pour ses longues jambes ?

Ça suffit pour installer le doute. Je suis perturbée et vulnérable, mais tout n'est pas fini. Je peux encore sauver ma famille. Mon bébé, pour commencer. Je regarde autour de moi. Je me sens soudain extrêmement lucide.

Nos appartements sont petits. Celui d'Harriet est identique au nôtre. Je sais exactement où je me trouve. Je ne peux me cacher nulle part, inutile de songer à me barricader dans une pièce le temps de crier pour appeler à l'aide.

C'est entre elle et moi. Comme quand nous étions chacune de notre côté de la cloison.

Je sens les battements terrifiés de mon cœur qui cogne comme un marteau et pense à l'autre cœur, plus petit, qui bat dans mon ventre. Je ne veux pas que ce bébé en pâtisse. Il s'est donné trop de mal pour arriver où il est.

Et si Tom était encore *mon* Tom ? Il faut que je le rejoigne, que je l'interroge à nouveau. Nous avons vécu trop de choses ensemble pour que je renonce à lui sans avoir la certitude qu'il m'a trompée.

Réfléchis, Lexie, réfléchis.

Mais, tout à coup, il n'est plus question de réfléchir parce que Harriet se jette sur moi pour me faire tomber à la renverse sur le canapé. Je hurle. Depuis que je suis enceinte, c'est à peine si j'ose effleurer un plan de travail avec mon ventre. Et maintenant, il y a Harriet, un grand corps de femme, qui m'immobilise avec ses bras et me toise de son regard de braise. J'essaie de me débattre, mais elle a l'avantage. La terreur me pétrifie. J'ai peur pour ce bébé que nous avons eu tant de mal à avoir…

— Mon visage, je vous en supplie. Comme avec elle. Avec Naomi. Blessez-moi au visage, au visage.

Parce que mon visage, ça ne compte pas. Il n'y a plus que mon ventre qui compte.

Mais mon visage ne l'intéresse pas. Son genou se dirige droit sur mon ventre. Son objectif, c'est le petit renflement contre lequel il pousse, encore et encore. Je me plie en deux, tente de me tourner, de le soustraire autant que possible à ses coups.

C'était ça, qu'elle voulait, je le comprends à présent. Elle voulait Tom, oui, mais elle voulait aussi m'empêcher d'être heureuse, pour ne pas entendre ma joie à travers le mur, depuis son appartement si triste. Harriet est pétrie d'envie, et cette envie la rend monstrueuse. Je le sais, parce que moi aussi j'ai été envieuse.

Je balaie la pièce du regard. Où a-t-elle mis ses clés ?

— Elle n'était pas maquillée, elle non plus, dit-elle d'un ton morne.

Elle me prend pour la femme dont parlait l'article. Elle est folle. C'est une sociopathe – peut-être même une psychopathe –, et Tom a probablement été lui aussi sa victime.

Merde, Tom. Rentre à la maison. Entends-nous. Fais quelque chose.

J'éclate en sanglots et je me mets à hurler :

— S'il vous plaît ! Ne faites pas de mal au bébé.

Mais Tom n'est pas à la maison. Et maintenant il est trop tard pour regretter d'avoir douté de lui. Trop tard pour tout. Je pense à la femme qu'elle a ébouillantée, je sais qu'elle ira jusqu'au bout.

Je ne vois pas comment je vais m'en sortir, comment mon minuscule fœtus et moi allons échapper à la sauvagerie de ma voisine.

Et puis soudain, j'aperçois quelque chose du coin de l'œil. J'ai maintenant une main sur mon bébé, et l'autre se tend, se tend, se tend, vers ce que je convoite.

Encore un peu… J'y suis presque. Et enfin, comme les doigts d'un nourrisson qui s'arriment au sein pour téter, mes doigts s'accrochent à ce qu'ils cherchaient à atteindre – l'anse d'une théière chinoise –, et mon index s'y agrippe.

Je me sens puissante à présent. Investie d'un pouvoir sans limites. Soudain, je ne suis plus une femme sans défense. Je me sens capable de tout. Capable de pousser des cris féroces et de griffer. Capable de tuer, de mutiler. Capable de faire n'importe quoi pour sauver ce bébé. Tout ce à quoi cette folle m'obligera. Et ce sera sans remords, sans culpabilité, avec la certitude que je n'ai pas eu le choix. Je me croyais plus vulnérable que jamais. Il s'avère que je suis plus combattive que jamais.

Parce que ce n'est pas Harriet qui s'empare de la théière brûlante, c'est moi.

Ce n'est pas Harriet l'agresseur, c'est moi. Ce n'est pas Harriet qui pousse un cri féroce, c'est moi.

Elle n'est pas la seule à être capable de passer à l'acte.

Je lance la théière dans sa direction, de toutes mes forces. Le couvercle vole, le liquide qu'elle contient jaillit, Harriet laisse échapper un hurlement affreux ; je n'en avais jamais entendu de tels durant tout ce temps où je l'entendais de l'autre côté de la cloison. Ensuite, je vais prendre les clés que j'avais repérées sur l'étagère, celles avec lesquelles elle m'avait séquestrée, et me mets à courir.

90

Harriet

Juin

Je hurle de douleur. Lexie se lève d'un bond, passe devant moi en courant et attrape mes clés qui étaient sur l'étagère. Je n'avais pas jugé nécessaire de les mettre hors de portée. Il ne m'était pas venu à l'idée qu'elle pouvait s'enfuir. J'étais certaine de ne pas lui en laisser l'occasion.

Je continue à hurler, mais elle ne me jette même pas un regard. Elle ne pense qu'à rejoindre sa vie de rêve.

Elle est déjà partie, en laissant la porte grande ouverte derrière elle.

J'esquisse quelques pas pour la rattraper, mais j'ai trop mal. C'est fini. Il n'y aura pas de seconde chance.

Je reste seule avec mes pleurs et cette douleur cuisante au niveau de mon avant-bras. Je le regarde : ma peau est de plus en plus rouge. Je suis au bord du malaise.

Je me laisse tomber sur le canapé, et mes yeux se posent sur la tache que la camomille a laissée sur le mur. Je tente de me concentrer sur les boursouflures de la peinture, tandis que ma douleur augmente encore.

Quand il est parti, Luke a emporté tous les tableaux, et j'ai repeint les murs en beige, uniformément, comme s'il avait aussi emporté mon imagination avec tout le reste. Tom et Lexie ont mis de la couleur sur leurs murs, évidemment.

Mais à présent, il y a la tache laissée par la camomille de Lexie pour décorer mon mur. On dirait une carte de géographie. Une œuvre d'art, en quelque sorte, un tatouage mural, témoin de tout un pan de ma vie. La première œuvre d'art dans cette maison depuis que Luke a emporté les tableaux.

La zone brûlée qui commence à se voir sur mon bras deviendra peut-être une cicatrice artistique. Une sorte d'œuvre d'art, elle aussi.

Je revois Luke, assis sur le canapé où Lexie se trouvait il y a un instant, et je pense, à travers cette douleur atroce qui me donne la nausée, que je voudrais qu'il revienne.

Je veux que tu reviennes, Luke, même si tu dois me faire souffrir. J'ai besoin d'un compagnon pour emplir cet appartement de vie et reprendre pied dans la réalité.

Je ferme les yeux. Je crois que ce serait bien qu'il revienne. C'est vraiment ce que je souhaite.

Je veux que Luke mette de la couleur sur les murs et dans mon existence.

La douleur me fait délirer, sans doute. Mais ça pourrait être bien.

Je croyais qu'en remplaçant Luke par un homme qui lui ressemblait je parviendrais à me convaincre que rien n'avait changé, en n'y regardant pas de trop près. J'aurais fait ma vie avec ce sosie, on aurait fondé une famille, mangé des sandwichs à la saucisse au pub, et le faux tableau aurait été tellement proche du vrai que les différences se seraient à peine vues. Comme un jeu des sept différences. Les sept différences de ma vie.

Un élancement me traverse le bras, et j'en ai le souffle coupé. Je devrais mettre du froid sur ma blessure, appeler une ambulance, ou Chantal. Mais je n'en ai pas la force.

Je sanglote de douleur et j'attends, une fois de plus, que quelqu'un vienne m'aider. Et, comme d'habitude, personne ne se manifeste.

91

Lexie

Juin

Je sanglote si fort qu'on pourrait croire que je ris, mais ce n'est pas le cas. J'ai du mal à croire ce qui vient de se passer. J'ai bien cru que je n'allais jamais pouvoir m'enfuir de chez Harriet. Ni sauver mon bébé.

Et pourtant, j'ai réussi. Je ne suis plus clouée au canapé rouge par le poids d'Harriet, mais en train de courir dans le couloir en tambourinant à toutes les portes. Mes voisins m'ouvrent, mais referment aussitôt pour se calfeutrer chez eux, l'air affolés, comme si c'était de moi que venait la menace. Passer leur tête à la porte, c'est le summum de l'effort symbolique qu'ils sont disposés à faire pour se donner bonne conscience et se considérer comme des gens bien, pas du genre à fermer les yeux pour ne pas voir ce qui se passe sous leur nez. Il n'est pas nécessaire d'en faire davantage pour préserver des relations de bon voisinage.

Respectons l'anonymat des voisins, merde ! Ici, on ne frappe pas à leur porte pour leur emprunter du sucre. On n'est pas en banlieue. Je mets ton courrier dans ta boîte aux lettres si je le trouve par erreur dans la mienne et je regarde ailleurs si on prend l'ascenseur ensemble. Tenons-nous-en aux conventions établies.

— J'ai besoin d'aide ! hurlé-je à l'un d'eux, suppliante.

Mon téléphone est resté chez Harriet, et Tom n'est pas rentré, j'ai désespérément besoin que quelqu'un s'occupe de moi. Qu'on me prépare un thé et m'apporte des biscuits, qu'on appelle la police et me commande un taxi pour l'hôpital. Qu'on me manipule avec douceur, sans violence. Qu'on vérifie que mon bébé n'a rien.

Mais la femme qui vient de m'ouvrir a laissé la chaîne sur la porte.

— Mais pourquoi vous êtes comme ça ? hurlé-je.

Attitude qui ne fait que confirmer ses craintes à mon égard.

Elle ne s'est pas installée ici pour intégrer une communauté et s'impliquer dans la vie des autres. C'est tout le contraire. Elle a choisi cet endroit pour se cadenasser chez elle et ignorer jusqu'aux noms de ses voisins. Et, à dire vrai, n'étais-je pas ravie de fonctionner selon ce modèle ?

Au bout du compte, je parviens à retrouver suffisamment mon sang-froid pour monter seule dans un taxi qui me mène à l'hôpital. Je me précipite en hurlant vers la femme de la réception, effrayant ainsi les gens dans la salle d'attente.

— J'ai été agressée !

Le mot me fait peur.

— Je suis enceinte et j'ai été agressée par ma voisine ! C'est une femme dangereuse qui a des antécédents de violence !

Ils préviennent la police et me conduisent à l'échographie.

Je retiens mon souffle et caresse doucement mon ventre, en rythme.

Je pleure comme si j'avais besoin d'évacuer quelque chose de terrible et ne cesse de répéter à ma fille – car c'est une fille, j'en ai eu la certitude tout à l'heure – que je suis désolée qu'elle ait connu ça, avant même d'avoir pu respirer un peu d'air ou bu un peu de lait. Avant d'être venue au monde.

La gynécologue me parle. Je me concentre.

— Votre bébé va bien, me dit-elle.

Mon bébé va bien.

Je reste allongée sur la table un peu plus que le temps réglementaire, incapable de détacher mon regard de l'écran. Pendant que je me battais avec Harriet, le cœur de mon bébé continuait à battre paisiblement dans mon ventre. Il va bien.

92

Harriet

Juin

Après la visite de Lexie, j'ai reçu celle de la police. Je crois bien que je n'avais jamais eu autant de visiteurs dans une seule journée. Je me suis sentie importante.

Finalement, on m'a emmenée à l'hôpital psychiatrique, et aujourd'hui Chantal doit venir me voir.

Elle frappe à la porte de ma chambre en milieu d'après-midi. Sur le seuil, elle hésite, surprise sans doute par le dénuement de la pièce, par la crue réalité de ce décor associé jusque-là pour elle à un film, un roman et peut-être ses cauchemars. Pour moi, c'est différent, car j'ai déjà séjourné ici. Je m'y sens comme chez moi.

Je la vois respirer à fond.

Mais elle se reprend très vite. Elle m'embrasse sur la joue et se débarrasse de son sac à dos, dont elle sort fébrilement des biscuits, des barres de chocolat, des bonbons, des magazines et des tisanes sophistiquées. Comme une vraie copine ! Et cette manifestation d'amitié que j'ai attendue si longtemps me bouleverse au point que je me retrouve à sangloter dans ses bras. Elle caresse mes cheveux, et ce contact m'apaise.

— Je voulais absolument te voir, déclare-t-elle tandis que je m'écarte d'elle.

Elle s'installe dans le fauteuil à côté du lit, croise ses jambes d'un geste guindé, les décroise, tente de se mettre à l'aise dans cet endroit privé de confort.

— Parce qu'il me semble qu'on a fini par devenir amies, à la longue, en plus d'être voisines.

Si seulement je l'avais su plus tôt… Je lui demande, d'une voix timide, pourquoi elle me fuyait quand on se croisait dans la journée au supermarché. Pourquoi elle ne restait jamais papoter avec moi. Pourquoi elle n'est jamais passée chez moi en m'apportant des biscuits.

— Parce que j'avais un peu honte, avoue-t-elle avec un rire gêné. J'avais l'impression de me ridiculiser à tes soirées, quand j'avais trop bu, et je pensais que tu me prenais pour l'alcoolo de service. Pour ne rien te cacher, Harriet, j'ai traversé une période très sombre ces dernières années. À cause d'une rupture…

Je vois que tout le monde en est au même point. Centré sur ses petits problèmes. C'est toujours « Moi je, moi je, moi je ».

— Mais depuis que j'ai rencontré Archie, ma vie a changé, ajoute-t-elle en désignant la porte.

L'homme qui a changé sa vie n'est pas loin, il patiente dans la salle d'attente. C'est celui qui est venu une fois chez moi et qui est reparti le plus vite possible, après avoir jeté un regard horrifié sur mes invités. L'homme qui l'a préservée de moi, de mon univers toxique.

— Je cherche du travail, j'ai réduit l'alcool. Je me sens beaucoup mieux.

J'acquiesce d'un air vague.

— Je ne voulais pas faire de mal à son bébé, dis-je doucement quand elle s'arrête de parler. Je ne serais jamais allée jusqu'au bout.

Chantal baisse les yeux, le sujet l'embarrasse. Mais il faut que je lui en parle. Si nous devons être amies, c'est important qu'elle sache.

— J'étais jalouse qu'elle ait tout ce que j'aurais dû vivre avec mon ex. Avec Luke. Ça m'a complètement submergée.

Je repense à David assis là, dans ce même fauteuil, lors de mon premier séjour, évitant mon regard comme Chantal en cet instant, et j'en ai les larmes aux yeux. Tout à l'heure, Chantal va repartir avec Archie, ils vont manger du poulet sauce aigre-douce sur leur canapé, ils seront heureux. Pendant que moi je serai seule, dans cette chambre lugubre.

Je regarde autour de moi, comme hébétée. Comment ai-je pu dévier de ma route au point de finir ici ?

— Je me sentais seule, dis-je.

Je pleure à gros sanglots désespérés à présent, sans pouvoir me retenir.

— Chaque fois que je les entendais de l'autre côté du mur, je me sentais tellement seule.

Je tends la main vers Chantal. Mon amie, ma Frances, mon amie. Elle vient s'asseoir sur le lit et reste près de moi jusqu'à ce que je n'aie plus de larmes.

— Tu veux que j'aille te chercher une tasse de thé bien sucré ? demande-t-elle enfin, une main posée sur mon bras.

Et j'ai la sensation d'être aimée. Je me sens enfin comme un être humain.

Un peu plus tard, elle revient avec deux thés. Entre-temps, je me suis calmée. Nous buvons ensemble, en serrant nos gobelets comme des bouillottes. La vie ici est tellement austère qu'on se cramponne au moindre élément de confort.

— Tom et Lexie ont déménagé, déclare-t-elle. À la campagne, d'après ce que m'a dit le concierge. Pour prendre un nouveau départ.

Elle est écarlate. Je sais qu'elle a longuement répété cette phrase dans sa tête.

— Comment tu te sens, toi ? demande-t-elle ensuite.

J'inspire profondément, un peu comme Lexie quand elle faisait ses respirations de yoga.

— Eh bien… Ici, ils n'arrêtent pas de me répéter que mon ex m'a maltraitée psychologiquement. Et que c'est peut-être ça qui a tout déclenché.

On me l'avait déjà dit lors de mon premier séjour, mais je n'arrivais pas à le croire parce que j'étais toujours amoureuse de Luke. Folle de lui. À présent, c'est différent, je commence à admettre que j'ai été sa victime.

Je cherche le regard de Chantal.

— Ce n'est pas pour me trouver des excuses, mais… J'avais arrêté les antidépresseurs, je n'avais pas dormi depuis des semaines. J'étais vraiment…

— … au plus mal, complète Chantal avec un regard plein d'empathie. Je comprends. Crois-moi, je comprends. On veut t'aider. Quand tu sortiras d'ici, tu passeras du temps avec nous, avec Archie et moi.

Elle a pris un ton intimidé pour prononcer ce « nous ».

— On vient de s'installer ensemble, poursuit-elle. Il est vraiment adorable. Je lui ai parlé de toi. Il veut t'aider, lui aussi.

Saint Archie veut faire œuvre de charité à mon égard ? Quelle bonne nouvelle… Je murmure de vagues félicitations pour leur installation.

— On te fera à manger, on sortira ensemble, ajoute-t-elle. Cette fois, tu ne seras pas seule. Je suis ton amie, c'est normal. Ça a dû être horrible de te sentir à ce point isolée dans un pays étranger.

Je demeure silencieuse. Tant de gentillesse, et pourtant, je crois déceler chez elle des traces de suffisance. Bien sûr… Elle est en couple, maintenant.

— La bonne nouvelle, c'est que je ne suis plus amoureuse de Luke, dis-je pour changer de sujet.

Elle acquiesce, puis sourit gentiment.

— C'est génial, approuve-t-elle. Vraiment génial.

Je prends un biscuit, puis un deuxième.

— Quelqu'un m'a parlé de relation toxique, dis-je rêveusement. Avec le recul, je me rends compte que Luke était un pervers. Il faisait tout pour me perturber, m'humilier, me faire croire que j'étais folle.

Elle avance sa main pour presser les miennes.

— Tu en as bavé, compatit-elle.

Ça fait du bien de parler. Surtout à quelqu'un qui n'est pas payé pour écouter.

— Apparemment, je n'ai pas été sa seule victime. Il avait des antécédents. Quand il était étudiant, sa petite copine a passé un an en cure de désintoxication après leur séparation.

Je bois un peu d'eau.

— Il semblerait aussi qu'il ait maltraité la femme pour laquelle il m'a quittée. Naomi. Naomi ! Je n'arrive pas à y croire. Elle était belle et intelligente. Elle avait une carrière, des amis. Elle était indépendante.

Chantal sourit et s'incline vers moi en avançant la main vers mon visage. Au début, je tressaille, parce qu'elle m'a pris le menton et que c'était le geste de Luke.

Mais, venant d'elle, c'est différent. Venant d'elle, c'est un geste affectueux, pas une agression.

— Fais-moi plaisir, murmure-t-elle. Regarde-toi au moins une fois dans un miroir.

Je suis trop gênée pour répondre et, comme je baisse la tête, elle doit lâcher mon menton. Le contact de sa main me manque aussitôt.

— J'ai écrit une lettre à Tom et Lexie pour leur demander pardon, dis-je.

Chantal hausse un sourcil, et je la surprends à jeter un regard du côté de la porte.

— Ne t'en fais pas, je ne l'ai pas envoyée. Je l'ai rangée dans un tiroir. C'est surtout pour moi, en fait, que je l'ai écrite. C'était très libérateur.

Je me penche pour attraper encore un biscuit.

— Tu devrais y aller, Chantal.

Je sais à quoi elle pensait en regardant la porte : à Archie dans la salle d'attente. La vraie vie. Ses priorités.

— Va rejoindre ton amoureux, dis-je. Il doit commencer à s'ennuyer ferme. Leurs magazines sont nuls à chier.

Elle se lève en promettant de revenir bientôt.

Je ne lui dis pas que Tom et Lexie me manquent, qu'ils occupaient une grande place dans ma vie. Nous avions tellement de liens que c'est dommage qu'il n'en reste plus rien. C'est dommage aussi qu'ils aient déménagé alors que nous avions enfin réussi à faire tomber le mur entre nous.

En un sens, nous étions des colocataires ; presque des membres d'une même famille, en tout cas ce qui s'en rapprochait le plus. Mais c'est ainsi, je vais devoir passer à autre chose. J'attends mon procès. On va m'envoyer en prison, ou bien je resterai dans cet hôpital. Et si c'est le cas, ça sera sans doute pour moi le moment de me faire des amis. Les autres ne pourront pas refuser mes invitations, puisqu'ils seront enfermés avec moi.

93

Lexie

Juillet

J'ai maintenant un ventre rond de femme enceinte. Je ne pense qu'à ce ventre et, en même temps, je me sens coupable qu'il se voie autant. Je me sens gênée de porter un badge « bébé à bord » dans le bus. J'ai peur de gâcher la journée d'une femme qui n'arrive pas à avoir d'enfant. Non seulement je ne suis pas de celles qui se pavanent parce qu'elles sont enceintes, mais je fais tout pour rester discrète.

Pour Tom et moi, c'est un nouveau départ, avec tous les clichés « futur bébé » qu'on peut imaginer. On déménage en banlieue, dans le comté d'Essex, réputé pour ses bonnes écoles, et où on pourra s'offrir un petit carré de jardin, grâce à l'aide des parents de Tom. Nous serons tout près de chez Anais. J'ai vraiment l'impression de construire une nouvelle vie. De me reconstruire.

Une fois par semaine, je vois une psy ; pas Angharad, une autre. Maintenant que je suis lucide, je me rends compte que 70 livres de l'heure, ce n'est pas cher pour me réparer et réparer mon couple.

Nous avons dû nous battre, Tom et moi. Lui contre sa culpabilité. Moi contre le souvenir de cette agression qui avait failli coûter la vie à mon bébé, souvenir qui se réveillait chaque fois que je le sentais remuer dans mon ventre.

J'ai dû aussi me battre contre des cauchemars où Harriet se jetait sur moi, pour cesser de sursauter chaque fois que quelqu'un entrait dans la pièce où je me trouvais, pour cesser de me demander comment seraient les voisins dans notre nouvelle maison et comment j'allais m'y prendre pour les tenir à distance.

Il a fallu aussi encaisser « l'infidélité » de Tom, bien que le mot soit un peu fort et la réalité très en dessous de ce que j'avais imaginé. Je croyais qu'il m'avait trompée. Tom croyait l'avoir fait. Harriet lui avait affirmé qu'ils avaient couché ensemble, et il s'est demandé pendant un temps s'il avait vraiment pu oublier un truc pareil. Quand elle m'a agressée, nous avons eu la certitude que ça faisait partie de sa stratégie de sabotage de notre couple.

Le plus incroyable, c'est que toute cette histoire nous a rapprochés, au bout du compte. Énormément.

— Je te demande pardon, me murmure-t-il tous les soirs dans le noir.

— Moi aussi, je te demande pardon.

Je l'embrasse. Nous restons là, enlacés, avec notre presque bébé entre nous.

Ai-je raison de lui pardonner les messages qu'il a envoyés à Rachel ? Et ses mensonges ? On ne peut pas répondre à cette question. Mais Tom est le père de mon bébé et mon compagnon. C'est aussi un être humain qui a commis une erreur à une période où nous étions tous les deux perdus. Certes, je serais en droit de lui reprocher d'avoir eu la tentation de me tromper au moment où j'avais le plus besoin de lui. Mais il n'a pas cédé, et pour moi, ça fait une sacrée différence. Je lui ai pardonné, et maintenant nous avançons, avec cette petite imperfection entre nous. Mais toujours amoureux l'un de l'autre.

Nous sommes venus aujourd'hui dans notre ancien appartement pour finir de le vider et emballer nos affaires dans des cartons marqués de listes hétéroclites comme « Alcool/Passoire/Guirlandes Noël ». C'est une fois que nous avons pratiquement terminé que je me souviens que la plupart des gens remplissent leurs cartons pièce par pièce.

— On le donne, ça ? me demande de temps en temps Tom.

Mais j'ai du mal à me séparer de quoi que ce soit. Je me sens nostalgique. C'est la fin d'une époque. Je veux pouvoir m'en souvenir, me souvenir que je suis sortie de cette bulle qui, je le vois bien à présent, protégeait une dépression. C'est important pour moi, ce moment. Je tiens également à ne pas renier notre vie ici à cause d'Harriet. Parce qu'il y a eu bien d'autres choses. Nous y avons vécu. Nous y avons été heureux. Nous avons lu sur un bâtonnet un résultat de test qui a changé notre existence.

Nous mettons de côté trois objets à donner dans un sac. Le reste partira avec nous dans les embouteillages vers la banlieue est de Londres.

Tom sort acheter des cartons.

Je suis en train de trier un amas de vêtements, quand il me semble entendre un bruit provenant de l'appartement d'à côté.

Il m'est impossible de ne pas penser à Harriet.

Je sais qu'elle n'est pas chez elle, qu'elle est à l'hôpital en ce moment, et que ce sont les voisins du dessous que j'entends.

Mais je sens quand même sa présence.

Je me rapproche du mur, les mains sur mon ventre proéminent, en glissant au sol.

Et je pose doucement ma tête contre la cloison.

Épilogue

Aujourd'hui

Assise par terre, j'écoute le filet d'eau de la douche : ploc, ploc, ploc. Ici, ça ne coule jamais longtemps, au cas où je serais tentée de me noyer.

Un fracas se fait entendre à l'autre bout du couloir, suivi de sanglots dont le son augmente progressivement, atteignant son apogée devant la porte de ma chambre. Puis les sanglots faiblissent, telle une sirène qui se perd au loin.

De rage, je donne un coup de poing à cet affreux tapis de bain qui hésite entre le gris et le vert. J'en arrache une fibre. Je forme l'initiale du nom qui m'obsède : A. A.

Je presse de nouveau mon oreille contre le mur, si fort cette fois que la peau me brûle. Mais la douleur, ça ne m'a jamais arrêtée.

La vie m'a ramenée dans cet hôpital. C'est ainsi. Et, de nouveau, je dois tendre l'oreille pour savoir ce qui se passe de l'autre côté du mur. Une chance, ma chambre se situe justement à côté de la salle d'attente. Et il l'accompagne systématiquement quand elle me rend visite.

Je me concentre sur sa voix grave, tente de comprendre ce qu'il dit pour en retirer des informations. Je sais déjà qu'il n'est pas heureux. Et elle non plus. J'ai suffisamment d'expérience en matière de couple pour savoir qu'il ne faut pas se fier à l'image qu'ils s'efforcent de montrer. Ils filtrent, ils ne disent pas tout. Mais, en cherchant bien, on trouve la faille.

Il y a toujours une faille. Luke et Naomi avaient une faille. Tom et Lexie avaient une faille. Alors eux aussi, de l'autre côté du mur de ma chambre, dans leur salle d'attente, ils doivent en avoir une.

L'une des patientes – une suicidaire, je crois – se met à hurler, et je la maudis de m'empêcher d'épier cette conversation, comme je le fais à chaque visite, pour en savoir plus sur leur couple. Pour trouver la faille par laquelle je vais pouvoir me faufiler.

— La ferme, dis-je dans un murmure. Laisse-moi écouter.

Mais, dans cet endroit, c'est dur d'obtenir le silence. Il y a même du bruit dans ma tête, une rumeur qui bourdonne sous mon crâne et que je suis obligée de subir, parce que je ne peux pas la faire taire en scrollant inlassablement sur un écran ou en consultant ma messagerie et mes notifications. On m'interdit les distractions, on m'interdit de faire le vide.

Près de moi, j'ai un cahier sur lequel je note depuis le début ce que j'entends de leurs conversations dans la salle d'attente.

Tout près du cahier, un stylo avec lequel il est impossible de se blesser. Peut-être m'ont-ils rendu service, finalement, puisque je ne me suis pas encore suicidée, bien que je sois enfermée depuis des semaines dans cet endroit désolé et stérile.

Bien que cela fasse aussi des semaines que je ne prends plus mes médicaments et que je cache mes cachets sous mon matelas.

J'entends de nouveau les quelques mots qu'ils échangent en attendant que l'infirmière vienne la chercher. Ensuite, il lira des magazines périmés dans la salle d'attente, pendant qu'elle viendra dans ma chambre, m'offrir ses biscuits et son amitié.

Je feuillette encore le cahier. « Archie », ai-je écrit. Des pages et des pages d'Archie. Archie. Je répète à voix basse ce nouveau prénom chargé de tant de possibles. Archie.

Achevé d'imprimer en janvier 2021
Par CPI Brodard & Taupin à La Flèche
N° d'impression : 3041299
Dépôt légal : février 2021
Imprimé en France
38122187-1